读客悬疑文库
认准读客读悬疑,本本都是大师级。

恐怖呢喃

[日]贵志祐介 著　徐建雄 译

貴志祐介
天使の囀り

文汇出版社

图书在版编目（CIP）数据

恐怖呢喃 /（日）贵志祐介著；徐建雄译. -- 上海：文汇出版社，2024.3

ISBN 978-7-5496-4190-1

Ⅰ.①恐… Ⅱ.①贵… ②徐… Ⅲ.①长篇小说—日本—现代 Ⅳ.①I313.45

中国国家版本馆CIP数据核字(2024)第014808号

TENSHI NO SAEZURI
©Yusuke Kishi 1998, 2000
First published in Japan in 1998 by KADOKAWA CORPORATION, Tokyo.
Simplified Chinese translation rights arranged with KADOKAWA CORPORATION, Tokyo through TUTTLE-MORI AGENCY, INC., Tokyo.

中文版权 © 2024 读客文化股份有限公司
经授权，读客文化股份有限公司拥有本书的中文（简体）版权
著作权合同登记号：09-2023-1118

恐怖呢喃

作　　者 / ［日］贵志祐介
译　　者 / 徐建雄

责任编辑 / 张　溟
执行编辑 / 唐　铭
特约编辑 / 张　齐　　徐陈健
封面设计 / 梁剑清

出版发行 / 文匯出版社
　　　　　上海市威海路755号
　　　　　（邮政编码200041）

经　　销 / 全国新华书店
印刷装订 / 三河市龙大印装有限公司
版　　次 / 2024年3月第1版
印　　次 / 2024年5月第3次印刷
开　　本 / 880mm×1230mm　1/32
字　　数 / 330千字
印　　张 / 13.5

ISBN 978-7-5496-4190-1
定　　价 / 59.90元

侵权必究
装订质量问题，请致电010-87681002（免费更换，邮寄到付）

目 录

序　章	遭诅咒的沼泽	001
第一章	死亡恐惧症	029
第二章	归来	055
第三章	凭依	080
第四章	恋爱SLG	100
第五章	好心人	122
第六章	圣餐	148
第七章	鹫之翼	177
第八章	守护天使	202
第九章	大地女神之子	217
第十章	堤丰	241
第十一章	蜘蛛	258
第十二章	美杜莎的脑袋	269
第十三章	牙齿与指甲	295
第十四章	乌鸦与白鹭	309
第十五章	救世主情结	324
第十六章	狰狞面目	353
第十七章	噩梦	385
第十八章	圣善夜	415

序章　遭诅咒的沼泽

1

寄 件 人：高梨光宏（pear@ff.jips.or.jp）
收 件 人：北岛早苗（sanae@keres.iex.ne.jp）
主　　题：first mail（首封邮件）
发送时间：1997-1-24 22:14

你好吗?

到目前为止已收到了你的多封邮件，而我却迟至今日才给你回复，真是万分抱歉。不过你尽可放心，因为我并没有成为美洲豹的美餐，也没偏执地误以为自己是三根手指的树懒，打算倒挂在树枝上度过余生。

我仅仅是不知道写什么而已。

我知道这话听起来就是蹩脚的托词。因为我好歹也跻身于作家行列，到目前为止写过的文章要是换算成稿纸的话，大概也有几万张了吧（虽说其中的大部分只不过是完美验证了斯特金法则[1]的废纸而已）。这可是个不容小觑的数量哦。只要是有过在书店打工经历的人，哪怕一次也行，都会明白一个道理——纸张这玩意儿，其实是很重的。要是几万张稿纸摞成块并砸在一个人的脑袋上，那他是会有生命危险的。

其实，我在东京的工作室里打瞌睡时，曾做过这么一个梦。就在我临近出发那会儿，梦中的我，正面对着电脑，坐在一间空荡荡的屋子的正中央。突然，天花板发出了嘎吱嘎吱的声响。尽管如此，我也没有停止打字。我正被一股难以置信的创作欲望驱使着呢（即便是在梦中，这种欲望近来也极少出现了）。

不一会儿，天花板便"咔嚓"一声现出了一道笔直的裂痕，而我不管不顾，依旧埋头打字。随后，天花板崩塌了，我之前出版过的，曾在书店陈列过的所有的书，一下子跌落了下来。我被重达几十吨的书压垮了，埋葬了。到了此时此刻，我终于恍然大悟：原来这些纸制的石碑，是为了用作我的墓碑而被制造出来的（毕竟每一本书上都印着我的大名嘛）。

然而（虽说有些跑题了），与梦中不同的是，现实中的我的手指，却一直停留在键盘的起始位置上，一动也不动。

刚才还喧嚣不已的吼猴的叫声戛然而止后，飑[2]所导致的暴雨就随着地鸣一般的声响骤然而至了。眼下，暴雨正以几欲将其洞穿的势头敲打着帐篷。

---

[1] 美国科幻小说作家西奥多·斯特金（Theodore Sturgeon，1918—1985）于1951年提出的理论：90%的科幻作品都是垃圾，而每个科幻作家都在冒着风险为那10%的精彩努力。该理论也被称为"斯特金定律"。——译者注（本书中注释均为译者注）
[2] 读作biāo，气象学术语。指风向突然改变，风速急剧增大的天气现象。通常会伴随气温下降，以及阵雨、冰雹等。

不久之后，这些雨水就会被大地吸收并汇入亚马孙河，然后缓缓流淌着，滋润生者，溶解死者吧。

今天，就到此为止吧。

我还会给你发邮件的。

2

主　　题：first impression（第一印象）
发送时间：1997-1-31　20:31

感谢你每天发来的温馨的、鼓舞人心的话语。我每次读到这些文字，都无比怀恋你那温暖的肌肤。

可是，我还是一如既往，想要写文章时，手就动弹不了了。

让我这个不具备任何专业知识的人来参加这个探险队，不就是要我写出游记来吗？这一点是明摆着的。然而，除了笔记性质的东西以外，我还一行都没写呢。这么下去的话，作为赞助商的报社和 *Bird's Eye*（鸟眼）杂志社，非告我违约不可。因此，给你写邮件，也就兼具了"写作康复训练"的职能了。

因而我今天想写一下我第一次看到亚马孙雨林时的印象。

我的总体感觉是：这是一片庞大的"死亡森林"。

乍看之下，这儿到处都充满着生命。只要看看森林中的树木就明白了。首先是在方圆五十米的范围内，居然找不出两棵相同种类的树木。而这些树上，还栖息着无数的昆虫、蜘蛛、色彩斑斓的蛙类以及软体动物。它们十分巧妙地适应着这一生存环境。真是一个多姿多彩、丰富健全的世界。

然而，这儿栖息着如此众多的生命，也就意味着过去有众多的生命消殒于此。不，不用说过去，就在当下这一瞬间，就有无数的死亡接连到访。初看充满生命的地方，其实是建立在无数的牺牲之上的。

在我的眼里，这片森林其实模模糊糊地重叠着两重景象：活着的森林，与以原理应存在于此的、死去的森林。

也就是说，在正面看来如同彗星般灿烂耀眼的充满生命的森林背后，其实拖着一条漆黑的死亡轨迹。

我也曾不经意地向探险队的其他成员透露过如此感想，可任何人都没有显露出像是理解的神情。

看来在游记中，只能另外捏造一个第一印象了。

下次再聊。

3

主　　题：mortality（关于死亡）
发送时间：1997-2-6 23:05

你对我的担心自然是出自对我的关怀。对此，我是非常理解的。可是，我并不如你委婉指出的那样，得了什么"Thanatophobia"[1]。

这个Thanatophobia，用日语该如何解释呢？最近许是倒时差的关系吧，我的脑袋运转不灵，还非常健忘。至少我携带的辞典里没有这个单词……是"死亡恐惧症"吗？或许还有更好的翻译吧，不过我觉

---

[1] 用日语片假名所标记的外来语タナトファビア。中文意为"死亡恐惧症"，是一种精神类疾病。

得也就是这么个意思了。不管怎么说,我可并未因终将到来的死亡而战战兢兢地苟活着。

在你每天消磨青春而工作着的临终关怀服务机构(不好意思,我这么说并无他意),想必如何让患者接受死亡是个大问题吧。

可是,人类并非什么万物之灵,只是灵长目人科中一种脑袋较大的猴子罢了。人类的死亡,与海葵在海边迎接个体生命之终结,又有什么区别呢?

我们也只是活在被限定的有生之年,然后自动消亡而已。

来到亚马孙之后,我再次深切地领会了这么个简单的道理。

今天就到此为止吧。

4

主　　题:diligent forest(生生不息的雨林)
发送时间:1997-2-13 13:16

我看了一下之前发出的邮件,十分惊讶地发现,我竟然还没像模像样地跟你汇报过我的近况。不过请放心,这次我会好好写的。

首先,我们目前所处的位置是在亚马孙巴西境内部分的最深处,基本位于索里芒斯河和雅普拉河之间的正中央,在赤道稍稍偏南的地方。经过转机,我们先从日本来到了位于亚马孙河中部流域的大都市玛瑙斯,之后,就一直是乘着船溯流而上了。由于亚马孙河的落差很小,虽说是"溯流而上",其实给人的感觉跟横渡一个大湖泊差不多。

我们此次探险的目的在于,通过针对正急速缩小的热带雨林的调查，反思全球性的环境问题。说实话，这儿的森林正以超越想象的速度不断地遭受着破坏，令我十分震惊。

贫困的农民正沿着自20世纪70年代开始建设的横穿亚马孙的公路以及密如蛛网的支线，以焚林造田的方式不断地蚕食着原始森林。

或许你会觉得意外吧，亚马孙的土壤，其实是十分贫瘠的。含有植物生长所必需的营养盐类的土层只有几厘米厚（最厚处也就三十厘米左右吧）。并且，落叶也不像针叶林之类的北方森林或温带的照叶林森林那样堆积得地毯般厚实，这儿的落叶层（枯枝落叶层）只是薄薄的一层。

最初进入亚马孙那大白天也十分昏暗的丛林之中，看到有巨大的板根盘绕其下的参天大树时，我真是心魂为之所夺，震撼不已啊！可据说如此巨大的树木，其扎根于地底的能力却十分贫弱，只要用大砍刀将板根斩断，就能轻而易举地将其推倒。

世界上最大的热带雨林怎么会出现在如此贫瘠的土地上呢？这可是个饶有趣味的问题。一种说法是，这儿的环境能让少量的营养盐类以比在温带和寒带高出数倍的速度进行循环。一眨眼的工夫，落叶就被分解，并立刻成为树木的养分而被其吸收。打一个经济学方面的比方，尽管货币总量比较少，只要周转速度翻倍，就能够满足需求。两者的道理是一样的。

就是说，热带雨林并非富饶之地，而是通过高速循环贫乏的资源，以负债经营的方式，勉强得以维持的一个不稳定的区域。在这样的地方即便推行了焚林造田式的农业，地力也会很快耗尽。好不容易开垦出来的土地，在短短的两三年后便会遭到抛弃，农民们则会像是遭到驱赶似的，去雨林的更深处焚林造田。结果就是热带雨林变得支离破碎，以极快的速度不断地从这个星球上消退。

这当然是巴西政府草率的开发计划之失败所导致的，但其影响却以二氧化碳的增加所造成的温室效应而席卷全球。自不待言，日本也不能置身事外。

　　……刚才，一个卡米纳佤族的青年窥视着显示屏，问我这是个什么玩意儿。他似乎对一块发光板上蚂蚁一般密密麻麻地排列着的文字感到极不可思议，故而不时想伸出手来抚摩一下。而我也确实没有将电脑任他玩弄的胆量。我让翻译跟他说，若不是有资格的巫师，谁要是触碰一下这玩意儿，是会遭受无妄之灾的。即便如此，他也仍露出兴趣盎然的神情，歪着脖子，乜斜着眼睛，瞟着液晶显示屏。这让我深切感到，真是再也没有什么动物比人类的好奇心更强了。

　　哦哦，对了。有一点还没做出说明呢。卡米纳佤族就是我们"寄宿"的拉丁美洲印第安人部族的名称。

　　蜷川教授在叫我了。他好像发现了什么，我去看一下。

5

　　主　　题：rainy days（雨季）
　　发送时间：1997-2-18 18:45

　　我们这儿仍在雨季之中。除了突如其来的飑所导致的暴雨，弄得帐篷里面也遭水淹以外，就跟日本的黄梅雨季似的，小雨整天淅淅沥沥地下个不停。令人郁闷无比。

　　于是，我就在名曲《四季歌》的基础上创作了一首《二季歌》。

　　　　爱雨季的人儿呀，内心忧郁。就像潜伏于泥淖中的鳄
　　　鱼一样啊，是我的朋友。

后面的歌词等旱季到了再披露吧。

我们眼下在卡米纳佤族聚落的西端支起帐篷安顿了下来。前些天，蜷川教授在聚落的北端发现了一个像是被烧毁了的小屋似的遗址。那上面已经覆盖了好几层爬山虎之类的藤蔓植物，以至我们早就从它旁边经过，却一直没注意到。

我们原本听说卡米纳佤族此前从未接触过文明社会，而现在又听说大约三年前曾有一对美国夫妇来此研究卷尾猴并住了一年光景，不由得大感意外。

这对夫妇好像早就死了。可不知为何，一提到此事，原本话就不多的卡米纳佤族人，就突然缄默不语了，所以我们也无从了解更多的情况。蜷川教授在小屋遗址里找到的小包中发现了像是遗物的东西，打算检查过后，再通过适当的渠道交还给遗族。

死亡真是件无法预知之事，不知在前面的什么地方正等着我们呢。

今天就到此为止了。

6

主　　　题：who's who（队员们）
发送时间：1997-2-22　21:52

今天，我想简单介绍一下我们这个"亚马孙探险队"的成员。

虽说人员有来有去的，但总人数通常都保持在十五名左右。其中，几乎总是一起行动的，包括我在内共有五人。

要说个性最为鲜明突出的，应该就是文化人类学家蜷川武史教授了吧。

蜷川教授现年五十五岁，或许是自学生时代起就一直坚持做田野调查的缘故吧，他那修长的身体至今仍充满着超越年轻人的活力。因此，只要是跟他一起行动，像我这样的就会累得半死。

他的皮肤早被太阳晒得黝黑，脸颊消瘦，就跟用刀子削去了肉似的，眉宇之间，即便是在笑的时候也仍现出刀刻般的深邃皱纹。他总是严于律己，且怀有无所畏惧的信念。

教授家里有一位曾是他大学同届同学的妻子和两个正值青春妙龄的女儿，但据说最近的十年间，他与她们一直分居着。要说起来，他夫人的心情倒也不是不能理解。

有着救世主情结的蜷川教授，平日里总是对日本社会忧心如焚。仅凭其容貌风采就常被人看作"鹰派"分子，事实上，他可谓是超级"鹰派"了吧。

他的核心主张或可举例如下：

> 针对某极端团体不实施"破防法"[1]，就是极其懦弱、极其不彻底的表现。这种时候就不该将此法当作祖传宝刀而舍不得使用。非但如此，或许还要进一步加以探讨，将其适用范围扩展到跨地区暴力团、新左翼以及厚生省什么的。
>
> 近来，针对青少年的毒品污染问题已十分严重。现在，在世界范围内，在毒品问题上处置最为得当的国家是印度尼西亚（只要持有规定剂量以上的毒品，不论国籍，

---

[1] 《破坏活动防止法》的简称。该法律颁布于昭和二十七年（1952），规定了针对暴力破坏行动的限制措施，并补充了刑罚规定。

一律处以死刑）。反观作为其旧宗主国的荷兰，则已不仅仅是对"瘾君子"们睁一只眼闭一只眼，居然还给他们配发注射器！其堕落、荒唐之极简直与印度尼西亚成了绝妙的对照。我们日本理当学习印度尼西亚。

在少年犯罪日趋凶恶化的当下，如果将不法少年送入少年院也毫无矫正效果的话，那么法务省自然难辞其咎，也是难逃国民之谴责的。

他这些过激言论的背后，恐怕其真意是另有所指的吧。即便如此，作为国立大学的教授，能公然提出如此主张，不也相当难能可贵吗？

森丰老师是研究新大陆猿猴的专家，三十六岁。或许是年龄相仿的缘故吧，我跟他比较谈得来。细想起来，他也是个颇为别致的家伙。

与蜷川教授形成鲜明的对照，森老师是个十分内向，且有些怕羞的人。兴许是因自己的容貌（与作为他研究对象的卷尾猴中某一种极为相像）而倍感自卑，抑或是十分在意自己牙齿咬合不整齐，说起话来发音不清晰的缘故吧，他不太喜欢在人前讲话。尤其是面对女性时，他那因内心痛苦而扭曲了的表情，简直让旁人看了深感同情。

那么，在与卡米纳伛族的女性接触时，他又是怎么样的呢？悄悄地观察之下，结果却令我大为吃惊。因为，他居然同样露出了一副苦闷的表情。毕竟，将卡米纳伛族人与日本人一视同仁，说起来简单，真要做到这一点也很不容易。

森老师属于有着日本猿猴学权威之誉的某教授的研究室。但不知为何，他在那儿颇遭冷遇。尽管他还是单身，却经常抱怨说，靠万年不出头的助手的这点工资，日子过得实在清苦（或许是同为心怀创伤之人的缘故吧，他仅对我敞开心扉，且不时会倒倒苦水）。

就这么个森老师，却对前面提到过的蜷川教授崇拜得五体投地。搞不懂吧？最近更是如此，无论到哪里，他们俩也总是形影不离的。或许，谁都会被那些拥有自己所不具备之特质的人吸引吧（不过我觉得他们也并无那种"同志"般的感情）。

森老师还是个颇为资深的"Mac玩家"，只要稍有空闲，他就会一个人躲在帐篷里盯着PowerBook[1]。这时候他的脸部表情异常放松，故而可知他多半不在工作。但由于他决不肯让人看显示屏，所以不知道他在搞些什么玩意儿。

赤松靖老师或许可说是我们五人之中较为正常的一位吧。四十五岁，某私立大学的副教授，研究领域是苔藓和地衣类。这个专业给人以十分小众的感觉，其实他已跟某大制药公司签约，正在寻找某种含有可成为治疗癌症与艾滋病之特效药成分的未知植物。也许正因如此吧，就一个学者而言，他的手头还是相当阔绰的。

赤松副教授是个彪形大汉，具有典型的躁郁型性格（或许这种通俗的分类会令你皱眉吧），他与谁都能很快地打成一片，是个擅长社交的人。

不过他也有个出乎意料的弱点。这是我与他一起在丛林里漫步时发现的。

你知道美洲豹（在这儿被叫作"翁莎"）有尾随人的习性吗？

照向导兼翻译的说法，不出意外的话，美洲豹在这种情况下是不会主动发起攻击的。我们于日落后返回营地时，时常会经历"色狼尾随"——不，是"美洲豹尾随"。尽管那厮并不现身，可从当时的氛

---

1 美国苹果公司最早推出的笔记本电脑。

围以及不时传来的哼哼声，可以察觉其存在。

每逢此时，赤松副教授脸色就会变得煞白，即便在夜色之中也叫人一目了然。并且，不论身边是谁，他都会使劲儿攥住那人的胳膊，以至有时竟会出现如此滑稽的一幕：魁梧如相扑力士的赤松副教授，竟会死命揪住体重只有他一半的森老师。简直叫人忍俊不禁。

遭遇美洲豹时倒还情有可原，可这位赤松副教授见到了卡米纳佤族当作宠物来豢养的小豹猫（一种身上有着美丽斑纹的山猫），也时常会惊恐万状，大失其态。有一次因为这个而遭人嘲笑后，他急了，并反驳道："只要看一下那家伙的眼睛，你们就明白了。一开始，我还以为它在生气呢。可根本就不是这么回事儿！它没有生气，反倒是因为食欲大增而兴奋不已呢。就是说，它是想吃掉我啊！意识到这一点后，我就吓得快要尿裤子了。"

如此讨厌动物的赤松副教授居然会参加"亚马孙探险队"，不免叫人怀疑他的脑子是否正常。但这儿毕竟是地球上最后一个基因资源的宝库，且处在因野蛮开发而每天灭绝几十种物种的现状，想必他也是考虑到这一点，才迫不得已前来冒险的吧。

据说赤松副教授是经过轰轰烈烈的恋爱才与现在的夫人结婚的。他们一共生了三个男孩。他几乎每天晚上都要给家里打电话，从他与家人愉快的对话中可以听出，他的家庭是极为幸福美满的。

最后要介绍的，是唯一的一名女队员——摄影师白井真纪小姐。把她留到最后一个来介绍，其实也没什么特别的原因。她长得并不难看，已婚，有一个女儿。

年龄嘛，问了，她笑而不答。不过我偷偷地看过她的体检报告，知道她现年三十二岁。

这是一位文静且颇具知性风度的女性。她总是十分随和地加入圈子，却不怎么说话。一有空闲，她就会全神贯注地凝视女儿的照片。

久久地，久久地，凝视着女儿的照片。

即便看上二三十分钟，她也仍毫不厌倦地、全神贯注地凝视着女儿的照片。那模样，鬼气森森的，未免叫人毛骨悚然。想必她内心深处，也埋藏着别人无法窥知的秘密吧。

回到日本后，不知道你会怎样分析我们这些可爱的队员的心理？对此，我满怀期待。

7

主　　题：monkey business（胡闹）
发送时间：1997-2-26 13:08

你抱怨说，一点都不明白"亚马孙探险队"在这儿干些什么。这也难怪。这次，我就来简要说明一下老师们的研究内容吧（读了上次的邮件，想必你只会对我们的队员留下"都是些怪人"的印象吧，所以这封邮件也带有为他们挽回名誉的使命）。

先从森老师开始介绍吧。事实上，为了写这封邮件，我刚才特意去采访了他呢。

按照森老师的观点，到目前为止，日本的猿猴学研究一直处于某位伟大学者的魔咒束缚之下。尽管这类研究嘴上说是以全世界的猿猴为研究对象，其实只偏于日本猕猴、大猩猩、黑猩猩等类人猿。而卷尾猴的高智力堪与灵长目相匹敌，且在不同于人类、黑猩猩的系统中完成进化，针对它们的研究在日本的猿猴学研究上有着十分重大的意义（可我总觉得他这一研究动机的底层，蕴藏着他对其老师——猿猴学泰斗深深的怨恨）。

森老师所做的工作是：用最新设计出来的智力测试方法，测试猿猴的智力；使用高科技仪器，测定卷尾猴们的脑重量，并计算出脑化指数[1]（据说是将脑重量除以感觉器官分布的表面积而得出的数据，可我不明白，在不将猴子七零八落地肢解开来的前提下，到底是怎么完成这一计算的）。

森老师的研究已得出了如下结论：卷尾猴中测试成绩最好的黑帽悬猴，其智力甚至超过了中美洲的倭黑猩猩（又称为"俾格米黑猩猩"）。森老师还垂头丧气地说，他的老师肯定不会接受这么个结果的。

我还是先对卷尾猴略做说明吧。因为，想必你对这类猴子也不甚了解吧。

这种类人猿亚目卷尾猴科的猴子，分布于自中美洲至巴西、巴拉圭、阿根廷北部十分广阔的地域。

目前已知有十一属三十种，而其大小、形态乃至食性、社会性等方面，则呈现出了多种多样的进化结果。这种现象是其他种类的猴子所不具备的。单就其食物而言，根据其不同的种类，就从树叶、果实到昆虫，直到小型哺乳类动物，十分庞杂。

其中的蜘蛛猴，是灵长类中唯一拥有能抓住东西的尾巴的猴子（卷尾猴这个名字即由此而来）。它能将尾巴当作第五肢来使用，在树枝之间灵活地移来跳去。

而吼猴，则猴如其名，吼声如雷，能响彻方圆数公里（除了在大清早吵醒我们之外，我不知道它还能获得什么好处）。还有一种夜猴，是世界上独一无二的夜行性类人猿亚目动物。

---

[1] 英语为encephalization quotient，用来描述动物脑重和体重关系的量，可大致表示该动物的智力。

另外，正如前面所提到的那样，除了类人猿以外，智力最高的猴子也在卷尾猴这一大类里面。

总而言之，卷尾猴科中的猴子种类繁多，进化独特，但由于尚未得到充分的研究，其物种分类至今尚有争论，故而归类也经常发生变动。

对这些卷尾猴科的猴子来说，最大的竞争对手不是别的，正是食性相近的同科的其他猴子。因此，按理说它们之间会爆发激烈的生存竞争，可事实上它们却实现了分栖共存，十分巧妙地避免了冲突。

譬如说，小个子的伶猴吃的是大个子猿猴所不吃的有毒的青色果实；夜猴则选择其他伙伴不活动的夜间出来觅食；还有，因脑袋光秃且呈鲜红色之怪异风貌而在当地被称作"魔鬼猴"的秃猴，住在没有其他卷尾猴栖息的湿地林（泛滥地，一种雨季时会遭水淹的丛林）中。

卷尾猴自然也是有天敌的。美洲豹自不必说，就连猫科的小豹猫、虎猫，鼬科的狐鼬等，也会捕食大个的猴子。

还有——这可是森老师亲眼所见的：

一只吼猴正在一棵号角树的树梢上怡然自得地吃着树叶，突然，天上毫无预兆地扑下来一只"大得离谱的鸟"，一把抓起已吓得呆若木鸡的吼猴，轻轻松松地在树木间穿过，将其带走了。

森老师当时也吓得魂飞魄散，根本记不清那怪鸟的身形长相，考虑到吼猴是卷尾猴中体形最大的一种，那么能轻易将它抓走的，想必只有角雕了吧。

角雕与非洲冠雕、食猿雕并列为世界三大猛禽（就跟世界三大男高音似的，不知道是谁规定的），英文名为Harpy Eagle。Harpy指希腊神话中的哈耳庇厄，是个长着女人脸蛋，有着带爪子的翅膀，专门攫捷小孩的可怕怪物。角雕无愧其名，常以其强有力的爪子，捕杀猴子或树懒。

倘若如此凶悍的猛禽突然降临头顶，恐怕任谁也是逃生乏术的吧。当它那带着呼啸的扑翅之声敲击卷尾猴的鼓膜时，卷尾猴那短暂生涯之记忆，会跟走马灯似的在脑海里闪亮起来吗……

哦，对了。还有一种卷尾猴，我忘了介绍了。其种类与刚才所说的秃猴较近，叫作狐尾猴。

它们灰色的皮毛乱蓬蓬的，满脸极度忧郁的神情，是一种不修边幅、不顾自身形象的猴子，活生生就是森老师的翻版。你若有机会翻看动物图鉴，可别忘了稍加留意。

接下来，就是蜷川教授的工作了。

这是个一刻也停不下来的人。我还没得到机会好好地向他请教，因此不好随便乱说。不过，根据我的观察，蜷川教授的大脑中，似乎自有一套独特的文明史观。他之所以进行田野调查，探寻像卡米纳仳族这样有可能传承着史前文明的原始部族，也像是为了给自己的理论提供实证。

若要简明扼要地说清楚蜷川教授的文明史观，我是绝对没有这个自信的。不过简单来说，似乎就是这么回事儿：人类文明是基于"生存"与"幸福"这两种未必一致的欲求之间的抗衡发展而来的。

人类的大脑似乎总在过度追求"快感""满意""幸福"，然而，一旦过于偏向于此，就难免会做出违背"生存"法则的出格行为，从而被淘汰。

人类为了在这两者之间取得平衡，在两方面倾注了几乎同等的努力。一方面，为了企求"生存"而抵御外敌、灾害、饥饿、疾病等；

另一方面，为了求得内心的安稳而创造出了"文化"。

正如许多人隐约感觉到的那样，最稳妥的战略是：为了"生存"，首先确保必要且充分的资源；而在获得"幸福"这方面，则以尽量不花费金钱或资源的方式来加以实现。可这样的话，人类的大脑是怎么也不会感到满意的。

世界上的许多文明（除了偏执地崇拜物质的西欧文明以外），为了解决这个两难问题，都通过瑜伽或冥想之类的简单方法，转向了对内心世界的探索，并以药物作为辅助手段，所谓的"药物文化"也不在少数。

蜷川教授认为，在远古时代的亚马孙，存在着一种以蛇为图腾的奇异的丛林文明。当时，似乎是通过某种特殊的麻药，来完全控制住人们对于"幸福"的欲求。这是蜷川教授多年来通过对拉美印第安人有关"乌托邦"传说的收集、分析、推理所得出的结论（遗憾的是，在物质循环极快的亚马孙，木质的遗物之类，一眨眼的工夫就被还原为一堆朽土了，所以几乎没留下任何物质证据）。

其实也不仅限于卡米纳伉族，亚马孙地区的拉美印第安人，本就是以世界上最早使用类似药物而闻名于世的（或许正因如此吧，直到现在还有些土著部族与大型企业集团签订合同，秘密种植古柯呢）。然而，据说在远古时代，在亚马孙巴西境内部分的最深处所存在的"麻药文化"，是由不同于拉美印第安人的别的人种创造的，且达到了相当的高度。

关于古代亚马孙存在着丛林文明，也是有几个旁证的。

例如，离这儿很远的下游密林中，有个蒙蒂阿莱格里洞窟。那里面就发现了用红、黄等鲜艳的颜色描绘的几何图案、人手的形状、吐火兽，以及巫师等人物形象的美丽壁画。美国伊利诺伊大学的安娜·罗斯福教授等人对同一场所发现的箭头和鱼骨等物做了同位素年代测定，确定其为距今大约一万一千年前的东西。这就别说什么中美洲的阿兹特克文明和玛雅文明、南美洲的印加文明和纳斯卡文明了，甚至比目前已知的任何文明都要古老得多啊。

此外，美国的人类学家拉斯拉普根据其从语言学角度对亚马孙诸部落所做调查的结果，提出了一个假说：公元前五千年左右，在亚马孙河干流的中游流域，存在着一个基于农业的热带文明。拉斯拉普认为该文明在开始种植番薯、木薯等营养价值较高的农作物的同时，也渐渐地将势力扩展至亚马孙河上游和各支流流域。

沿着亚马孙河不断上溯而进入秘鲁境内，再沿着其源流之一的乌卡亚利河上溯至它的源头乌鲁班巴河的上游，就到了以安第斯文明的石堆遗迹而闻名的马丘比丘。这些石堆遗迹似乎曾经是防卫印加帝国的首都库斯科的要塞，而马丘比丘的所有"要塞"都面向亚马孙丛林，而非安第斯高原。这就明确显示，在古代亚马孙地区存在着一个足以威胁印加帝国的强大文明。

那么，这个远古文明所使用的麻药，到底是什么玩意儿呢？还有，它们又为什么消亡了呢？

遗憾的是，这些问题的答案，至今尚未找到。不过蜷川教授认为，解决这些问题的关键要素，就存在于上述地域的中间地带，也即我们眼下所在的亚马孙巴西境内部分的最深处。

怎么样？你是不是有点心潮澎湃的感觉了？

我们可绝不是毫无意义地在丛林里瞎转悠哦。

关于赤松副教授的研究，我就另做汇报了。

8

主　　题：lunatic night（疯狂之夜）

发送时间：1997-3-8 23:39

该从哪儿写起呢？

总之，我们遇到了一个大麻烦。当时的情形，至今仍给我留下了刻骨铭心的印象。

那是距今大约一星期之前的事儿了。我们五个人预定用三天时间，去卡米纳伍族聚落东北处、二三十公里开外的地方做田野调查。五个人是指蜷川教授、赤松副教授、森助理、摄影师白井小姐，还有我。

或许你会纳闷儿：专业与兴趣都不同的五个人，为什么要一起去同一个地方呢？那是因为——在丛林里，是不能单独行动的。所以我们必须在小组内部商讨各自要去的地方，最后协调出一个大家都能接受的目的地（至于谁的提议获得通过的次数最多，就不用我多说了吧）。

我们分乘两艘带挂机的橡皮艇，沿着苏里蒙埃斯河源流之一的米拉格鲁河溯流而上。因为蜷川教授从卡米纳伍族人那儿听说，在米拉格鲁河的上游，有像是古代文明遗址的东西，并且那儿还是我们营地附近已濒临灭绝的红秃猴和白秃猴的栖息地，故而森老师也毫无异议。

然而，河道已发生了改变，与蜷川教授大约十年前来米拉格鲁河流域调查时大不一样了。我们后来才知道，蜿蜒曲折的河道有一部分已经脱离干流，自成了一个小湖泊，而河道在别的地方短接了起来。

结果我们错过了本该上岸的地点，等我们发觉走错了道时，已驶过头老远了。

当时要是立刻返回，或许会比较好吧，可蜷川教授却强烈要求上岸。因为，他觉得那个微微隆起的小丘，很像卡米纳伍族人所说的古代遗址。更何况他在调查了周边的地形后，发现就在相距五十来米的地方，还另有一条河，并且是朝着小丘的方向流去的。于是我们就将橡皮艇开进了那条河，决定再向上游驶去。

在亚马孙，除了亚马孙河干流之外，还有无数的小河（虽说是小河，但像日本的利根川、信浓川级别的也随处可见）。这些如蛛网般遍布大地的干流、支流，根据河水的颜色被分为"白河""黑河""绿河"三大类。

米拉格鲁河和下游的苏里蒙埃斯河是典型的"白河"，可实际上是如同黄河一般的黄褐色的浊流。"白河"的别名叫作"肥沃之河"（当地称为"发鲁多斯"），因其河水呈中性乃至呈弱碱性，含有丰富的营养盐类，因此河里鱼影成群，且栖息着各种各样的生物。

"黑河"则呈淡咖啡色。"黑河"的上游必有浸水林（水中森林，与"泛滥地"不同，是一年到头都浸泡在水里的森林），故而有大量的落叶掉入河中。然而，生长在营养盐类贫乏的土地上的植物，为了防止食草动物的侵害，其叶子里都含有能自我防卫的成分。也就是说，"黑河"的黑色，其实是从落叶中分解出的鞣酸和苯酚的颜色。由于河水呈强酸性，且缺乏营养盐类，所以"黑河"里几乎没有生物。因此，"黑河"又被称作"饥饿之河"（当地称为"德弗美"）。

"绿河"似乎是一种透明度较高的中性河流，遗憾的是并非我亲眼所见，所以不太了解。

我们发现的新河，像是一条"黑河"。

这种切实的感受，则是在溯流而上几小时后，下了橡皮艇，搭好夜宿用的帐篷之后才获得的。

在亚马孙探险，为了确保机动性，少人数、轻装备，是一种基本常识。因此，食物也仅携带最低限度的分量，吃完后，通常就靠"现场解决"了。所以那天也同往常一样，赤松副教授和森老师去河边垂钓了，但一无所获。

无可奈何，当天夜里我们就只能靠随身携带的一点点软罐头食品抚慰一下空空如也的肚子，随后倒头便睡了。

第二天，我们沿着"黑河"顺流而下，打算回到原来的地点。可是，过了很长时间都没找到做了记号的那个地方。由于水流出乎意料地湍急，我们又走过头了。再次逆流而上，终于找到了作为标记的那面小旗，可这时，眼看着天就要黑下来了。

更倒霉的是，橡皮艇在急转弯时差点翻掉，宝贵的枪弹掉入了河中。

虽说回去的路已经找到，可在枪支无法使用的情况下，万一遇上美洲豹可就性命难保了。最后，只好决定再野宿一夜。

我们寻找起合适的宿营地来。沿河稍稍顺流而下，是一小片沼泽。在离河流稍远处，有一片浅滩，而岸上也有足够搭帐篷的空间。

那一带，像是一到雨季就会被浸没的湿地林（泛滥地）。一般而言，泛滥地在亚马孙属于较为例外的肥沃土地，可那儿由于河流本身缺少营养盐类，故而植物的生长状态十分衰弱，怎么看也像是一片被抛弃的土地。

当时，我们已经没有一点食物了。为了防范美洲豹，我们烧起了一堆篝火，大家全都饥肠辘辘地围坐在火堆周围，一个个全都闷闷不乐的，一言不发。或许是心理作用吧，我总觉得他们看我的眼光冰冷冰冷的（哦，我忘了说了，那个差点把橡皮艇弄翻的人，就是我）。

日落后不久，林中就充满了无数归巢鸟儿的鸣叫声。其喧嚣程度叫人不禁联想起希区柯克的电影。一会儿过后，鸟声平息，四野归于寂静，传入耳朵的，只有远处野兽的咆哮和唧唧虫声……

就在此时，如同上天赐惠一般，一只秃猴出现在了我们的面前。

一轮圆月高挂天空，将明亮的光辉洒向了河面。粼粼波光之中，秃猴缓缓朝我们走来。

如此诡异的氛围，不禁令我毛骨悚然。我想，其他队员的感觉应该也跟我差不多吧。一时间，大伙儿鸦雀无声，没一人开口。

那秃猴从头至尾巴跟处，约有五十厘米长，身上覆盖着蓬松的褐色皮毛，而异乎寻常的，是它的脑袋。它的脑袋上没有一根毛，且苍白得像一件陶器。

那模样就跟一个顶着个骷髅头的死神一般，它四脚着地朝我们缓缓走来。

"是秃猴吗？"森老师倒吸了一口凉气，低声嘀咕道，"可它那张脸……"

后来我才听说，分布在这一带的两种秃猴，应该是红秃猴和白秃猴，脑袋不是红色的就是粉红色的。另外还有一个黑脑袋的黑秃猴亚种，可白脑袋的秃猴还从未被发现过呢。眼前的这一只，如果不是新种，那就是源自基因突变，或因受伤、疾病所导致的极度贫血亦未可知。

那秃猴毫无惊恐之态地走近我们后，就在地上坐了下来。它与我们之间的距离，只有四五米远。

我再次为弄丢了子弹而懊悔不已。猴子堪称丛林中的美味，若能射杀一只成年秃猴，应该足以填饱所有人的肚子了吧。

这时，在煌煌火光的照耀下，连那秃猴脸部细微之处也都看得一清二楚了。它许是跟同伴打架而留下来的吧，那个没毛的脑袋上，有几道爪痕似的肿线，弯弯曲曲，跟蚯蚓似的。

"这家伙，脑袋坏掉了吧。"

不知是谁，这么嘟囔了一句。

这么说也不无道理，因为秃猴的神态确实有些怪异。只见它异常平静地坐在地上，瞪着一对人造般的褐色大眼珠子，一动不动地凝视着我们。

一会儿过后，蜷川教授站了起来。他手里拿着枪，蹑手蹑脚，不发出一点声响，绕了大圈子迂回到了秃猴的身后。我们全都屏息静气地注视着。

秃猴呢，由于蜷川教授的行动不在它的视野里，自然也纹丝未动。

这时，秃猴卷起了上嘴唇，龇出了牙来。可是，它那模样与其说是在威吓，倒不如说是在笑。

下一个瞬间，蜷川教授捣下枪托，枪发出沉闷的声响，击碎了秃猴那光秃秃的脑袋。

随随便便将秃猴的尸骸提溜着回到篝火旁后，蜷川教授拔出了插在皮带上的户外直柄刀。他以熟练的手法将宽宽的刀刃插入秃猴的身体，灵巧地将其皮肉撬开，又用力吹了一口气进去，让毛皮如同气球似的鼓胀起来与肉体分离，然后就大幅度地纵横切割，将毛皮褪了下来。

随后他又在秃猴四肢根部浅浅地割开几道口子，就像脱下晚会上戴的长手套和高筒长靴似的，轻而易举地就将其脚上的毛皮撸了下来。

没了斗篷似的毛皮之后，秃猴的尸骸，叫人惨不忍睹。

蜷川教授用刀尖灵巧地剔去了秃猴四肢根部与脖子上的臭腺之后，又用大砍刀斩下秃猴的脑袋和四肢（并未出现想象中的鲜血喷涌的场景），并将其胴体剁成了好多块。

接着，我们就用树枝穿起带骨的肉块或肝脏，撒上盐巴后就在篝火上烤了起来。

我们围坐成一圈，大口咀嚼着秃猴肉。然而，在食欲得到满足，欢愉油然而生的同时，却也遭到了莫名其妙的罪恶感的侵袭。很明显，有这种感觉的不止我一人。证据是，大家在狼吞虎咽地吃着烤肉时，绝不对视一眼。大家全都像心怀愧疚似的躲避着彼此的视线。

秃猴的脚爪烤过之后，就更像人手了，故而大家干脆闭上了眼睛，埋头啃肉。然而，饶是如此，那颗脑袋像是谁都不愿去碰一样，到底还是留了下来。

星空下，篝火摇曳飘忽，像是随时都会被无边的黑暗吞噬掉似的。木柴发出的"噼里啪啦"的爆裂声，远处不时传来的野兽的嚎叫声，还有与血腥味掺杂在一起的烤肉味……

那个夜晚的情景，就感觉而言，给我留下了十分鲜明的印象。可与此相反的是，它又给我一种如梦似幻、不可思议的朦胧感。

自那以后，在我的意识深处，像是有什么东西在不断地发生着变化。

那天夜晚，是我来到亚马孙后第一次真切感觉到了自己就是大自然的一部分。

人类的生生死死，不过是大自然循环往复的一部分而已。也不知怎的，这么一想，我心里就轻松起来了。

我现在，只想快点回到你的身边。

9

主　　　题：euphoric season（欢欣季节）
发送时间：1997-3-23 12:52

　　爱雨季的人儿呀，内心欢欣。就像粉红色的亚马孙河豚一样啊，是我的朋友。
　　爱旱季的人儿呀，喜不自胜。就像深红色的蝎尾蕉一样啊，是我的恋人。
　　（字数略超标）

想来你一定会惊讶不已吧——我怎么乐成这样？这也难怪。可你不知道，漫长的雨季终于要宣告结束了。亚马孙的花儿，大多是在旱季里开放的，所以接下来，这儿就要进入一年之中最美的季节了。

逗留于亚马孙的时间已所剩无几，以后也很可能不会再来了（我想你也不会答应来亚马孙新婚旅行吧）。一念及此，我就打算珍惜光阴，抓紧观察身边的大自然了。

现在，看到的东西，听到的东西，我全都觉得新奇无比，这到底是怎么回事儿呢？

或许之前的我，即便是对投射到视网膜上的景象也视而不见，对引起鼓膜震动的声响，也听而不闻的吧。

原来世界是如此多姿多彩、美不胜收！

小世界的集合体。

这就是亚马孙。

对，小世界。

无数的小世界聚集起来构成了一个世界，且保持着整体的和谐。

就跟俄罗斯套娃似的，层层相套，环环相扣。

这儿有一种凤梨科的植物，叶片呈层层叠叠的莲座叶丛，里面积满了雨水。对生物来说，那儿就是一个小世界。在日本，虽说被丢弃的空罐头、旧轮胎里面也会长孑孓，但跟这个莲座叶丛还是不可同日而语的。

丛林里数不胜数的莲座叶丛，就是孕育出生命的子宫，已营造出了一个完美的小宇宙。只要再添加少量的水，对生物而言，这个小宇宙就是创造生命的大海了。

是的，有水即可。

凤梨科植物中不仅有孑孓、蚰蜒之类的东西，还能从中找到雨蛙、山椒鱼、螃蟹。说不定以后还能找出鱼儿、鳄鱼和亚马孙河豚来——我正期待着呢。哈哈哈哈。

如今的我，正像一只近视眼的青蛙，刚从凤梨科植物中探出头来，瞪大了眼睛，贪婪地环视着这个广袤无垠的世界呢。

凤梨科植物也快要开出美丽的花朵来了。

那是一种红色的花朵。

真想送一束给你。

10

主　　题：nightmare（噩梦）
发送时间：1997-3-28 23:12

昨夜，我做了个可怕的噩梦。

有件事其实我早就觉得不可思议了——现实生活中烦恼接连不

断的时候，净做些令人愉快的好梦；反倒是一帆风顺的时候，老做噩梦。

在昨夜的梦中，我走在一条横穿亚马孙密林的大路上。这是一条没有铺设过的两车道道路，裸露着红土，在丛林中绵延几百公里，像是怎么走也走不完似的。

一会儿，头顶上传来了鸟翅拍打的声音。

不知为何，我感到了危险，于是就加快了脚步。可尽管如此，我的身体却依旧慢吞吞的，不肯快速跟进。

接着，我又听到了怪异的念咒声，像是有几个人在轻声细语地呢喃不休。

鸟翅拍打声又来了。

这次更响了。

我在横穿亚马孙丛林的道路上拼命奔跑了起来。

湛蓝的天空转眼间就变得漆黑一片了。有什么东西飘飘摇摇地落了下来。

我无处可躲。

就在我呆立不动，抬头仰望之时，我醒了……

这个梦本身已经够离奇的了，但更奇怪的是，在我醒来之后的一段时间里，那轻声细语的呢喃之声仍像耳鸣似的萦回不去。

当然了，这种事是不值得耿耿于怀的。

如今，我正畅快着呢。

我的食欲也异常旺盛。早、中、晚，每一顿饭都要吃过去双倍的食物。还不止是我，这也是我们小分队所有成员的共同表现，以至在吃午饭时，会将见此情形的卡米纳伍族人惊得目瞪口呆。

我晚上的睡眠质量也很好。昨夜是偶尔做了噩梦，可除此以外，我都睡得很香，简直就跟婴儿似的。

麻烦事儿只有一个，就是那个基于原始本能的欲望空前高涨。

我几乎整天都在想着跟你做"那事儿"的情形。以前有些缺乏想象，颇有些过于平淡之嫌。下次相聚时，我们一定要多多尝试。

今年的圣诞节，你就当一次蛋糕，怎么样？

很遗憾，考虑到网络通信的安全性，这方面我不能多写了。

余下的，就留到相会时再享受吧。

爱你！

11

主　　　题：removal（撤离）

发送时间：1997-4-2 11:19

遇到了一些麻烦，我们不得不离开这里了。

原本十分友好的卡米纳佤族人，突然翻脸了。

也不知道到底为什么，就连翻译也是一头雾水。他们像是说，我们迷路那天的夜宿地，是个遭"诅咒"的地方……

总之我们已经"污秽不堪"了，必须立刻离开。看他们那样儿，要是我们不照办的话，处境就会变得极其危险。

其实再过几天，我们此次的考察也就结束了，现在搞成这样子，真是太遗憾了。

目前村里只剩下我们五人，预定是顺流而下后，在玛瑙斯与别的考察队会合。

再联系。

第一章　死亡恐惧症

1

北岛早苗来到病房门口后，站定了身躯。

病房内，右边靠里的窗边病床上，坐着一个身穿蓝色睡衣的少年。他是在眺望窗外吧，那一动也不动的背影，看着似乎比平时更为瘦小了。

病房里并没有其他病人。他们若不是去做检查，就是去什么地方放松了吧。要是在普通病房的话，这个房间的大小能住下六个病人，可现在，只在房间的四个角落里各放了一张病床。这点小小的奢侈，是只有在病人不会痊愈出院的临终关怀服务机构里才能享受到的。

"康之。"

早苗用明快的声音喊道。少年用手擦了一下眼角后，"唰"地一下扭过头来。一张双颊饱满的圆脸上，一如既往地带着讨人喜欢的微笑。唯有下眼睑上的睫毛，显得格外乌黑。

"你在干什么呢？"

"没什么呀……就是看看外面嘛。"

"能看到什么有趣的东西吗？"

"樱花行道树。"

其实那也称不上行道树，只是离医院稍远处的停车场旁，种着四五棵瘦弱的染井吉野樱花树罢了。眼下，樱花盛开的季节已过，纷纷扬扬飘落的白色花瓣之间，嫩绿色的树叶已十分抢眼了。

"虽说已过了赏花的季节，但这样的景色看着也不错啊。"

早苗站在少年的身旁，也眺望着窗外。

"嗯。"

太阳光要比预想中的强烈，早苗不由得眯起了眼睛。他就不觉得晃眼吗？莫非症状已发展到眼睛了吗？早苗不免有些担心。

"汽车尾气那么严重，可那些花依旧给人一种尽情开放的感觉啊。"

"嗯……还能看到它们，真是太好了。"

早苗一时无法应答。因为这个少年已绝无可能看到明年的樱花了。尽管这一点还没明确地告知他本人，可他是个聪明的孩子，恐怕早就有所察觉了吧。很明显，他刚才就是以看最后一眼的心态眺望着樱花的。

对日本人来说，樱花就是星散零落、缥缈无常的象征，总会叫人联想到死亡。刹那间，早苗甚至动起了是否要去跟停车场的主人交涉一下，让他改种别的树木的念头。

可是，临终关怀服务病房与隔壁的普通病房里的住院病人中，也有许多以能从窗口看到樱花为幸事，又怎能去剥夺他们的这一乐趣呢？再说，要是没了那几棵樱花树，这一带的风景肯定变得愈加肃杀与蛮荒了。

"康之，你晚上睡得好吗？"

"嗯。"

"头疼吗？要是疼得厉害，我可以给你一些药。"

"哦，不用了。"

从他脸上的神情可以看出，他不愿意吃更多的药了。这也难怪，他每天不仅要注射四次抗病毒的齐多夫定，还要各服两次ddI和ddC[1]，再加上PeptideT之类的改善神经功能的辅助药、利他林之类的抗抑郁药以及各种维生素，可以说他整个人就是个药罐头了。

"其他地方还有什么变化没有？手脚麻不麻？"

"嗯，目前，还没有什么。"

除了时而发作的剧烈头痛外没有别的明显症状，就他的病情而言，应该说，这已经是十分侥幸的了。因为在他目前的这个阶段，即便出现半身不遂，或语言障碍、记忆丧失，甚至昏迷不醒等症状也都是不足为奇的。

事实上，直到上星期还住在隔壁病房的一个二十多岁的男性病人，就是从与他同等的病情开始突变而几近情绪崩溃的。到了最后一个月，病人已几乎处于情绪缺失的状态了。

然而，对少年而言，目前的状态就能说是幸运的吗？

他必须在意识清晰的状态下眼睁睁地看着死亡一步步地逼近。再说，他还只有十一岁啊。

"以前我家附近，也有樱花行道树的。"

少年突然冒出了这么一句。

"哦，漂亮吗？"

"嗯，那儿有条河，那些树就在河堤上。到了傍晚，我会带着次郎去那儿散步。"

"次郎？"

---

[1] ddI指地丹诺辛，ddC指扎西他滨，两种均为抗艾滋病病毒的药物。

"哦，是一条柴犬。我没跟你说过吧。"

"是啊，我还是第一次听说呢。"

"那是条笨狗。同一位客人来家里好多次，它都记不住。人家来的时候它会'汪汪'地乱叫，可走的时候就对人家摇尾巴了，像是在为刚才对人家乱叫道歉似的。可是，这人要是下次再来，它依然会叫。不过，它可爱的地方也有好多好多哦。我和姐姐放学回家后，它就高兴得活蹦乱跳，四处乱跑。我从屋里走向后院时，它就从屋外抢先绕过去。我朝玄关走去时，它也会抢先去那儿。后来，它得了丝虫病，死了。"

"这样啊……"

"我想把它训练得稍许聪明一点，还经常带它去屋后山里呢。扔出树枝后，它就势头很猛地冲出去。可回来的时候，却是两手空空——不，它没有手，该怎么说？只能说是嘴里空空，什么也没叼回来。也不知道它是没找到呢，还是找到了却忘了叼回来。不过它倒也像是知道自己把事情搞砸了，一副惴惴不安的模样，不敢看我的眼睛。"

早苗怀着十分沉痛的心情听着少年的叙述。因为与老年人追忆往事不同，他即便拼命回忆，所能追忆的生涯也实在是太短了。

说着说着，少年突然停下了。他闭上眼睛，像是在记忆中寻找着什么。

"最近，很多事情都想不起来了……爸爸妈妈的事啦，姐姐啦，还有跟次郎一起玩的事啦。"

"肯定是药物的关系啊。你吃了这么多药，记忆是会暂时性混乱的。"

早苗非常清楚，自己这么说，也仅仅是一时的安慰而已。再过一段时间，恐怕他就连追忆那些作为其来过世上之凭证的点点滴滴，都难以如愿了吧。

"可是，这些都是我最宝贵的回忆啊……"

少年还想说什么，却只是颤抖着嘴唇，一个字也没说出口。

"早苗姐，我害怕……"

早苗在病床上坐了下来，紧紧地抱住了少年。她的胸脯感受到了像是被追得走投无路的小动物所发出的那种颤动。

一个本该即将展开人生的少年，却不得不接受万事已终了的现实。而作为医生，早苗能做的，也仅仅是给他这么个拥抱而已。

2

早苗才回到自己的办公室，就听到了敲门声。她开门一看，见土肥美智子双手各持一纸杯热气腾腾的咖啡站在面前。

"咖啡小歇时间到了。你的我也给带来了。"

"谢谢！"

"两百五十日元。"

早苗苦笑着从白大褂的口袋里掏出了钱包。

美智子坐到了一个小沙发的扶手上，弄得那扶手咯吱作响。早苗不禁有些担心：虽说美智子身材娇小，却已微微发胖，那沙发扶手承受得了她的体重吗？

一抬头，发现美智子正啜饮着咖啡，一动不动地望着自己，早苗便说：

"哎呀，你这是干吗呢？"

"你的脸色很糟糕啊！"

"你看你，说什么呢？"

"开玩笑的。同情患者无可厚非，可要是陪着一起受煎熬，很快就会把自己的精力消耗殆尽的哦。"

"没事儿，我会调换心情的。"

美智子默不作声地喝了口咖啡，看了看早苗桌上的病历卡。

"是上原康之吗？"

"……嗯。"早苗觉得没必要隐瞒，于是就点了点头。

"谁都会特别心疼孩子的，更别说这孩子还是个'药物艾滋'的受害者，是吧？"

"是啊。"

美智子用目光扫视了一下病历卡。

"这上面写的可是母子感染……"

"康之的父亲曾是个血友病患者。一九八四年，由于使用了被污染了的不加热进口血浆，成了HIV（艾滋病毒）阳性，而大学附属医院又没有告知他本人……"

"于是康之的母亲也被感染了？"

"是的。并且在毫不知情的情况下怀了孕，结果康之的姐姐和康之就……"

"真是太不幸了。现在他的家人怎样了？"

"父母和姐姐都已在三年前去世了。"

"这么说，他如今就是个孤儿了？"

美智子不由得长叹了一声，继续说道：

"偏偏他的发病……正好在两年前吧。要是稍稍晚一点，或许就有救了。真是背运背到家了。"

证实多种药剂并用的"鸡尾酒疗法"能有效抑制艾滋病病毒的增殖，还是这一两年内的事情。现在，除了齐多夫定之外，只要与四种蛋白水解酶抑制剂以及五种逆转录酶抑制剂并用，即便仍呈HIV阳性,也能控制到艾滋病长期不发作的程度了。

可是,一旦病症已经发作,且在免疫缺陷性感染加剧之后,事实上就不存在有效的治疗手段了。

"更何况他还有原发性的脑部非霍奇金淋巴瘤(NHL),简直叫人无法想象了……"

早苗连搭腔的心思都没有,只能默然相对。

属于高危恶性综合征的非霍奇金淋巴瘤,在艾滋病病毒免疫缺陷性感染所引发的三种淋巴肿瘤中,是最严重的一种。尤其是中枢神经受到侵害之后,平均寿命就只有两三个月了。

"脑部NHL,治疗方法好像只有放射治疗那么一种吧。"

"是的。可事实上这种治疗也是基本无效的。这孩子转院到这里来后,就没做过放射治疗。"

"是吗?这么说来,接下来所能做的,也就只剩下去抚慰他的心灵了。"

"可是,到底该怎么做才好,我实在是不知道。"

早苗手中纸杯里的咖啡,呈现出了复杂波纹。

"康之他清楚地知道自己将不久于人世了。尽管他也努力让自己接受这样的命运,可他毕竟太年轻,求生欲望还十分强烈,所以内心非常痛苦。可他在我面前却从不说一句软话。他这样子,简直叫人看着就心疼……"

说到这儿,早苗就再也说不下去了。

"你看看,我说什么来着,你也需要心理抚慰了不是?"

"不好意思。"

"有什么可道歉的呢。只是,尽可能将更多的人内心安宁地送往彼岸,不正是我们在这儿的工作吗?因为谁都会死去的,你也会,我也会。倘若每次都将自己的神经搞得一塌糊涂,还怎么做临终关怀医疗服务呢？"

"嗯。"

美智子站了起来，不过其高度与坐在沙发扶手上那会儿也差不了多少。

"你好像睡眠不足的情况很严重，稍稍打个盹怎么样？开药的处方单，就在手边吧？"

"是的。让你担心了，真不好意思。"

"回头见。"说完，美智子就要离开了。

"我说，学姐……"

"什么事？"

"你是不是之前听了我的牢骚话，特意来开导我，好让我轻松一点？"

"是啊。"

"不好意思，老是让你为我操心。亏我还说了什么要拯救人心之类的大话，才主动来做临终关怀服务的呢。"

美智子回过头来说道：

"你知道人们为什么要利用互联网吗？"

这个突如其来的问题，令早苗有些措手不及。

"那是因为，那样的话，能够高效传播信息……"

美智子用鼻子哼笑了一下。

"看来你也中了互联网的毒了。信息什么的，九成都是垃圾，剩下的也都有毒，不是吗？人与人之间的网络，可不是什么信息网，是'蹦床网'啊。"

"……这个？"

"无论什么都一个人死扛着——这种想法是要不得的，会被压垮的！这种时候，就需要周边的人都来分担一点，靠整个网络来吸收掉

第一章 死亡恐惧症

冲击和震动就行了。明白了吗？"

"明白了。"

"还有，你不要再叫我学姐了。之前不是也对你说过的吗？我在女校时期有过不愉快的经历，现在听人提起，还毛骨悚然呢。"

她到底有怎样的不愉快经历呢？早苗有些想问，又有些不想问。于是她只回答了一句"知道了"，可在关上门后，又补了一声"学姐"。

就这么说说话，早苗堵在胸口的烦闷就烟消云散，心情也畅快起来了。为此，她由衷地感激美智子学姐。

紧接着，早苗就大大地伸了个懒腰。

土肥美智子是早苗大学时代的老校友。虽然她们俩学的都是精神科，但由于美智子比现年二十九岁的早苗大了一轮，所以她们认识的时候，美智子就已经来到这里了。美智子已出版了好多本在其专业范围内的、有关青春期心理问题的书，也经常给报纸写专栏写文章（尽管也经常受到"取悦于媒体"之类多半是出于嫉妒的酸溜溜的批评），再加上她早就对安宁疗护[1]有所留意（尽管受到保守人群的反对），也提出了各种各样的建议。因此，这个圣阿斯克勒庇俄斯会医院的舒缓医疗病房，据说在开设日本首个艾滋病晚期临终关怀服务项目后，院长就以三顾之礼把她给请来了。

尽管学姐让早苗打个盹，可事实上她根本没这样的空闲时间——接下来她还要去跟内科与神经科的医生商讨临终关怀服务今后的治疗方针。

早苗认为，不仅是为了治疗艾滋病、脑病，即便是为了解除患

---

[1] 指为疾病终末期患者或老年患者在临终前提供身体、心理、精神等方面的照料和人文关怀等服务，控制其痛苦和不适症状，提高生命质量，帮助患者舒适、安详、有尊严地离世。

者的精神痛苦，今后也要积极使用抗精神病药。而为了能说服这些医生，首先就必须用医学理论来武装自己。

她打开桌上的笔记本电脑，把它从待机状态中激活了。她忽然注意到，电脑的电源一直没关。电脑也跟人一样，工作时间过长就会疲劳，就会出现异常，结果就是总在紧要关头死机。而为了防患于未然，最好的办法就是时常关闭OS[1]，切断电源，让它得到彻底的休息。可是，早苗一想到自己不仅要针对人，就连机器的心理健康也必须加以维护，就未免略感悲哀了。

她首先浏览了一下电子邮件。虽说一大早已经看过一遍了，可之后却又收到了八封——有药房发来的联系事项、制药厂发来的业务通信、药剂师的询问，还有不知对方是从哪儿找来的、"介绍收入与社会地位都同您十分般配的男士"之类的婚介公司的相亲邀请……

然而，并没有高梨发来的邮件。这一周，他音信全无。由于他在最后一封邮件中提到了他们与土著之间的矛盾，似乎事态不太安稳，这就更让早苗放心不下了。

打开文档，开始写看护计划方面的记录时，早苗的脑海里也不断地闪过高梨的影子。

为了转换一下心情，她就这么撂下电脑，走出了办公室。

早苗站在盥洗室的镜子前，仔细打量起自己的面容来。额头较宽，眼睛较大，与此相比，鼻子和嘴就显得较小了。也正因为这样，早苗常会让人觉得比实际年龄年小。她对着镜子嫣然一笑。美智子说她"脸色很糟糕"的话令她十分在意，但她觉得照现在这样，应该就没问题了。

她重新抹了口红，又将脸蛋转向左右两侧，自我检查了一下。她

---

1 英语Operating System的缩写。指电脑的操作系统。

忽然想到，以前去跟高梨相会时，也总是这么做的。

不知从什么时候起，早苗的心就被他全部填满了。

高梨在文坛闪亮登场之际，还只是个大学生，弱冠二十之时。

处女作名为*Implosion*。根据辞典释义，该词是"Explosion"（爆炸）的反义词，通常翻译成"内破"或"爆缩"。

主人公是一位排斥一切人际关系，整天将自己关在房间里的青年。作品深入描写了他那种幽暗复杂的内心世界。由于那是一个极度自闭的世界，故而并不广为读者接受。尽管如此，该书还是成了某纯文学最高权威奖项的候选作品，而且在文学类作品长期低迷的大背景下，销量居然也还过得去。

当时，早苗还是个小学生。她并不是一个特别早熟的文学少女。有一次为了写暑假里的读书心得而在书店里找书的时候，被一本以升学考试和青春这类她当时最关心的题材为主题的书所吸引，便十分偶然地将其买下了。

通读一遍过后，早苗的脑海中只留下了一个杂乱的印象。该书并没有明确的情节线，像是有现实原型的人物与滑稽漫画式角色混杂在一起，给人以一种未完成的感觉。然而，读完后，随着时间的推移，不知为何，该书所呈现的意象却在她的脑海中发酵、膨胀了起来，一些隐藏在不规整的表面与瑕疵阴影之下，闪烁着幽暗光芒的东西，变成永不消失的残像，久久地留在了她的心底。

处在人生最多愁善感的年龄段时读的书，其影响力总是很大的。在此之后，早苗也继续阅读着高梨的作品。

高梨出道后不久，也曾在纯文学杂志上发表带有实验性质的作品。虽说这些作品在发行单行本后，销量也并不太差，可他却改变风格，写起了《银色之夜》之类的，具有大都会趣味的恋爱系列小说，获得了以年轻女性为主的众多读者。每逢新作出版，尽管时间不长，但也会登上畅销书排行榜，有几部作品居然还被改编成了电视剧和电影。

对此，早苗的感受是颇为复杂的。一方面，看到自己很早就认可的作家走红了，心里自然是高兴的；可另一方面，又有一种自己的掌中宝被别人抢走了似的失落。就拿《银色之夜》这一系列作品来说吧，尽管早苗读着也不觉得讨厌，可她发现了其中有意迎合读者的成分后，就感到作者在Implosion中所迸发出的那种令人耀眼的才华，已黯然失色了。

早苗第一次见到高梨时，还是个十九岁的医科学生。当时，早苗在一所补习学校打工，而该校校长正巧是高梨的高中同学。于是，在她死乞白赖地恳求下，校长就给他们安排了见面。

自从读过Implosion以后，早苗就对作者是个什么样的人怀有浓郁的兴趣。可当高梨身穿当时流行的蟋蟀色西服出现在她面前时，早苗就发现他与自己想象中的那个神经质的、文弱的文学青年相去甚远。眼前的这一位，洒脱、自在，是极具社交风度，甚至还深谙奉承女性之道，绝不会让对方觉得无聊的男士。只有他那双时刻生动反映着内心世界的淡棕色眼睛，以及如棋士般白皙、修长的手指，还比较符合她的想象。

见面地点是某高层酒店的酒吧。高梨让早苗在最适宜观赏夜景的座位上坐下后，便口若悬河地聊起了各种试图取悦她的话题。但其中的一大半，都不是早苗想听的有关小说的话题，而是普通年轻姑娘都喜欢的时装、美食之类。想必他是将早苗当作《银色之夜》系列小说的粉丝了吧。

在他的话题一度中断之际，早苗十分果断地谈起了Implosion。她说由于她当时还是小学生，所以读的时候也并不怎么懂，但令她十分震惊的是，读完之后，作品的意象会在自己的心中不断地发酵、膨胀。

听完这些后，高梨脸部表情的变化是令人难忘的。他那双淡棕色的眼睛里，惊讶、害臊、矜持、羞愧等神情交替呈现，可谓是错综复杂。好比老于世故的成年人的面具被人揭下后，露出了未经世事就成了作家的、张皇失措的少年本色。

这个比自己年长九岁的男人，在早苗的眼里一下子就变成了需要呵护的男孩。与此同时，她也确信自己的判断没错：写作《银色之夜》系列之类的小说，只不过是赖以谋生的工作，而高梨肯定还是想写更为出色的作品的。要是能给他以鼓励，对他有所帮助，那将是一件多么愉快的事啊！

然而，直到最后，那一次她所说的话也还不到想说的十分之一。请高梨在其新出的小说《天使飘然降临》上签了名之后，会面也就结束了。后来早苗给高梨寄出了一张表示感谢的图片明信片，也收到了他的回复，但两人之间的关系并没有进一步的发展。

从那以后，在书店门口看到高梨小说的次数就逐步减少了。虽说这也引起了她的注意，可她这时正为了实现自己的梦想而投入繁忙的学习之中，已经远离小说了。

她再次与高梨会面，已是相距初次见面六年之后的事情了。这时，二十五岁的早苗已经作为实习医生，在母校附属医院的精神科工作了。

有一天，她偶然去了位于神田的书店。就在她立于书架之前，浏览与精神病医学相关的书籍时，注意到身边站着一个模样有些熟悉的男人。那是个高个子男人，顶着一头干燥、蓬松的乱发，身穿一件胳膊肘上带有灯芯绒补丁的西服，一边神情专注地看着书，一边抚摸着从脸颊蔓延到下巴的短胡须。

早苗起初还以为是"似曾相识症"在作怪，可随后，那种"曾在哪儿见过这人"的感觉就越来越强烈了。明目张胆地去观察人家的脸自然是做不出来的，她只得用余光不时地去瞟他一下而已。一会儿过后，那人就将手里的书还到书架上去了。就在此时，他那对男人来说过于白皙、修长的手指映入了早苗的眼帘，她情不自禁"啊"的一声，引得那人将讶异的目光投射到了自己的脸上。而当早苗看到了那双淡棕色的眼睛之后，她也就确信无疑了。

"高梨先生。"

高梨闻声，脸上露出了惊讶的表情。

"我们以前见过一次的，是通过松宫先生介绍的。我是北岛早苗。"

高梨脸上疑惑的神情顿时舒缓了。

"哦，你好。我记得你的。真是……好久没见了。"

早苗发现，不仅是表情，就连他那低沉的嗓音也与之前判若两人了。

闲聊了一会儿后，高梨略带迟疑地提议"可否一起去喝杯茶"。早苗十分爽快地就接受了邀请，如此率真、诚朴，连她自己都吃了一惊。

很快，两人就走进了附近的一家红茶专卖店。落座之后早苗才发现，高梨身上的服装要远比她最初以为的贵很多。

从羊绒衬衫、粗灯芯绒长裤到鹿皮皮鞋，全都十分完美地贴合着他的身材。由此看来，他这一身行头无疑是在有名的服装店里定制的。更何况他戴在手腕上的那块表，还是纯金的百达翡丽。她心想，高梨哪里来这么多的钱呢？最近，在新书书单和小说杂志的目录中，几乎都找不到他的名字了呀。

当从有着二三十个种类的红茶菜单上抬起头来，早苗发现高梨正专注地看着一个连接在手机上的信息终端的显示屏。

"不好意思，我只是想看一下早盘的收盘行情而已。"

高梨苦笑着，马上就收拾起了那套装置。

"是外汇行情吗？"

"不，是股票。"

这话让早苗大感意外。高梨与股票，这两者怎么说也不搭调啊。

"您在从事股票交易吗？"

"嗯，是啊。不过最近，多空仓位一直都持平来着。"

"持平？"

"就是既没有超卖，也没有超买的意思。目前的行情，是绝对不能做多的。可要做空，也是需要相当大的勇气啊。"

股市持续低迷之类的信息，早苗也从新闻里听到过。

"这么说，在此之前，您是经常买进、卖出的了？"

"是啊。老实说，正儿八经地干这事儿，也仅仅是'泡沫经济'[1]破灭前那会儿啊。后来，就只是稍稍做一些暴跌后行情略有空间的银行股了。其实，现在我也没了那股子紧盯行情的劲儿了，只是出于习惯，留意一下股价而已。以前也做过一点橡胶、赤豆之类的期货，可这方面，在付了点'学费'，知道了这绝不是外行可以乱闯的领域之后，就早早地金盆洗手了。"

说到这儿，高梨喝了一口刚好送来的祁门红茶。

"可是，股票交易是很难的吧。"

"哪里难啦？一点都不难。只要不是眼下这种行情，像北岛小姐，估计你也能在股市里大赚一笔的。"

"哪能呢？我向来对经济一窍不通，甚至连现在的法定利率是多

---

[1] 指日本自1986年至1991年股票、土地等资产价格飞涨的虚假繁荣时期。

少也不知道啊。"

高梨笑着摇了摇头。

"那玩意儿不知道，又有什么关系呢？需要的是对于人心的洞察力，仅此而已。这对你来说，说不定还更得心应手呢。"

"是吗？"

早苗有些半信半疑。

"你看过证券公司发来的业务通信吗？只要看看用来描述股市动态的报道都用些什么词语，就很清楚了嘛。通常都大致如此吧：市场氛围强弱交错；由于走向不明，行情呈神经质性波动；因厌恶大量不良债务而抛售；受出口增长鼓舞而出现了低位买入；因景气恢复迟缓而导致悲观性暴跌。根据这些话语，你能想象出什么样的人来吗？"

"呃……这些当然都是比喻，可情绪表达的成分很多啊。"

"问题是，这些不仅仅是简单的比喻。事实上，在股市里看着行情波动，人们就会觉得都是些情绪极易受影响、行为冲动的女性在买进卖出，让人感到很不可思议……啊，不，我并没有任何蔑视女性的意思。"

早苗轻微地瞪了高梨一眼。

"将女性等同于情绪易受影响、行动冲动，可是一种偏见哦。"

"说得对。事实上，在炒股的人中大部分都是男性。并且，很多人应该还是受教育程度很高、社会经验十分丰富的呢。可尽管如此，他们的实际行为却是随心所欲，甚至是歇斯底里的，给人的感觉像是一大群人在黑暗中横冲直撞似的。只要传来一点点谣言，他们立刻就陷入恐慌之中了。"

早苗心想，人类就是这样，即便一个个作为单独的个体时都十分明智，可一旦集合成群，就会倾向于做出愚蠢行为。或许股市狂热，也具有使人类理性瘫痪的效果吧。

"能够左右这些人的行为的,既不是经济理论,也不是什么长期展望,而是简单易懂的故事。"

"故事?"

"是的。影响具体股价的,都是煞有介事的故事。比如,开发出了划时代的新产品;发现了该产品的致命缺陷;巨额表外负债败露;社长遭到地方检察院的审讯;像是接受了外资的M＆A[1]邀请……如此这般,不一而足。并且,他们根本不关心这些故事是真是假,只要它们能在短期内推高股价,没在自己脱手前被人戳穿,也就是说,只要市场买账就行了。反之亦然,只要能拉低股价……"

高梨手里端着茶杯,微笑道:

"我最初下海炒股,是没抗住证券公司业务员死缠烂打式的劝诱,结果就买了NTT[2]的股票。以此为契机,我就怀着极大的兴趣观察起行情波动来了。很快,我的直觉就告诉我,这并不是一个由经济学规范着的世界。很显然,股市不是根据经济学,而是根据游戏理论和心理学而波动的。对能洞察人之心理的人来说,赚钱不就是易如反掌的事儿吗?因为,只要你能及时预测到参与者中的大多数都选择哪只股票,并选择了买入还是抛出,那就赢了。"

"心理学啊……"

早苗将茶杯拿到鼻子底下,嗅着武夷正山小种红茶的香味儿,心想,真有这么简单吗?

"不过,一旦搞砸了,管用的就不是心理学,而是动物行为学了。"

"动物?"

---

[1] 全称"Mergers and Acquisitions",即企业并购,包括企业的兼并与收购两种方式。
[2] 日本电信电话株式会社的简称。

高梨的脸上浮现出了嘲讽的微笑。

"有一类被称为'场内经纪人'的，如今早已销声匿迹了，但在'泡沫经济'的鼎盛期那会儿，可是相当活跃的。想必你也在电视里看到过他们在东京证券交易所的交易大厅里，通过各种手势替客户买卖股票的场景吧。"

早苗点了点头。她回想起了这么个场景——像是在某个体育馆的场地上，各种纸片飞舞如雪花一般。一帮杀气腾腾的家伙，一边大声吼叫着，一边重复着各种奇特的手势……她记得当时自己还纳闷儿呢：靠那种方式沟通，居然不会出错，那帮家伙还真有两下子啊。

"各个证券公司都有场内经纪人，而相较于那些大公司，中小型证券公司的情报能力自然也较弱。那么，他们的场内经纪人在无事可干的时候，你觉得又会做些什么呢？"

"这个……"

"他们会紧盯着像是野村证券株式会社之类、实力雄厚的证券公司的场内经纪人，然后会跟随他们买卖交易，也不管三七二十一，只顾有样学样地买卖相同的股票。这叫作'跟大户'。站在高处观察他们在场内的所作所为，简直就与紧跟在即将展开捕猎的狮子身后的鬣狗一样。'狮子'们呢，带着佯装不知的表情，想悄悄地甩开这些盯梢者；可那些'鬣狗'是不会轻易放弃的，他们会两眼放光，亦步亦趋地紧随其后。"

想象一下，这确实是一个相当滑稽的有趣景象。或许，高梨还是以一个小说家的眼光来观察股票市场的。

然而，高梨的口若悬河、滔滔不绝，还是引起了早苗的注意。因为根据她也才开始不久的心理咨询的经验，过于健谈的人往往不是要表达什么，而是要隐瞒什么。她觉得，眼前的高梨之所以要滔滔不绝地谈论股票交易，应该是害怕被自己问到别的什么。

第一章　死亡恐惧症

"……说了这么多的大话,其实我也只是在'泡沫经济'的鼎盛期搭上了便车,趁势赚了一把而已。要是非要说什么秘诀的话,那就是不能贪心了,就跟吃饭只吃八分饱似的。也就是说,绝不能想着在顶点上抛售。还有,在做加杠杆的保证金交易时,一定要想着可能会来的追加保证金的通知,留有足够的余力。"

"这么说,你已经很成功了吧。"

考虑到直接问"赚了多少钱"也太没品位了,故而早苗换了种较为委婉的问法。

"嗯。这么说吧,这与我本行赚到的全部版税相比,至少还要高上几倍吧。"

高梨说得轻描淡写,可考虑到《银色之夜》系列走红那会儿他的收入就已经相当可观,还要高上几倍的话,那就真是非同寻常了。

"更何况我正好在黑色星期一[1]之前结清了所有的头款。真是万幸啊!之后,由于房地产暴跌,我就用那钱在四谷买了一栋铅笔楼[2]。一到三楼出租,自己住四楼,五楼用作工作室。有空请一定过来坐坐。"

"谢谢!"

由于根本没想到他会说出这样的话,早苗已锐气尽失。

"那么,您的下一部作品,大概什么时候出版呢?"

随口问出之后,早苗马上就心中暗暗叫苦了。因为,刚才还滔滔不绝、兴致勃勃的高梨,突然就开始结巴了起来。毫无疑问,这话一下子就刺到了他的最痛处。

"呃……这个嘛……嗯,可能的话,尽快吧。"

1　指1987年10月19日(星期一)美国纽约股市大暴跌。
2　建于狭窄土地上的细长型建筑,形似铅笔。

"哦，我很期待的。因为我一直是您的粉丝啊。"

"是吗？谢谢！可是……"

高梨的脸上呈现出了一片萧瑟感。

"唉，估计你也注意到了吧。近来，我一直都没出书啊。"

果不其然啊，早苗心想。或许是自恋不轻，或许是对自己的容貌极度自信吧，高梨的单行本上必定带有作者的近照。故而书店里一出现他的新书，早苗肯定会认出他的脸来的。

"是……低潮期吗？"

"这个嘛，或许也可以这么说吧。其实也不是写作的问题，而是销路的问题。"

"可你不是已经出了那么多畅销书了吗？"

"问题是，读者都读腻了呀。就在上次跟你见面的一年之后吧，我的书一下子就卖不动了。以前的作品几乎已经都绝版了。文库本倒是还有三十多本，可是……"

高梨这种近乎自谑的坦率，反倒让早苗不知该说些什么才好了。

"这可真是个严酷的行业啊！"

高梨一时无言，默默地啜饮几口已经冷掉了的武夷正山小种红茶，忽然又冷不丁地从他那个挂肩式皮包里取出了一沓打印好的底稿来。

"这是我最新的作品。能拜托你读一下，并告诉我感想吗？"

"啊？我，行吗？"

"当然行了。希望你能予以严格的批评。不必有什么顾忌。"

"好的。"

早苗发觉自己在同情高梨的同时，居然对他如今身陷窘境也不无窃喜。

要说起来，这种感觉有点像一本借给了朋友且早就不知去向的书,在时隔多年之后又回到了自己的手中而欣喜似的。

现在,能够帮助他的,只有自己了。这种想法,绝对是令人欣喜莫名的。自己早就欣赏他的才能了,要是如今能通过自己的帮助让他重振辉煌,那该是一件多么值得自豪的事儿啊!再说,这次他将是靠真正的小说获得成功的。

从高梨手里接过来的底稿,标题为《残映》。这么个书名初看像是历史小说,不过才看了一下开头部分就发现,是以现代为背景的。与高梨告别,回到公寓后,早苗就一口气把底稿全读完了。她觉得这书稿要是换算成每页四百字的稿纸,有三百来张吧,应该算是个偏长一点的中篇。

故事梗概为:一个曾风靡一时,而后又长久为世人所遗忘的"奶油小生",以低得可忽略不计的片酬在某影片中出演了一个反角,结果开拓了演技的新天地,重又受到了万众瞩目。然而辉煌转瞬即逝,他马上就卷入了一场莫须有的丑闻之中,承受着媒体劈头盖脸的攻击。最后,该演员便放弃了无人相信的辩解,主动上演"反角",走上了自我毁灭之路。

尽管写得有些拘谨,可或许是主人公的苦恼也体现着作者自身经历的缘故吧,读来却极为感人。是否能成为杰作虽然难以判断,但说是一部力作,是绝对错不了的。

而引起早苗注意的是,书中人物那过于强烈的死亡意识,尤其是那段——挣扎在丑闻泥淖中的主人公,在阳台上眺望着夕阳嘟囔道:

"这是产前的痛苦呢,还是死前的痛苦呢?"

这话令早苗不寒而栗。

听了早苗的感想后,高梨对作品作了较大的修改,然后将其送到了一家以前合作过的小出版社。编辑看后尽管面有难色,但最后还是以较少的印数出版了。

没过多久，早苗就听说该书加印了。虽说她也觉得有些意外，但还是感到十分欣慰。

然而，在那之后不到一周的某一天，偶然进入高梨书库的早苗在那里发现了几十本《残映》。当时，她也没怎么太在意，可后来书的数量却与日俱增了。早苗好多次看到一个像是打零工的小伙子，提着用东京都内某大书店的纸袋装着的书走进来。对此，高梨也未做任何解释。没过多久，《残映》就从书库里溢出来，堆到了高梨工作室的地板上了。这可是个只消看上一眼就令人丧气的景象啊。

早苗想起了平克·弗洛伊德[1]歌中的一小段歌词："折叠好的报纸就那么堆放在地板上，报童每天还在送来新的……"让人感到一种悲剧日益临近的绝望与疯狂。她暗自担心，倘若工作室里的书继续增多的话，要么是高梨的神经，要么是工作室的地板，总有一个迟早会崩塌的。

可是，有一天早苗来到高梨的工作室一看，发现那些堆得跟小山似的书都不见了踪影。原来，高梨为了保管自己的书，在附近租了个仓库。

眼前的问题算是暂且解决了。可没过多久，真正的危机就浮现出来了。

"不知怎么搞的，最近老做一些怪梦。"在早苗与高梨成了恋人的一个来月之后，一天早上，高梨翻了个身后嘟囔道。

"什么样的梦？"早苗睡眼惺忪地问道。

"近来每天晚上都做同样的梦。虽说也有些细微差别，可基本上都是我身处一所大宅子里。面前有一条长长的走廊，两侧都是门，我去打开最靠近自己的那扇门。"

---

[1] Pink Floyd，英国摇滚乐队。成立于1965年，风格偏向电子音乐和迷幻摇滚。

第一章　死亡恐惧症

"门里面有些什么呢？"

被勾起了好奇心的早苗赶紧问道。

"什么也没有。"

高梨摇了摇头。

"第一个房间里空荡荡的，什么也没有。第二个房间也是这样。第三个房间，门一开就是一面墙。再下一个房间上着锁，门怎么拉也拉不开。"

"好无聊的梦啊。结果还是什么都没看到嘛。"

"不是的。最后一个房间的门打开后，房间靠里处有一张餐桌，桌上放着一个盒子，还系着缎带，像是一件礼物。我内心怦怦直跳地打开了那个盒子。"

"结果还是空空如也吧。"

早苗带点恶作剧地笑着问道。

"不。里面有一条蛇。"

高梨颇为不快地皱起了眉头。

"蛇？"

"嗯。虽说盒子里很暗，看不清颜色和形状，可我知道那是一条毒蛇。我立刻就将盒子扔掉了。这时，不知从什么地方传来了一个声音，说是'无论到什么地方，都摆脱不了我的'。"

"哦……"

"我吓得直打战，冲出了房间，又一个个地打开了别的房间。可是这回，无论哪个房间里，都有一张放着礼盒的餐桌了。通常到了这会儿，我就醒了。"

早苗听着听着，心中的忧虑也渐次加重了。虽说在读过《残映》之后她就有所怀疑，可现在听他这么一说，更是明白无误了：高梨的精神状态正在出现异常。

以精神科专家的眼光来看，毫无疑问，这就是受到死亡恐惧症侵害的前兆。

精神科的医生对于心理学通常都不那么在行。然而，早苗受到一位研究神话的好友的影响，对于解梦也具备了一些基本知识。"蛇"是出现在人类梦境中最原始的形象之一。关于这一点，只要看看因纽特人的神话就明白了：他们所居住的极地，现在根本就没有蛇，可他们的神话里却出现了蛇。

而"蛇"的最重要的象征意义不是别的，就是死亡。

有两个护士聊着天，走进了盥洗室。早苗回过神来后，回到了办公室。此时电脑显示屏已经变暗，长着翅膀的烤面包机屏保图案正在夜空背景中飘浮着。

她坐到椅子上，触碰了一下鼠标，电脑显示屏立刻就恢复了文档编辑画面，可早苗已放弃努力，不再强迫自己专注于工作了。

仔细想想，高梨已经完全具备了深陷死亡恐惧症的所有条件。

首先是生活富裕，无需为温饱而日夜奔波。

自古以来，死亡恐惧症就是以王公贵族之心病而闻名的。每天疲于奔命，不得不挣扎于各种困境的人们，是无暇顾及什么远在将来且不知何时到来的死亡的威胁的。反倒是基本欲望都已得到了满足却又内心空虚的人们，才是最危险的。

其次是思虑过度，遇事过于"专注"。

故而作家和哲学家这一类人，也是死亡恐惧症的"美餐"。他们最大的恶习，就是无论面对什么，都异常"专注"。宇宙间的林林总总、森罗万象，原本就不存在什么意义，可只要一本正经地加以"专注"，就会觉得万事万物都失去了意义。这原本就是理所当然的事情。

第一章　死亡恐惧症

最后是对科学怀有过于朴素的信仰。

准确记述世界与展示人类幸福生活之前景，原本就是毫不相干的两回事儿。英国作家道金斯的《自私的基因》等书就是揭示两者间鸿沟的经典著作。所有的生命都不过是基因的载体——这样的观点即便符合客观事实，也只能让我们赤身裸体地面对酷寒之宇宙，并战栗不已。

或许人类的恐惧总是大致保持着一个不变的总量亦未可知。

仅仅在几代人之前，不论多么大的城市，只要夜幕降临后就一片漆黑了。在那样的时代里，想必人们是真的相信有幽灵存在，且心怀恐惧的吧。然而，在否定了死后世界之时，恐惧的对象就成了现实中的危险，以及死亡本身了。

人类用想象力创造出来的黑暗领域，尽管晦暗不堪，却也绝不是真空一般的"虚无"。它实在是人类面对真正黑暗之前的缓冲地带。可遗憾的是，我们却将这一保护自己的、善意的黑暗一扫而光了。

即便翻开美国精神医学学会编撰的《精神疾病诊断与统计手册》，也找不到有关"死亡恐惧症"的记述。这就是说，它尚未被纳入精神障碍的范畴，而仅仅被看作抑郁症的一种。这可能是由于其恐惧的对象并不是违背常理的，而是谁都能感到恐惧的死亡，且极少引发社会问题的吧。然而，死亡恐惧症却在悄悄地、深深地侵蚀着人心，尤甚于任何一种别的恐惧症。甚至在不久的将来，它可能会从根本上彻底摧毁人类社会亦未可知啊。

早苗预想到，今后，尤其是在日本，死亡恐惧症患者将会剧增吧。在这个近来虽说被阴云笼罩着，却仍可以说是世界上屈指可数的经济繁荣的国度里，如同烤肉鸡块似的拥挤着衣食无忧的富裕人群。更何况很多日本人没有宗教信仰，内在规范不断崩塌，一旦深陷死亡恐惧之深渊，岂非无路可逃、无可救药了吗？

今年一月，高梨突然决定加入某报社主办的亚马孙雨林调查项目。早苗理解他当时的心情，考虑到接触大自然将会改善他的精神状态，所以并未予以反对。

想到这里，早苗不由得叹了口气。

一个是因死亡迫在眉睫而战栗不已的少年上原康之，一个是因虽远在云遮雾罩的将来却一定会到来的死亡而深深恐惧着的高梨……

到头来，我还不是哪一个都救不了吗？

第二章　归来

午饭吃的是苦瓜炒什锦。用调羹舀起一勺来，尚未送到嘴边，就有大半的鸡蛋和猪肉的碎末"噼里啪啦"掉到了餐桌上。这种徒然的努力坚持了一会儿之后，青柳谦吉就不耐烦地将盘子推开了。

"你这就不吃了吗？"

早苗问道。她也是偶然走过这儿，见青柳在吃饭，就停下来仔细观察了一番。

"是大夫吗？我没有食欲啊。算了，这个给你吃吧。"

青柳回过头来说道。可他的视线并未到达早苗的身上。他一抬腰，从后屁股口袋里摸出一个像是装了威士忌的便携式金属酒瓶。

"光喝酒可对身体不好啊。酒精是不实在的能量，不多吃些别的东西可不行啊。"

早苗训诫道。虽说临终关怀服务机构里并不禁酒，可要是用酒来代替午饭，也太出格了。

"都到了这地步了，还说对身体好不好的，有用吗？"

青柳扯着嘴角笑道。他今年五十三岁，是一个体格健壮的大汉，剃着板寸头，一只眼睛上戴着眼罩，故而给人的感觉就不是什么精悍，而是凶悍了。

"不喜欢吃苦瓜炒什锦吗？"

"也不是不喜欢。只是，事到如今，就算吃这样的东西，也治不了我的艾滋病，不是吗？"

通常认为，苦瓜炒什锦中的苦瓜含有三种蛋白质，具有抑制HIV增殖的功效。

"你有什么想吃的东西吗？我去给你拿来？"

"不用了。"

"青柳先生，你喜欢吃金枪鱼生鱼片盖浇饭是不是？要不要……"

"我说不用了。"

青柳不耐烦地打断了早苗的话。早苗看着他的表情，恍然大悟了。

"我说，我来喂你吃，好吗？"

"啊？别开玩笑了！"

青柳脸红了。

"偶尔一次又有什么关系呢。让年轻的女孩子喂饭吃，你不觉得开心吗？"

"哪儿有年轻的女孩子呀？这是三十来岁的女人说的话吗？"

"哎呀，你也太没礼貌了。人家才二十九岁嘛。"

早苗在青柳身旁的椅子上坐了下来，用调羹舀了一勺苦瓜炒什锦，说道：

"来，张开嘴。"

"别这样！别人都看着呢。"

"没什么'别人'哦。"

在这间用作食堂兼谈话室的休息室里，眼下只有青柳与早苗两人。

在早苗的坚持下，青柳极不情愿地张开了嘴巴。于是早苗就一勺苦瓜炒什锦一勺饭地将食物送入他的大嘴中。每次，青柳都只是嚼了两三下就"咕咚"一下咽下肚去，让早苗觉得自己像是在给一头奇怪的大型动物喂食似的。

"胃口很好嘛。你肚子很饿了吧？"

"哪里？只是不想叫人看到我这副模样，才吃得快的。我说大夫，也真是难为你了，要是你老公在身边，也会每天这么喂他的吧……"

到了这会儿还要胡说八道！——早苗为了让他闭嘴，故意往他嘴里塞了更多的饭菜。

与此同时，早苗还不动声色地观察着他眼球的动态。由于巨细胞病毒的感染，他的左眼视力像是下降了许多。而那只戴着眼罩的右眼，则已经完全失明了。

早苗像是终于明白刚才青柳为什么不端起装苦瓜炒什锦的盘子往嘴里扒拉了。他恐怕是在用一把调羹，向那不公平的命运挑战吧。

"好。这是最后一口了。要喝茶吗？"

青柳蠕动着嘴巴，默默地点了点头。

就在早苗将玉露茶叶[1]放入茶壶，并注入开水的当儿，青柳低声问道：

"我，没多少日子了吧？"

"说什么呢？还长着呢。"

"刚才，我听他们闲聊，剩下日子最短的是那个孩子，接下来，

---

[1] 日本最高级的绿茶之一，拥有特殊的香味和甜味。以京都宇治和福冈八女的茶叶最为有名。

就是我了……"

"他们都是瞎说的，别放在心上。那种事儿，连我们医生都没法预测的嘛。"

对于那些不负责任、信口胡言的家伙，早苗感到十分生气。尽管他们这么说也没什么恶意，可既然自己也在同样的处境之中，为什么对他人的痛苦就那么迟钝呢？她将冒着热气的茶碗递到了青柳的手上。

"我说，我要是动弹不了了，没什么希望了，可千万不要勉强给我拖日子啊。还请干净利落地给我来个痛快的。"

"'来个痛快的'是不大好办的。不过，临终关怀服务机构基本上也不仅仅是以延长为治疗目的的，所以……"

听了她这话，青柳像是多少有些放心了似的，喝起了玉露茶来。

青柳本是个开长途卡车的司机。他感染HIV，完全是由于同异性性交。

不过这也不是他自己在外面玩女人的报应，而是从他老婆的出轨对象那儿传来的病毒。故而他内心的不爽也不难理解。

来个痛快的？——早苗在心里翻来覆去地咀嚼着青柳的这句话。当然了，在日本，安乐死是不被允许的。顶多也是在本人或家人明确表态后，不再坚持无意义的续命治疗而已。

然而，正如青柳所说，在明知康复无望的情况下，置患者于难以承受的痛苦之中，这么做，真可说是人道的吗？

直到今天，人们甚至都不将安乐死问题当作一个议题来讨论一下，这难道不是不容法律秩序掀起一点点风波的官僚体系所策划的吗？对此，早苗是心存疑虑的。诚然，对于已失去清醒意识的患者，家族成员或医生擅自揣测其意志后结束其生命的做法，是蕴藏着某种危险的。可是，在本人的意志得到清晰的表达的情况下——哪怕只有

第二章　归来

一句话吧——帮助患者结束痛苦，难道不也是一种十分正当的临终关怀吗？

可事实上，即便是在临终关怀服务机构内，安乐死问题也仍处于一个触碰不得的禁区。不过，早苗心想，有机会的话，还是要就这个问题听一听土肥美智子的意见。

出了谈话室走过护士站的时候，早苗被一个年轻的护士叫住了。

"北岛医生，有您的电话。"

这个还不到二十岁、天真活泼的护士，满脸都是莫名其妙的欢笑。

"是谁打来的？"

"一位男士，说是叫高梨……"

尽管心里"咯噔"了一下，早苗还是显得镇定自若。

"好吧。请保留一下，我到办公室里去接。"

后背承受着护士们好奇的视线，极力抑制着想要快步奔跑的冲动，早苗缓步走进了办公室，做了一个深呼吸之后，才拿起了电话听筒。

"喂，喂……"

"是我啊。好久没见。"

高梨的声音听起来让人觉得他精神抖擞，甚至还有点轻佻浮滑。

"你怎么回事儿？怎么完全不跟我联系了？人家担心不担心呀？"

为了掩盖住内心那难以抑制的喜悦，早苗不得不用责备的口吻说道。

"抱歉！抱歉！因为不得不紧急撤出村子，一切都手忙脚乱的。途中，我的电脑又掉到河里去了，所以没法给你发邮件啊。"

高梨似乎有了以重要的东西献祭河神的习惯了。

"看了你最后的一封邮件,我还以为你被印第安人吃掉了呢。"

"那倒没有。不过,当时的气氛确实十分凶险啊!要是磨磨蹭蹭的,说不定真有生命危险的。"

……说不定?

"那么,你现在在哪儿呢?"

"成田机场。"

早苗顿时语塞。要不说从刚才就觉得怪怪的呢。一个从巴西打来的电话,声音也过于清晰了点。电波绕地球半圈而来,怎么着也得花点时间吧,可听起来却没有一点时差。早苗知道自己的心正怦怦直跳,但不明白的是,这是因为惊讶呢,还是由于期待重逢的兴奋呢?

"可是……你不是要在两个星期之后才回来吗?"

"原计划提前结束了,出了点事儿了嘛。我说,我马上就去你那儿,可以吗?"

早苗慌了。

"啊?马上?等等,我还有事情要做呢。"

"没事儿。不会占用你的时间的,就想看你一眼。"

"哦哦……你来我当然高兴了,可是,来这儿的话……"

"行了,我马上就到。爱你哟!"

电话被突然挂断了。

早苗茫然地放下电话听筒。"爱你哟!"——仅对这一句,她回味了好多遍。书信或电子邮件另当别论,可直接从他嘴里说出这三个字来,她还从未听到过。为此,她好一阵子没法将注意力集中到工作上来。大约过了两小时,高梨出现了。

接到通知赶到医院本部的前台时,早苗看到高梨正倚着柱子抽烟呢。他头戴黑色鸭舌帽,鼻梁上戴着墨镜,上身穿着T恤衫和那种摄影师常穿的背心,下身穿着牛仔裤。

发现了早苗后，他就仰起了脸来。他的脸晒得黑黑的，一张嘴，露出了雪白的牙齿。早苗站定了身躯，刹那间，她似乎觉得那是个陌生人。

"嗨！"

高梨挺起身子，嘴里叼着烟就大步走来了。早苗见他这么着就要来拥抱自己了，慌忙伸手加以制止。

"喂！喂！等一下！烟！你的烟！"

"啊！对不起。"

高梨讪笑着从背心口袋里掏出了一个便携式烟灰缸，将香烟掐灭在那里面。

"这里虽然并不禁烟，可作为我个人的请求，还是希望你不要在医院里抽烟。"

"啊，是的。都怪我。都怪我。"

高梨嘴上这么说着，却一点也没显出做错了事儿的神情。

他到底是从什么时候起开始抽烟的呢？至少在出发去亚马孙之前，一次也没见他抽过烟呀。

高梨以前常说，烟草就是被白人虐杀的美洲原住民的诅咒。抽烟虽说可缓解焦虑、集中注意力，可说到底，无非是一种慢性自杀行为。看着自己的余生在一点点地燃尽还乐呵呵的家伙，不是傻瓜就是受虐狂。根据他说这些话时的表情，只能认为他打心底里是讨厌抽烟的。

"我的脑海里可一直都只有你哦。"

众目睽睽之下将他带到了停车场后，高梨突然换了一副一本正经的面孔，紧盯着早苗。早苗不由得怀疑起自己的眼睛来：这人，真是那个高梨吗？

他的脸，不仅晒黑了，脸颊也变得紧致坚毅了，完全给人以一种

061

强悍的感觉。而最大的变化，是他那活泼开朗的表情，简直与之前判若两人。

"我也很想见到你呀。可是……"

"可是？"

"高梨，你像是变了许多啊。"

"是吗？"

"嗯。简直跟换了个人似的。"

"你觉得还是以前的那个好？"

"现在的这个好。"

见早苗摇了摇头，高梨不由得露出了微笑。

"看来这趟亚马孙还是去对了。"

"怎么说？"

"嗯，这个嘛，就以后慢慢聊吧。"

"那么你觉得自己最大的变化是什么呢？"

"这个嘛……我觉得是明白了一件事。"

"什么事？"

高梨拉过早苗，将她抱在了怀里。虽说他的拥抱还跟以前一样，小心翼翼地，就跟抱着个易碎物品似的。可从他的拥抱上早苗已完全感受不到以前的那种走投无路的焦躁感了。

高梨在早苗的耳边喃喃细语着。刹那间，早苗感到了一阵战栗。她不明白的是，这是出于他在自己耳边吐气的缘故呢，还是因为他所说的话。

"我终于明白了，死亡，一点也不可怕。"

就在前一秒钟，浇了肉汁酱的厚厚的烤牛肉还在高梨的面前堆得跟小山似的，怎么一转眼的工夫就没了呢？早苗不由得望着他的盘子发愣。莫非那些牛肉不是被他吃掉，而是被他变戏法变掉的？这可是第三盘了，却已经一点都不剩了。

"还能再来一份吗？"

高梨喝着葡萄酒问道。

"你是不是吃太多了？"

早苗愕然反问道。

"有什么关系呢？时隔许久，今天总算又吃到了你做的饭菜了嘛。要知道我在亚马孙那会儿……"

"净吃些猴子跟老鼠了，是吧？已经听你说过好多遍了。"

"哪是什么老鼠呀，虽说同属啮齿目动物。哦，对了。兔豚鼠的肉质很嫩，可好吃了。还有，刺鼠也不错。不过水豚跟海狸鼠的臊味有点大，我就不推荐了。"

"很遗憾，牛肉已经没有了。谁能想到你要吃这么多呢。足有一点五千克呢……"

"还有别的东西可吃吗？"

"不巧的是，我没准备什么烤兔豚鼠或烤刺鼠。"

"刚才的意大利面呢？不是还有吗？"

"是啊，还有。"

早苗叹着气说道，随即便进厨房将盛有鱼子酱意大利实心细面的餐钵给端了过来。

"给。你想吃多少就吃多少吧。"

将意大利实心细面叉到自己的盘子里后，高梨便又开始狼吞虎咽地大吃了起来。除了偶尔喝几口葡萄酒补充水分外，他只是一个劲儿将面条往嘴里塞。

他的这种吃相令早苗目瞪口呆，同时又让她感到困惑不解。要说他的心情，倒是自始至终都是很好的，故而不像是精神压力所造成的饮食过度。

尽管他回国还不到两个星期，可即便从穿着也能看出，他的身材已开始走样了。或许是心理作用吧，他之前还显得紧致坚毅的脸颊，如今看着也觉得松弛、疲软了。

"好不容易才减肥成功嘛，怎么又……"

"哎？你说什么？"

"没什么。你喜欢吃我做的饭菜，我自然很开心。可是，我们就不能再享受一下交谈的乐趣吗？"

"嗯。是啊。这么着吧，刚才我说了在亚马孙的见闻，现在，我想听听你的事儿了。"

"我的事儿？"

"对。最近医院里发生的事儿之类的。"

早苗吃了一惊。因为以前高梨总是有意回避有关临终关怀服务机构的话题的。

"呃……这方面可没什么有趣的话题啊。"

"又不是非要听有趣的话题。尤其是你所从事的是安宁疗护嘛，在工作上肯定有许多烦恼吧。"

说着，高梨又从餐钵中叉了一大堆意大利实心细面到自己的盘子里。

见此情形，早苗不由得担心了起来：他的胃，已经被撑大了吧。

"这个嘛，嗯，倒也是。不过净是些很沉重的话题啊。"

"没事儿，我想听。"

无奈之下，早苗只得在隐去了姓名的前提下讲述了上原康之与青柳谦吉的事情。说着说着，她感到越来越别扭了。以前避之唯恐不及的话题，今天他为什么这么想听呢？

"那个男孩，快要死了吗？"

高梨的这种口无遮拦的问法,简直令早苗目瞪口呆。

"就算病情能保持平稳,也只有两三个月了吧。"

"是吗?好可怜啊!那么,那个卡车司机呢?"

"那就不知道了。"

"死的时候,会很痛苦吗?"

"我们会用足量的吗啡来抑制疼痛,患者应该不会感到多少痛苦的。"

高梨一边说着话,一边用左手松开领带,解开衬衫纽扣,露出了胸膛。可在做这些事儿的同时,他右手却依旧一刻不停地用叉子将面条塞进嘴里。他的腮帮子鼓鼓的,就跟啮齿类动物似的,未经咀嚼就将食物咽下肚去了。

"那么,具体一点来说,会是个怎样的死法呢?"

高梨的这个问题令早苗忘了生气,直接就惊呆了。

"比如说,是全身的神经麻痹,因呼吸困难窒息而死;还是心脏逐渐衰竭,最终停止跳动;或者说先是部分大脑坏死,随后进入脑死亡状态……"

"你了解这些,想干吗?"

早苗故意压低声音问道,可高梨似乎根本没注意到这一点。

"没想要干吗呀。我又没打算写进小说里,只是有点感兴趣而已。"

"兴趣?"

"是啊。日本小说家山田风太郎的《人类临终图鉴》,知道吗?那书汇集了许多历史名人的死法,非常有趣哦。我前几天刚从书店买来的。最近,我对于人是怎样结束其一生的,有点着迷。"

"对我们来说,这可不是什么好玩的事儿啊!"

"嗯。'有趣'什么的说法,确实太轻浮了。不过,无论怎么想,'死亡'也是人生中最大的事件啊。因此,我们不该避而不顾,应该认真地面对它,你说是吧?临终之时,到底会发生些什么?对此,我们又能采取怎样的措施?"

早苗早已错过了大光其火的时机。她此刻就像被人迎头泼了一盆凉水似的,火气全无了。

她拿着空了的餐具与刚才盛放意大利实心细面的餐钵走进厨房,心里则在想:高梨他到底是怎么了?

去亚马孙之前,他已出现了相当明显的死亡恐惧症的前兆,对于任何能联想到死亡的事物,都会做出过度的反应。可是,今晚怎么又对死亡的话题毫不在乎了呢?对于他这种完全以个人兴趣来对待死亡的态度,早苗百思不得其解。

当她端着盛有咖啡和法式千层酥的托盘回到客厅时,见高梨正靠在椅背上,呆呆地仰望着天花板。

"你怎么了?"

"听到了。"

"什么?"

早苗竖起耳朵来屏息静听,可除了墙上挂钟那秒针的"嘀嗒"声,就什么也听不到了。

"'天使的呢喃'。"

"你说什么?"

早苗一边在餐桌上摆放着盛有咖啡和甜点的盘子,一边问道。

"八点半了。通常是还要来得稍早一点的。"

高梨望着挂钟,嘟囔道。

早苗一头雾水,完全不知道他在说些什么。

"到底是怎么回事儿?"

"嗯。刚开始是听到鸟翅呼扇的声音。后来,渐渐地就感觉到鸟儿聚集到身边来了。而这次，能听出啼鸣声了。听——就是现在！"

看高梨那模样，一点也不像是在开玩笑。是幻听吗？

"我可是什么都听不到啊。"

"嗯。或许就是这样的。可能只有我能听到。"

早苗用舌头濡湿了一下嘴唇，柔声问道：

"那是什么样的声音？像小鸟鸣叫那样的吗？"

"怎么说呢？黄昏时分，不是会听到大群的麻雀在街树上叽叽喳喳地叫个不停吗？就跟那个有点相似。不可思议的是，一般也都出现在日落时分。"

"唧——唧——啾——啾——是这样的叫声吗？"

"嗯嗯。不过不仅如此，还要奇怪一些。其中像是还夹杂着燃放'仙女棒'这种小烟火时的'噼里啪啦'声。"

高梨闭着眼睛，一动也不动。

"你听过通过磁带倒放制作的音乐吗？那种音乐会陡然响起，音量迅速增大，然后又戛然而止，具有某种独特的超现实感。就连小提琴和单簧管的音色也发生了变化，简直就像是某种从未听过的乐器所发出的声响似的。现在我听到的，就是这种，就跟在空间的背后鸣叫着似的。并且，也不是鸟儿，是众多的天使……"

形成幻听的原因是多种多样的：可能是脑底部存在肿瘤之类的病变；可能是伴随着神秘体验的异常亢奋；可能是跟踪妄想症之类的意识障碍；也可能是LSD、麦司卡林、PCP等药物所引起的[1]；还可能是得了精神分裂症。

但在高梨身上，除了食欲异常与对死亡感兴趣方面有些反常外，还看不到精神分裂症的症状。

---

1 LSD即麦角酸二乙基酰胺，PCP即普斯普剂，与麦司卡林同为具有致幻效果的药物。

"你是从什么时候开始听到那种声音的?"

"不清楚啊。开始听到这种'天使的呢喃',应该也就在这最近几星期之内。鸟翅呼扇的声音,还要更早一些吧。"

"对了,你刚才不是说在印第安人的村子里尝试过迷幻剂吗?"

"你是说'埃佩纳'?"

高梨在咖啡里加了许多糖后,喝了一口。然后,他看到了法式千层酥,眼里放出了光。

"对。就是那个。"

"那是刚到卡米纳伍族人村子的时候,大概在两个月之前吧。"

"尝试了几次?"

"就一次。量也很少。"

"当时有什么感觉?"

"怎么说呢?感觉不太舒服,并未陷入愉悦的幻觉状态。像是看到了印第安人跳舞的场景,还看到了美洲貘、大水獭之类的动物。"

"有幻听吗?"

"没有。在埃佩纳致幻的那段时间里,什么声音都听不到。"

说着,高梨又以变色龙捕食的速度,飞快地抓过法式千层酥,一口吞下肚去。

早苗原本怀疑他这是致幻剂所导致的"闪回现象",可现在听他这么一说,又觉得这种可能性不大。

可问题在于高梨自己并不觉得这种幻听有什么问题。

"那么,那些声音,让你感到不快了吗?"

"也没有啊。"

此刻高梨的目光正停留在早苗面前的法式千层酥上。早苗没办法,只好将盘子推向他。高梨毫不客气地就将这一份甜点也一扫而光了。

第二章 归来

"可是,听着那种像是许多鸟儿在啼叫的声音,你不觉得烦吗?"

"不觉得。因为那些不是鸟儿,是天使嘛。"

高梨带着一脸理所当然的神情,喝起了咖啡。

声音是否令人不快主要取决于听者的心态好坏,而非几方、几分贝[1]之类物理量的大小。早苗想起了很多年前读过一篇日本小说家北杜夫的随笔。具体细节已经忘记了,只记得说是不知为何,蟑螂之类的害虫会不断出现能抵抗杀虫剂的新种类,而叫声非常好听的秋虫则一下子就死绝了。

然而,要是深更半夜的,蟑螂在厨房里叫出声来,哪怕那声音再怎么美妙,也肯定会恶心死人的。

就算高梨所听到的,并非现实世界中的声音,可原理还是一样的。毫无疑问,他如今对自己的幻听,在情绪上是予以肯定的。这一点从他给出的"天使的呢喃"这一称呼上,就已经能看得一清二楚了。可他为什么要这么称呼呢,就不得而知了。一旦突然听到空中飘来难以解释的声音,感到疑惑或恐惧,才是一般人的反应吧。

高梨这时依旧紧盯着天花板的某一点。房间里的照明,仅靠两盏呈对角线放置的落地灯,而他所注视着的,却是处在两者的光圈之外的、淡淡的阴影部分。

将视线在该区域游移了一会儿之后,早苗就感到有些毛骨悚然了。仿佛是受到了高梨的暗示吧,早苗渐渐地就觉得自己像是看到了有无数的天使聚集在那儿。这自然是想象力所营造出的奇异幻影:大小如麻雀,长着跟鸟儿一模一样的两个翅膀。远看像人,可仔细一看,却又是没有眼睛、鼻子、嘴巴的。背上有个开口,是个像嘴唇似

---

[1] 方与分贝均为测量声音相对响度的单位。

的发声器官，从那儿不住地发出如同鸟儿啼鸣似的、奇妙无比的声音。那是一种与我们完全不同的异质的存在……

一会儿过后，高梨的视线回到了早苗的脸上。

"听不到了。"

"真的？"

"嗯。像是跑掉了。"

听他这一说，早苗也像是一下子解除了束缚似的，落下了肩膀。

这时，高梨突然从椅子上站起身来，来到了早苗的身旁。

"你怎么了？"

高梨没有回答早苗的质问，猛地将手伸到了她的背后和膝下。

"喂——等等！"

高梨脸上带着诡笑，全然不顾早苗双脚乱蹬，将她高高地抱了起来。进入寝室后，也不开灯，直接就将她抱到了床上。尽管外面的灯光从半掩着的房门处射了进来，可因为背光，早苗看不到高梨的表情。

"喂！等等呀！餐具都还没收拾好呢。再说……"

高梨连床罩都没掀开，就让早苗横躺了下来，随即，便用自己的身体压住了她。早苗明显感觉到他的身体越来越重了，靠她那点力气是怎么也掀不开他的。

在她放弃抵抗之后，高梨就开始慢慢地脱起她的衣服来了。由于是被他不容分说地抱进房来的，早苗有些担心是否会遭他强暴，可高梨却似乎并无如此打算。

可是，当他抬起上身，抽出了裤子上的皮带之后，早苗还是吃了一惊。因为，今晚的高梨，完全是一反常态的。

高梨接下来的举动，完全出乎早苗的预料。他将皮带绕在自己的脖子上后，就将穿过了皮带扣的一端递给了早苗。早苗不明白高梨的意图，只是仰望着他的脸。

"收紧呀。"

早苗简直不相信自己的耳朵。

"可是，这样的话……"

"没事儿。人哪能这么容易死呢？"

高梨微笑道。昏暗的房间里，能看到的只有高梨的眼白部分和闪着白光的牙齿。

原来他有SM[1]的癖好，只是以前不知道而已。早苗犹豫了起来，不知道该不该顺从他。今晚的他，无论从哪方面看，都跟自己所了解的高梨光宏相去甚远。

"收得紧紧的。用你的手。你要是爱我的话，就应该能做到的，是吧？"

"可是，正因为……"

高梨又压到了早苗的身上，并将自己的嘴唇也压在了她的嘴唇上。一个长长的吻结束后，高梨将嘴贴近早苗的耳朵，气喘吁吁地，嘟囔似的说道：

"我只想切实感受一下自己还活着，仅此而已。为此，才想要近距离感受一下'死亡'。"

电话又转为待机音了。早苗用肩膀夹着电话听筒，烦躁不安地用手指旋转着圆珠笔。

办公桌上放着一幅高梨画的画。他以彩色铅笔的细腻笔触，描绘出了他印象中的"天使"模样。

---

1 英语sadomasochism的简称。指虐待与受虐的性变态行为。

天使原本应该是中性的，在中世纪的画作中，多表现为少年形象，但高梨的天使似乎更接近于女性。画面中有许多天使盘旋飞舞着，一个个全都长发飘飘。

天使们穿着不知是羽衣还是长袍的异国服装，既陌生又奇妙。或许是古希腊风格吧，只是以早苗的知识储备，是无法做出判断的。其中有一个天使捧着一个大大的号角，正使劲儿吹着呢，简直像是在宣告这个世界的末日已经来临了一般。

画的下方，有一个像是高梨本人的家伙躺在长凳上，正仰望着天使们。他双手交叉在胸前，神情无比安详。或许那天使的号角所宣告的，就是他自身的死亡亦未可知……

电话终于有人接听了。

"让您久等了。这里是教务课。"

"我是北岛。我找赤松副教授，有急事。"

"赤松副教授目前正在休假。"

"那么，您能告诉我他家里的电话号码吗？"

"很抱歉。这是不能告诉您的。"

"这样啊。"

早苗十分沮丧，但也无可奈何。

"好吧，那么我以后再打电话过来吧。请问他的休假什么时候结束？"

本以为马上就会得到答复的，不料对方却迟疑了起来。

"不知道。"

"他没递交休假申请吗？"

"很抱歉。这类问题碍难答复。"

"啊？"

不论怎么问，对方翻来覆去就是这么几句话。早苗觉得像是遇见鬼了,只得悻悻地挂断了电话。

她想跟赤松副教授取得联系,是想了解一下高梨在亚马孙时的情况,以及他们探险队不得不撤出卡米纳佤族人村子的真实原因。之前一直十分友好的卡米纳佤族人,为什么突然就翻脸了呢?这个问题早苗当然也问过高梨,可他并不能做出令人满意的回答。凭直觉,早苗感到这个真正的原因,就是解开高梨目前精神状态之谜的关键。

无奈之下,早苗只好试着给主办亚马孙调查项目的报社打电话。

这一次,倒是马上就有个像是项目负责人的男子接听了电话。

"喂!社会部。"

电话里响起了一个小伙子的生硬的话语声。

"我是北岛,想找一下贵社主办的亚马孙调查项目的负责人。"

"我就是。我叫福家。"

对方的语调立刻变得慎重起来了。职业使然,早苗也立刻听出了隐含在话语之中的些许紧张情绪。

"是这样的。我刚才已给赤松副教授打过电话了,可他正在休假,联系不上。"

"是吗?"

对方的话语少得出奇,且声调的高低变化中透着某种极不自然的焦躁感。

"我是高梨宏光的朋友,想了解一些情况。"

"哦。什么情况?"

"我想知道在那边到底发生了什么。"

"你说'发生了什么',是什么意思?"

这个腔调的话,多半是问不出什么来的。

"其实,我是一名精神科的医生。"

对方的声调再次发生了变化。

"是精神科的医生吗？失敬了。是哪里的？"

"圣阿斯克勒庇俄斯会医院，舒缓医疗病房。"

"这么说来……就是艾滋病的临终关怀服务机构了？"

"是的。"

福家不说话了。

"我正在给高梨做心理咨询，觉得他像是在亚马孙遭受了什么精神冲击。具体情况不太了解，只听说是发生了突然被赶出印第安人村庄的事件。我心想贵处或许了解这方面的原委，所以想请教一下。"

"这个嘛……您的意思是说，高梨先生在亚马孙感染了艾滋病病毒了吗？"

明白了对方沉默的理由，早苗未免苦笑。

"不，不是这么回事儿。因为正巧高梨是我的朋友，所以我在为他做心理咨询。至于他是否为HIV阳性，不经过检查是没法确定的。不过我认为他应该不是的。"

"是这样啊。"

福家像是放心了，开始侃侃而谈了起来。

"那太好了。刚才真是失礼了。近期我们正好要做有关艾滋病方面的报道，到时候还请接受我们的采访。"

"哦。"

随后，早苗又继续提问，可福家的回答始终是支支吾吾，含糊其词，故而没有任何收获。到后来，反倒是他在套问高梨的近况了。可事实上，早苗这边也不得不隐瞒大部分的实际情况。

放下了电话听筒后，早苗心想，福家一开始声音里透出的那种紧张，到底是怎么回事儿呢？

紧接着，她就"啊"地一下感觉到某种异常。她记得福家第一句话说的是"社会部"。虽说对于报社的组织架构她也不太了解，可觉得像亚马孙调查项目这样的活动，一般不是应该由"文化部"之类的部门负责的吗？

一定是出了什么事儿了！——这样的预感，越来越强烈。

早苗瞄了一眼电脑任务栏上的时钟，发现日期刚刚发生了变更。

早苗伸了个大大的懒腰。由于长时间全神贯注地工作，她不仅觉得肩膀僵硬、酸痛，就连眼睛也因紧盯着显示屏的时间过长，变得有些模糊了。

早苗出了办公室，走过昏暗寂静的长廊，来到了咖啡自动贩卖机旁。

在二十岁前后那会儿，熬个把夜是根本不当一回事儿的，可现在，居然就有点撑不住了。看来自己的体力，已差不多来到拐点了。白天里要是一不小心漏出这样的牢骚话，恐怕是要被土肥美智子大骂"年纪轻轻的别胡说八道"了吧。

身体疲劳之后自然就会想吃甜的，可她还是硬生生地收住了差点按下"加糖"按键的手。端着装有黑咖啡的纸杯回到房间后，她往里面放了藏在抽屉里的人工甜味剂阿斯巴甜片。近来出于工作需要经常熬夜，她吃了点夜宵。或许就因为这个吧，体重明显增加了，真是立竿见影啊。

为了让眼睛休息一下，她又起身关掉了电灯，敞开了窗户。

外面，没有一处是处在真正的黑暗之中的。整个东京夜空，都因反射着这个不夜城的灯火而泛着微弱的光芒，连星星都几乎看不到了。

喝着咖啡，眺望着夜景，早苗不由得思绪万千。

自己已过了可称为年轻的年纪了。虽说日本人的结婚年龄不断增大，可二十九岁，仍是个拐点啊。早点结婚，至少能让老家的父母高兴一点吧……

在此之前，倒也不是没有结婚的机会。就在开始与高梨交往的前后，她也接受过几位男士的邀约。一个是大学同学，现在已继承了家传的综合医院。而对她发出最强烈的求爱信号的，是在某制药公司业务员举办的相亲联谊会上，坐在她身边的那个注册会计师。无论哪个，就其相貌、性格、经济实力与前途而言，都是无可挑剔的。可她就是提不起劲儿来，不肯与人家正儿八经地处对象。这到底是为什么呢？

其实，这个问题的答案，她自己也是心知肚明的。那是因为，她知道他们都是能够自立的成年人，即便没有自己，他们也肯定能活得好好的。

她从小就有一种超乎常人的欲望，那就是，渴望别人有求于自己，渴望别人需要自己。原因呢，不清楚。她从小就受到了双亲以及比她大得多的姐姐的宠爱，却没人需要她的帮助。或许正是这样的现实，使她产生了某种挫折感吧。她不甘于老是受人保护，而希望去保护他人。而这，也正是她选修医学，并从事安宁疗护的真正原因。

而她总是被带有阴郁气质的男人所吸引，恐怕也是这个原因吧。早苗回想起了自己曾稍稍恋慕过的对象，果然发现净是些在某些方面较为脆弱的男人。

就跟高梨似的……

忽然，一阵风吹动了她的头发。那是从外面吹入的，比微风稍强一点的风。

她慌忙去关窗户，可又立刻想到了一个简单的事实：这个位于走廊尽头的房间，是不会有风吹进来的。

她回头看去，结果大吃一惊，连手中的咖啡纸杯都差点掉到地上。

第二章　归来

敞开着的房门前，站着一个男人。她刚要大声惊呼，却又发现那人竟是高梨。

"你站在那儿干吗？"

她为自己那颤抖的声音而深受打击。

高梨反手将门轻轻带上，传来铿锵作响的金属声。

"我来看看你。"

长长的身影，缓缓靠近。

"你是从哪儿进来的？"

"急诊病人运输通道。那儿的大门像是整晚都敞开着的。"

高梨将手伸向早苗的头发。早苗躲开他的手，回到了办公桌前。她放下纸杯，双手交叉抱在胸前。

"我非常想见到你。"

高梨缓缓地转过身来。

"今天特别忙，我还有许多书面的工作没做呢。"

"我也不是因为你不跟我约会而耿耿于怀，只是觉得不看到你睡不着。"

"有点失眠了吗？"

高梨点了点头。

"因为听到了那个声音吗？"

"不，不是的。'天使的呢喃'在半夜里是听不到的。可能是时差还没倒过来吧。一到眼下这个时候，就特别清醒。"

早苗从桌子抽屉里拿出一个装有铝塑板包装的药片的纸袋。

"吃了这个，你今晚应该能睡着的。不过，这药的药性很强，一定要严格按照规定剂量吃哦。"

高梨接过了药袋子，脸上立刻换作了一副嬉皮笑脸的模样。

"吃多了有危险吗？"

"嗯。"

"会死吗？"

"想用它来自杀是没用的。就算你一下子全都吞了下去，估计也死不了的。"

"那可太遗憾了。"

高梨将药袋子放入屁股后面的口袋里后，就朝着早苗的脖颈上伸过了手去。他抚摸了一会儿早苗的颈动脉那儿，随即又要将手滑向她的胸口。

"你干吗？不行！"

早苗想笑着应付过去，可高梨却根本不肯罢手。他将早苗抱过来后，一个劲儿地抚摸着她的身体。

"我说了，不行！我还有事儿要做呢。"

"我爱你！"

"你少来这套！"

早苗用力将高梨推开。

"这儿……是我工作的地方。你快回去吧。"

可高梨又将早苗拉进怀里，并将嘴唇贴在她的脖子上。

"早苗……"

"你别乱来，我可要叫了。"

"随你便。"

高梨像是被高烧烧昏了头似的，紧紧地抱住早苗，到处乱吻了起来。

情急之下，早苗真的想喊救命了。不过她还是不想让高梨当众出丑。

"早苗！"

高梨像是已经失去了理智。他抓住早苗的两条胳膊，将她压在了办公桌上。笔筒被早苗的脑袋碰倒后,滚落到了地上,发出很大的声响。高梨又抱起早苗,将她整个人都放到了桌子上。随后又抬起她的双腿,并要强行将其分开。

早苗头一回对高梨产生了恐惧,一想到自己将遭到强奸,就不免惊恐不已。

不行!即便对方是自己的恋人也不行!

这时,她那只往脑后摸索的手,碰到了那个纸杯。

她一咬牙,将纸杯里剩余的咖啡,全都泼到了高梨的脸上。

高梨呆住了。

"我不是你的私人物品!你要是违背我的意愿做出那种事儿来,我就再也不想见到你了!出去!"

高梨茫然不知所措地站了一会儿,便一声不吭地转身离去了。跟来的时候一样,他悄没声儿地开了门,出去了。

门关上后,早苗也好一阵子没有放松她那紧绷着的身姿。

第三章　凭依

顺道去了车站大楼里的书店后，早苗发现Bird's Eye的最新号已经出来了。

卷首位置刊登了亚马孙游记特辑的第二回。尽管作为该活动主办单位的全国性大报已经分几次刊载了相关报道，可相比较而言，反倒是其旗下的画报Bird's Eye上的"特辑"更受到读者的好评。

最近，一提到亚马孙，往往就是原始森林遭到乱砍滥伐，也即是为环保敲警钟的报道，读者已多少有点倒胃口了。但Bird's Eye的视角，却是与众不同的。其内容极力记录着普通人面对大自然极速消亡时所感到的惊恐，透着一股强烈的使命感。那些科考队员，尽管在高梨的电子邮件中给人以怪人集团的印象，其实，每一个小分队都在切实履行着各自的职责。那些留住了濒危珍稀动物之姿容、凝固其野性之瞬间的照片，有着与从前的《生活》[1]杂志相仿佛的冲击力。

而堪当主角的高梨的游记，在读惯了他的文章的早苗眼里，反倒

---

[1] 美国杂志Life。创刊于1936年，其报道具有充分利用照片之逼真性的特征。

并无多少出彩之处。

他以人类社会打比方，采用讽刺幽默的口吻介绍了一些鲜为人知的昆虫的生态。倒也并未犯文艺类作家常犯的那种过度拟人化的毛病，他那种力求科学准确性的努力，是值得敬佩的——尤其在他不可能具备成体系的自然科学素养的前提下。

这些文章，高梨到底是什么时候写下的呢？

文章本身写得中规中矩，既没有提及死亡恐惧症，也没透露一点点妄想、幻听等异常体验的气息。作为一名专业作家，要将这些全都隐藏起来，自然是完全可能的，可早苗也同样有着"只要是高梨写的文章，总能从中看出些什么来"的自信。

高梨是那种一旦集中精力，就能下笔滔滔、数千言不绝的作家。所以，这些文章或许是在他归国后不久，精神状态还比较稳定那会儿写下的吧。

想到这里，早苗就不禁为不知道高梨的近况如何而略感担心了。

自从发生了那个"深夜事件"以来，他们还一直处于吵架之后的冷战之中。虽然高梨打过几个电话来，可早苗提出还是让他头脑冷静一下为好，一来二去的，两个礼拜就这么过去了。最近，他们已经完全断绝联系了。

早苗买了本 *Bird's Eye* 杂志，在回家的电车中反复阅读了起来。

蜷川教授所收集的卡米纳佤族传说，引起了早苗的兴趣。他们先是用微型录音机录下了那些历代口耳相传的传说，然后经过卡米纳佤语与葡萄牙语的两名口译翻译后，整理成文。或许是为了尊重原始叙述的节奏吧，重复的句子比比皆是，一些无法翻译的象声词，也被原封不动地保留了下来。而随处可见的"■"，大概是由于录音问题而听不清的部分吧。

刚开始读的时候早苗也没怎么特别在意，可读着读着，就觉得身上一阵阵地发冷了。那是第九篇故事,标题为"不明存在物之《凭依[1]》"。

卡米纳佤族传说·收集编号⑨凭依(＊1)

兄弟二人。正在打猎。他们住在村外,以打猎为生。他们走进潮湿的森林深处,去打猎。乎呜呜呜呜乎。去打猎了。兄弟俩去打猎了。走进潮湿的森林深处,他们去打猎了。

他们没打到猎物。连一只小猴子,都没逮到。兄弟俩走进了森林的深处。走进了树木全都湿漉漉的森林深处。一直走,往里走。一直走,一直一直走,往里走。

有人了。那儿有许多人。烧着火呢。在火堆旁,有好多人。是■■■■。他们吃着东西,喝着东西,唱着歌,跳着舞。

哥哥说要过去看看。"好多人在狂欢呢。"弟弟说别去。"这种地方还有人,就很怪了。"可哥哥说什么也要去看看。他说要去的,他不听弟弟的劝。啧啧。兄弟俩就过去看了。在火堆旁,有好多人。他们吃着东西,喝着东西,唱着歌,跳着舞。啊啊啊啊。火上烤着肉。后面。■■■■。

"吃吧。"他们对兄弟俩说,"吃吧。"他们将肉递给了兄弟俩,说,"吃这个。"弟弟对哥哥说:"别上当!"弟弟对哥哥说:"这种地方还有人,很奇怪。"是

---

[1] "凭依"在日语中意思为(神灵等)附身、附体。

第三章 凭依

■■■。

　　他们说了:"吃吧。吃肉吧。"他们把烤得半生不熟的肉给了那兄弟俩,说,"吃吧。"弟弟说:"别上当!"可是,哥哥还是吃了那肉。啧啧。哥哥把肉吃下肚去了。很大一块。来自天上的。就跟■■■似的。他们说:"喝酒吧。"哥哥吃了他们给的烤得半生不熟的肉,又喝了他们给的酒。啧啧。哥哥不仅吃了肉,还喝了酒。

　　弟弟看了他们在火上烤的肉。是猴子肉。他们正烤着的,是猴子肉。可是,那只猴子,是没有脑袋的。啧啧。他们把没有脑袋的猴子,烤着吃了。啧啧。他们把一只砍掉了脑袋的猴子,烤着吃了。

　　弟弟坐立不安。弟弟觉得是森林里的精灵变作人形坐在了那儿,所以他坐立不安。弟弟■■■■。弟弟没吃。他假装吃了,却又吐出来了。弟弟也没喝酒。他假装喝了,却也吐掉了。悄悄地。弟弟是个聪明人。弟弟什么都没放入嘴里。弟弟什么都没吃。哥哥大口吃肉,大口喝酒。啧啧。别人给什么,哥哥就吃什么。

　　天亮了。黑夜退去了。四周都亮起来了。那些人站起身来,都跑掉了。他们跑进森林深处,消失不见了。乎呜呜呜呜车。他们一句话也没说。啧啧。刚才还又吃,又喝,又唱,又跳的,就这么一句话也不说,消失在森林深处了。都不在了。一棵棵树木。直到■■■为止。

　　哥哥睡着了。弟弟叫醒了哥哥,要回家去。回家的路上,看到了猴子的死尸。就是哥哥吃过它肉的,猴子的死尸。啧啧。没有脑袋的猴子的尸骸。被砍掉了脑袋的,猴子的死尸。弟弟觉得那就是个"魔鬼猴(*2)"。弟弟觉得是"魔鬼猴",所以心惊胆战。哥哥似乎一点也不在乎。啧啧。兄弟俩要回家了。乎呜呜呜呜牟。

回家路上,他们打到了许多猎物。啵噜啵噜。黑色的蜘蛛猴和红色的吼猴,他们逮到了许多。兄弟俩背着猎物,要带回去给村里人。猎物很多。啵噜啵噜。兄弟俩要回家了。兄弟俩走着回家。

半路上,哥哥说肚子饿了。说要吃那些猎物。可猎物是带回去给村里人的。啧啧。

弟弟不让哥哥吃。可哥哥还是吃了。他吃了本该带回去给村里人的猎物。啧啧。弟弟以为这是个坏兆头。哥哥吃了猎物。哥哥连烤都不烤一下,生吃了那些猎物。啧啧。通常,打到了猎物,都是烤着吃的。可他却生吃了。就跟美洲豹似的,逮到了猎物,就生吃了。弟弟觉得这是个,很坏很坏的兆头。

哥哥十分贪吃,跟换了个人似的。啧啧。哥哥吃掉了猎物。本该带回去给村里人的猎物,被他一个人全吃光了。猎物全都吃光了。肚子都快撑破了,可他还说要吃。弟弟觉得这是个,很坏很坏的兆头。哥哥吃掉了弟弟背着的猎物。全都吃掉了。已经什么都不剩了。就连■■■■也没了。

哥哥走在森林里时,也跟喝醉了酒似的,一会儿大笑,一会儿唱歌,一会儿跳舞。在森林大声嚷嚷是不好的。会招来不好的东西、危险的东西。啧啧。哥哥一会儿大笑,一会儿唱歌,一会儿跳舞。他一直这样。他一边跳舞,一边走路,大笑、唱歌。弟弟突然看到,哥哥的手上、脚上,有许多伤口。都是撞到树上后,弄出来的伤口。从有些伤口处，还看得见白骨。血哗哗地流淌着。从树上撞出的许多伤口处，看得见白骨。哥哥的脸色也跟金龟子的幼虫一样白。啧啧。雪白雪白的，跟金龟子的幼虫一样白。尽管■■■，可哥哥似乎一点也不觉着疼。啧啧。哥哥连白骨都露出来了，却还不觉着疼。血哗哗地流淌着，他还不觉着疼。这是最坏最坏的兆头。

兄弟俩回到了小屋。他们终于回到小屋了。弟弟说："累死了。"哥哥说："一点也不累。我精神得跟西貒[1]似的呢。"哥哥回到小屋后，也来回走动着，一刻也没歇着。从潮湿的森林一路走了回来，哥哥却一点也不累。他一直在走动着。一会儿大笑，一会儿唱歌，一会儿跳舞。

到了■■■的时候，弟弟看了看哥哥的脸，发现他两眼放光，样子十分可怕。咻——咻——就跟蛇似的，跟美洲豹似的，两眼闪闪发亮。那是哥哥已不再是人的标志。咻——咻——他的眼睛跟蛇一样了。他正用十分可怕的目光，看着弟弟。弟弟十分害怕，他不敢看哥哥的脸了。他尽量不看哥哥的脸。尽量不看哥哥那对闪闪发亮的眼睛。尽量不与他眼神对上。

兄弟俩在小屋里休息着。弟弟睡在吊床上，一整夜都没睡着。弟弟起床后，躲在小屋里看着哥哥。弟弟监视着哥哥。

哥哥在夜里两眼闪闪发亮，他一声不吭地站起身来后，就到屋外去了。咻——咻——哥哥半夜里起身后，就到屋外

---

[1] 西貒科是形似野猪的动物的总称。分布于美洲大陆。黑褐色，体长75~100厘米，有朝下弯曲的獠牙，背部皮下有一臭腺，开口于脊梁上，会发出一种强烈的麝香似的气味。

去了。两眼闪闪发亮。弟弟跟在他身后。咻——咻——弟弟跟在他身后,见哥哥进入了潮湿的森林。在潮湿的森林的入口处,遇到的是"魔鬼猴"。竟然是"魔鬼猴"!咻——咻——哥哥正在从"魔鬼猴"那儿拿什么东西。咻——咻——哥哥从"魔鬼猴"那儿拿了什么奇怪的东西。他拿了什么奇怪的东西。

哥哥回到了小屋。咻——咻——哥哥回到小屋后,就往拿回来的肉上撒了些什么东西。那是■■■■。他往明天就要分给村里的人们的肉上,撒了些什么东西。咻——咻——他往要分给村里人的肉上,撒了些什么奇怪的东西。那是■■■■。

弟弟看到后,就去叫醒村里的人们。他把村里人都叫醒了。弟弟将哥哥身上发生的事情告诉了他们。他说,哥哥已经不是哥哥了,必须杀了他。有什么很古怪的东西,附在了哥哥的身上了。哥哥已经不是哥哥了。一定要杀了他。村里的人们听了弟弟的话,知道他哥哥已经不是他哥哥了,必须杀了他。

天亮了。黑夜退去了。四周都变亮了。村里的人们去了兄弟俩的小屋。乎呜呜呜呜牟。从树木间穿过,他们去了小屋。他们点着了小屋。哥哥跑出来了。哥哥从着火的小屋里跑出来了。村里的人们围住了哥哥,杀了他。他们杀死了他。结束了。完结了。这下全都结束了。

传说的后面,还附有各个领域的专家的简要说明与注释。

注释1写道:在亚马孙的印第安原住民中,有一种跨越许多部落的信仰。他们普遍相信存在着一种名为"黑骷拉"的动物精灵。而这个"黑骷拉",时常会"凭依"在人身上。其中最厉害的是美洲豹的"黑骷拉",猴子的"黑骷拉"则位于第二。而"魔鬼猴"的"黑骷拉"最为特别,非常可怕。

注释2写道:所谓"魔鬼猴",其实是卷尾猴之一的秃猴。正式名称为Cacajao calvus,还可进一步细分为红秃猴(C.c.rudicundus)、白秃猴(C.c.calvus)、诺巴爱司秃猴(C.c.novaesi)和乌卡亚利秃猴(C.c.ucayalii)四种。在《华盛顿条约》及国际自然保护联盟公布的红色名单上,都被视为独立的物种,且都处于濒危状态。作为卷尾猴之一,它们栖息于雨季时浸没在水里的浸水林中,并具有极短的尾巴这一明显特征。在全世界所有的猴子种类中,这也是调查、研究最为落后的物种,直到现在,有关其具体的生态情况仍不甚明了。

秃猴这个名字,早苗记得在高梨的电子邮件中看到过。她翻了翻杂志,看到了摄影师白井拍摄的秃猴照片。只见这家伙全身都覆盖着蓬松的褐色长毛,唯有脑袋露出了鲜红的皮肤,仅长了一些细柔的白毛,跟胎毛似的。龇着牙,瞪着棕色的大眼睛,许是在恐吓摄影师吧。

早苗心想,就凭这外貌,被印第安人称作"魔鬼猴"也是一点都不冤枉它的。

她想起以前在美国官方的《国家地理》杂志上看到的一种叫作"马达加斯加指猴"的猴子照片。由于受到儿歌"阿依,阿依,是猴子君"的影响,她就在脑海里将它描绘成一种十分可爱的猴子形象。可事实上,这种猴子却有着大得出奇且有些异样的眼睛,乌黑粗壮的体毛,猛禽一般的细长手指,外貌极为吓人,让人觉得即便在当地被称作"魔鬼"并受到虐待也是理所当然的。据说在马达加斯加,这种指猴,以及同样被称作"魔鬼化身"的大狐猴,正在急速走向灭绝。要是它们也有着考拉或大熊猫那样的大众明星脸,就肯定不会有如此

087

悲催的命运了。

近年来，秃猴的数量急剧下降，具体原因虽说还不太清楚，而 Bird's Eye 杂志给出的理由是人类的胡乱开发所导致的栖息地破坏。不过早苗觉得，恐怕是当地人的捕猎，才将其逼上绝路的吧。

想到这儿，早苗突然记起高梨他们迷路后吃的那只猴子——那不也是只秃猴吗？高梨他们的小队中，当时还有女性摄影师同行。早苗对她寄予了极大的同情。她还觉得，要是自己的话，不管饿成什么样，恐怕也绝对不会吃那种怪异动物的肉吧。

那么，这个故事，又为什么会让自己后脊背发凉呢？

卡米纳佤族的民间传说，杂志中总共介绍了十一个，而第九篇的这个《凭依》应该算是最朴实无华的了。别的传说，全都充满着热带地区所特有的夸张和闻所未闻的怪异。动物和死人会开口说话已属稀松平常，路上遇到的骷髅会骨碌碌地滚动着追人啦；长着蛇身、鹫翅、女人脸的怪物突然从天而降，抓走印第安人小孩啦，诸如此类。

在这些传说中，唯有《凭依》可谓是一个排除了超自然因素的例外。就连兄弟俩在潮湿森林中遇到的那些人，也没有断定就是"森林的精灵"。哥哥遇到"魔鬼猴"的场景，也只说是弟弟在黑夜里远远地看到而已。最后，村里的人们囫囵吞枣似的听信了弟弟的话，就把哥哥给杀死了……

这则传说，说不定就是过去所发生过的真实事件的记录。这时，一个令人不快的想象掠过了早苗的脑海。倘若传说中的哥哥或弟弟患上了某种妄想型精神病，那么村里人误认为哥哥被什么东西"附身"了也就不足为奇，且他因此而遭受死刑也是完全可能的了。

这么一想，原先只是当作传说来读的那个文本，就给人以相当阴森可怖的感觉了。然而，早苗读了这个传说而大受冲击，却是出于与之截然不同的原因。

第三章　凭依

在《凭依》篇的后面，附有以分析童话和小说等作品而闻名的心理学家的解说。心理学家果然对这则传说最感兴趣，不过其见解，却是与早苗大相径庭的。

心理学家解释了在未开化社会中普遍存在的"恶灵凭依"的含义。说是在荣格心理学中，认为"凭依"就是将人格纳入敬畏神灵之先验情感的原始意象后的状态。

心理学家将着眼点放在了兄弟俩居住在村子之外这一点上，说是在许多未开化社会中，之所以都将离群索居视为禁忌，那是由于人在那种状态下容易被恶灵附体。一个人与他人之间的具有生活气息的交流一旦被阻断，就会渐渐地踏上非人化的进程。

这样的人，就会在日常生活中若无其事地触犯各种各样的禁忌。"啧啧"这样的咋舌声，就是叙述者觉得禁忌遭到触犯时所必须发出的声音。而漠视禁忌的行为，对其同胞而言就是真正的危险行为，会犯下真正可怕的罪业。因此，叙述时必须发出"咻——咻——"的具有强烈警告意味的声音……

早苗仰起了脸来。开车的铃声已经响了一会儿了。她慌忙拿着杂志和包包站起身来，下了电车。由于看杂志看得过于投入了，她差点坐过了站。

回到公寓后，在淋浴时，卡米纳佤族的那则传说仍在她的脑海里萦回不去。

用电吹风将头发吹干，往脸上敷了面膜之后，她又将《凭依》从头到尾地读了一遍。这时，从她内心深处冒出的模糊的疑惑，已经上升为清晰的意识了。有些事情尽管在理性层面上怎么也不可接受，可就感觉而言却很难加以断然否定。

作为一名医生，她自认为接受过面对任何情况都需做出合理解释的长期训练。可是，无论是谁，都在意识的表层之下，隐藏着一颗害怕黑暗的童心。在青春期那会儿，早苗也是个能整天托着下巴沉溺于幻想的少女。即便到了现在，她也会十分自然地翻开女性杂志上的占星栏目。她无意接受迷信之蛊惑，可也知道科学与理性并不总是正确的。无视直觉与切身感受，反倒是缺乏理性的表现。

她终于站起身来，走进了书房。书房靠里的墙面上，她让人用几块长长的白色木板定制了一个书架。那上面紧紧排列着的，除了精神医学、临终护理、癌症、艾滋病之类的专业书籍之外，还有科幻与悬疑类的小说。而她现在所要找的书，不知何时，已被挤到边上去了。那是美国精神医学学会编的《精神疾病诊断与统计手册》（DSSM-IV）。

凭着模糊的记忆，她寻找着"未明确分类之分离性障碍"的条目。该条目写道：

"分离性恍惚状态：某特定区域或文化所固有的具有单一性的或神话性的意识状态。具有同一性或记忆障碍。分离性恍惚状态与针对直接接触环境之认识的狭窄化，以重复性行为或动作，获得超出自己意志范围之体验有关。凭依恍惚状态为个人固有的同一性感觉被置换为新的同一性感觉，与受灵魂、外力、鬼神或他人的影响的，伴随着重复性、不随意、运动或健忘的事件有关。其实例有阿摩骷（印度尼西亚）、毕哈伊南（印度尼西亚）、拉达（马来西亚）、毕不罗库多库（北极）、阿达库多纳比欧思（拉丁美洲），以及凭依（印度）等。"

由于这段文字由英语直译而来，叫人一下子很难理解。不过大致意思还是明白的。问题是，这不符合高梨的实际情况。

高梨那无法解释的人格变化；"天使的呢喃"之幻听与妄想；从典型的死亡恐惧症症状一变而为对死亡怀有病态兴趣的事实；还有，食欲的异常大增和性趣味的变化……

印第安人传说与高梨他们在迷路后捕杀并吃了秃猴的插曲之间的

相同点出乎意料地多。因此，早苗无法抛弃高梨在亚马孙被什么东西附体这样的近乎强迫观念的想法。不如说，就感觉层面来说，反倒是这方面更容易接受。

然而，再怎么说，她毕竟是学精神医学的，不可能轻信那种类似怪谈的传说。而在探寻合理解释的过程中，她想到了一种名为"凭依恍惚"的现象。可遗憾的是，《精神疾病诊断与统计手册》上的记述又与高梨实际情况有着本质的不同。

"凭依恍惚"也可说是多重人格的一种。有时第三者能清楚地看出其人格交替，而患者本人也不无被什么东西所"凭依"的感觉。然而，在高梨身上，那样的意识却几近于无。他只觉得，除了已不对死亡怀有恐惧之外，自己跟以前并没有什么两样。可在具有客观眼光的第三者看来，他无疑就是遭受到什么东西的"凭依"了。而这一点，就足以令人毛骨悚然了。

早苗再次翻开 *Bird's Eye* 杂志，连一点细节都不放过地认真重读了一遍。她发现在卡米纳伛族的传说里，还有一则补述。说是在蜷川教授所收集的故事之外，还有一则同样涉及"凭依"的，叫作《被诅咒的沼泽》的传说。并且，据说只有这一则传说是只允许一位传承者一代代地口耳相传，禁止其他人讲述的。

东想西想之下，早苗的脑袋开始混乱了。早苗从冰箱里取出了摩泽尔葡萄酒，将其注入杯中。

将玻璃杯移到嘴边后，她才发现自己其实也并不怎么想喝。于是就将玻璃杯贴在额头上。这种冰凉的感觉真好！带走多余的热量后，她觉得自己又能做清晰明确的思考了。

好吧。那就将其当作一种假定推理，或者说是科幻式的、无边无际的思想实验，来思考一下现实中所发生的"凭依"现象吧。倘若高梨身上真的发生了"凭依"，那么附着在他身上的到底是什么呢？是卡米纳佤族传说中的"魔鬼猴"的"黑骷拉",还是栖息在亚马孙的名为"库鲁皮拉"[1]的怪物呢?

早苗不由得打了个激灵。

这样的想象也太荒诞无稽了吧。然而,她的直觉却告诉她:这才是真相!

不是有句话叫作什么"士别三日,即更刮目相看"吗?早苗想起了一句古老的中国汉语。确实,无论是注意力多么散漫的人,看到了高梨的第二次改容也会瞠目结舌的吧。

见早苗来到面前,高梨颇为吃力地从沙发上站起了身来。看他那模样,足有一百二十千克吧。或许是不像相扑力士那般结实的缘故吧,他的整个人越发地显得虚胖了。顶多才一个月没见,他怎么就变成这样了呢?就算是患上了过食症[2],这样的实例恐怕也是罕见的。符合他那巨大腰身的、如同气球般鼓胀的裤子,是从哪儿买的呢?像早苗这种身材的人,恐怕只需一条裤腿就能轻松装入了吧。

"你好。工作时间来打扰你,真是不好意思。因为有件事,无论如何也想请你帮忙啊。"

他左手拿着一包开了口的实惠装炸土豆片,就连在跟早苗说话的当儿,右手也不住地伸进那包装袋,将炸土豆片往嘴里塞,弄得右手手指和嘴边都油光光的。

"好吧……这儿不太方便,还是上楼去吧。"

高梨的这副模样,早就汇集起医院内好奇的目光了。早苗一说完就走在了他的前头。由于不忍心让他在众人面前出丑,她不由自主地

---

1 传说中栖息于南美圭亚那高原上的一种动物。红发、绿体,高一米左右,后退着走路,有"森林恶魔"之称。
2 一种异常摄食的行为,主要分为暴食与厌食两种类型。

加快了脚步。高梨则步履蹒跚地跟在她的身后。照此看来，光是来到这儿，他就已经够呛了吧。

早苗顾忌着周围的目光，将高梨推入了电梯。这虽是一架可运载担架床的电梯，可高梨一走进去，就立刻叫人觉得空间十分狭小了。

在经过临终关怀服务机构，将高梨领入自己的办公室之前，早苗一直屏着呼吸。

"你就坐那儿，好吗？"

高梨一屁股坐下后，沙发中央立刻凹了下去。

早苗有些想笑，可又觉得脸部有些发僵。

要是过食症的话，只要去请教一下土肥美智子就行了。不过，可能的话，早苗还是不想让她看到高梨现在的这副模样，可又觉得现在已不是顾虑这些的时候了。因为，眼前的高梨继续胖下去的话，是有性命之忧的。

就在早苗考虑这些的当儿，高梨已经取下了休闲小背包，并从里面取出吃食来了。近来他像是十分偏爱袋装的方便食品。可哪一样都是容易造成动脉硬化的高热量食品。

"高梨，这些食品真的对身体不好啊。"

早苗委婉地批评道。

"袋子后面不是附有成分表吗？这些人造黄油啦，起酥油啦，植物奶油啦，都是要加以注意的。这些油脂在常温下都是液态的，可在强行固化的过程中，就产生工业性反式脂肪酸了。一般认为，这种具有自然界中不存在的结构的油脂，是可能对人体造成不良影响的。"

"这个我还是头一回听说。"

"这在日本以外的国家，已经是常识了。像荷兰等国，已经禁止销售含有反式脂肪酸的产品了。德国也是，由于麦淇淋（人造黄油）的销售与节段性回肠炎的多发在时间上具有一致性，已经毫不犹豫地一律停止使用了。"

"那为什么在日本不加以禁止呢？"

高梨一边不停地吃着松脆可口的零食，一边问道。

"这个嘛，你就要去问厚生省了。"

"不过，既然这样，那就还是黄油有利于身体健康啊。我最喜欢用酱油和黄油调味的东西了。"

"……是吗？"

你已经狂吃成这样了，对你来说，在不利于身体健康这点上，任何食物都已毫无差别了！早苗在心里嘟囔道。

"好吧。你刚才说要我帮忙，是不是？"

高梨再次将袋子里的东西全部倒进嘴里，又在穿着运动服的胸口擦了擦油腻的手指。随后，他又像是头皮痒得厉害，将手指伸进头发里后，一个劲儿地挠着。白色的头皮屑"哗啦啦"地飘落下来。

"最近，我睡不着觉啊。"

"是吗？"

"所以想问问，你能不能给我些药。"

早苗再次打量了一番高梨。见他或许是皮下脂肪较多的原因吧，脸色白得跟纸似的。虽说看上去他似乎也没什么烦恼，但一般认为过食症就是焦虑引起的。说不定是失眠所造成的焦虑增强了他的异常食欲。

"上次给你的药呢？我记得一次性给了你不少的呀。"

"哦，那个没什么用。或许是我体重增加了的缘故吧，那些药，药效都不太强吧？"

"没有的事。"

说着，早苗稍稍考虑了一会儿。

"好吧。那就以后不是一次吃一粒，吃两粒好了。不过，就算吃

第三章 凭依

了还是睡不着，也不能再增加了。"

高梨点了点头。他的眼睛虽然跟孩子似的闪着天真的光芒，可视线并不安定，似乎没有一个明确的焦点。早苗不由得有些担心：自己的话他到底听进去了没有呀!

"还有，接下来的一段时间里，你能定期来做一下心理治疗吗？"

"心理治疗？吃了药，应该就能睡着的呀。"

"嗯。睡眠是一回事，另外，我觉得你还是吃得太多了。这样下去，会影响健康的。如果有时间的话，我就可以给你做，我忙不过来的时候，也可以拜托别的医生的。"

"啊，好吧。"

高梨答应得出乎意料地爽快。

"那我就拿药去了，你等一会儿。"

早苗离开了办公室，朝药房走去。等她开了处方，取了药，重新回到办公室时，却发现高梨不在了。算算时间，前后总共也只有四五分钟啊。

早苗慌忙跑出办公室四下寻找了一下，还是不见他的踪影。早苗问了一下附近临终关怀服务机构的住院患者，说是就在刚才，一个胖得出奇的男人乘电梯下去了。

早苗的心底升起一股莫名的慌乱。高梨他，为什么要逃走呢？

可是，早苗也不能老是一心扑在他的身上。今天是预定要跟几位想要住院的患者及其家属面谈的。

工作全都结束，早苗再次回到自己的办公室时，已是晚上九点多了。

在埋头于日常工作的时候，她觉得今天高梨的来访就像是做了一个梦。那个与以往并无二致的身材修长、颇能自律的高梨，现在也

095

应该好好地待在什么地方吧。几个小时前自己所看到的,莫非不是高梨,而是某个内分泌失常的患者?

当在办公桌前坐下后,她就隐隐地觉得有什么地方不对劲儿了。

刹那间,她也不知道到底是什么地方不对劲,但她很快就发现,最上面的抽屉被微微地拉开了一条缝。

平时,这个抽屉是一直锁着的。但那把钥匙却被她很随便地放在了桌上的小物件收纳盒里。也就是说,只要想打开的话,是谁都能打开这个抽屉的。

早苗轻轻地拉开了抽屉。其实在查看抽屉里的东西之前,她就已经料想到了。

果不其然,放在抽屉最里面的三个放安眠药的瓶子,一个都不见了。那里面装的,可不是之前给高梨的那种苯二氮䓬类的药物,而是药效很强的溴米索伐尿素制剂。

这一下,早苗至少明白了高梨为什么要逃回去了。

可是,他为什么需要如此大量的安眠药呢?

就在此时,手机的彩铃声突然响起,把她吓了一大跳。那是《歌剧魅影》中《假面舞会》的旋律。一种不祥的预感掠过了她的心头。她赶紧打开包包,从中取出了手机。

"喂喂?"

能感觉到对方在接听,可就是没有回应。然而,直觉告诉她,对方并不是在搞什么恶作剧。

"喂喂?高梨吗?是你吧?"

电话里传来了一阵低沉的"嘿嘿"声。这笑声持续了很长时间,随后便爆发成放声大笑了。

"高梨?你听得到吗?喂!回答我!"

"哦哦。对不起。"

高梨的话音中，还带着大笑的余韵。

"不知怎么的，今晚的心情好极了。"

"高梨，你拿走了安眠药，是不是？为什么？"

"为什么？"

电话那头又传来了大笑声。在他扯着嗓子的大笑声中，时不时地还夹杂着呻吟似的喘气声。他像是几乎陷入病态的癫狂状态了。早苗觉得有冷汗滑下了她的后背。不会吧！

"药嘛，不就是给人吃的吗？"

就跟自己说了一个俏皮的笑话似的，高梨又爆发出了一阵大笑。

"高梨，你刚才吃药了吗？"

等高梨那发作一般的爆笑稍稍停歇一下的当儿，早苗赶紧问道。

"你问药吗？啊，吃了。当然吃了。"

"吃了多少？告诉我，吃了多少？"

"多少？呃，吃了多少呢？"

高梨从喉咙深处发出像是欢快的猫叫一般的声音来。

"不知道……知不道……知道不。哎？哪个才是对的？"

"我说，这可不是闹着玩的。你听好了。你拿走的，是药性很强的药。吃多了，是会有生命危险的。"

"是吗？有生命危险？那可真是不得了啊！"

"不是开玩笑。你现在在哪里？不赶紧将药吐出来，可就晚了……"

"烦死了！我不是早说过了吗？我讨厌装饰艺术！七扭八歪，软不拉耷的，恶心死了！"

高梨恶狠狠地说道。

"高梨……"

"啊，对不起。我不是说你。从刚才起就啰里吧唆的。"

"'啰里吧唆'？"

"天使啊。有一会儿了，一直在圈子里叽叽喳喳的，啰里吧唆的，跟我说了许多事情。净是些莫名其妙的喃喃私语。"

看来情况紧迫，必须马上找到高梨，得先给他洗胃，然后注射能抑制那安眠药的针剂。可是，他到底在哪里呢？

"高梨，你至少要告诉我你现在在哪里，好吗？"

"我说过了，不是的！《水浒传》里没这号人的。"

高梨的话停歇后，早苗听了一些熟悉的声音。是坚硬的物体在缓缓地碰撞的声音……像是冰块在玻璃杯里碰撞的声音。

"你在喝酒？"

早苗不禁倒吸了一口凉气。

"不能喝！快停下！安眠药随酒一块喝进去，等于自杀！"

"为什么老说这些？有意思吗？啊？为什么非要烘烤呢？"

"高梨！"

早苗高声叫道。

"烦死了。在那么个圈子里，啰里吧唆的，想干吗？为什么需要我？我又不是圣德太子[1]。你们是要提问，还是想嘟囔，顶多只能做一样吧。"

高梨像是将杯中的液体喝光了。电话里响起了生硬的"咣当"声。

"开始的声音。坚定的声音。应答的声音。救助的声音。"

"高梨！回答我！"

"收缩。伸长。跟翻转、旋转似的。简化……"

---

1 日本飞鸟时期政治家。用明天皇次子，推古天皇时的摄政大臣。在引入中国文化、制度以及推广佛教等方面发挥了巨大的作用。

高梨继续不停地说着，就跟发高烧时说胡话似的。后半部分简直听不清他在说些什么。

"坚持住！"

"啊啊。靠近了。快到了。"

高梨突然又恢复了沉稳的说话腔调，像是一时摆脱了精神错乱似的。

"你说快到了，什么东西快到了？"

"刚才那么害怕，简直叫人难以置信。现在已经不怕了，心里还美滋滋的。只是有点困了。就这么……"

"高梨！不行！挺住！"

"我身边这么嘈杂，也没法好好跟你道别。净是些呢喃声。那里面。天使们。"

说到这里，他打了个长长的哈欠。

"啊啊。黑下来了。"

"高梨！你好好听着。我马上……"

早苗拼命要跟他说话。

"我困得不行了。晚安。早苗。"

电话突然就被挂掉了。

早苗的耳中，只有通话中断的提示音在不断地回响着。

不知为什么，她突然产生一种可怕的预感：今后再也听不到高梨的声音了吧。

第四章　恋爱 SLG[1]

清晨的空气，让裸露在外的脸颊觉得冰凉冰凉的，令他有些不快，而正面直射而来的阳光，对他那疲惫的视网膜而言又太过耀眼了。

获野信一独自一人，拖着沉重的脚步，不停地走着。途中，他与好多个前往车站的上班族擦肩而过。他不想与他们目光有所交接，人家也都不看他一眼。

他觉得自己已经身心俱疲，濒临崩溃了。支撑着他的唯一信念是："纱织里妹妹"正等着他回家呢。

然而，他总算回到了"松崎公寓"，却又发现一楼的公共走廊上有个手拿扫把的小老头儿。

"啧！"

信一不禁打了个响舌，旋即又担心是否会被他听到，不免有些惴惴不安。

那小老头儿是房东松崎老人。他是个已退休的中学老师，想必有

1　英语 Simulation Game 的缩写。指模拟游戏。

点闲得发慌吧。他每天早上都会在公寓周边扫地，相当卖力，可粗看过去，哪儿都干干净净的，根本就没有垃圾。想必他觉得不活动活动身体，就有点对不起自己吧。

由于一旦被他叫住就会不堪其烦，所以信一为了不跟他打照面，平时总是将回家的时间与他错开的。不料今天却大意了。

老头儿的眼很尖，应该早就看到了他，而到了这一步，他自然也不好再往回走了。

信一一走进公寓的大门，松崎老人就快步走上前来。信一本想马马虎虎地点个头就跟他擦身而过的，结果却正如他所担心的那样，被老人叫住了。

"哦，荻野君，你才回来吗？"

"嗯，是啊……"

"夜班？"

"嗯。"

"便利店？"

干吗非要明知故问呢？信一已经开始厌烦了。

"嗯。"

"哦，是这样啊。那儿的那个便利店，叫什么来着？"

"……拉特豪斯。"

"哦，对，对。是叫这个名儿。拉特豪斯，'Light House'，大公司啊。我记得是挤入前几名的。要说起来，如今这日子过得，可真是便利啊！一天二十四小时都开着嘛。哎？就算到了半夜，什么时候去也都能买到东西。不过呢，也因为这样，在那儿干活儿的可就辛苦了。"

少说两句行不行呀？信一心想：求你了。老说这些毫无意义的话，有意思吗？大清早的，净说些废话，好玩吗？不过，这些话他也只能在心里嘀咕一下，是不能当着老头儿的面说出来的。因此，信一只能皮笑肉不笑地忍着，等着老头儿放他走。

"你说是吧。这么说来，今天你就不用上班了？"

到这儿可就得当心了。倘若让他察觉到自己的空闲很多，信一就很可能受到他的邀请——虽说纯属他自作多情。

松崎老人跟信一一样，也过着独身生活，却守着个吃饭时要人多些才吃得香的顽固信念。

之前被他邀请去吃清炖雏鸡时，信一推辞不及，就进了松崎老人的屋子，结果相当于受到了两个多小时的审问。老头儿不停跟他搭话，无奈他们俩是不可能有什么共同感兴趣的话题的，很快就十分尴尬地冷场了。为了排遣那份无聊，他以为只能用胡吃海塞来抵挡一阵了。不料一动筷子，他立刻从生理上就对与该老人儿在同一个锅里吃东西产生了抵触——老头儿吃东西时还有个舔筷子的坏毛病！他竟会满不在乎地将翻来覆去舔过的筷子伸进锅里乱搅一通！估计他那一代人都有滚烫的汤具有消毒作用的观念吧。

信一惊恐不已，只得抱着赴死之心挑些白菜帮子来嚼，可老头儿却像是善意之化身似的，满脸堆笑，一个劲儿地劝他多吃肉，千万不要客气。

通常而言，只要看到信一当时那种比锅里的青菜还疲沓的反应，大多数人是不会再邀请第二次的。可不巧的是，这样的常识在松崎老人那儿好像是不通用的。因为，令信一惊愕不已又无言以对的是，过了几天，老头儿提起那会儿的事情，竟然说："啊，那真是个愉快的晚上啊！"就连信一当时的沉默不语也被他一厢情愿地做了善意的解释，像是压根儿就没想到，对信一来说，受他邀请这事儿本身就是一种痛苦。

"我先回趟家，马上就又要去上班了。"

信一撒了个谎。但是,要是觉得这样的话老头儿就会放你一马,那可真是太天真了。松崎老人不仅继续说着空洞无物的话,不知从何时起,他又开始回忆起往事来了。

"那个,呃,不好意思,我还有点事儿……"

信一抓住一个空当赶紧这么插了一句。

"啊?"

老头儿一脸茫然地望着信一的脸,毫不顾忌地紧盯着他的眼睛。信一在粉红色的太阳镜后面眨了眨眼睛。

"是这样。在上面……那个……"

"哦哦!是这样啊。明白明白。你快去吧。"

信一总算是松了一口气。可他刚一转身,老头儿就朝着他的后背又扔了一句话过来:

"我说,荻野君,你可得爽快些才好啊。现在的年轻人,不都是口无遮拦,有啥说啥的吗?还有,一大早的就阴着脸,不仅福气会跑掉,还会招来鬼魂的呢。"

烦死了!

信一"噔噔噔"地踩响钢质楼梯,逃上二楼避难去了。那儿并排着五个房间,最靠里的那个,就是他的居室。开了锁,跳入房内后,他立刻就把门给锁上了。

只要一回到自己的房间,他总是能从内心深处感到安怡。其实,这幢二十多年前建造的简易房,一天之中倒有大半天处在南边的高级公寓的阴影里。阳光只在黄昏前的那么一小段时间里射入房中。到那时,强烈的西晒会将半个屋子染成火红色。

信一拉开了窗帘,可房中仍像天亮之前似的一片黑暗。然而,这个跟地窖似的空间,对他来说,却是唯一的歇息之处,安息之所。

这个带厨房的单间,房租特别便宜,一个月才收三万六千日元。

并且，得益于松崎老人的严密监视，这里没有那种不三不四的房客。这也是该公寓住宅的一大长处。信一以前住过的一幢木结构公寓里，就住着一对吵起架来跟要杀人似的夫妇，还会在半夜里旁若无人地大声播放摇滚乐的学生，闹得他差点患上神经衰弱。

不仅如此，令信一无法忍受以前那幢木结构公寓的，还有周边那片杂草丛生的荒地。因为那里有无数的蜘蛛窝。没人收拾的环境，似乎就是个虫子繁衍生息的天堂，而这些虫子，又是蜘蛛们的美食。蜘蛛们不断地扩大地盘，像是要把公寓也纳入其生存空间之内。结果搞得他一天里好多次惊恐万状。

信一打小就患有严重的蜘蛛恐惧症，并且还逐年加重。近来，别说是被蜘蛛触碰到了，就连靠近一点都受不了。遇有大蜘蛛结着网的道路，他会毫不犹豫地绕道而行。然而，在"松崎公寓"的周围，既没有多余的空地，再加上老头儿的勤快打扫，绝不给哪怕一只小蜘蛛在公寓内筑巢的可乘之机。也正因为这样，信一宁可忍受好多管闲事的房东，也要在此居住。

刚才被那老头儿纠缠不清，浪费了好几分钟宝贵的时间。于是他急急忙忙地就打开了电脑。虽说硬盘的性能年年提高，可OS却滞重得令人焦急，足足等了两分钟，才终于启动了Windows。

照他的心思，是恨不得立刻就开始玩游戏或上网浏览的，无奈肚子实在是饿得不行了，只得先用内侧附着黑色水垢的电水壶烧开了水，用受潮了的袋泡茶冲了一杯红茶，然后又从已用了五年、破旧不堪的休闲小背包中掏出了三明治——是从便利店要处理掉的东西中他顺手牵羊，偷偷地带回来的。

睡眠不足、疲劳，再加上精神压力，他的脑袋已混乱至极。不过在胃里装了点东西下去，血糖有所上升之后，好像总算又能思考了。

第四章　恋爱 SLG

事情的起因，是信一上夜班迟到了。为此，秃脑门、嘴唇上留着小胡子的店长火冒三丈。偏偏昨晚的客人还特别多，故而在信一上班之前，店长必须一个人将包括收银在内的所有杂务统统包下来，忙得不可开交，使他的肝火越发旺盛了。

"你想干吗？啊！为什么迟到？"

店长一反常态，显得十分冲动。

"你倒是说话呀！你不说话，别人怎么知道？快说呀！"

"对不起。"

信一只有道歉。

"真是的！你看看你，也老大不小的了……"

店长最后那句嘟嘟囔囔的埋怨，刺痛了信一的心。

在随后摆放商品和清扫店内环境的过程中，他心头的旧伤口开始疼痛起来了。平时刻意回避的忌讳一旦被揭开了封印，痛感自然一下子就喷涌而出了。确实，自己现在这么个年龄，要是进入企业工作的话，即便被委以重任也是不足为奇的，可事实上自己还在接受父母的接济呢。异性交往方面，别说是恋人了，就连称得上是熟人的，也一个都没有。眼下自己的生活可谓是怎一个"惨"字了得，那么将来呢，也同样是一团漆黑。

之前那些受人伤害、窝心憋屈的记忆，这会儿纷纷化作碎片铺天盖地朝他袭来了。也正因为他平时想问题不怎么肯较真儿，故而一旦堤坝决口就无法收拾了。那天晚上，信一的脑海中始终翻卷着无可救药的自我否定的旋涡。

不过他到底也明白，倘若进一步激怒店长，自己肯定是会吃不了兜着走的。因此他躲到杂志架那儿，假装在整理杂志。只是当他回过神来后才发觉，自己一直在将同一本杂志一会儿挪到东，一会儿挪到西，仅此而已。

"喂！你在那儿搞什么鬼？快过来收款！"

店里响起了店长怒不可遏的叫喊声。

他用余光一瞟，发现不知从什么时候起，收银台前已经排起五六位顾客了，都是些染了头发、一身疲惫的"夜猫子"年轻人。

信一悄悄地抬起粉红色太阳镜，用袖口擦了一下眼睛后就跑了过去。

"请到这边来。"

声音低得跟蚊子叫似的对排在后面的顾客这么说了一声后，他就新开了一台收款机。店长用毫不掩饰的蔑视性眼光，恶狠狠地盯着他。

"一千六百七十五日元……收您两千日元。"

顾客一般都不把便利店里的店员当人看，所以他们根本不与信一有目光接触。不过对眼下的信一来说，这反倒是他唯一的幸运了。

"呃，一千九百七十九日元。"

下一位来到他跟前的姑娘，模样有点像"纱织里妹妹"，信一不免暗自心惊。那姑娘从钱包里拣出钢镚儿来，连零头都给凑足了。这一点也让他联想起了"纱织里妹妹"作为水瓶座A型血的那一丝不苟的性格特征。

可是，那姑娘立刻就显露出了与温柔可人的"纱织里妹妹"截然不同的一面来。信一伸出手后，那姑娘在他手指触碰到之前，就将钢镚儿丢了下来。那举动，简直就跟怕碰到脏东西似的。

钢镚儿散落在柜台上，而信一还在捡拾的当儿，她就已经拎着购物袋扬长而去了。

"谢谢！"

说过这话之后，再数一数硬币……少了一百日元。

他又吃了一惊。糟糕！这可怎么办？

第四章　恋爱 SLG

就在他攥着钢镚儿不知所措的当儿，下一位顾客就将所买的东西重重地放在了他面前，且两眼紧盯着他，仿佛在说"你快点"。

"那个，店长……"

店长对他视而不见，只顾气势汹汹地敲击着收款机的键盘。

没办法，信一只得在差着一百日元的状态下输入下一次的收款金额。好你个臭丫头！你就是故意少付的！什么看起来像"纱织里妹妹"，这种念头真是害人不浅啊！

你简直就是个蜘蛛一般的邪恶女人！就是个蜘蛛女！蜘蛛女蜘蛛女蜘蛛女蜘蛛女蜘蛛女！

等到顾客全走光后，他掏出了钱包，想往收款机里投入一百日元的钢镚儿。他觉得，从收款机里取钱是犯罪，往里加钱应该是没事儿的。结果他做梦也没想到，居然又被店长骂了个狗血喷头……

他"咕咚"一声，喝了一大口已经凉透了的红茶，心想：自己牺牲了睡眠时间，多想这种不愉快的事情又有什么意思呢？

他点击了一下台式电脑上的图标，连上了网。

他浏览了一下收藏夹里几个注册了的成人网站。其实，对于裸露的照片他已经看得倒了胃口，根本不想看了。尽管这样，出于习惯，他还是下载了几张照片。

大致浏览了一通过后，信一就断开了网络连接。

仅仅在半年之前，信一还是个严重的网瘾患者。那会儿，他每天在网上冲浪十多个小时，就连吃饭、睡觉也没个正经，真是名副其实的废寝忘食，一个劲儿地寻访国内外的成人网站。由于一个网站常会附带着别的网站的链接，故而由此及彼，无穷无尽。所谓网瘾，其实是一种信息搜索上瘾，所以很难中途罢手。仅就成人网站而言，就是花上一百年也看不尽的，更何况每天还有新网站涌现，且不断更新着。

他想起互联网系统也被称为World Wide Web（万维网），那不就是一张覆盖整个世界的蜘蛛网吗？好险啊！自己差点就被这张蜘蛛网给抓了去。幸亏自己害怕蜘蛛啊。这是偶然的巧合吗？要说起来，自己为什么，又是从什么时候起变得这么害怕蜘蛛的呢？

信一抹去了脑袋里那些近似于迫害妄想的思绪碎片，启动了电脑里的"FL滤镜"软件。这是一款能从网上自由下载的软件，也即所谓的"共享软件"。它本来的用途是给照片打马赛克，可几乎所有的用户都是用它来消除马赛克的。

他首先将刚才下载到电脑上的照片调到了该"FL滤镜"上。记得该软件的开发者曾受到警视厅的刑事起诉，并被作出了有罪判决。今后，网上的"有害信息"限制，将会越发严厉的吧。

这样的思绪才一掠过，信一就已经忘掉了。他原本对这些就毫不关心。他以为，考虑那些与自己并无密切关系的问题，只会浪费时间。

随后，他就以熟练的手法用鼠标拖出一个边框，并将其与马赛克边缘相重合。但马赛克还是有一部分露在外面，因为马赛克的形状是不规则的。于是，他又调出"滤镜边框调整"来予以修正。

成功了。下一步就该判断马赛克的类型了。应该是"QO马赛克"吧，一般都是这个。信一用鼠标的光标点击了一下"QO马赛克"的按键后，马赛克果然完全消失了。

信一的脸上露出坏笑。他心想，这张就是"CP马赛克"了，不输入密码是消不掉马赛克的，是属于较为费事的那种。这些拼接了偶像脸蛋的"偶像拼接照片"，俗称"移花接木"，想必是怕被起诉吧，所打的马赛克几乎都是"CP马赛克"。当然了，只要使用"CP弹窗"或"G滤镜"，在很多情况下，都能轻而易举地找到密码。

照片上的，是一个一丝不挂的白人女子。然而，有些地方的马赛克尚未清除干净，模样显得有些别扭。用"左右翻转"工具试了一下，果不其然，这下子就显示出完全没修整过的原始图像来了。那女子正遭受着一只毛茸茸的男人手的猥亵，脸上挂着苍白、僵硬的笑容。

在网上公开这样的照片，就等于将这位女子暴露在全世界无数变态男人的眼前了。那么，这女子的人权又在哪里呢？就这么一张照片，称其为不折不扣的犯罪证据也是不为过的。

不过，与往常一样，他的思考就此戛然而止了。反正自己既没有参与犯罪，也没有为了看付费照片给罪犯打钱而成为间接帮凶。自己只是在自己的房间里偷偷地看一些免费的照片，让自己悄悄地兴奋一下而已。这样的行为并不影响任何人，所以是没问题的。

下一张照片处理起来就有点棘手了。消除了"QO马赛克"后，原本打马赛克的部分也只是被分割成了几块，被替换掉了。若要复原为原始照片，就非得运用能做更精细处理的图像软件不可了。但要那么做也太麻烦了，于是他就直接保存了下来。

消除了马赛克的照片，都被他保存到了一种叫作MO的磁盘里。近年来，电脑相关技术可谓是突飞猛进，一个与软盘差不多大小的磁盘，就能保存几千张照片。其实这种磁盘，基本上也就是用来干这个的。虽说被信一保存下来的照片，也是几乎不会被他重新调出来看第二遍的。

后面的操作都比较顺利，只有第五十张照片消除了马赛克后看着太恶心，就被他直接删掉了。为此，他还不由自主地打了个激灵，难以相信世上居然还有人喜欢看这种照片。由于那画面中打了很大一块的马赛克，所以下载时他还不明所以。

简直是大煞风景。他的兴致也因此大受摧残。关闭了"FL滤镜"软件后，为了恢复自己的好心情，他从抽屉里拿出了一个装有几十张CD-ROM[1]的文件包来。那里面存的，都是电脑游戏。

他之所以能够从网瘾重症中悬崖勒马，就是因为他又迷上了游戏。据说弗洛伊德曾用可卡因治疗吗啡瘾君子，那么对信一来说，这些游戏软件就是他的可卡因了。

他将酷似音乐CD的圆盘放入了电脑。由于CD-ROM驱动器早已设定为"自动"了，故而电脑会自动加以读取。

一会儿过后，显示器的正中央就出现了游戏画面。继Imago的公司名之后，便是《天使之丘高中》的游戏名。下方，则是一群身穿水手服以及天使装扮的美少女在对着信一娇笑不已，这就是最近令他沉湎其中不可自拔的"恋爱SLG"。

信一的背后有一个大型的滑动式书架，但那上面连一本文艺类的书都没有。满满当当的，插满了少女漫画和游戏软件的空壳子。

只要是他特别喜欢的游戏，他就会在其从Windows版转入世嘉土星游戏机和PlayStation（游戏站）游戏机时都买一遍，因此相同标题的空壳排了好多个。即使内容基本相同，可只要听说有一点点的细微差别，他就会急不可耐地将其弄到手。

以前有个时期，他主要玩连在电视机上的家用游戏机，那是因为那方面的软件种类特别多，不过近来他已完全成了电脑游戏的俘虏了。虽说电脑是个高价物品，可也正因为这样，其容量与画面的色彩是电视机望尘莫及的。信一的电脑，CPU已经落后了两代左右了，绝对称不上高端，但显卡和声卡用的却是高档货。

其实，比起电视机游戏来，他更喜欢电脑游戏，还有一个更为直截了当的理由，那就是：几乎所有的电脑游戏的壳子背后，都贴着一个璀璨闪光的银色圆标签。那上面印着蓝色的文字——"电脑软件

---

[1] 一种只读存储器，通称为光盘。

伦理机构，未满十八岁禁止使用"。这就相当于给了用户一个保证：不管壳子正面的动漫图案多么可爱，随着游戏内容的推进，肯定会出现猥亵性质的变态CG[1]绘图画面。

这就是所谓的"十八禁"游戏。而电视机游戏由于要照顾到低年龄用户，顶多只有"建议十八岁以上使用"的游戏。换言之，其涉及性的内容受到了严格限制。像被称作"恋爱SLG"的这类电脑游戏，除了极少数的几个例外，几乎都属于"十八禁"范畴。事实上，简称为"H游"的"变态游戏"，如今作为日本特有的一种亚文化，已拥有了包括海外粉丝在内的大批拥趸。

信一戴上了耳机，点击了游戏的启动画面，早已熟悉了的主题歌立刻就钻入了他的耳朵。他深深地靠在椅背上，如释重负似的舒了一口气。在现实世界中，即便不情不愿，也不得不与别人打交道。因此，为了免遭重创，必须随时保持警戒姿态。而此刻，他感到那个心灵的防护罩，仿佛在温水的浸泡下开始软化了。

然而，就在调出上次保存的进度，终于可以接着玩下去的当儿，电话铃声响了。

可恶！这是谁呀？一大早的就来电话。

他本想置之不理的，可那电话铃声却不依不饶地响个不停。不巧的是，他没有安装自动留言装置。那是因为，即便安装了，录音磁带也很快就会被一些不知从哪儿弄到电话号码的推销人员给灌满的。

"……喂。"

信一没好气儿地接听了电话。他心想，要是对方想推销什么，就立马挂掉。

"我说，你一个大男人，还真会煲电话粥啊。"

---

[1] 英语Computer Graphics的缩写，指计算机生成的虚拟图像。

是他姐姐的声音。

"我打给你好多次了,一直占着线呢。"

他想说"刚才在上网呢",可又觉得麻烦,也就不高兴解释了。

他没钱开通有线电视,可要是淘汰掉老式的"猫"[1],开通ISDN[2]的话,也就上网、电话两不误了。可问题是哪有那么紧急、重要的电话会往他这儿打呢?

"干吗?"

"什么'干吗'?你就是这么跟人打招呼的吗?你不是过年也没回家吗?想问下你到底怎么样了。"

"挺好。"

"既然'挺好',那就也跟家里说一声啊。老爸、老妈,都在担心你呢。"

姐姐虽然只比他大两岁,可已经是个体态发福的正宗大妈了。由于父母跟信一一通话肯定会吵架,所以最近都由姐姐替他们打了。这是因为信一记得小时候只有姐姐疼爱过自己,上小学被人欺负时,姐姐还帮过他,所以他觉得自己对姐姐有欠疚,直到现在也不敢在她面前耍横。

"好吧,那些就算了吧。你下次休假时,能回来一趟吗?"

"为什么?"

"要让你见一个人。"

"要让我见一个人?谁?"

在老家,根本就没有信一想见的人。

"是在我家那位的公司里做事务员的,是个性格温和的好姑

---

[1] MODEM,调制解调器。一种将通过电话线传输的模拟信号转换为电脑可接收的数字信号的装置。

[2] 英语Integrated Services Digital Network的缩写,指综合业务数字网。

娘哦。"

从姐姐的这种夸人方式上,信一立马就推测出那位肯定长得不好看。他不由自主地将目光移到了出现在游戏启动画面上的那个女孩子身上。动画作家用气刷[1]描绘的人物皮肤是多么细嫩光洁啊,连一个斑点都没有,两颗圆溜溜的大眼珠子,正在闪闪发光呢。

"……之前我不是说过了吗?我讨厌相亲。没兴趣!"

"你又来了!"

姐姐的声音中已带有怒气了。

"你考虑过自己的年龄吗?一直这么吊儿郎当的。你已经二十八岁了!"

"我知道。自己的年龄,难道还用你来告诉我吗?"

信一依然嘴硬,可心里已经有点发虚了。

"你自己一点都不知道。你想做一辈子浪荡子吗?你要是以为老爸老妈会一直这么硬朗下去,可就大错特错了!"

"我可不是什么浪荡子。我是撰稿人啊,我刚才就在用电脑写稿呢……"

"你写什么稿呀?简直笑掉大牙了!"

由于向游戏、动漫杂志投稿的文章被采用过几次,信一就给自己印了一张带有"独立撰稿人"的名片。他甚至想以后正儿八经地写些游戏评论,不过他也明白,这种事在姐姐的眼里自然是不值一提的。

"你还是醒醒吧!别做梦了!我家那位说了,已经给你安排好工作了。你明白吗?眼下这么不景气,原本是要裁员的。那可是特别为你准备的……"

他气得连手都发抖了,然而,又说不出反驳的话来。以前也老是

---

1 是一种利用压缩空气将颜料雾化后喷射到画面上,借以表现浓淡色调的绘画工具。

这样。各种想法在脑海里翻腾着,他却无法用语言表达出来。

信一长长地叹了一口气,放下了电话听筒。他以为姐姐会立刻再次打来电话,故而还神情紧张地等了一会儿,可事实上,电话铃声就再也没有响过。

信一心情糟透了。他只想立刻进入神圣的游戏世界,把一切全都忘掉。在这个世上,他所爱着的人只有一个,那就是游戏里的人物"川村纱织里妹妹"。

他再次插入CD-ROM,重新戴上了耳机。点击了游戏的启动画面后,主题歌 *School Days* 就响了起来。这是他最感欣慰的一刻,仅仅听到这首主题歌,他就快要感动得热泪盈眶了。

  School Days,希望与你再次共度,那个心潮澎湃的季节。在那个没有争斗、忌妒、痛苦的世界里。

  School Days,希望你再次来临。来到实现梦想的教室。重要的是诚挚的真心,仅此而已。

  School Days,啊!造访大地这一神奇的时刻。身穿制服的天使们,正等着你的来临。在那放学后的图书馆。在蝉鸣不已的游泳池。在举办文化节的校园里。还有,在傍晚的校门口。

  一定存在于某处。Another time, another place. 那个天使降临的地方。那就是,天使之丘高中。

现在,只要点击鼠标就能开始玩了,不过信一还是将主题歌全部听完了。他觉得,无论听多少遍也同样令人感动。真搞不懂,如此美妙的歌曲为什么上不了排行榜呢?在歌曲的余韵中沉浸了一会儿过后,他点击了被鼠标的光标遮住了的、带指令的那部分画面。主题歌再次响起。这一次,他又从头听到了尾,然后,才终于开始了游戏。

说是游戏,其实基本上只需机械地点击一下画面中所显示的、预先设定好了的台词而已。时而也会跳出三个选项来,不过这时可不能随便乱选,因为只有每次都选对了,才能把游戏玩到底。

事实上,信一已找到了载有《天使之丘高中:完全攻略》的网站。那上面,有已通关玩家制作的在什么情况下该如何选择的一览表。

信一已将该表打印出来,放在电脑旁的一个文件夹里了。前几次玩的时候都遭遇了挫折,这次可谓是万事俱备,肯定能将"纱织里妹妹"彻底搞定了。

载入"进度保存文件",这样就能从上次中止的地方继续往下玩了。其实,在浏览"H游"的相关网站时,他已经找到了能下载游戏"进度保存文件"的地址。就是说,只要载入该"进度保存文件",就能在任何阶段启动游戏,并能不费吹灰之力地获得作为最后褒奖的H[1]类CG了。只是,这样的话也就失去了游戏的意义。

这时,男主角已出现在显示屏上,正为了艳遇而在校园里、街市上溜达呢。在将该游戏安装到电脑上时,信一就已经将男主角的名字修改为"荻野信一"了。

"信一——早上好!▼"

伴随着轻快的弦乐BGM[2],走在上学路上的一名女高中生跟"信一"打了个招呼。她名叫椎名由美,对男主角一往情深,也是个十分可爱的女孩,不过很遗憾,这次她不是男主角命中注定之人。画面上出现了▼符号后,只要用鼠标点击一下,就会出现下一句台词:

---

1 源自日语词汇"变態"(变态)一词罗马字拼写hentai的首字母。有色情、淫秽之意。
2 英语Back Ground Music的缩写。指背景音乐。

"还说什么'早上好'呢,都是因为你,害得我昨晚没睡好啊!▼"

虽说在现实生活中他从未跟女孩子这么说过话,但在此虚拟世界里,却能说得十分自然顺溜。此刻的他,已完全变成了一个普通的高中男生,彻底融入了校园氛围,且受到了所有女生的青睐。

"为什么说是我害的呢?▼"

"你还问'为什么'?昨晚半夜里打电话来的是谁呀?▼"

"可是,当时我太想跟人说说话了呀。▼"

"那又为什么非得找我呢?▼"

"对不起啦。可要说离得又近,又闲得发慌的人,我能想到的,就只有你呀。▼"

"你这家伙!哪有你这么说话的?▼"

……点击。点击。

对话持续进行着。信一已将现实世界抛到了九霄云外,彻底沉浸在虚拟故事中了。

"荻野君,由美姐,你们怎么了?▼"

"川村纱织里"正在校门口等着他。她用双手抱着书包,遮住了前胸。

"什么呀?你看,一大早的,信一净说些无聊的话……▼"

不过,这会儿信一已不再去看由美的台词了。他的目光全被"纱织里妹妹"吸过去了。

他将碍事儿的对话窗口全都关掉,全神贯注地端详起"纱织里妹妹"那楚楚动人的模样来。

二十八岁的荻野信一,爱上了生活在二次元世界里的美少女。然而,就他而言,自有生以来还从未这么真心诚意地爱过谁呢。

"纱织里妹妹……"

他小声呼唤着。可由于他戴着耳机,是听不到自己的声音的。明明近在眼前,怎么就触摸不到呢?

叹了一口气之后,他又打开了对话窗口。与现实世界有所不同,上课部分很快结束,一下子就到了放学后。这时,弹出了三个选项:

1. 跟纱织里在星期天约会;
2. 跟纱织里两人独处;
3. 回家。

选"1"还是"2",信一不免犹豫了一会儿,看了一眼那张"一览表",发现正确选择应该是"跟纱织里在星期天约会"。他点击了一下"1",出乎意料的是,"纱织里妹妹"的图片变成了视频,她对他嫣然一笑。不仅如此,连回答也变成了音频:

"好啊!那么,就约会吧!"

取代了文字的娇媚声音在他的耳机中响起。背景音乐也掀起了一个小高潮。信一就像从活生生的女生那里获得了与之约会的允诺似的,感到无比的幸福。不,应该说比这个还要更加欣喜若狂吧。由于"纱织里妹妹"是该游戏的女主角,故而对她的攻略是难度最高的,到首次获准与她约会为止,信一已经花费了很多时间了。

既然获得了约会的允诺,那么当天信一也就无法与"纱织里妹妹"在一起了。就此回家自然也并无不可,不过信一还另有策略,所以又在学校里逗留了一会儿。一对身穿水手服、头扎金发马尾辫的双胞胎姐妹出现在画面上。那是美歌和绘璃。

其实,这对双胞胎姐妹就是高难度人物攻略中的关键。因为,虽说美歌和绘璃也身穿着校服跟大家一起上课,可她们却是天使。

"哎呀,信一,你在干吗呢?▼"

"在等你们呀。▼"

"哎?纱织里呢?▼"

"干吗要问这个呢？▼"

"没什么。随便问问。▼"

由于她们俩总是异口同声地说话，所以实际上跟一个人物没什么两样。

美歌和绘璃是天使这事儿，只要看看她们的名字就一清二楚了。因为她们的名字直接来自炽天使（最高级的天使）的名字Michael[1]。更何况美歌和绘璃出场时，背景音乐也特意换成了类似于管风琴的声响。

1. 跟她们俩单独相处；
2. 从她们嘴里打听消息；
3. 回家。

信一毫不犹豫地选了"1"。

平时不断地与美歌和绘璃单独相处（或许该说是三人一起相处吧），借以提升好感度，到了关键时刻，她们就会成为自己与所追求对象之间的撮合神。最初，信一是没看"攻略网页"就直接开始玩的，所以没有注意到这一点。但是，没有天使的帮助，这个游戏是不可能通关的。

信一请美歌和绘璃吃了肥鹅肝汉堡（现实世界里果真有如此令人恐惧的快餐吗？），购物后又替她们拿东西，还陪她们去卡拉OK店，让她们唱了个痛快。（美歌和绘璃所唱的，都是赞美歌。）

"今天真是谢谢你了。一直让你请客，真过意不去啊。▼"

"小事一桩，不值一提啊。▼"

"可是，一直让你拿着那么多的东西，你一定累了吧？▼"

---

[1] 犹太教、基督教中的大天使之一。曾在与撒旦的争斗中大显神通。中文一般音译为"米迦勒"。"美歌"和"绘璃"就是将"米迦勒"一词的日式发音一分为二，再配以汉字而成的。

第四章　恋爱 SLG

尽管美歌和绘璃一反常态地表示真心感谢，可那不过是在游戏中挥金如土而已，不会让信一真感到心疼的。

不过，疲劳这一点，或许还真被美歌和绘璃说中了。一旦沉湎于游戏之中，现实世界里的时间就会飞速流逝，不知不觉间，已经快到中午了，显示屏也开始在眼前模糊起来了。虽说今天不用去便利店上夜班，也还是适可而止，就此打住为好吧。

于是，在保存了到目前为止的游戏进度后，信一就关闭了游戏。

他之前那糟糕透顶的心情，现在也变得好多了。他是从难度较低的人物逐次挑战通关的，到目前为止，已经花费了五十多个小时。而现在，他终于胜利在望，快要俘获他那位命中注定的情人"纱织里妹妹"了。不过，他也因此落下了眼睛疲劳和肩膀酸痛的慢性病。他想，今天就好好地睡个觉吧。

可话虽如此，游戏一中止，他又立刻觉得寂寥难耐，总觉得就这么关掉电脑有点可惜。

结果，尽管肉体已在催促他快去睡觉，他却又连上了互联网。他查看了一下电子邮件，不出预料，邮箱里空空如也。接着，他又去看了看以不准而闻名的运势网站"占星"，看到的提示是："顺畅的一天。有女性暗恋你。"

收藏夹里的成人网站刚才已经刷过一遍了。于是他就随心所欲地利用搜索引擎检索起网页来。

一开始，他用"川村纱织里"来进行检索。他所注册的网站中，只要带有这几个字的，就都会被列出来。总共有几十个，全都是游戏相关的网站。粗略看去，除了以前已看过的以外，并没有什么新增的。

接着，他又输入了"美歌和绘璃"。

个数比刚才少了些，并且全都大同小异。不过他也在最初的十个之中，发现了一个名称较为陌生的网站：

119

"地球（Gaia）的孩子们"。

他心想，这会不会是个新出的游戏名？看了一下说明文字，又觉得不是。

"您是否意识到自己受到了伤害？生活在现代社会里的我们，每天都被名为'焦虑'的锉刀锉削着心灵。要是您那颗伤痕累累的心终于忍无可忍而发出了哀号，那就请您回想起一件事来：我们，全都是地球（Gaia）的孩子。守护天使……"

信一鼻子里出声哼笑了一下。估计是什么团体，或自我改造之类的论坛吧。如今又有哪个笨蛋会因这些话而上钩呢？

可话又说回来，现在的他自然对名为"地球"之类的老土网站无感了，不过他以前可是对超自然现象啦、新科学[1]啦什么很感兴趣的，只是对于邪教怀有近乎生理性的厌恶。

他刚想直接下线，脑海里忽地又冒出了一个疑问：这个网站为什么与"美歌和绘璃"有关系呢？

信一点进去稍稍浏览一下，然后付之一笑或许也不坏吧。于是，信一就点击了一下通往"地球（Gaia）的孩子们"的链接。

屏幕被切换成了砖红色的网页背景。背景音乐的音色也十分安详，像是用竖笛演奏出来的。还有风琴或手风琴。接着，是两把吉他弹奏出的急促琴声。虽说与轻快明朗的《天使之丘高中》的主题曲大异其趣，但不可思议的是，这样的旋律倒也能沁入他的内心。

显示屏上出现了介绍文章。开头部分与用搜索引擎时看到的说明文字相同，紧接着就是一篇题为《地球（Gaia）的孩子们》的文章。

一如既往，图像部分总是显示得较晚一些。经过了一段令人心焦的等待，一身天使装束的美歌和绘璃就现身了。于是他又感到一阵欣

---

[1] 20世纪70年代美国发起的一项旨在自然科学领域中推进人与自然一体化的改革运动。

喜。两个女孩子都将手放在背后，歪着脑袋，笑嘻嘻的。这是美歌和绘璃在游戏中要向玩家伸出援助之手时的CG。

哦，一点也不外行嘛。为此，信一不免对该网站的制作者有些刮目相看了。

可惜主页上的内容，并不怎么令他感动。连篇累牍都是地球环境啦，现代人的焦虑啦，无聊至极。提到"美歌和绘璃"的文字仅有一处，似乎有点敷衍了事。看来还是那种自我改造论坛或以"治愈"为目的的小组之类的玩意儿吧。要是一不小心被其勾上的话，估计会钱包大出血的。

他不住地往下浏览着长长的文章，又出现了几张"美歌和绘璃"的CG。于是他就忽略了文字，光找这些图片来看。最后终于来到了结尾部分，那儿写着：每周三次，可在规定的时间与网站的主办者一起"聊天"。这里的"聊天"，自然是指在电脑显示屏上，通过文字来进行交谈了。也能多人同时参与交谈。今晚要是闲得发慌，倒不妨进聊天室去看看他们是怎么"聊天"的。

信一打了个哈欠，然后就断开了网络，关闭了系统，断开了电脑的电源。

立刻，他就被难以言状的不安和压抑包围了。每当他从虚拟世界回到现实世界，总会有如此感觉。他只想尽快失去意识，哪怕早一秒钟也好。在这个世界里，根本不值得一直保持着清醒的意识……

具有对酒精不耐受体质的信一，在借助可口可乐咽下了一小片淡紫色的药片后，就窸窸窣窣地钻进了他那个永远不叠不铺的、略带潮湿的被窝。

如往常一样，昏暗而混沌，却又舒适而惬意的睡意，很快就来迎接他前去了。

121

第五章　好心人

　　电话铃声响了起来。

　　早苗漠然地看着电话机上那个闪亮着的小灯。这是外线直通电话。会是谁呢？亲朋好友不是打手机，就是发电子邮件，其他人则应该打医院的对外电话才对呀。会打这个直通电话的，以前也只有高梨啊……

　　光是这么一想，她就禁不住热泪盈眶了。

　　虽说事情已经过去了近两个月了，可她直到现在，连一个走出悲伤的阴影，重新振作起来的契机都没抓住呢。或许自己从此就一蹶不振了亦未可知啊。亲朋好友所说的"时间会解决所有的问题"之类宽慰人心的话，也从未像现在这样听起来空洞无物、苍白无力。

　　刺耳的电话铃声，还在一个劲儿地响个不停。

　　莫非又是来自周刊杂志的采访？一念及此，她就连去拿起电话听筒来的气力都没有了。

　　为什么全日本所有的电话机，都会发出同样的声音呢？以前用那种转盘式的黑色电话机时，声音也都一样的。难道是有什么法律明文规定的吗？

她就这么漫无边际地胡思乱想着，听那电话铃声一连响了十遍。可即便如此，对方像是依旧不肯罢休。最后，还是早苗拗不过，伸手拿起了电话听筒。

"喂……"

"是北岛早苗医生吗？我是福家。"

刹那间早苗没反应过来对方是谁，随后才猛然想起，他就是那个主办亚马孙调查项目的报社记者。高梨刚去世那会儿，他也来采访过。可也仅此而已，并无更多的接触了。事到如今，他还会有什么事儿呢？

"喂，喂？"

"哦，我就是。"

"我是福家。"

"我知道。"

"我说……您不要紧吧。"

福家的声音中透着一股子担心的意味。

"不要紧。"

"您的心情，我能够理解。不过，您还是不要为了高梨先生的事，太过自责了。毕竟，那也是一种不可抗力嘛。"

"谢谢！"

不可抗力，别太自责。接受警察审讯时的一幕，又浮现在她的脑海里了。

……就是这一点，叫人怎么也无法理解啊。你为什么要将安眠药放在办公桌的抽屉里呢？如果说是自己服用，数量也太多了吧。再说，就管理角度而言，也不太合适吧。这不是公然违反医院的规定吗？你说是不是？想必你以前也时常这么着把药物给别人的吧？我是说安眠药！偷偷地。所以高梨才知道那儿有，是不是？否则的话，他怎么会知道上着锁的抽屉里有安眠药呢？是不是，北岛医生？我看你还是老老实实地跟我说实话吧！

……一般来说，出了这种事儿，你身为一名掌握着人命的医生，光说一句"粗心大意了"可是搪塞不过去呀。嗯？你明白吗？一个活生生的人，死了！当然了，你身边就有许多人在不停地死去，死亡对你来说，或许已经是司空见惯的了。可是，要是出于你的缘故而有人死了，可就是两码事儿了！请你也为死去的人想一想，好不好？

"……因此，要是您也已经读过的话，想请教一下您的感想——这么说或许不妥吧，总之想请您谈一下您的看法。"

福家像是一直在不停地说着什么。

"请问……"

"什么？"

"您说'已经读过'是指……"

"高梨先生的作品呀。"

"哪一部？"

"您没在听吗？"

"嗯。"

面对这样的反应，饶是福家，也愕然无语了。

"我说的是刊登在《灯塔》上的那个短篇呀。昨天开始发行的。"

"高梨的短篇，刊登在《灯塔》上了吗？"

"唉……我说的不就是这事儿吗？"

第五章　好心人

福家像是有些不耐烦了。

最近两三年里，一般的小说杂志上已经几乎看不到高梨的作品了。可即便如此，周刊杂志和电视台，依然把高梨之死作为曾经的人气作家之异常自杀，做了耸人听闻的报道。可小说杂志类平台在事件后果断刊载高梨的作品，倒还是第一次。

《灯塔》是老牌的纯文学专业性月刊。如今一些名声大噪的当红作家的名字，过去也散见于"灯塔新人奖"的获奖名单。不过，早苗以前也听高梨说起过，由于纯文学的人气凋零，近来该杂志的发行数量已经沦落到与同人杂志差不多的境地了。

高梨每完成一部作品，总会给以前合作过的编辑寄去稿件。看来，是原先被雪藏了的稿子，因这次的自杀事件而被紧急刊登出来了吧。

"那个短篇，是什么标题来着？"

事到如今，那就是高梨最后的作品，最后的话语了。

管他出于何种目的呢，变成了活字，总是令人高兴的。然而，福家念出的那个标题，却把早苗吓了一跳。

"哎？我好像念错了。呃……"

"没关系，我会去读的。"

"方便的话，我用传真发给您？"

"不用了。我自己去买就是了。"

早苗放下了电话听筒。尽管跟福家说话时的口气是那么硬朗，可这会儿，她又突然对读高梨的遗作感到害怕了。但是，既然已经获悉了这个消息，自然不能只当没听见了。再说，高梨那在天之灵，肯定也希望她去阅读的。

"非读不可啊。因为那是高梨最后的作品嘛。"

早苗说出了声来。

决定了！午休时去书店买《灯塔》。

确立了一天的目标——微不足道的小目标之后，早苗觉得自己似乎又恢复干劲儿了。老这么萎靡不振的，怎么行呢？即便是为了来临终关怀服务机构住院的患者，也要振作起来啊。他们全都身处绝境，现在却反过来关心无精打采的早苗本人了。

最近，早苗觉得跟他们交谈后，得到慰藉的似乎反倒是自己。

万籁俱寂。看一下时钟，已过了深夜一点。早苗打了个哈欠，揉了揉视力模糊的双眼，抬头仰望着天花板，望着高梨以前看见过天使幻影的那块地方。

桌子上放着一本依旧打开着的月刊。早苗午休时去附近的书店一看，见那儿只放着一本《灯塔》。回去的路上，她一直将它抱在胸前，就跟小时候买到了自己想要的书似的。

她举起了斟有波尔多葡萄酒的酒杯。高梨自杀后，有一段时间她不借助酒醉根本就睡不着，身体状况也有所恶化。自己摸了一下后，发觉是肝脏有些肥大，故而最近两三天里她强忍着没有喝酒。不过，她觉得今晚是非喝不可的。

早苗再次将目光落在高梨的小说上。标题为 *Sine Die*。刚才她查了一下《英和辞典》，说这是拉丁语，意为"无限期地；终极性地"。

内容与她预想的大相径庭。或许可称之为以死亡为主题的幻想小说吧。小说里并没有什么像样的情节，只是叙述者以第一人称不断诉说着对于死亡的，可谓是异乎寻常的憧憬。这让熟读高梨全部作品，自以为对他作为作家的思考方式已了如指掌的早苗，也不禁大感惊讶。

最令她产生异样之感的，还是高梨的文笔。在以前的作品中，高

第五章 好心人

梨的文笔一直是字斟句酌、中规中矩的，但这一篇却截然不同，仿佛出自他人之手。既有某种诱人熏然沉醉的独特节奏，又给人难以拂去的支离破碎之感。

开头部分是这样的：

> 说到底，还是唯一的死亡本身啊。要消除对死亡的恐惧的话。
>
> 所谓死亡不能解决任何问题云云，无非是个空洞无物、不着边际的议题而已。难道不是吗？只有死亡，才是所有问题之终极性的、决定性的解决。

这就是小说的主题，估计也是对标题的解释吧。然而，倘若这就是高梨在苦心焦虑之后得出的生死观，也未免太悲哀了吧。

早苗翻过几页，看着最后的叙述者的独白。这就是问题之所在。

> 所谓涅槃就是吹灭的意思，是吧。生日快乐！将可悲的蛋糕插得跟长满尖刺的豪猪似的蜡烛头上的火焰，将因一股细小的气流而摇晃、熄灭。吹灭作为自己生命之象征的火焰时的快感。终于走到这一步了。回想起来，这是一段多么漫长的路程啊！就这么一步一步，脚踏实地地走近死亡，是吧。会感到难以言表的宽心、踏实吧。生日快乐！人就是因为这么个理由，才庆祝生日的吧。自没头没脑地号啕着降临人世的那一刻起，很多人就怀着一日三秋之思迫不及待地等待着死亡的到来。如同等待战争的终结、马拉松的终点、解放的瞬间，或永恒的轮回。有人内心暗自兴奋、雀跃，脸上却始终如一地假装若无其事。还

有人就跟心里想男人想得要死，脸上却一本正经的跟尼姑似的。

大家早已忘得一干二净了吧。从前，很早很早的从前，有个没头脑的学生哥留下一封不着边际的信后就从"自杀圣地"华严瀑布上一头蹦下了悬崖。可是，恐怕他一定是想到了什么了吧。譬如说极度的悲观与极度的乐观相通之类的。这话说的可不是受虐狂，就是身处当下的我们自身啊。

令人扼腕不已、深感遗憾的是，这里面存在着一个只能在活着的时候感受到死亡之喜悦的视差悖论。生的喜悦，也只有在临近死亡时才能感受到。什么？活着本身就是一件令人欣喜之事？好好想想吧，至少在还活着的时候。哈哈哈。假若，我是说假若哦，人永远不死将会怎样？要是在此昏暗、寒冷、空气稀薄的宇宙中，必须一直保持清醒意识的话，将会怎样？

更何况还有许多别的可能。倘若接连不断地在一些莫名其妙的生物间轮回不已，又将如何？

天堂就在冥王星和海王星之间的彗星云内核之中，那里密密麻麻地有一长排的门。虽说我也没见过，但肯定没错。就是这样的。死了以后我们那总算获得了自由的、不灭的灵魂，为了投胎转世，将会被强行推入其中的某一扇门内。前世钻过了袋形动物门的，今生就被吸入毛颚动物门；来世则是栉水母动物门，再来世则有须腕动物门在等着你。再再来世？那就是星虫动物门之类的吧。不知道下一次变成何种生物？嗯，是啊。门一打开，准会吓你一跳。哈哈哈。想变成一只鸟，在天空中自由自在地飞翔？

第五章 好心人

怎么说呢,有梦想总是件好事儿。可你也得想想生物的总体数量是不是?什么?也有成为脊椎动物的可能?喂!这可比买彩票中奖的希望更渺茫啊。说起那中签率,简直会叫人发疯的。

啊?莫非你有脊椎癖?那你看这么办怎么样?凡事都是好商量的,是不是?要是脊索类也行的话,那么第一志愿为海鞘,第二志愿为柱头虫,第三志愿为文昌鱼。你看怎样?哈哈哈。

不过,那样可是没有思考能力的,只有感觉层面的意识与毫无目的的欲望,而痛苦却是无穷无尽的。你将在黑暗中一个劲儿地蠕动,蠕动,蠕动,然后死去。挣扎,挣扎,挣扎,最后被吃掉。还有就是,一个劲儿地爬着,爬着,爬着……这下明白了吧。永生和永死,到底哪个更好些?

但是,担心是没有必要的。来世也好,灵魂也罢,其实只是死亡恐惧症患者的胡言乱语而已。说到底,我们无非就是遗传基因打造的机器罢了。顶多也只有电池电量耗光之前的那么点寿命。你看,这下就没事儿了。噩梦远去了。让我们来庆祝吧,庆祝生而为人的幸福。因为,好事儿还在后头呢。

让我们来思考一下死亡吧,思考一下死亡终将到来之事吧。想象一下死亡从那遥远的地方,如同乌龟一般迈着滞重的脚步缓缓走近的情景吧。(不过,还是小心为妙啊。因为,要是你心不在焉,东张西望的,那乌龟说不定就会甲壳喷火,飞旋而来的。)

嗯,也就是这么回事儿吧。既然自己决定不了自己的生日，至少也要决定一下自己的忌日吧。在一切都还来得及的时候，在那只乌龟还没飞旋而来之前。不过，上吊就直接放弃掉吧。再怎么说，这毕竟也是人一生中最大的一次行动。第一次，也是最后一次。要充分享受昏睡之前的，意识渐趋朦胧的那种感觉。听凭死神塔那托斯欲望高涨，任由口中唾沫溢出，眼球充血，直到脑袋被死的渴望搞得昏昏沉沉，即将爆裂，然后要在不断变得淡薄的意识中加以确认，确认那生与死的真正的边界。在由明入暗的变换中，在存在论意义上的睡意蒙眬之中。

这就是最后的瞬间吗？还是刚才那一刻？意识马上就要消亡了吗？就是这个吗？还是刚才？下次才是？这一刻？方才？还是……

仅仅是如此想象着，就能令人心醉神迷。会让人浑身发抖，内心充满狂喜。一定要细细地品味，尽情地享受，直到最后一刻。这才是拥有思考能力而降临人世者的特权，是含辛茹苦活到最后之人所应得的报偿啊。

不管怎么说，这都是人生最高级别的奢华，是不将自己的生命消失殆尽就无法享受到的终极快乐。哈哈哈。

早苗觉得再读下去自己恐怕会受不了的，便闭上了眼睛。

无论是谁，即使不患上死亡恐惧症，也多少带点类似于"死亡迷恋癖"的倾向。"想看恐怖事物"的心理，是植根于灵长类的本能之中的。因为，遇到危险不是没头没脑地一跑了之，而是想去一探究竟的这种行为，最终是会提高生存率的。在我们眼里，欠身哈腰地去接近玩具蛇的猴子的模样十分滑稽可笑，可于它而言，无非是在实施一种非常合理的战略而已。

第五章　好心人

正因如此，我们在远离恐怖事物的同时，也会深受其吸引。恐怖电影之所以一直那么大受欢迎，恐怕也是这个缘故吧。还有，虽说其效果也并未得到明确的验证，据说在广告界，早就有为了抓人眼球而加入一点死亡暗示后效果大增的说法了。这一手法，倒是与在游乐园的图案中如同错觉画似的嵌入一些白骨相类似。就刺激性程度而言，自然是直截了当、大胆露骨较为有效，可要刺激人的恐惧心理，似乎就是潜意识性质的暗示更胜一筹了。

然而，说到底，这种"想看恐怖事物"的心理，也无非是恐惧心理的另一面而已。

在此之前，早苗曾怀疑高梨那疑似死亡迷恋癖的行为是否为一种死亡恐惧症的变型体现。对此，她做出的解释是：恐怕是由于对死亡太过恐惧而反倒深受其吸引了吧。

可是，*Sine Die* 却从根本上彻底颠覆了她的这一想法。这个短篇小说使她不得不承认，高梨果然是为了追求纯粹的快感而向往死亡的。这种心理状态，对工作于安宁疗护现场的她来说，是极其难以理解的。到底是什么魔法，使他从死亡恐惧症患者转变了一百八十度，患上了死亡迷恋癖呢？

死亡恐惧症最可恶的地方，就是与艾滋病病毒一样，很多人都是一旦沾染上了就终身难以摆脱了。当然，患者有时也会形成积极向上的心态，会对人生大彻大悟，认识到正因为生命是有限的，所以要活得有价值。他们还会显露出一脸的满不在乎，甚至会说"我早已看开了"之类的话。可是，即便在这种时候，死亡恐惧症也绝对没有彻底消亡，只是悄悄地潜藏在意识底层之中而已。在你心灵极度疲惫或遭受伤害之时，或者遇到什么触发性的诱因，它就会像眼镜蛇一般突然抬起头来。如此表现完全超越了单纯的比喻层面，其可怕程度也堪比HIV。在这一点上，死亡恐惧症是与其他所有的恐惧都有着本质区别

131

的。因为，人类永远不可能习惯于对于死亡的恐惧，也不可能完全加以克服。

然而，尽管如此，事实上高梨却以他自己在 *Sine Die* 中所描述的方式自杀了。简直就像是为了享受死亡似的。一个患有死亡恐惧症的人，是绝对不会做出这种事来的。那么，这一切到底又该如何解释才好呢？

早苗强迫自己从头到尾又重读了一遍这篇怪异的小说，因为她心中还是抱有疑问：或许他的死亡恐惧症仍是确实存在的。之前所显露出的对于死亡的异常关心与执拗，恐怕就是在其心灵的幽深之处存在着恐惧的缘故吧。如果是这样的话，或许他一直在感受到死亡恐惧的同时，也在用某种方法将其摁住亦未可知——用一种以快感来掩盖恐惧的方法。

早苗的脑海中首先冒出来的，就是麻药。其实在临终关怀服务机构里，为了缓解晚期患者的内心不安，医生们也会给他们开强安定剂或镇静剂等药物的处方的。可是，能完全消除死亡恐惧的药物是不存在的。即便是大量使用可卡因或海洛因、甲基苯丙胺、PCP等麻药，是否真有如此效果也还是个疑问。

但是，要是他从亚马孙带回了某种药性强得难以置信的未知麻药，又会怎样呢？倘若他每当难以忍受死亡恐惧时，就利用麻药所产生的神情恍惚来加以消解呢？并且，如果他在不知不觉间超越了单纯的药物上瘾，形成了如同沉浸于死亡恐惧似的反向条件作用了呢？

想到这里，早苗不由得苦笑了起来。她知道，有时候连自己都会分不清揣测与妄想的区别。她摇了摇头，将目光落在了《灯塔》杂志上。

显而易见，在如何对待高梨的这篇作品上，《灯塔》杂志是有过一番苦心思虑的。被请来撰写解说的文艺评论家，也不无困惑地用了

"被死亡附体"这样的表达方式。或许这话倒是一语中的吧。

然而,在逝去之前,高梨他到底想通过其作品说些什么呢?

早苗耳旁又回响起了记者福家的声音。他像是在最初看到*Sine*[1] *Die*这个标题时,立刻就将其当作日文罗马字与英语的混合了。

这么一读,该标题就成了一个命令句,并似乎是在向全体读者发出一个信息——去死吧!Die(死亡)!

到了中央线的四谷站,再往东走十来分钟,就到了高梨的那栋楼房前。

早苗抬头仰望着这栋外墙贴了白色瓷砖的、细长的五层楼建筑。这儿留有她太多的记忆,更何况那楼顶上还是高梨的自杀现场。她本打算可能的话,就再也不到这儿来的……

早苗乘一架小型电梯来到了五楼,因为电话里说好是在工作间见面的。

没等早苗敲门,门就已经打开了。站在那儿的,是一位将头发塞入鸭舌帽,身穿运动服的年轻女性。见到早苗后,她点头行礼,说道:

"您是北岛小姐吧。我就是给您打电话的锅岛圭子。"

早苗默默地低头回礼。

早苗想起了对方身穿丧服,在守夜与告别式上坐着的身姿。当时的圭子一边安慰着泣不成声的母亲,一边颇为坚强地跟吊客一一打着招呼。虽说在那会儿还是跟锅岛圭子初次见面,早苗却已经在心里形成了一个沉着、坚毅的印象。

"请进!我也刚开始整理哥哥的遗物。"

---

[1] 作为罗马字的Sine,与日语中表示"去死吧"的"死ね"读音相同。

锅岛圭子退到一旁,招呼早苗进屋。

"起初,我父母也说要一起来的,可妈妈病倒了。于是就由我来全权处理哥哥的遗物了。"

圭子说她现年二十七岁,却显得极为老成干练,叫人一点也不觉得比早苗还年轻。

"我父母说可能的话就把这栋楼卖掉吧,因为毕竟出了那种事儿了嘛。因此,尽管事出突然,这里的家具用品什么的,我已经联系了相关从业者,下周会来集中运走。所以,就必须在今明两天里将想要留下的遗物整理完啊。今天是星期天,还硬把您叫了来,真是抱歉啊。"

"没关系的。其实,我是没资格来拿什么遗物的。"

"我哥他以前经常说起你的。"

圭子微笑道。她是个皮肤白皙、圆脸蛋的日本式美女,但长相与高梨并不怎么相像。

"我们兄妹年龄相差很大,感情却很好,相互之间无话不谈。但在我结婚后,我们就几乎不怎么见面了,顶多偶尔通个电话。"

高梨是怎么说自己的呢?这个念头刚冒出来,圭子就抢先告诉她了。

"他老是秀恩爱,说得可热乎了。说北岛早苗小姐是个很出色的人,不仅人长得可爱,聪明伶俐,心地还特别善良,看不得别人遭受不幸。"

早苗不由得垂下了眼帘。

"夸过头了。"

"没有的事。我哥他嘴毒着呢,从不轻易夸人的。像我的那些朋友,都被他贬得一文不值。"

回忆高梨的话说多了之后,早苗就觉得心情沉重起来了。于是她就脱掉了上衣,许是想通过活动身体来多少转换一下心绪吧。

"那我们就开始吧。高梨的东西很多的,尤其是书籍什么的。"

"啊,北岛小姐,怎么能让您动手呢?您只要看到什么东西想要,说一声就行了。"

"还是让我帮一把手吧,如果可以的话。"

圭子的脸上露出了微笑。

"那就不好意思了。这倒真是帮了我的大忙了。老实说,我丈夫说要陪客户打高尔夫,来不了,我正为一个人该怎么办而犯愁呢。"

早苗环视着整个房间。圭子拉开了书桌的抽屉,看到里面堆积如山的软盘后,像是不知该如何处置才好。要是一片片地查看其内容的话,显然是做不到的。于是早苗与她一起,暂且将软盘全都装入了纸板箱。

"书库里面看过了吗?"

"没有。我还是第一次来这儿,连书库在哪儿都不知道呢。"

早苗打开了工作间里侧的一扇门,并打开了电灯。

高梨的书库内通道不足一米宽,以L形环绕着工作间。地面和墙壁都裸露着水泥,未经任何涂装,就靠一个灯泡照明。塞得满满的书籍一直顶到了天花板,几乎就是一个小型书店的藏书量了。

"这些书,该怎么办才好呢?"

圭子探头看了一下,发出了颇为困惑的声音。

"要是想处理掉的话,我觉得还是捐赠出去比较好啊。虽说这里面应该还有几本稀有的珍本。"

"可是没这个时间了呀。"

走进书库时,圭子的脸上露出了后悔的表情,像是在怪自己之前想得太简单了。她侧身横走在狭窄的通道上,挑着看了一些书的书脊。

"除了小说以外，还有好多看上去很艰深的书啊。像哲学啦，心理学啦。看来还是应该捐赠给图书馆之类的机构。还有，自然科学方面的书也很多。图册之类的。哎呀！这个……"

圭子的声音戛然而止了。

"怎么了？"

走出书库时，圭子的脸部表情多少有些僵硬。

"出什么事儿了吗？"

"嗯，那些东西，我可不太想看……"

除此之外，圭子就什么也不说了。早苗有些不解，便走进了书库。

很快，她就明白圭子找到了什么了。在L形的拐角处，有个最靠里的书架，上面排列着大量的录像带和大开本的书，全都是崭新的，看来是最近才买的。

书架上部的隔板上，排列着带有许多照片和图画的法医学书籍。而当早苗将目光转移到书架的中部时，就不禁皱起了眉头。因为那里收集了大量以"死亡"为主题的书籍，并且，还净是些被称作"鬼畜系"[1]的、娱乐目的的书。更有甚者，在书架的下部，是一长排的恐怖片录像带。仅看片名，就可知几乎全是穷凶极恶的凶杀片。这与高梨生前给人的印象完全不符。

早苗走出书库后，圭子嘟囔道：

"简直难以置信，哥哥他居然看起这些东西来了。我所了解的哥哥，是最讨厌残忍、怪诞、恶心的东西的。"

"是啊。这方面，我也很清楚。"

早苗字斟句酌地说道。

---

[1] 指描写以残忍的手法施暴的反社会行为的作品。

第五章　好心人

"可是，高梨他从亚马孙回来之后，我就觉得他有点变了。"

"为什么？他在那儿到底发生了什么？"

"这个嘛，我也不清楚。"

圭子像是因哥哥死后才呈现出的另一面而受到了刺激，一下子变得寡言少语了。

最后，她们决定将大量的书籍都卖给旧书店，而最里侧的书架上的书，则在不让任何人看到的前提下处理掉。接下来的一段时间里，她们将最里侧书架上大量的录像带、写真集等全都搬了出来，并一声不吭地将其装入纸板箱。光是这些，就装满了六个中型纸板箱。

"这些怎么处理呢？"

"先送回老家去，然后找地方烧掉，或者找一下可当垃圾来处理的地方。"

圭子转过身去，背对着纸板箱说道，像是一看到这些东西就觉得恶心。

"不过，这里似乎没有哥哥他自己写的书啊。"

圭子茫然地环视着房间说道。

"我本想带几本回去的。"

"啊！"早苗像是突然想起来似的说道，"他在附近租了仓库。他的书，现在应该还在那儿吧。"

"啊？是这样啊，我都不知道有这事儿。那里也应该去看一下吧。"

圭子说着就要站起身来，却被早苗制止了。

"可以的话，让我先过去看看到底有多少书，好吗？"

"好吧。那就麻烦您了。"

"因为那地方有些不太好找，与其两个人一起去，不如还是分头行动，或许能早点整理完吧。"

137

仓库的钥匙很快就找到了。趁着圭子尚未改变主意的当儿，早苗拿着钥匙就立刻离开了高梨的家。加快脚步的话，到仓库那儿也要近十五分钟。尽管初夏的风十分凉爽，可早苗还是觉得有些出汗了。

　　走进仓库后，她发现虽说空调还开着，但空气中依旧飘着一股淡淡的霉味。

　　高梨的书与防虫剂一起装入了印着此仓库公司名称的纸板箱，整整齐齐地排列在钢架上。如此庞大的数量，恐怕旧书店不会来收的吧。看来，这些书最后也只能留在这里任其腐烂了。

　　早苗是不忍心让圭子再受刺激才一个人前来的，可在确认这些纸板箱的数量和内容的过程中，她开始觉得自己未免有些杞人忧天了。因为毫无疑问，这些都是高梨自己的著作。

　　可当她看到最后一排钢架上靠里的三个纸板箱时，就觉得有些不大对劲儿了。因为纸板箱上书名之类的文字，一个也没有。

　　早苗打开第一个纸板箱，里面满满当当的都是些装帧十分粗糙的书——简直就像是用简易装订机制作的。从书脊上的文字来看，都是些西洋书。早苗抽出了其中的一本，发现跟书库里某些书一样，也是写真集，可其内容之骇人，却是那些书所无法比拟的。书里净是些被残忍切割或烧烂了的尸体照片，其中不少还像是东南亚的儿童。

　　早苗感到一阵恶心，赶紧合上了书本。想来无论在哪个管制宽松的国家，都不会允许这种书合法销售的。其他的书也大致翻看了一下，内容全都大同小异。

　　第二个纸板箱里装的是VHS这款录像机的录像带。壳子上可看到 *Real Murder*[1] 1、2、3、4，*True In Fanticide*[2] 1、2，*Super Snuff*

1　意为"真实谋杀"。
2　意为"杀婴实录"。

第五章　好心人

Series[1] 1、2、3等手写文字。

早苗看到第三盒上的标题，其内容也就基本想象得到了。早苗听说过，以前黑市上卖过一种"虐杀录像"，即专门拍摄杀人实况的录像带。这些影像可不是偶然拍摄到的，就是为了制作录像带而实施的凶杀犯罪。

这些录像带，估计高梨是通过网络邮购的吧。付钱买这些东西，实际上就等同于间接参与凶杀了。这么简单的道理，他是不可能不懂的。早苗觉得自己像是遭到了高梨的背叛，可比起由此感到的悲哀，她更震惊于自己所看到的一切：难以置信！

打开最后一个纸板箱后，早苗发现在几盒录像带旁，还有一本装在透明塑料袋里的活页笔记本。

会是什么呢？早苗从塑料袋里取出了活页笔记本。与日本常见的二十八孔本不同，这本笔记本只有五个装订环，装订的是有英文打字的活页纸。右上角标注着日期，像是本日志。纸张已经变色，皱巴巴的，像是淋过水又被烘干了似的，仿佛被烧焦过了似的斑点随处可见。

这时，夹在活页中的纸片滑落到了地上。早苗捡起来一看，是一张纸和一张照片。照片中的地方像是个沼泽，散布着一些七歪八扭，像是蘑菇之类的东西。但由于处于逆光状态，且对焦不准，看不清到底是什么东西。

那张纸倒是要比活页新得多，像是英文报纸的复印件。

早苗将活页本放回到塑料袋里，心想：只要奉劝圭子不看这三个纸板箱里的东西而将其直接处理掉，她肯定能心领神会的。

早苗也明白，这个活页本按理也该交给圭子，可她还是决定自己

---

[1] 意为"超级虐杀系列"。

先确认下那上面到底写了什么。如果那上面的内容会给圭子和其父母带来更大的痛苦，或许还是不给她看为好吧。

然而，她又觉得这些想法像是给自己找的借口。其实，她坚信眼下捏在手里的这些东西中，就隐藏着能解开高梨死亡之谜的蛛丝马迹。

早苗在掌中滚动着一支已成了高梨遗物的粗杆钢笔。这是她分得的遗物，因为圭子说"无论如何也请您收下"。眼下，在落地灯的照射下，它那胶木笔杆和笔尖，正不住地闪耀着光芒。由于高梨几乎不怎么执笔书写，所以它跟新品其实也没什么两样。

即便如此，高梨使用这支钢笔时的情形，她还是看到过几次的。如今睹物思人，高梨生前的姿态，尤其是远赴亚马孙前那种精神焕发、神采飞扬的模样，又十分清晰地浮现在她的脑海里了。

早苗当初之所以会被他所吸引，就是因为他作品中若隐若现地表露出的那种个性。见到他本人后，那种印象也没有改变。他是个敏感且孤僻的人，却又有着能完全突破自我的幽默感。他时而会得意忘形、忘乎所以地进出一连串的黑色幽默，令世人大皱其眉，可就深层次而言，这些幽默总还是符合正统伦理观的。他爱跟世俗唱反调，对于日常习俗和法律毫无敬意，但作为一个人来说，何为是，何为非，还是能分得一清二楚的。

但也正因如此，他此番的行为才让早苗大受打击。

早苗将目光落到了桌上的那本活页笔记本上。毫无疑问，这就是高梨在电子邮件中提到的、那对美国夫妇的遗物。可是，这本日志，他在邮件中不是说要"通过适当的渠道交还给遗族"的吗？怎么又自作主张地将其带回家了呢？

然而，倘若结合了在仓库中发现的那些"虐杀录像"等物品来考虑，其理由也就不言自明了：死亡迷恋癖日益严重之后，高梨就开始收集与"死"相关的物品，并将这本日志也加入其中了。这简直就是叫人不敢相信也不愿相信的伦理层面的麻木。至少，就之前的高梨而言，是一种难以想象的行为。

那张夹在活页笔记本中的纸片，是在巴西圣保罗发行的某英文报纸的复印件。想必高梨是特意找来复印后，添加进去的吧。在不得不怀疑起他人格的当下，他的如此热心，也只会令早苗感到不寒而栗了。

这一篇以较为简单的方式记述着骇人听闻之内容的报道，简直跟普通的新闻报道相差无几。想来是可供撰写的素材极为有限的缘故吧。

那上面写道：

> 美国的灵长类动物学家罗伯特·卡普兰与妻子琼·卡普兰已在亚马孙居住数年，进行卷尾猴的生态调查。不料罗伯特的精神状态突发异常，竟然在杀死妻子琼后自杀了。
>
> 罗伯特是个虔诚的基督徒，而基督教是禁止自杀的，而他竟然在残忍地杀死了妻子之后，又给自己从头到脚淋了十升的煤油自焚而死，其动因简直是一个谜。被巴西警方发现时，两具尸体都已呈焦黑状。

高梨还十分用心地在"焦黑"（burnt black）一词的下面画了道下划线。

随后，早苗又将视线转向了活页笔记本。这是本卷尾猴的研究日志，这一点她已经知道了，但她还是一手翻阅着《英和辞典》，想好好地将它翻译出来。

　　日志是卡普兰的妻子琼用打字机打出来的。前半部分详细记载了红秃猴的生态与它们时而表现出来的异常行为。说是秃猴们通常会组成一个几十只的庞大群体，有的群体会超过一百只，但有时它们也会将其中某一只放逐在外。这时，群体内的所有成员都会对这一只牺牲者或龇牙威吓，或投掷野果，直到它走远为止。

　　尽管发生如此现象的原因尚不明确，可据记载，这只倒霉的猴子在被放逐之前，往往都有异常贪吃或无差别地向异性求爱的表现。因此，琼认为，这是针对破坏群体秩序行为的一种惩罚。

　　而不可思议的是，所有遭到放逐的个体，全都表现出了恬淡超脱的姿态，似乎连一点野性也没有了。对于人类，也不显露出丝毫恐惧，反倒会主动走近前来，一动不动地注视着。琼将它们称作"隐士"。

　　对动物常怀善良之心的琼，在很多方面都能让早苗产生共鸣。她像是会保护那些遭到放逐的"隐士"，给它们多方照料的。对于丧失了自我生存能力的猴子，她更是倍加呵护，甚至会嘴对嘴地喂食。

　　这些活动能力极度低下且毫无戒备之心的"隐者"如果放任不管，就很容易成为美洲豹或角雕等天敌的美餐，所以他们还特意用网围起了一百来平方米的空地，将它们喂养了起来。

　　日志接近一半的时候，笔法突然来了个足以令读者困惑不解的大转变。由前半部分那种观察实录的基调，一变为赞美亚马孙自然之美的散文了。

　　早苗对此有种似曾相识之感，觉得好像在哪儿也看到过这种风格中途突变的文章。略一沉吟，她就明白了：不就是高梨以前发来的电子邮件吗？

　　接近末尾的时候，日志的基调再次发生突变，冷不丁地就谈起

第五章　好心人

"守护天使"来了。

"是鸟儿，还是守护天使？"

"睡意蒙眬之中，我听到了它们扇动翅膀的声音。"

"它们在我的脑袋里啼鸣着。"

"一连串无意义的词语。洪水。"

"它们在说我呢。"

"守护天使不停地向我发问。话语，话语，话语。"

这些描写看得早苗后脊背发凉。居然与高梨的"天使的呢喃"幻听如此相似，能轻易地将其归于巧合吗？

日志内容就到此为止了。

缀于其后的，是丈夫罗伯特·卡普兰的手写文字。

这也应该算作遗书了吧。读着读着，早苗不免由此感叹。与此同时，她也再次为高梨之前的鲁莽行为感到悲哀。

罗伯特的字迹写得又大又潦草，体现出他内心剧烈的情绪波动。对于妻子琼的爱怜；怀旧性质的回忆；轰轰烈烈的恋爱之后，走入婚姻的殿堂；相互尊重对方的生活方式，决定婚后不马上要孩子；可后来琼查出了子宫癌，做了摘除手术；无法生育之后，琼就全身心地投入了工作，并将一腔柔情倾注到了野生猿猴的身上。

然而，令人困惑不解的是，在如此略带伤感情调的文字中，居然会冷不丁地出现疯狂的诅咒与破口大骂的语句。而诅咒与痛骂的对象，就是后来出现得越来越频繁的"Eumenides"。

"看不到她们的身形""让人产生幻觉""假装好心，其实是在物色祭品"……诸如此类的语句不绝如缕。字里行间，赤裸裸地呈现着书写者的恐惧。

早苗查了一下《英和辞典》，发现对"Eumenides"的解释是：希腊神话中的欧墨尼得斯。复仇女神们。在希腊语中为"好心人"之意，是反话。

早苗看了一眼时钟，已经半夜一点多了。这个时间给人打电话是有违道德的，不过早就有熬夜习惯的黑木晶子，此时肯定还没睡觉呢。

果不其然，早苗摁下了晶子的号码后，提示音才响了一下，她就接听了。

"喂，我是黑木。"

"我是早苗啊。这么晚真是打扰你了。不好意思，我想请教一下。"

"是吗？什么事？"

"Eumenides是什么东西，能告诉我吗？"

黑木晶子是早苗高中时代的好朋友，后来进了同一所大学的文学部，现在母校做老师。她的专业就是做各国神话的比较研究。

"啊？当然可以。可是，你怎么突然问起这个来了？"

对此，早苗早就想好了貌似合理的解释了。

"具体细节不便透露。总之，是我们那儿的一个患者得了妄想症，痛苦不堪，像是与这个有关系的。他还画了张图，说那就是Eumenides。"

"哦，那人懂得还真多啊。"

晶子像是并未起疑心，反倒是早苗因为对好朋友撒了谎而感到了一点点罪恶感。

"Eumenides是希腊神话中的Furies（恶鬼），是复仇女神们Erinyes的别名。"

"Furies...Erinyes？"

"嗯，反正是有着好几个称呼的。"

"你说'复仇女神们'，就是说她们是好几个神，是吗？"

第五章 好心人

"是啊。应该是阿勒克托(Alecto)、提西福涅(Tisiphone)、墨该拉(Megaera)这么三个。她们背上都长着翅膀,头上长的不是头发,而是一条条的蛇,可吓人了。"

"啊!头发是蛇,不是跟戈耳工[1]一样了吗?"

"嗯,想来古希腊人将恐怖具象化后,就会出现这种形象的。并且,她们还一手握着火把,一手攥着鞭子呢,基本就是个SM女王的人设是不是?她们追赶起罪人来绝不放松,会一直追到天涯海角,并不断地加以折磨,令其发疯。所以一点也不好玩啊。"

"既然这样,又为什么被称作'好心人'呢?"

"一半出于讽刺,一半出于恐惧吧。怕她们发怒,不敢直接称其为Furies吧。善良的古希腊人固然如此,据说尤其是怀有罪恶感的人,都怕这三位女神怕得要命啊。简直是我们现代人无法想象的。"

说到这儿,晶子的口气变得严肃起来了。

"所以说,你那位患者,或许内心也受着罪恶感的煎熬呢。对了,在这方面,你才是专家嘛。"

早苗本来就因对好朋友撒谎而怀有罪恶感了。向晶子道过谢,挂了电话后,她陷入了沉思。

卡普兰的这些话,到底想传达些什么呢?

长了一头毒蛇的形象,在医学上又该如何解释呢?

由于下意识的罪恶感而产生了对复仇的恐惧,因愤怒、惊恐而促发交感神经紧张,导致立毛肌收缩,从而造成体毛倒竖。古语所谓的"令人发指",或许就是指这种状态吧。

而另一方面,古希腊的美杜莎雕像给早苗带来的联想,则是蜷蜿

---

[1] 希腊神话传说中的蛇发三姐妹。她们的头上和脖子上布满鳞甲,头发是一条条蠕动的毒蛇。其中以美杜莎最为有名。

在人的大脑里的危险的毒蛇，也即妄想、暴怒、憎恶、发动攻击的欲望等。它们正像毒蛇一样，也处于随时都可能破笼而出的状态。

早苗不禁再次陷入了类似于迷信的恐惧之中。高梨听到了天使的振翅之声和怪异的呢喃，从遥远的亚马孙一路追着他前来的，难道真是复仇女神吗？

她再次将目光落在卡普兰的笔记上，看到了这样一句话："终于发现了Eumenides的真面目。将其命名为Pseudopacificus Cacajaoi。"

这个"Pseudopacificus Cacajaoi"，也像是希腊语或拉丁语。早苗查了一下《英和辞典》，发现连相近的单词都没有。然而，她也到底没勇气再一次给晶子打电话了。

突然，她的脑海中灵光一闪：莫非是给某种生物赋予的学名？

早苗的生物学知识尽管比不上高梨，不过像以双名法命名的学名，即前半部分为生物的属名，后半部分为生物的种名之类的，也还是知道的。

于是她开启了电脑，开始用互联网寻找起生物学的数据库来。她所用的关键词是"scientific name"（学名）、"Biology"（生物学）和"Zoology"（动物学）。但由于这是个她不熟悉的领域，找了老半天也没找到什么有用的信息。最后，终于找到了Biosis公司的学名专用搜索引擎。

为了避免拼写错误，早苗小心翼翼地输入了"Pseudopacificus Cacajaoi"，启动了检索，可得到的回答却是"该生物不存在"。慎重起见，她又输入了唯一记得的学名"Lynx lynx"，启动检索后电脑立刻显示出了有关"大山猫"的说明文字。照此看来，这个"Pseudopacificus Cacajaoi"，即便不是出于普卡兰的妄想，也可能是他发现的新物种，故而其学名尚未录入该公司的搜索引擎。这也难怪，因为，被称作物种宝库的亚马孙，在许多物种相继灭绝的同时，至今也仍在不断地发现新物种。

接着，早苗又在互联网上找了一下拉丁语词典。这次她的运气很好，一下子就找到了。"Cacajaoi"这个种名，她猜测是指"秃猴"。因为，在琼写的观察日志里，"红秃猴"的学名就是写作"Cacajaoca lvusrubicundus"的。所以问题在于那个属名。

网络词典里并没有"Pseudopacificus"这个词，但有"pseudo-Christus"，是"伪基督"的意思。还有"pseudo-episcopus"——"伪主教"，"pseudo-propheta"——"伪预言者"。由此可以推测，"pseudo"就是个含义为"伪"的前缀词。

剩下的"pacificus"为"Pax+facio"，意思是"和平使者"。如此看来，"Pseudopacificus"恐怕就是"伪和平使者"的意思了吧。

目前所能了解的，像是已经到达极限了。早苗断开了网络连接。

然而，"赋予秃猴伪和平使者"，又是什么意思呢？

突然，早苗的目光落在了卡普兰笔记的结尾处——以潦草的笔迹写下的谜一般的词语"Typhon！"。而在该词之前，写的是"去看了护笼中的猴子"。

这个"Typhon"恐怕是"Typhoon"，也就是台风这个英语单词的误写吧。可是，亚马孙雨林里的"台风"，到底是什么意思呢？

第六章　圣餐

一辆巴士穿行在林间小道上。车外的景色十分单调，到哪儿都一样，毫无变化。信一直愣愣地望着窗外，心想，这些干瘦细长的树，大概就是白桦吧。其实，即便他调动起所有有关树木的知识而能自信满满地说的一句话，也只是：

"那些，不是椰子树。"

透过树林中的间隙，时不时地可看到一些有钱人的别墅或大企业的休闲疗养设施。那些是跟自己这辈子都无缘的。信一只投去了冷冷的一瞥。要说起来，就个人而言，不干坏事儿是不可能拥有那些个的。企业也一样，肯定是些黑心企业。来一场森林大火，统统烧光了才好呢！

不过，就这么坐在颠簸摇晃的巴士里，倒也不错。仅仅是从看惯了的风景往外跨出一步，心情就焕然一新了。上一次可称得上"旅行"的外出，是什么时候的事儿来着？

最让信一觉得高兴的，其实是这种朝着目的地不断前行的感觉。所幸的是，出了东京之后，就再也没遇上过堵车。估计到了夏天，这一带也会涌入许多游客的吧，不过现在路上还是挺空的。虽说心有不甘，可也不得不承认，自己竟会像外出春游的小学生似的，内心雀跃不已。其实，这里面是另有一个缘故的。

信一假装伸懒腰，若无其事地抬起身体，偷偷地看了一眼坐在他前一排座位上的一名少女。

不过说是少女，或许已过了二十岁亦未可知。她正在跟邻座上的一个大妈聊着什么，还不时地用手捂着嘴，咯咯直笑。如此举动，让平日里很少与女性接触的信一看在眼里，觉得十分新鲜、可爱。那少女的身上洋溢着知性与清纯的氛围，信一觉得她似乎跟游戏《天使之丘高中》里一个名叫"若杉美登里"人物很像。自从在一次"线下见面会"中看到了她后，信一就一厢情愿地在心里称她为"美登里妹妹"了。一想到在接下来的一周时间内，每天都能待在她的身边，他就内心雀跃不已。今天下定决心来参加这个活动，还真是来对了。

"那个女孩很可爱，是吧。"

坐在信一边上的一个青年，冷不丁地冒出了这么一句。信一觉得自己的心思居然被这小子看穿了，不禁朝他脸上瞟了一眼，这才发现之前在"线下见面会"中跟他也说过话的——不过也只有那么一次。当时，这小子还不懂规矩，不知道会员之间彼此都是称呼网上"聊天"时的网名的，居然报了自己的真实姓名。记得他叫畦上友树，年龄还比信一小一点，网名"魅影"。

"魅影"君的视线与信一对上后，就猛地转过脸去了，像是陷入了恐慌似的。那张白皙的瓜子脸上，也泛起了红潮。他双手捂脸，却又从指头缝里看着信一。这一举动不禁令信一愕然无语。"魅影"君的一张脸长得也算端正吧，可发觉有人看时，他总会做出如此这般的过敏反应。其中的缘故，信一自然是无从知晓的。

"你知道她的名字吗？"

信一问道，尽量不朝他那边看。"魅影"君像是松了一口气，放

149

下双手后回答道：

"真名实姓的话，我不知道。网名嘛，叫作'Tristar'。"

"啊？她就是'Tristar'吗？"

"聊天"时以这个网名发言的次数虽不算多，却给信一留下了深刻的印象。给人的感觉是，她是个说话直截了当，且富于建设性的人物，可又带着常人难以察觉的敏锐。信一也曾跟她唇枪舌剑地交锋过那么两三次，可觉得自己根本不是她的对手，每次都早早地偃旗息鼓，甘拜下风了。

那么，"Tristar"又是什么意思呢？是指三颗星？难道是指猎户座上的三颗星吗？从前好像还有过这个名称的客机，她不会是个空姐吧？……说来也是啊，或许真是事有凑巧吧，"魅影"不就是某款战斗机的名称吗？

"还有，坐在一旁跟她说话的那个，是'忧郁的玫瑰'。"

"哎！是她？不会吧！天哪！"

信一脱口而出。他在"线下见面会"时见过她那张脸，就是个细眉毛、厚嘴唇的中年妇女。

这令他大失所望。因为，在"聊天"时，他已猜出这个"忧郁的玫瑰"是位女性，并且，当他发表一些对于人生极度悲观，甚至有点破罐子破摔味道的言论后，她还温婉可人地给予了谆谆教诲。于是，信一就想当然地将这个"忧郁的玫瑰"当成了一位既年轻又有魅力的女性了。更何况在内心希冀的推波助澜下，他早已擅自认定"美登里妹妹"其实就是"忧郁的玫瑰"。

快将为你付出的憧憬与冲动还我！信一在心中吼叫道。然而，他很快就把这个念头抛开了。算了，这有什么呀？"美登里妹妹"不是也来参加研讨会了吗？何况我连她的网名都知道了。

信一望着她的后背，忽然觉得自己竟会如此这般地坐在这辆颠簸摇晃的巴士里,这事儿本身就已经很不可思议了。要是换了不久前的自己,这种事儿是根本不可想象的。

最初,他也只是想闲逛一下罢了。偶然找到的那个名为"地球(Gaia)的孩子们"的网站,并未引起他多大的兴趣。主页上长篇累牍地净写些什么"现代人的焦虑"啦,"地球环境恶化"啦之类他根本就不关心的内容,看得他很快就不耐烦了。可那上面的"美歌和绘璃"图片不仅十分可爱,还像是在热情邀请他似的,下线之后,她们俩的俏模样也一直粘在他的心上。他甚至为自己就这么无情地抛弃了她们俩产生了罪恶感——尽管他也觉得自己这么想未免太荒唐了。因为,说他如今将全部的感情生活都寄托在《天使之丘高中》这款游戏上了,也是一点也不为过的。游戏中那些出场人物,早已成为了他那无处投奔的爱情的宣泄对象了。

后来,信一决定在"地球(Gaia)的孩子们"网站指定的"聊天"日再次登录。当然了,当时他没打算参与"聊天",只想看看别人都在那上面聊些什么。反正自己身处安全地带,一有危险,立马下线就是了。点击画面之后,对方有可能会将一种称作"Cookie"的身份识别程序植入自己的电脑硬盘,不过那玩意儿是可以在事后删除的。再说,只要自己不再登录同一个网站,对方也是无法来找自己的麻烦的。

他就是以这样的心态,战战兢兢地进入了"聊天室"。可出乎他意料的是,看到了"聊天"内容后,他很快就深陷其中,难以自拔了。

一般所谓的网上"聊天",自始至终都是参与者随心所欲的闲聊。但"地球(Gaia)的孩子们"却别具一格,是有一个明确的主题的,或可称为一场公开的人生大讨论。

其形式是:先由一名参与者叙述自己内心的烦恼,然后是别的参与者对此发表意见。刚开始，信一是以冷眼旁观的姿态来读参与者的发言的，可读着读着，不知不觉地就被那种你来我往的认真探讨深深地吸引住了。

许多参与者都十分诚挚地倾听着叙述者的烦恼，并设身处地地与之一同探求解决之法。当然，跟信一一样前来瞎逛的，也不乏其人，其中还有人阴阳怪气地说些只能认为是捣乱的怪话。但是，这些发言几乎都没人理睬。时间一长，那些原本期待看到在别的聊天室常见的骂战高潮的人，或许觉得无聊至极了吧，就一个两个地开溜了。

在此之前，信一一直将这种网上的聚会讨论视为可怜虫的同病相怜。可当他看到果真有一大帮人为了解决某一个人的问题而绞尽脑汁、激烈争论后，不知不觉间就深受感动了。想来，几乎所有的参与者都是因在人际交往上有这样那样的烦恼，才对这个网站感兴趣的吧。尽管如此，许多人（恐怕是与平时判若两人的吧）都积极发言，使讨论得以在有呼必应、有问必答的快节奏中深入下去。或许，这就是该网站有着"互助互救"之明确目的的缘故吧。

并且，在讨论陷入僵局、气氛过于紧张的时候，总会有人出来恰到好处地说几句笑话，巧妙地缓解局面。尤其是担任半个主持人角色的网友"纪念品"的发言，总能把握绝佳的时机，令信一钦佩不已。

从表面看来，参与者都能毫无顾忌地直抒己见，可他们心里或许也都担心与他人发生争执摩擦吧。反过来说，也正因为是这么一些人聚集在了一起，才能避免根本性的对立，从而使讨论不停地进行下去。

在长时间讨论的过程中，参与者之间已逐渐形成了某种集体认同感。信一感到自己越来越不想离开这个聊天室，最后终于下定决心，自己也要发言了。他本以为自己的发言要么没人理睬，要么被人用冷言冷语一脚踢开，可出乎他意料的是：得到的回应居然全都是十分认

第六章 圣餐

真且充满善意的。更让信一感到震惊的是：原来得到他人认同的感觉竟是如此舒畅、惬意啊！这可是一种他几乎已经遗忘了的感觉。尝到了甜头之后，他就频频发言，渐渐地就沉湎其中了。

一般而言，那种朴素、不通融的较真劲儿，常常会被误解为诚实。有节制的幽默感不仅能缓和现场气氛，还能让所有的参与者都产生"我们看问题是否不够客观？"的幻觉，从而能进一步增强彼此之间的一体感。而这两者的结合，则是最具解除人们心里戒备之功效的。这一点，早就被多个邪教团体所证实了。

在某个瞬间，信一也一度怀疑自己是否成了上钩之鱼了。可由于这么考虑会令他不快，所以他很快就忘得一干二净了。

在讨论接近尾声的时候，一位名叫"庭永老师"的人物出场了（其实他的网名只是"庭永"，由于一些老资格会员都称他为"庭永老师"，其他人就自然而然地都跟着这么叫了）。

"庭永老师"的指导给人以干净利落的感觉，无论什么烦恼，似乎到了他那儿都会迎刃而解。这让经过反复争论早已身心俱疲的参与者，觉得如同幸获神谕一般。看得出，所有人都为其明快的语言所感动，与此同时，也内心期盼着他也能为自己的烦恼指点迷津。

信一也不例外。不知不觉间，他已开始期盼"聊天"日的到来，并在不久前，还首次参加了"线下见面会"。

不出所料，"庭永老师"果然是个十分出众的人物。他所说的话语，倒也并不怎么新意迭出，不过他的话音中饱含着真挚的喜悦和坚定的自信。凡是得其謦欬的参与者，无不立刻为其领袖魅力所倾倒。

即便是现在，环视四周便可发现，出席那次"线下见面会"的会员，几乎也都为了参加为期一周的研讨会而坐进了这辆巴士。

自东京出发，在巴士上颠簸摇晃了一小时四十分钟之后，终于到

153

达了目的地。研讨会所在地的场馆要比预想中的大得多，完全可以容纳许多人在此生活逗留。一楼除了食堂、厨房和一个带电视机及沙发的休息室以外，还有个大小赶得上小型澡堂子的浴池。二楼全是铺着榻榻米的和式房间，估计是用于睡觉与研修活动的吧。如果将隔扇全都撤去的话，有五十铺席——约为八十一平方米的大小吧，已是相当大的了。

一到那儿，首先规定了男女会员分别放置行李的地方，就跟修学旅行似的（虽说信一一次也没参加过），令人内心雀跃不已。信一将行李放在了"魅影"君的旁边。

"'纱织斯特'，还请多多关照。""魅影"君高兴地说道。

"纱织斯特"是信一利用英文构词法自造的网名，意为"喜欢纱织"。年龄与之相近的"魅影"君像是对信一怀有一种特殊的亲近感，反倒让信一觉得有些不知所措。

"纪念品"来了。由于在"线下见面会"中他也是充当司仪的，所以，看来他不仅是个资深会员，或许将他看作"庭永老师"的秘书更恰当些吧。这个三十五六岁的小个子男人，前龅牙十分显眼，不过他本人似乎对自己的容貌毫无自卑感。尽管长得寒碜，他还是带着亲切的笑容给所有的会员分发了研修日程表。根据日程安排，每天的活动顺序是：早上七点钟起床；早操与散步之后用早餐、洗餐具、打扫房间；上午部分的研修；正午用午餐；午休一小时后，进行下午部分的研修；洗澡、晚餐、餐后整理；然后是夜晚部分的研修；十一点钟睡觉。

八小时的睡眠时间十分充足，应该说，这个时间安排不算紧张。通常，这一类的研讨会都会让参与者睡眠不足从而丧失正常的判断能力，但"地球（Gaia）的孩子们"似乎不想采用这种卑劣手段。

今天已是傍晚了，所以在吃晚饭之前，他们的任务是打扫房间。

第六章 圣餐

信一提着水桶去水池那儿打水,发觉身边有人来后,他抬头一看,居然是"美登里妹妹"。他心里"咯噔"了一下,但已然四目相对,便彼此点头致意。她也提着一个水桶,可不知为什么,在水桶的提梁上缠了一块带红边的手帕。随后,她又从牛仔裤的后屁股口袋里掏出一包湿巾纸之类的东西,仔细地擦拭起水龙头来。很快,空气中就飘荡起一股淡淡的酒精味儿。

"不知道我们的研修,都会做些什么啊。"

"美登里妹妹"的主动搭话令信一一时间有些不知所措。如果是二次元的美少女,他自然能应付裕如;可要跟3D,即现实世界中活生生的女孩子打交道,他就手足无措、局促不安了。

"这个嘛……因为我也是初次嘛……"

"我听说像是要许多人聚在一起,集体批斗某一个人似的……"

"啊?这就是'地球(Gaia)的孩子们'要搞的……"

信一大吃一惊,直愣愣地盯着对方的脸。

"骗你的。就跟一般的公司新员工培训差不多的吧。"

信一这才松了一口气。

"怎么说呢,我也觉得不会像那样子整人的。"

"嗯。应该是吧。"

看她的侧脸,似乎透着一种忧郁的神情。

"'美登里妹妹'你……"

刚一开口,信一就赶紧闭上了嘴巴。糟了!他心中暗想道,但为时已晚。"美登里妹妹"稍稍愣了一下,很快就用左手捂住嘴,前仰后合地大笑了起来。

"说什么呢?……太奇怪了吧。我可不叫'美登里'哦。"

"哎呀,不好意思,我搞错人了。"

"是吗?有人用这个网名吗?"

"不，呃，这个你就别深究了。"

信一觉得自己连耳朵根都发红了。

"我是'Tristar'哦。你记住了。"

"嗯……其实，我还跟你在网上聊过天呢。"

"就是呀。'纱织斯特'。"

"啊？"

"美登里妹妹"关上了水龙头，提着塑料水桶，带着一脸的哂笑站起了身来。

"心里念叨着'美登里妹妹'，不觉得对不起'纱织妹妹'吗？"

在打扫房间的过程中，"魅影"君多次面带困惑地看向信一。那是因为，尽管信一自己并未察觉，其实他正处于飘飘然的极度亢奋之中。

卫生工作结束后就吃晚饭了。白汁炖菜加米饭，还有沙拉，饭菜极为平常，味道也一般，说不上好吃也说不上不好吃。做饭的和打下手的，似乎都是些资深会员。刚才信一路过那儿的时候，朝那里瞟了一眼，见里面还有个营业用的大型冷柜。说不定白汁炖菜什么的，是早就按人头做好后冷冻在那里面的。

吃过了晚饭，休息一会儿过后，大家就聚集在大房间里开始了晚间的研修。可是，由于这样的研修还是首次举办，人人都摸不着头脑，乱哄哄的一片。在信一参加过的第一次"线下见面会"之后，又举办了第二次。这里有一半人，估计就是第二次"线下见面会"的参与者吧。

"纪念品"站出来做了安排，说是男女混合，四五个人为一个小组，结果场面更乱了。因为连自我介绍都还没做过呢，突然就被要求分组，大家自然不知所措。

第六章 圣餐

"我说，你们就跟我们编成一组吧。"

信一回头看去，见"忧郁的玫瑰"大妈正站在那儿呢。她的身边是被他当作"美登里妹妹"的Tristar（自然这两个都不是她们的真名）。大妈像是在邀请信一和他身边的"魅影"君。

"哎呀，这可真是太好了。"

"魅影"君十分率直地表达了感激之情。信一也默默地点头表示同意，反倒是为了保持一本正经而不显得欢天喜地，他费了不少力气。

研修的第一阶段，是坦率说出自己心中的烦恼。当然了，有些会员已在"聊天"时开诚布公过，可大部分的参与者尚未有过这样的机会。

由于这次是面对面的直接交谈，所以他们事先定下了明确的规矩。作为听众的三人，绝不能指责倾诉者，或将解决方案强加于人。他们要做的只是尽量引导倾诉者畅所欲言，并追根溯源，探寻其烦恼的根本原因。这与在一般的人格改造研讨会上常见的那种，先是群起而攻之，将某人批个狗血喷头，到最后才加以肯定的做法是截然不同的。故而信一对此较有好感。

"那么，我们从谁开始呢？"

在他们这些人中，"忧郁的玫瑰"大妈像是最具领导力的，不知不觉间，她就执该小组之牛耳了。

"美登里妹妹"见大妈将目光射向自己，就立刻将手指指向了信一。

"不行不行。不能用手指指人……"

不知为何，大妈当即慌慌张张地按下了"美登里妹妹"的手指。

"不过，'纱织斯特'，既然有人点你的名了，就从你开始，可以吗？"

"这个嘛……"

信一虽说有些不情不愿,可不知从什么时候起,他像是已经被指派为打头阵的了,于是有气无力地说道:

"呃——该从何说起呢……"

"提问!"

"美登里妹妹"举起了手来。

"纱织是什么人?"

"啊,这个嘛……"

是电脑上的恋爱游戏(况且还是"H游"呢)中的女主角——这样的话信一到底是说不出口的。

"好了好了。这个无关紧要,还是以后再说吧。"

虽说"忧郁的玫瑰"大妈给他解了围,可信一心想,照此看来,说不定以后还真有能实言相告的那一天呢。

"我说大家通过网上聊天,彼此都有了一定程度的了解,是吧。在此基础上来提问,进展就快些了。"

"魅影"君提议道。大妈也点头同意。

"是啊。那就让我先说可以吗?根据我的了解,'纱织斯特'现在最大的烦恼就是还没有固定工作。"

"哦。"

"你今年几岁了?"

"二十……八岁。"

面对"美登里妹妹"的提问,信一的声音越来越低。

"原来是为了工作啊。这种事儿又何必太放在心上呢?"

"魅影"君像是已经反躬自问过了,语调阴沉地说道。

"不过我觉得'纱织斯特'的问题恐怕不在这里啊。"

"美登里妹妹"从一旁插嘴道。

第六章　圣餐

"要说起来，他的问题还在于人际关系上，是不是？"

"这恐怕是这里所有人的通病吧。""魅影"君说道。

"可我觉得就'纱织斯特'来说，这才是问题的关键。"

"慢着慢着，不能这么武断。还是先让'纱织斯特'自己来说吧。"

"忧郁的玫瑰"大妈插嘴道。

"怎么样啊？你自己觉得最大的问题到底是什么呢？"

信一陷入了沉思。

"这个嘛……我觉得还在于我自身——"

"你自己？"

"嗯，还是我的性格有问题……"

"我觉得不是这样的。""魅影"君说道。

"我也觉得不是。""美登里妹妹"说道，"把一切问题都归咎于自己，从某种意义上来说是最简单的。可就此停止思考的话，也就什么都解决不了。"

"你是不是太自责了？我以前也是这样的，可'自我否定'是个最坏的方式啊。"

"忧郁的玫瑰"大妈也帮衬道。

"可是……"

信一嘴上支吾着，心里却淌过了一道暖流。如此得到别人的肯定，在他的有生之年里，还是第一次呢。"可是，还我自己不好啊……不管做什么，很快就想到偷懒，每每把事情搞砸。"

"有谁这么说你了吗？""美登里妹妹"问道。

"啊？"

"是因为有人这么说你了，你才会这么想的，是不是？"

信一张口结舌。

159

刹那间，幼年时的情形又在他的脑海里浮现了出来。

餐桌上放满了厚纸片。走投无路的感觉。由于手脚都被冷汗浸湿了，信一觉得厨房椅子上的塑料罩子滑溜溜的，坐着很不舒服。

"从前，我小时候，像是被人这么说过……"

"谁说的？"

"妈妈……我母亲说的。"

"她为什么要这么说你呢？"

"因为我背不出……九九乘法表。"

信一不知不觉地用小孩子的口吻说了起来。

"那是在你几岁的时候？"大妈问道。

"三岁……吧。"

"美登里妹妹"和其他人面面相觑。

如同对焦精准的取景一般，许多厚纸片又清晰地浮现在了他的眼前。纸片上用记号笔写着从1到144的数字。字体别具一格，是母亲的字。

母亲正焦躁不安地坐在他的面前，手里拿着写有"九九乘法表"的大号图画纸。根据以往的经验，信一心里十分清楚：母亲的如此脸色表明她快要大发雷霆了。他甚至听到了从内心深处冒出的一个声音：小心为妙哦。可是，信一经连坐在椅子上都感到痛苦不堪了。于是他不安分地扭来扭去，还一个劲儿地长吁短叹。

"八九呢？信一！八九？不是才教过你吗？"

信一腹内空空，脑子里一片模糊，对于母亲的这一套，他早就烦透了，早就不想再继续下去了。因此，尽管他还想将注意力集中到母亲用手指着的纸片上来，终于因疲劳过度，眼神溜向一边，开了小差。猛然间，母亲的巴掌毫不留情地扇了过来。

"信一！"

第六章　圣餐

"哇——！"

信一放声大哭了起来，于是母亲的肝火越烧越旺。

"哭什么哭！我这么做，不全都是为了你好吗？"

母亲怒吼着将图画纸拍在了桌子上。她不知道，自己这副穷凶极恶的模样给小孩子带来的恐惧，是大人无法想象的。

"你怎么就不明白呢？啊？为什么？为什么就不能用心一点呢？啊？你倒是说呀！为了你，妈妈我都拼上老命了，可你呢，为什么总是，总是，这么个熊样！"

被母亲揪住头发，挨了顿毒打后，信一哭得更伤心了。他那幼小的心灵只知道一切都是自己的错，是自己太没用了，才惹妈妈生这么大的气……

后面的记忆，就成了一片空白了，信一只留下一个倒了大霉的模糊印象。

也不知从何时起，信一说着说着就流下了眼泪。

"忧郁的玫瑰"大妈和"魅影"君时而点头，时而搭腔，对信一表示了共鸣。"美登里妹妹"则瞪大了眼睛，一声也不吭，对于信一的悲惨经历，完全是一副感同身受的模样。

在回答大家提问的同时，信一也进一步追溯了自己的记忆。总之，妈妈耗尽心血，对他开展的具有革新意味的"学前教育"，最后并未结出什么丰硕成果，反倒以失败而告终了。在上幼儿园期间，除了"九九乘法表"，信一还背了日语中的平假名、片假名，英文字母，从小学一年级到四年级的汉字，简单的英语单词，还有《小仓百人一首》[1]。可即便如此，相较于母亲的宏大计划而言，这些都是不值一提的。

1　是日本最广为流传的和歌集，共汇集了日本七百年间的一百首和歌。

上小学之后，为了一下子挽回之前的"失败"，母亲又用各种补习班、才艺班将信一的一周填得满满当当的。

星期一是英语会话；星期二是升学辅导和书法；星期三是算术课；星期四是钢琴课；星期五又是升学辅导；星期六学拉小提琴；星期天学游泳外加家教的全面指导。而后，新的一周开始了，让人觉得这是个没有终点的永恒的循环。

如此这般，信一的日常生活受到"效率"的绝对支配。呆呆地沉溺于幻想啦，漫无目的地在野地里瞎逛啦，毫无意义地朝小河里扔石块啦，这类虚度光阴的行径，统统都被严密地排除在外。

其效果就是，信一在小学低年级阶段的学习中，成绩出类拔萃。要说这也是理所当然的，因为老师教的内容他早就学会了嘛。可是，这也带来了意想不到的副作用。由于课堂上老教一些他早就懂的东西，并且教学进度又必须照顾班上学得最慢的同学，所以这让信一觉得上课实在太无聊了，时间一长，他就养成了根本不听老师讲课的坏习惯。

对老师来说，他是个叫人看着就来气，却又不能怒加训斥的坏学生。因为他上课时明明没在听，可提问时又能做出正确回答。更何况在家长会上跟他母亲指出了这一点后，反被她暗讽老师的上课水平低，简直叫人气不打一处来。

有个叫作曾根的资深女教师，在十分自然地对信一厌恶日深之后，不仅上课时不点他的名，在其他方面也都对他不予理睬了。面对如此境况，信一也只能全盘接受。

而在此过程中，信一的日常生活依旧重复着一周又一周的完美循环。不过有时也会出现一些偶发事件，譬如某个才艺班突然结束了。其理由多半不知是为什么，母亲把老师给惹毛了（因为前一天还被母亲赞不绝口的优秀老师，会在一夜之后被她骂成人渣）。

第六章　圣餐

可是，这种突然"开天窗"的好事儿也仅限于一周之内。到了下一周，立刻就被别的什么课给补上了（绘画啦，打算盘啦，诸如此类，具体内容取决于母亲当时脑海中的灵光一闪）。

信一被搞得疲惫不堪。学校、补习班、家庭，没一个能让他觉得高兴。一个星期，又一个星期，无论是暑假还是年终岁首，每一个星期都被补习和无聊的才艺填得满满的，他的童年光阴就在这些枯燥乏味的时间里流走了。这让一个七八岁的小孩觉得，一年的时光长得就跟永无尽头似的。一想到后面还有初中、高中在等着他，简直就绝望了。

于是，到了小学四年级的某一天，信一终于崩溃了。

那天的情形，他至今仍记得清清楚楚，甚至会时而出现在他的梦境里。

那天，他放学回家后，吃过点心，马上就拿起另一个书包，跳上巴士去上面对小孩子的英语会话课了。不料，在半路上他感到了剧烈的腹痛。

其他乘客看到一个小学生冷汗直冒地蹲在地上，全都大惊失色，赶紧给他叫来了救护车。然而，信一被送进医院后经过仔细检查，却没查出任何异常。

母亲接到通知后也吓了一大跳，立刻就赶到了医院。她似乎担心儿子是不是得了盲肠炎，或别的更为严重的疾病。然而，医生的解释却令她怎么也无法接受。因为，"心理因素"这个说法，她只能认为是"偷懒"的同义词。

事实上，一到了医院，信一的腹痛也就立刻消失了。更不凑巧的是，当母亲吓得面无血色，推开病房门时，信一正津津有味地在看一本漫画书（一个好心的护士借给他的）。

信一至今仍清楚地记得母亲当时看他的眼神。

打那以后，同样的状况就频繁发生了。只要去上英语会话课，信一必定会肚子疼。接着是去算术课教室的时候。后来更是波及钢琴课和小提琴课了。

母亲勃然大怒。因为她认定信一是因"偷懒"而装病，并且尝到了甜头。

不过母亲的思想转变也同样快得惊人，她一下子就放弃了曾经那么寄予希望的信一。因为在她的心目中，任何事情都必须完美无缺才行。现在，这个才上小学四年级的学生，已经成了"人生的落伍者"，根本无法使她引以为傲了。

母亲旋即就决定，要将全副精力倾注到信一姐姐的教育上去。当初，信一的姐姐仅仅因为是女孩子而备受她的冷落，可如今，由于信一的"落伍"，一跃而成了给母亲的自尊心支撑门面的重要人物。

可是，姐姐的性格跟母亲一样倔强，更何况她早就近距离观察到了弟弟那种连一点点玩耍时间都没有的惨状，于是顽固不化地表示坚决不服从母亲的命令。在接下来的一段日子里，他们家每天都会响起尖利的吵架声和号啕痛哭声。只是，也不知是幸还是不幸，信一是处在这一战场之外的。

信一突然从所有的重压与义务中解脱了出来。与此同时，原本支撑着他内心的各种事物也都烟消云散了。

他茫然伫立于大量的闲暇时间面前，不知所措。

唯有上课时拿老师的话当耳旁风这个坏习惯依然如故，再加上曾根老师的有意排斥，信一之前靠补习积累起的学力储备一下子就耗光了。到了如此地步，他成为掉队的差生，也不费多少时间了。

"于是，我就不去上学了……"

说到这里，信一从口袋里掏出面纸，声音很大地擤了鼻涕。

"既然都不上学了，哪里还谈得上什么差生呢？""忧郁的玫

第六章 圣餐

瑰"大妈安慰道。

"这种事儿，根本就用不着害羞嘛。"

"美登里妹妹"口气强硬地说道。

"应该说，这是理所当然的事情呀。不是吗？比方说在开车的时候，看到前方出现了断崖，谁都会把车停下的。"

"那么，后来又怎样了呢？""魅影"君问道。

信一有些为难了。要说的他已经全都说完了，打那以后，他就什么也没干。直到二十八岁的今天为止，他还没找到重启人生的契机呢。

然而，对于这些，他并未听到含有批判意味的感想，故而他放心了。

自己竟然会在一些素昧平生的人面前开诚布公到如此程度，这一点连他自己都不敢相信。他觉得自己像是脱得一丝不挂地暴露在别人的目光里了。可令人感到不可思议的是，这样的感觉居然一点也不难受。

大家以掌声慰勉了信一之后，接下来就轮到"忧郁的玫瑰"大妈倾诉了。

大妈像是除了和家人关系不好外，跟邻居搞得也很僵，而且还乐此不疲地接连迷上了好几个新兴团体。可到头来，无论她怎么折腾都无法填补她内心的空虚。

而且，她还患有严重的尖锐物体恐惧症。说是只要被人用手指尖指着，她就会"吓得两腿发软"。

在回答大家的提问时，大妈又吞吞吐吐地讲了她上高中时逃学的事情，说是因父亲工作调动而转校后，受到了校园霸凌。

"忧郁的玫瑰"大妈开始诉说起在班中遭人围攻的痛苦记忆。说是当时班主任也在场，却不肯帮自己说一句话。至于这些同学到底说了她些什么，由于年深月久，到如今，记忆已如在云里雾里一般，早已想不起来了。但是，所有人都用食指指着她的那个场景，她依旧记得清清楚楚……

听了一会儿"忧郁的玫瑰"大妈的话后，信一渐渐地就失去了兴趣。他刚才爆发出的那种激昂，此刻已消失殆尽，简直就跟从未有过似的。

诉说时，自己就成了人们关注和同情的焦点，那种感觉好得令人吃惊。可是，别人内心的痛苦，再怎么严重，那也是别人的事儿，跟自己毫不相干。如果仅仅作为一种信息的话，比这个更为悲惨的，媒体上也有的是啊。

听着听着，大妈那些挺费劲地说出来的话语，就被信一当作耳旁风了。他的眼睛开始频频朝"美登里妹妹"瞟去，再也不关心其他人了。

然而，信一觉得比起愤怒、犹豫的表情来，自然还是"美登里妹妹"的笑脸更可爱。好想看她的笑脸啊！为什么不笑呢？喂！笑一个，笑一个嘛……

他甚至心里有些来气了：大妈你为什么不说得更有趣一些呢？

啊！她笑了！"忧郁的玫瑰"大妈像是终于讲完了严肃的部分。信一看到"美登里妹妹"用手捂着嘴偷笑的样子，就觉得很开心。就是这样嘛，无论怎么看，她都像是《天使之丘高中》里的"若杉美登里妹妹"啊。

信一突然发觉，"美登里妹妹"是从不露出牙齿的。对了，在水池那边遇到她时，也是这样的。该不是她很在意自己的牙齿长得不整齐吧。

就在他这么胡思乱想的当儿，不知不觉地就轮到"魅影"君倾诉了。

第六章 圣餐

"魅影"君的态度从一开始就很怪。刚才他还踊跃发言呢，可一轮到他，就突然低下了头，纹丝不动了。在"忧郁的玫瑰"大妈的循循善诱下，他才用低到几乎听不到的声音说"众目睽睽之下，我说不出话来"。没办法，他们三人为了要听"魅影"君的倾诉，只得决定各自转身，面朝不同的方向。原本围坐成一圈的这四人，现在各自面朝不同方向坐着，想必这也成了大房间里的一大奇观了吧。

"魅影"君讲述了他幼年时的受伤经过。他的老家在日本江户川区，家里经营着一个电镀工厂。大约在距今二十年前，即"魅影"君还只有四五岁的时候，工厂里发生了一起事故。

他没说事故的详细过程，只说就是因为其后遗症，自己的脸才变成这样的。

一开始，信一以为"魅影"君说的"伤"是指精神创伤，可听到后来觉得不对，似乎他指的就是物理意义上的创伤。可是，他们三个都不太理解他这话是什么意思，一时间全都愣住了。因为无论怎么看，"魅影"君的脸上也没什么异常呀。

"忧郁的玫瑰"大妈指出了这一点后，他却说"不要安慰我了，都留下这么难看的痦子了"。朝他手指着的地方看去，果然看到以脸颊边缘为界，肤色是有所不同的。不过也仅限于不说破就难以察觉的程度。

对于这事儿，信一也只是在一开始有那么一丁点儿兴趣，后来就觉得荒唐可笑了。他所在意的，仍然是"美登里妹妹"。偷偷观察之下，他忽然发现在日光灯的照耀下，她的右手，只有食指的指甲在闪闪发亮。起初，他还以为那是由于光照角度的关系，可仔细观察后发现，事情似乎并非如此。是仅在食指的指甲上涂了指甲油了？不，也不是。那像是一枚假指甲！于是，他就越发感到趣味无穷了。

不仅如此，仔细观察后他还发现，她的手十分粗糙，似乎每天净干些洗洗涮涮之类需要浸泡在水里的活儿似的。

信一偶然将注意力回到"魅影"君的叙述上时，发现他正在讲他的网名的由来。出乎意料的是，他的网名居然取自《歌剧魅影》！那个音乐剧的大致内容为：有个可怜的家伙因为长得太丑，甚至连自己的生身母亲都不接受他。于是他就戴上了假面具，隐藏在巴黎某歌剧院的地下室里苟活着，成了个不可见人的魅影。该故事原本来自法国剧作家加斯顿·勒鲁的小说，如今反倒是因为英国作曲家安德鲁·劳埃德·韦伯和演员肯·希尔的音乐剧而闻名于世。

事实上，"魅影"君就十分喜欢听伦敦韦伯版的音乐剧CD。尤其是其中的《夜曲》和《愿你在此》等名曲，每次聆听他都会禁不住潸然泪下。

"伦敦韦伯版的曲子感情得到了升华，所以叫人听了不由得流泪啊。"

"忧郁的玫瑰"大妈嘟囔道。

接着"忧郁的玫瑰"大妈和"美登里妹妹"一个劲儿地说"魅影"君的脸蛋其实一点也不丑，但这也并未改变他那种根深蒂固的想法。他还说，最近连看到自己脸的镜像都害怕了，所以在走过带窗玻璃的建筑时，都会闭上眼睛……

信一再次将"魅影"君的叙述当作耳旁风，将心思用到了别的地方去。话说，"美登里妹妹"的手这么粗糙，跟她那摸任何东西前都得用酒精消毒的习惯有什么关系吧？

突然，"美登里妹妹"恶狠狠地瞪了信一一眼。她像是早就发觉信一在偷看自己了，眼神中含着无言的责难。信一觉得自己的脸颊发烫了，因为他知道自己的轻狂与薄情遭到了鄙视。

"魅影"君的倾诉结束后，最后就轮到"美登里妹妹"了。

第六章　圣餐

信一原本只对她的话感兴趣，可一想到自己已受到了她的责难，就再也坐不住了。说了声"我去方便一下"，就抽身离开了。

为此，"忧郁的玫瑰"大妈露出了惊讶的神色，"美登里妹妹"则把脸扭向了一边。信一走出大房间时还回头望了一眼，见她已经开始讲述了。尽管讲些什么听不清，不过能看到"忧郁的玫瑰"大妈和"魅影"君都频频报以感佩之色。他有些恋恋不舍，但一想到磨磨蹭蹭势必又将加深误会，就只好快步朝厕所走去了。

不慌不忙地解完了手之后，他又慢吞吞地洗了手。望着镜中的自己，他不禁长吁短叹。

他觉得自己的运气真是太差了。自己没听那两人的叙述，是因为他们讲得太无聊了呀。再说了，正因为自己对"美登里妹妹"大有好感，才频频偷窥的嘛。干吗她要那样一脸怒容呢？这不是太不近人情了吗？可是，不管怎么说，就这么着是很难拉下脸来回到大房间去的。"美登里妹妹"会亲自跑来说"快回来吧，我不生你的气了"吗？要是这样，可就"雨过天晴"了。不过他也明白，这种事儿在现实世界里是不太可能发生的。

话虽如此，我起身离开的时候，至少你也瞧了我一眼呀……

会不会从头到尾都是自己的误解呢？兴许"美登里妹妹"并没有生气，只是害羞亦未可知啊。要是这样的话，现在自己不在她身边，她会不会倍感孤寂呢？

信一越想越觉得就是这么回事儿。肯定是这样的，因为她没有生气的理由呀，不是吗？信一慌忙对着镜子理了理头发，出了厕所后，就一路小跑着回到了大房间。

然而，"美登里妹妹"的脸上依旧冷若冰霜。信一那天真的幻想，立刻就遭到了无情的毁灭。

"……于是，我就把'三颗星'改作英语单词，将'Tristar'用作网名了。"

　　说完这句后，她立刻就闭口不言了，简直就像是不想让信一听到什么实质性内容似的。

　　于是，另外两人像是为了缓解这尴尬的氛围似的，开始你一言我一语地说了起来。可由于最为重要的"美登里妹妹"的诉说信一并未听到，所以他非但听不懂他们在说些什么，反倒加深了孤独感。

　　结果他心里闹起了别扭，觉得既然都这样了，我还跟你们讨论个什么劲儿呢？随后，就故意保持静默，一声也不吭了。

　　第一天的研修，到此就结束了。信一为了解除"误解"，还想跟"美登里妹妹"聊两句，可也不知对方是否察觉了他的企图，一眨眼的工夫，就消失得无影无踪了。

　　第二天，研修活动就呈现出多姿多彩的样式来了。有像在企业研修会上会被用到的游戏方式；有关于前一天倾诉活动的感想分享会以及全员参加的集中讨论会；还有根据倾诉内容，以小组为单位编写剧本，并表演类似于心理剧疗法的小品。

　　尽管如此，信一却依然心存疑虑。确实，通过彼此倾诉心中的烦恼，得以重新审视各自的问题，而通过这种集体活动，或许也能加深会员之间的一体感。可是，仅靠这些个研修活动，果真能让人浴火重生，获得一个崭新的自我吗？

　　这里搞的研修活动，应该说，每一种都是较为正儿八经的，看不到一点超自然的神神叨叨。但反过来说，这或许也就是"地球（Gaia）的孩子们"的局限亦未可知。因为，人是脆弱的，当他被逼到不得不改变自我的地步，自然就想要去仰仗一种超越尘世的绝对存在。正因如此，神灵附体之类的表演，有时反倒是有效的。而像这种天女散花见者有份式的研修，恐怕是无论耗费多少时间，也无法突破

第六章　圣餐

最后的心灵外壳吧。

像是为了回应信一的这一疑虑似的，从第三天起，研修的方式渐渐地发生了变化。

首先，是在上午的研修中添加了瑜伽或冥想之类的修行。会员们接受指导，在榻榻米上摆出佛教徒坐禅法的结跏趺坐的架势，并进行缓慢的腹式呼吸。信一以前也去过修禅教室，所以对这一套并不陌生。

尽量阻断神经的信息传递，减少呼吸次数，从而使大脑处于缺氧状态，就能使人的意识进入某种忘我（恍惚）状态。这与"开悟"无关，只是个纯粹的技巧问题，许多团体都是利用人们的这种恍惚感来传教的。事实上任何人都能很容易地接近完全恍惚，可想要更进一步，就必须进行相当程度的修炼了。

这天也是如此，只有几个会员有幸实现了深度冥想，而大部分人都只是有那么一点点的感觉而已。

那天夜间的研修，可谓别开生面。所有的会员都分到一颗药物胶囊。

刹那间，恐慌便如同涟漪一般，在原本气定神闲的会员之间扩散了开来。大家到底还是掩藏不住内心的不安，尽管觉得"总不会是什么毒品吧"，可对于服用成分不明的药物，还是有所排斥的。

要是不成熟的人，或许会毫不犹豫一口吞下吧。因为他们平时就会毫不在意地吞下来历不明的家伙在街头兜售的"合法毒品"的嘛。

信一看着自己分到的那颗半绿半白的胶囊。其实，不能喝酒的信一就是个"药品宅"，虽说他不会去碰那些麻醉剂、迷幻剂，可也具备一些毒品与抗精神病药物的基本知识。

此刻躺在他手掌上的，是一种以"百优解"[1]的商品名而广为人知的脑内药物SSRI[2]。SSRI可通过控制一种叫作血清素的脑内物质来抑制惶恐不安、强迫性障碍和恐慌性障碍。在其开发地美国，由于它十分契合当地人那种凡事都喜欢一下子搞定的浮夸气质，已作为"幸福之药"得到了爆炸性的普及。

但在日本，这种药应该还没有获得厚生省的销售许可。因此，能一下子弄到这么大的量，恐怕是通过走私渠道的吧。

我当是什么呢？原来是"百优解"啊。信一觉得自己已经探出"地球（Gaia）的孩子们"的深浅了，故而多少有些扫兴。

诚然，参加这个研讨会，多少还是有些收获的，可要是招数仅限于此，那也就是骗小孩把戏的程度了。因为，这种药通常要连吃个把月，才会见效的。

然而，当他真的吞下该胶囊后，没过多一会儿，就感到自己的情绪已经平稳下来了。或许是安慰剂效果吧。不过他也觉得，作为重回积极心态的手段，倒也是无可厚非的。

自那以后，晚间研修时就必定要服用药物了。或许正是"百优解"在起作用的缘故，即便研修内容不断重复着，他也觉得自己的人格正在慢慢地发生着变化。

可是，研修结束后，也就无药可吃了。那样的话，不是一切都恢复原样了吗？

信一的这一疑问，在研修的最后一天晚上得到了答案。

那天，全体会员集中到那个铺着榻榻米的大房间里时，就觉得有股子像是檀香的香味直冲鼻子。房间里跟用餐时一样摆开了餐桌，最

---

[1] 一种治疗抑郁症、神经性贪食症等精神疾病的药品的商品名。
[2] 英语Selective Serotonin Reuptake Inhibitor的缩写。中文名称为选择性血清再吸收抑制剂，是一类治疗抑郁症、焦虑症、强迫症及神经性厌食症的抗抑郁药物的总称。

第六章 圣餐

靠里的地方设了一个高台,那上面放着一个佛像似的东西。

"庭永老师"现身了。与往常一样,他的脸上带着自信满满的微笑。

会员们意识到有什么事情将要发生,全都屏息凝神、略显紧张地等候着。满面笑容的"庭永老师"为大家做了说明:为了迎接"守护天使",将赐予大家"圣餐"。

"刚开始,你们将听到'守护天使'的振翅之声。请你们一定要屏息凝听。因为你们能听出天使们盘旋飞舞的情形——只要你们衷心希望接受它们。随后,天使们就会随时陪伴着你们,守护着你们了。并且,它们还会用美妙的呢喃之声,跟你们说话呢。"

信一不由得苦笑了起来。这话也太脱离现实了吧。简直就跟介绍如何在电脑屏幕上豢养虚拟宠物差不多了。他看了一眼其他会员,发现大家也全都半信半疑,脸上带着暧昧的微笑。

信一朝神坛上望去,见那上面供着的是一尊象头人身呈男女合抱之姿的异样神像。由于他早就对宗教感兴趣了,所以一看就明白那是个什么玩意儿。那是"大圣欢喜自在天"。原本是印度教的神,后来又成了佛教的守护神。它是夫妇和合的象征,在日本的寺院里通常是当作"秘佛"而深藏不露、秘不示人的。铺在"大圣欢喜自在天"下面的布料上,绘着有七个脑袋的眼镜蛇的图样。这大概就是印度教中的蛇神"那迦"了吧。在印度,蛇象征着不死与繁殖。远远望去,仿佛神像的影子就是蛇似的。

这两者的组合,未免叫人联想到性交。也许,这就是个性爱相关的团体?一种类似于妄想的朦胧期许,渐渐地在信一的心里升腾了起来。对象要是"忧郁的玫瑰"大妈,自然是吃不消的。可要是"美登里妹妹"的话……

这时,一些资深会员开始往餐桌上分发银质餐盘了。餐盘里放着

173

一小块长方形的东西。信一凑上前去用鼻子嗅了一下,闻到了一丝兽肉的气味儿,像是什么动物的肉。肉的表面用火烘烤过,呈干巴巴的棕褐色,可切割面仍是黏滑的暗红色,呈现出"拍松鲣鱼肉"[1]似的状态。接着,餐桌上又放上了同为银质的小钵,钵中盛着白沙似的东西。不过银钵的数量较少,够不上每人一个。

"诸位,这就是作为研讨会收尾活动的'圣餐'仪式。或许多少有些腥味儿,请大家撒上岩盐后享用吧。"

然而,大家都敢没动手,都在窥探着周围人的动静。"庭永老师"并未对该肉块做进一步说明。会员们无一例外地都面呈不解之色:为什么吃了这块烤过的肉就能迎接天使了呢?可是,只要有一个人拿起了肉块,撒上了盐,"咯吱咯吱"地嚼起来,模仿者也就络绎不绝了。

信一自然也犯起了犹豫。这时,神坛上那尊"大圣欢喜自在天"进入了他的视野。不知为何,他觉得那玩意儿正瞅着自己笑呢。

信一感到后脊背发凉。他听到有个声音从内心深处冒了出来:不能吃!

然而,环视四周,他发现几乎所有的会员都已将肉块放进嘴里了。"忧郁的玫瑰"大妈正为咬断肉块而使劲儿呢。"魅影"君则以陷入沉思的表情咀嚼着。

"美登里妹妹"将肉块送到了嘴边,却又踌躇了起来,目光与信一相接后,她便猛一转身,将筷子头送进了嘴里,随即闭上眼睛,慢慢地嚼了起来。只见她的喉咙微微地上下颤动着,出乎意料的是,这情形倒也十分性感撩人。

如此看来,还没吃肉的,似乎就只剩下信一一人了。突然,他发

---

[1] 在烤过的鲣鱼表面撒上调料,再用菜刀将其拍松后做成的鱼片。

现"庭永老师"正直勾勾地望着自己。并且,或许是心理作用吧,他觉得"庭永老师"眼中蕴含着严厉的光芒。

信一慌忙将夹着肉的筷子头移到嘴边。然而,他还是没法将它吃进肚去。

赶紧的!要不然……他感受到非难的视线正从四面八方朝自己射来。虽说刚才已经服用了"百优解",可恐慌似乎依旧在所难免。

他将注意力转移到"守护天使"上,极力使自己镇定下来。

这样下去是不行的。一切都是为了让自己重获新生啊。他如此这般地说服自己。只要吃下了这玩意儿,"守护天使"就会来到身旁,为自己祝福的。与此同时,他还幻想着"美歌和绘璃"的美妙身姿。因为,她们姐妹俩正等着自己鼓起勇气啊。

将岩盐撒在肉块上后,信一就将肉块放进了嘴里。嚼了两三下后,发觉肉质出乎意料地筋道,并且,还有一股子独特的气味儿。

要是让它在嘴里停留得过长,恐怕是要吐出来的。于是他就直接将其咽了下去。

肉块就跟生了倒刺似的,刮擦着他的食道。然而,尽管不无艰难,最终还是落到了胃里。信一猛烈地咳嗽起来,连眼泪都快咳出来了。

"恭喜恭喜!诸位,'守护天使'已被你们迎入体内了。"

"庭永老师"一本正经地宣布道。

一时间,会员们像是不知道该做出何种反应为好,全都愣住了。旋即,便响起了自发性的掌声。很快,零落的掌声汇成了汹涌的浪涛声,经久不息。

不知不觉间,信一也用力鼓起了掌来,直到手掌变得通红。他的心里,充满了成就感和自豪感。因为,他凭借着意志力,克服了曾令他束手无策的生理上的抵触。之前他可从未想过，自己居然也能做到这一步。

　　自己正在发生变化。真正意义上的人生，即将开始了。就在他这么对自己说的当儿，胃里的不适之感也就消失得无影无踪了。

第七章　鹫之翼

早苗猛地抬起头来，朝电视看去。因为刚从那儿传来的几句话，差点就滑过去了。

休息室的电视里，正播放着下午一点钟的NHK整点新闻。吃过了午饭的住院病人，正漠然地望着那电视屏幕。

一个表情刻板得像是从模子里翻出来的男播音员，正叙述着事故的简要经过。

名字！再说一遍受害人的名字！果然，播音员又重复了一遍事故受害人的名字，简直就像是跟早苗产生了心灵感应一般。

"……已知受害人为小石川药科大学的副教授，专业领域为植物学的赤松靖先生，现年四十五岁。赤松先生早上独自来到那须高原野生动物园，浑身都被老虎咬伤，目前仍处于危险状态。警方正就他为何要在禁止区域下车一事，详细询问野生动物园方面的相关人员。

"下面，为遍访中东地区的……"

早苗紧握着轮椅把手，浑身僵硬，内心却怦怦直跳，如同激越的非洲战鼓一般。镇静！她暗自告诫自己。眼下状况尚不明朗。也可能是一起意外事故。还不能断言是自杀。

177

可是，如果是自杀的话……那等于参加亚马孙调查项目的成员中，在短时间内就有两人自杀了。

这，或许不是巧合吧。

回过神来后，她发现上原康之正直愣愣地抬头仰望着自己呢。想必是被她那异乎寻常的脸色吓坏了吧。

"是熟人吗？"

"哦，不……我看错人了。别在意。"

早苗十分勉强地挤出笑容，推着少年所坐的轮椅，回到了病房。最近，上原康之的病情发生了恶化，连自由走动都做不到了。所以，不管发生了什么，也不能再影响他的情绪了。

然而，纷乱的思绪依然在早苗的脑海里萦绕不去：天使的呢喃、亚马孙、恶灵附体，还有复仇女神们。

白天的综艺节目或许会对该事件有更详细的报道吧。可是，总不能当着患者的面，跑到休息室去一个劲儿地盯着电视呀。

回到自己的办公室后，早苗就给报社打了电话，说是要找福家。不巧的是，福家不在。要说这社会部的记者这个时间在外面到处跑，倒也是极为平常的。

早苗本想问接电话的女职员要福家的手机号码，可自己是探听消息的一方，如此肆无忌惮的要求毕竟还是说不出口的。不得已，只好请对方向福家转达自己来过电话之事。

不过说巧也巧，没过多久，早苗就接到了福家的回电。

遗憾的是，就眼下来说，对于赤松事件，福家所了解的情况似乎并不比新闻报道的更多些。但他又说，自己正好来到医院附近，能不能见个面。早苗回答说再过半小时就要做下午的查房，于是他又提出了一个出乎意料的请求：明天，也就是星期天，他要去那须就赤松事件进行采访，问早苗能否一起去。

第七章　鹫之翼

尽管福家的真实意图不甚明了，但早苗还是立刻就拿定了主意。这个赤松事件，肯定跟高梨的自杀有着某种关联。而不将这事儿弄个水落石出，她的内心是无法平静的。所幸的是，星期天还是有空的。所以福家的请求对早苗来说，可谓是来得正好。

可能是早上八点左右发车的关系吧，东北新干线的"那须野"号中，有一多半的座位都是空的。尽管如此，乘客却都挤在前几节车厢。这恐怕就是座位票销售上的问题了吧。

早苗啜饮着咖啡，望着身边这个正津津有味地吃着"幕间盒饭"[1]的男人。刚才从他那里拿到的名片上，印的是"编辑局社会部记者福家满"。

高梨死后，早苗曾接受过他的一次采访，可或许是那会儿心绪不宁的缘故吧，对他几乎没什么印象。今天再次见面后才发觉，这是个出乎意料的小个子男人。站在站台上时，他几乎与身高一米五九，穿着低跟鞋的早苗视线持平，并且还长着一张娃娃脸，混在大学生中也是毫不起眼的。要不是他自己说的，叫人怎么也看不出已经三十三岁了。而他那种自信满满的态度、大声说话的腔调，以及刚毅果敢的举止，恐怕是害怕被人蔑视而硬装出来的吧。

"福家先生，如果没什么不便的话，能告诉我您邀请我一起来的理由吗？"

"给您添麻烦了吗？"

福家喝了口茶，将满口的饭菜咽下去后问道。

"那倒不是。因为我也很想知道赤松副教授为什么要做那种事儿的。"

1　一种原本在戏剧幕间休息时供食用的简便盒饭。

福家吃完了盒饭，又从塑料袋里取出三明治。看来他个子虽小，饭量却很大。

"北岛医生，您也来一个？"

早苗摇了摇头。虽说她没吃早饭，可这会儿除了咖啡，像是什么东西都咽不下去似的。

"其实我是想，有您北岛医生同行，采访就会顺当一些。因为，不是所有的人都愿意配合新闻记者的。而像您这样，既是医生，又是赤松副教授的朋友，就很容易问出话来了。"

"就为了这个？"

"是啊。嗯，还有，就是我也想在路上听听您的看法。"

"我可没有什么要说的哦。"

"是吗？"

福家露出了意味深长的笑容。

"您以前不是也打电话来问过有关亚马孙调查项目的事情吗？当然了，那是很久以前的事儿了。那会儿，赤松副教授和高梨先生还都活得好好的呢。"

早苗一听就来气了。

"那又怎么样呢？"

"哦，不。到底发生了什么事儿，现在仍一无所知呢。这些也都是我想请教您的。只是，既然他们俩都已经那样了，我就想您或许知道些什么，不妨请教一下。仅此而已。"

对话就此中断了一阵子。其实早苗也知道，虽说这家伙说话阴阳怪气的，听着叫人来气，可就客观情况而言，他以为早苗知道些什么也是无可厚非的。

考虑到当务之急是跟着他一同前去，尽可能地了解一些情况，早苗决定暂且忍下这口气。之后，他们俩就像是在彼此提防、相互制约

第七章 鹫之翼

似的，对话始终不得要领。

在那须盐原站由新干线换乘东北本线后，他们在黑矶下了车。从那儿坐出租车去赤松住院的那个急救定点医院，只用了短短的几分钟。

果不其然，赤松伤势严重，且谢绝探视。好像是从昨天起，就有大批的媒体人蜂拥而至了，故而出来接待他们的中年护士，用戒备的眼神看着福家。然而，正如福家所预料的那样，当早苗递上了名片，并表明自己是医生和赤松的朋友后，护士的态度立刻就温和了。

说是尽管今天是星期天，可赤松的主治医生还在医院里守着呢。那护士要他俩在大堂里等着，自己拿着名片离开了。

一会儿过后，一个戴着黑框眼镜，随随便便地披着件白大褂的高个子男人就大步走来了。

"您好！在您百忙之中前来打扰，真是不好意思。我是东京临终关怀服务机构的医生，名叫北岛早苗。"

早苗毕恭毕敬地鞠了一躬后，那人像是吃了一惊似的瞪大眼睛不住地来回看着手里的名片和早苗本人。

"啊！哪里，哪里。您好，我姓肋。您是赤松的朋友对吧。请坐吧。"

他用手指着大堂里的长凳，又对福家瞟了一眼。

"我是福家。今天充当陪同。"

在早苗的眼里，福家怎么看也都是个新闻记者，所幸的是，肋医生似乎没在意他是个什么人。

"自发生意外以来，赤松伤势很重，一直昏迷不醒。已进了ICU（重症监护室）了。"

肋医生在长凳上坐下后，就架起了他的长腿。

"赤松副教授的家属，来过了吗？"

181

虽说赤松的朋友这样的谎言是很难被戳穿的，但还是不与其家人直接接触为好啊。

"他夫人和孩子们昨天都赶来了，可遗憾的是未能见面。所以他们先回赤松在川崎的老家去了，估计今天下午还会过来的吧。"

"那么，赤松副教授的伤势，十分严重吗？"

"是啊。既有抓伤也有咬伤，不过主要问题还是咬伤啊。尤其是脸部和两臂、大腿上的咬伤十分严重。"

"脸部也被咬伤了吗？"

福家问道。他将双手抱在胸前，手指头却动个不停。看样子是在极力抑制着做记录的冲动。

"据说赤松受到了两只老虎的攻击，是在仰面抵抗时被咬伤的。"

"可是，这就有点奇怪了。通常在这种情况下，出于条件反射，人们都会俯下身体，并拼命保护头部和脸部的，不是吗？"

肋医生皱起了眉头。

"您问我，我也不明白，因为我可没有受到老虎攻击的经历。再说，这也仅仅是听急救队员这么说而已。"

"被虎牙咬伤的伤口，我还从未见到过呢。那是种怎样的状态呢？"

早苗赶紧插话，将对话拉回了正途。

"我也是头一回看到呀。要说被狗咬了的，以前倒也见过几个。不过话说回来，这老虎的牙齿，还真厉害啊！"

听肋医生的口气，似乎还挺佩服的。

"说是咬，其实给人的感觉像是被四把尖锐的圆锥形刀子上下对刺了一般。右上臂的骨头几乎全断了，仅靠肌肉勉强连着。大腿骨上也被咬出了一个圆洞，都能插一支铅笔进去了。就这样，那老虎也还像是在玩耍似的，没真想吃他。真是不幸中的万幸啊。真要是在脑袋上咬一口，肯定当场死亡了。"

"这么说，他还有救是吗？"

听她这么一问，胁医生不由得面露难色。

"这个嘛，现在还不好说啊。他的伤势本身就很严重了，可更令人担心的是，好像细菌进入伤口后引发并发症了。验血后，发现他体内的嗜酸性白细胞显著增多啊。"

"嗜酸性白细胞，是个什么玩意儿？"

被福家这么一问，胁医生又皱起了眉头，早苗赶紧插话道：

"是白细胞的一种。呃……通常，在急性感染的情况下，嗜酸性白细胞增加的现象，反倒是恢复期的特征吧。"

"是啊。不过也得看具体情况了，因为嗜中性白细胞和淋巴细胞也增多了。"

对于这一点，胁医生似乎也缺乏自信。早苗又稍稍深入询问了一下验血结果，得知并未查出酒精或其他对精神有影响的药物的成分。

由于想了解的情况也仅止于此，于是他们在道了谢后，就离开了医院。胁医生目送早苗远去，眼里不胜依依之情。

一走出医院，早苗立刻就受到了炽热阳光的当头照射。刚才待在医院里时，皮肤还感觉凉飕飕的呢。可见这里毕竟地处高原，向阳处与背阴处的温度差还是十分明显的。

走在前面的福家从西装口袋里掏出一个袖珍录音机，关掉了电源。

"刚才的交谈，全都录音了吗？"

早苗略带责怪的口吻问道。没得到对方的允许就录音，这不是犯规吗？

"我没说自己是记者，不好大模大样地做记录吧。"

福家似乎并不觉得自己做错了什么。

"不过，邀请您一起来，还真是请对了。还是了解到了一些基本情况嘛。"

福家打手机呼叫后，才过了两三分钟，出租车就来了。

下一个采访地是那须高原野生动物园。到那儿一看，只见大门紧闭，上面贴了一张纸，写着"本日休园"。

星期天，本该是动物园生意兴隆的日子，可现在出了这种事儿，尽管园方并无过失，想必这两天也不得不停止开放，以示谨慎的吧。

售票处的小窗口上也下了帘子了。福家敲了敲玻璃，一个中年女职员便探出了头来。

"哎呀——不好意思了，今天我们歇业。"

"我知道。"

福家递上了名片。

"关于昨天的意外事故，能让我们采访一下吗？最好是直接采访目击者。"

"哦。"女职员看着名片，露出了诧异的神情，"我记得，贵报社昨天已经来过了呀。"

"嗯。今天是补充采访。不好意思，要再麻烦你们一次了。"

女职员带着并不认同的表情，将脑袋缩了回去。早苗看了看福家的脸，只见他依旧一副若无其事的模样。就在她犹豫着是否要问的当儿，门开了，出来了一个身穿工作服的小伙子。

"啊，不好意思。百忙之中，打扰了。"

"没事儿。反正今天闲着也是闲着。"

小伙子操着软糯的方言，说自己叫仙波，是猛兽区的监控员，主要负责老虎和狮子。

"老问些相同的问题，您或许会有些厌烦，不过，还是想请您叙

第七章　鹫之翼

述一下昨天所看到的情形，可以吗？"

"哦，可以。昨天那位游客，是自己开车来的。一进入大门，那儿就是猛兽区了嘛，我们的明星动物白虎就在那儿。可他开到了那儿就突然停车了……"

"是车出故障了吗？"

"不。我看不像是故障。"

"后来，又怎样了呢？"

"本来嘛，只要后面没车进来，他要在那儿看多久也无所谓的。可因为快到园里巴士的出动时间了，我就用无线广播敦促他快往前开。可谁知……"

说到这儿，仙波就皱起了眉头，像是咬到了什么苦东西似的。

"那位游客突然打开了车门，到外面来了。我赶忙用无线广播喊他：'不行！快回车上去！'可他不听，径直朝白虎走去了。"

"从赤松先生的位置，能清楚地看到白虎吗？"

"那还用说？就在他跟前嘛。"

尽管报道中并未明确是自杀还是事故，可照他这么说，就只能认为是自杀了。

然而，这起自杀却与早苗之前所了解的自杀大不相同。当然，这种让食肉动物把自己吃掉的自杀也并非绝对没有，可毕竟是极为少见的。赤松副教授看到老虎后，就不觉得害怕吗？

这时，早苗想起了另一件事儿来，即高梨曾在电子邮件中提到过的赤松副教授患有动物恐惧症。还说他不仅害怕美洲豹这样的猛兽，即便是小豹猫这样的体形较小的山猫，也会令他惊悚不已。她清楚地记得高梨在邮件中写的关于赤松副教授的这些话。因为，高梨死后，她又反复读了好多遍，已经深深地印在脑子里了。

"只要看一下那家伙的眼睛，你们就明白了。一开始，我还以为

185

它在生气呢。可根本就不是这么回事儿！它没有生气，反倒是因为食欲大增而兴奋不已呢。就是说，它是想吃掉我啊！意识到这一点后，我就……"

不管怎么说，面对猛兽，赤松副教授应该怀有比常人更为强烈的恐惧感才对。再说白虎比起美洲豹，体型不是更要大上一倍多吗？按理说，对于野生动物园之类的地方，他应该感到排斥才是啊。赤松副教授到底是怎么想的呢？早苗百思不得其解。

"最后我还想问一下，受到老虎的攻击后，赤松先生采取了怎样的姿势？"

"这个嘛……"

仙波结巴了起来。情绪激动后，他的口音也越发浓重了。

"我跟警察也说了，那家伙，一动也没动。"

"一动也没动？"

"就这么着，仰面朝天，一动也没动。"

看来肋医生说得也没错。赤松副教授对于老虎的攻击毫不抵抗，仰面朝天地躺着，任其所为。不过从另一个角度来看，也可以认为这是一种对老虎刺激最小的姿势，从而能避免遭受致命的伤害亦未可知。

从野生动物园出来后，他们乘坐等在外面的出租车，沿着那须大道往南返回，到达黑矶市内已将近午后一点钟了。到了这会儿，早苗肯定也觉得肚子饿了，于是他们就在黑矶车站附近的咖啡馆里吃了一顿简单的午餐。

之后，他们马上又去了当地警察署。虽说是星期天，可由于报社分社的记者做了采访预约，那里还是安排了一个上年纪的警察来接待他们。然而，在这儿他们几乎一无所获。那位身穿警服的警察说，尽管自杀的可能性很大，但也不能排除因粗心大意而造成意外事故的可能性。

最后，福家提出，想看看赤松当时随身携带的物品。那个警察显露出十分诧异之色，仿佛在说"这跟事件有什么关系吗"。不过他还是十分热情地将装在塑料袋里的各种东西拿出来给他们看了。

钱包、零钱包、大手绢、印有小额贷款广告的面纸、塑料梳子、戒烟烟嘴、口气清新剂、B5大小的纸片。

福家一一仔细审视着这些东西，当他最后看到那张纸片时，不禁眯起了眼睛。他一声不吭地将纸片递给了早苗。那上面印着如下字句：

＊尽量远离作品，像看相机取景框似的闭上一只眼睛来看效果更好。

＊为避免闪光灯反光，拍照时请采用斜向角度。

＊请注意，即便是同一幅作品也会因不同的观看位置而呈现出截然不同的效果。

＊以下为带编号作品的鉴赏指南：

①请站到作品的左右两侧观看并加以比较，会发现维纳斯的表情有所不同。（《维纳斯的诞生》——亚历山大·卡巴内尔）

②首先请站在作品的左侧观看，然后慢慢地朝右侧移动，将会发现约翰所读的书页正在翻动。（《冥想中的神学家约翰》——耐克塔里·克留克希）

③进入画中一游如何？请坐在正面圣坛上休息一会儿吧。（《圣母加冕》——乔凡尼·贝利尼）

④站到被追赶的男人一侧后，会发现天使的表情有

所改变。(《正义与复仇女神追赶凶手》——皮埃尔·保罗·普吕东)

⑤尽量放低身姿仰望作品,并请踮起脚尖。受到祝福的灵魂将会被吸入光的隧道中去。(《升入天堂》——希罗尼穆斯·博斯)

感谢光临本馆。

"这张纸片,是个什么玩意儿?"

"这个嘛,我们也搞不明白啊。"

那警察似乎对此根本不感兴趣。

福家提出能否将该纸片复印一下。起初,警察还面露难色,说什么这毕竟是一件物证,可最后还是以有所发现后通知他为条件,让福家使用了警察署里的复印机。

出了警察署后,他们又拦了一辆出租车。福家给司机看了那张纸片的复印件。

"你知道这是什么吗?"

上了点年纪,神情有些木讷的司机看了一眼后就说:

"是哪个美术馆的介绍吧。"

"美术馆?知道是哪儿的美术馆吗?"

"呃,这儿的美术馆多了去了……"

想必是经常载客前去的缘故吧,司机立刻报出了一连串的美术馆名称。听到其中的一个名称后,早苗不由得"啊"地轻呼了一声。

"最后那个,能再说一遍吗?"

"是'天使的荆冠美术馆'吗?"

"对了,就是这个。"早苗嘟囔道。

"要去那儿吗?"

第七章　鹫之翼

"有劳了。"

早苗仅用余光瞟了一眼正在发愣的福家，就径自决定了去向。

"你怎么知道应该去那儿呢？"

福家一脸狐疑地问道。

"只是一种感觉而已。不过，这份介绍上列出名称的画作里，都画着天使啊。"

"哦，是这样啊。"

福家露出钦佩不已的神情。其实，这份介绍上列出的画作名称，早苗一个也都没听说过。

出租车驶过JR[1]的铁轨后，又沿着去野生动物园的道路回到了那须大道上，稍稍前行一段后，便右拐了。

这时，路边出现了好多个如同扩大了的家庭餐馆似的建筑，每一个都带有相当大的停车场。这些个大概都是美术馆吧。

"看，就是这儿了。"

出租车停了下来。司机用手指着的前方，竖着一块广告牌，上面写着"天使的荆冠美术馆"。

早苗与福家下了出租车。虽说已经来到目的地，可早苗的心里还是觉得没底。自己仅凭"天使"两字就心血来潮，还撒了谎，可赤松曾到过的地方到底是不是这儿呢？她不免有些惴惴不安。

环视四周，看了下散布各处的广告牌，发现同一区域内有多个供游客拍摄错觉照片的摄影棚以及恐龙主题的美术馆。不远处，光是以"错觉艺术"为主题的美术馆就聚集了好几个。

在"天使的荆冠美术馆"的入口处买了门票后，连同美术馆的简介一起，他们还拿到了一张小纸片。

1　Japan Railway的缩写，即日本铁路集团。

一瞥之下就明白了，这张纸片是跟已经复印过的赤松的那件遗物一模一样的。早苗不禁捏紧了拳头。她朝福家看去，福家默默地对她点了点头。

　　该建筑的内部结构与普通的美术馆也并无多大的差别。通道两侧的墙壁上展示着配了画框的绘画，故意安装在隐秘处的射灯从上方打着光。唯一的区别，恐怕就得说是照明方式了吧。由于亮度被调到了最低限度，室内一片幽暗，就跟进了电影院似的。早苗心想，或许这样才更适合于观看错觉画吧。

　　或许因为今天是休息天，尽管眼下这时间不早不晚的，却也有好几伙参观者，其中大部分是年轻的情侣。走在早苗前面的一个二十来岁的女孩蹲在画前摆好姿势后，跟她一起的男子就按下快门，亮起了闪光灯。

　　从稍远处望去，那女孩的右手像是握住了画中人物伸出的一条腿。然而，只要走近一些再看，就会发现那画框似的东西，以及伸出画框之外的那条腿，其实都是直接用油漆画在墙上的绘画的一部分。画家十分用心，连那条腿在墙上的投影也都画得十分逼真。参观者只要伸手摆出握住腿的姿势，就能拍出错觉照片了。在现场用肉眼观看另当别论，一旦拍成照片后，恐怕就分辨不出是平面还是立体的了吧。

　　再往前一些，有一对男女正全神贯注地看着画作，一动也不动。早苗走上前去一看，才发现那也是画在墙上的画作的一部分。就连那对站在地板上的男女的脚下部分，其实也是画在墙上的。没用任何高科技，仅凭着绘画技巧就巧妙地突破了地板与墙壁的界限，令早苗不禁叹为观止。

　　福家则从刚才起就一声不吭地，带着严肃的表情，按顺序一幅幅地观看这些画作，像是在不停地思考赤松为什么会到这里来。

第七章　鹫之翼

展厅中所展示的，全都是颇具风格的天使画作。看来"天使的荆冠美术馆"这个名称，也是因其汇集了天使题材的错觉画而来的吧。早苗抬头仰望，是有着无数天使翩跹飞舞的穹顶画。由于四周的墙壁均为镜面，故而给人以置身于幽暗的教堂之中的错觉。

莫非赤松副教授看到这些后，也听到了"天使的呢喃"了？突然，这个念头占据了早苗的脑海。

画作旁另有写着简单介绍的导览牌。早苗漫不经心地将目光落在了其中之一上，发现那上面写的是介绍天使之"翼"的内容。

或许是早苗过于专注地看着导览牌的缘故吧，以至于走在前面的福家也重又折了回来。

"怎么了？"

"不。没什么特别的。只是觉得有些意外而已。"

早苗用手指着牌子说道。那上面写道：西方画作里所描绘的天使之翼，主要是以鹫或鹰之类的猛禽为模仿对象的。

"哦……原来是这个呀。你以前不知道吗？"

"你早就知道了吗？"

对于早苗的反问，福家也并未表现出多大的意外。早苗用怀疑的目光注视着他。怎么看，他也不像是熟悉西方画的人呀。

"哦，不，是这样的。也不能说我早就知道了。其实，我的爱好是制作航模，对于空气动力学啦，翅膀的构造啦，还是相当了解的。所以看到绘画，对于它以什么鸟的翅膀为模型，还是看得出的。"

"鸟的翅膀，会因种类不同而有很大的区别吗？"

这话像是问到了福家所擅长的领域了。于是他就指点着绘画，得意扬扬地讲解了起来：

"要说这鸟儿的翅膀，大致可分为四种：圆翼、尖翼、长翼和广翼。像这个，就是典型的广翼。"

191

"广翼?"

"是啊,就是'宽广的翅膀'的意思。由于圆翼和尖翼都是小鸟的翅膀,要能长在人的背上,又要体现出某种物理意义上的可行性,怎么说也得是大型鸟类的翅膀了。这样的话,画家所能选择的,也只有像信天翁那样的长翅膀,也就是长翼,以及鹫这样的广翼了。北岛医生,你知道静态飞翔和动态飞翔的区别吗?"

"一无所知。"

"所谓静态飞翔是指像鸢那样的滑翔方式——乘着被陆地加热的上升暖气流,忽高忽低地螺旋盘旋着。汽车中'滑翔'[1]的名称就来源于此。动态飞翔则是移动性的滑翔方式,就跟信天翁和鹱似的,在突然下降且贴着海面滑行的同时加快速度,并借助气流的反作用力一下子升高。就飞行方式来看,只要根据它是水平转圈还是垂直画弧就能区分出来了。"

"哦……"

"简单来说,长翼适用于海鸥和军舰鸟之类海上鸟类的动态飞翔,而广翼则适用于鹫和鹰之类滑翔于内陆上空的静态飞翔。"

"那么,天使,就属于静态飞翔的了?"

早苗的话音里,透着自己听了都觉得不太靠谱的味道。

"不,不是这么回事儿啊。"

福家苦笑道。

"总之,要看是否能成画了。鹫和鹰也不是一味地滑翔的。由于它们必须急速下降以攫取猎物,所以,能产生速度的主翼羽就是关键了。看,就是这个部分。相当长,相当健硕,是吧?并且,由于平时都是低速飞行的,为了防止失速坠落,其前端形成了较粗的手指头似

---

[1] 日本丰田的一款汽车。

第七章　鹫之翼

的构造。所以就跟这画中画的似的,成了一个大手的形状。把这些画在天使用翅膀拥抱对方的画中,也恰到好处是不是?何况,它们击毙了相当重的猎物后还要将其运回鸟巢,故而能产生升力的副翼羽也很宽大。就这幅画来说,就是这个部分了。"

早苗的脑海中浮现出了亚马孙雨林中能一把攫走猴子的大鸟的身姿。

"再说,长翼的构造十分简单,也没这么厚实。即便像这幅画这般描绘其伸展开来的姿态,也展现不出气势来的。"

福家的这些话,就算是他临时编造出来的,倒也合情合理,颇能自圆其说。可早苗的心里却产生了一种语言所难以表达的不安,以至连有着孩童般纯洁无邪的脸蛋和食肉猛禽的翅膀的天使,也陡然间成了一种十分可怕的存在了。她当然明白,在现实世界中,天使是不存在的。可若是在正常的精神状态下,自己会因偶然看到了一行记述,就产生如此不祥的预感吗?

她不禁怀疑,在高梨死后的当下,自己是否已被他的妄想附体了?

此刻早苗所面对的,是一幅名为《以西结的幻觉》的画作。天使与猛禽,还有带翅膀的怪物等全部画在同一个画面中。以从福家那儿获得的预备知识来看,果然这三者都有着相同形状的翅膀。

下一幅画作名为《牧羊人的崇拜》。该画中的天使眼中,似乎透着一种险恶的、捉摸不透的恶意。读了解说才知道,原来画家圭多·雷尼是有意将天使画成喜怒无常且残忍的上天使者的。早苗根据导览牌的提示,试着改变在画前的站立位置,可不管她从哪个角度看,天使的眼睛都带着怪笑紧追着她。

这时,馆内播放的录音导览传入了她的耳朵。

"……天使为绝对善意的呈现者。因此,它们并不总站在人类一边。根据记载，天使曾听从命令，多次对人类施以极其严酷的惩罚。"

莫非高梨也成了残忍的天使的牺牲品了吗？如此不祥的念头一直在早苗的心头萦回不去。

他们花了二十来分钟，将馆内的画展大致浏览了一遍。来到外面后，感到太阳光特别耀眼。

"赤松先生为什么会来这个美术馆，你知道吗？"

福家回过头来，问早苗道。

"这个嘛，我也不太……"

早苗假装糊涂，不得要领地敷衍道。她觉得眼下还不能把高梨的事儿全都告诉福家。不过，关于赤松来这儿的理由，隐隐约约地，她已猜了个八九不离十了。

福家站定身躯，掏出了手机。想必是在信守承诺，给刚才的那个警察汇报纸片的真相吧。

如此看来，赤松也跟高梨一样，后来听到"天使的呢喃"了吧。虽说这仍是毫无根据的臆测，可在此情况下，这么考虑也是顺理成章的。他开着车，偶然经过美术馆，受到其名称中"天使"二字的吸引，于是就想进去看看……

可是，这又叫人觉得有什么地方不对劲。下了东北高速的那须出口后，要去那须高原野生动物园就该沿着那须大道往西北方向行驶，而要去"天使的荆冠美术馆"，就非得早早地右拐不成。或许那须大道的路边上也竖着美术馆的广告牌吧，可仅因为这个而特意驶入岔道，总叫人觉得理由不够充分啊。

花了半天休息时间跑到了那须来，在坐上了回程的新干线"山彦"后，早苗的感觉只有疲劳。不过倒也不是毫无收获。越调查就越觉得赤松的行为离奇古怪，可问题是想不出任何能予以说明的假设。

第七章　鹫之翼

看看邻座，福家刚才那股子侃侃而谈的劲头不知跑哪里去了，一声不吭的，像是在想什么心事。他那一脸的疲惫，也勾起了早苗的同情。可就在这时，他忽然开口了。

"刚才，在野生动物园那会儿，你不觉得奇怪吗？他们不是说昨天我们报社就有人去采访过了吗？"

"是啊。"

"昨天去的，是分社的人。而我是受到特别指派，来对这一事件做非正式调查的。"

"你说的'非正式'，是什么意思？"

"其实，参加我们报社主办的亚马孙调查项目的成员中，不断有人自杀啊。"

说着，他以探寻的目光打量着早苗的脸。

"是啊。已经是第二个了嘛，继高梨之后。"

"不。已经是第三个了。"

早苗吃了一惊，不由得朝福家的脸上看去。福家则闭上了眼睛，用手指揉着眉间。

"短时期内，接连三人自杀，已在报社内部掀起轩然大波了。不仅如此，呃，怎么说呢？都是在常人无法理解的状态下自杀的。眼下，虽说其他报纸尚未注意到其中的关联性，可要被他们抢了先就糟了。所以，我才要不动声色地加以调查啊。"

"还有一个，是谁？"

"估计你也不认识吧。是一位名叫白井真纪的三十二岁的女摄影师。"

早苗又大吃了一惊。她记得在高梨的电子邮件中看到过这个名字。

"她是怎么死的？"

"是在中央线的水道桥车站那儿跳轨自杀的,并且是带着六岁的女儿一起。这还是一星期以前的事儿呢,报纸上也做了报道,虽说隐去了姓名。"

听他这么一说,早苗倒也想起自己像是读过这一则报道的。

"可是,为什么呀?"

"至于自杀的动机,目前尚不清楚。不过,听说稍早一点,就已经有点苗头了。她丈夫说,从亚马孙刚回来那会儿,白井情绪还是相当稳定的,可在她自杀前不久,总觉得她哪里有些古怪。"

难道白井真纪也经历了与高梨相同的过程了吗?

"还有,她女儿像是也感觉到了她的反常。"

"具体是怎样的呢?"

"说是被噩梦魇着了。而在梦中,'妈妈变成了一条蛇'。"

简直令人毛骨悚然。早苗觉得,或许是六岁的小女孩预测到了母亲的命运。因为幼儿是异常敏感的,会感觉到发生在母亲身上的、旁人难以察觉的变化。想必白井的女儿也在母亲身上看到了什么吧。

"具体是个什么样的噩梦,听说了吗?"

"不清楚。说是她父亲当时觉得只是个小孩子的梦而已,没怎么当回事儿。可是,女儿醒来后,还说了些莫名其妙的话。父亲当时还呵斥了她,他至今懊悔不已。"

"莫名其妙的话?什么话?"

"说是洗澡的时候看到妈妈的头发变成蛇了。"

早苗只觉得一股寒气直透全身。

长着蛇发的恶魔,不就是卡普兰手记中的复仇女神吗?能将此归结为偶然的暗合吗?六岁的幼儿就已经有了希腊神话的知识,这是难以想象的。而若要说她自己想象出母亲长着一头蛇发的怪异模样,更是难以置信。

第七章　鹫之翼

"不过，据说白井真纪早就去看过精神科医生，接受过心理疗法，最终因精神疾病突然发作而拉着女儿一起自杀了。报道时采取了匿名方式，也是因为这个。"

这当然是一种给事件贴上说得过去的标签后，予以简单了结的方法。可要是没有更具说服力的解释，或许事情也只能这么处理吧。

"只是，现场目击证人的陈述，叫人觉得有些诡异。"

"诡异？"

"嗯。说是白井真纪站在站台上，神情恍惚地仰望着天空，让那个目击者觉得很不可思议。特快列车进站后，真纪就跟激情猛然爆发似的，将女儿抱起来，扔到了铁轨上。"

杀子情结！早苗的脑海里，浮现出一片凄惨的光景。而母亲内心景象无疑是更为荒凉、悲惨的。

"我所说的诡异还在后面呢。据说，她看着仰面朝天横躺着的、哇哇大哭的女儿，一时间茫然若失，愣住了。可随后又像是突然清醒了似的，自己也跳到铁轨上去了。可那个目击者说，她的这一行为，与其说是要随着女儿一同赴死，更像是要拼命抢救女儿。"

白井真纪的情绪波动之大，超出了早苗的理解范围。为什么上一秒还想杀死自己的孩子，下一秒又要拼命抢救呢？是一时的精神错乱后，旋即又清醒过来，恢复了母性本能了？恐怕不是这样的。应该还有别的原因。

"由于遭到了特快列车的碾压，两具尸体都已支离破碎，血肉横飞，连验尸都十分困难了。所以也只有那个目击者在说真纪是想抢救女儿的。不过，经过调查，又了解到一些别的事情。"

福家从西装的内口袋里掏出了香烟，可立刻又放了回去，许是想起了他们所乘坐的是禁烟车厢吧。

"白井真纪以前曾因婴儿猝死综合征失去了一个儿子。该病简称为SIDS……哦，对了，你是医生，对此自然是十分了解的。"

早苗点了点头。她知道，这是一种婴儿在毫无征兆的情况下突然死亡的令人悲痛万分的现象。数据统计，该病多发于出生六个月以内的男婴，且多发于寒冷季节的夜晚。虽说突然性心力衰竭、窒息等都是十分可能的原因，可发生在死前十分健康的婴儿身上的病例也很多，故而其发病机理直到现在仍未完全搞清楚。

"我是精神科的医生，所以对于SIDS的机理也不是很清楚。不过遭此不幸之后的主要问题，是给双亲，尤其是给母亲所造成的心灵创伤。孩子夭折已经是一个重大打击了，而作为母亲往往还会归咎于自己养育、照料不当而陷入深深的自责。"

"白井真纪的情况，正像你所说的那样。"

福家突然露出了像是对什么人怒不可遏的表情。

"对她来说，心爱的孩子突然夭亡，这事儿本身就已经叫人痛不欲生了，相当于整个世界都崩塌了吧。可是，此后不久，又遭遇了雪上加霜之事。一些对SIDS一无所知的警察对她展开了严厉的调查。那态度，简直就跟她杀死了自己的孩子似的。为此，白井真纪在很长一段时间里陷入了严重的抑郁状态，深受'自己杀死了孩子'的自责之苦。后来在贴心、坚毅的丈夫的鼓励下，终于重新站了起来，并在六年前生了个女儿。"

"照你这么说……"福家点了点头。他像是已读懂了早苗的表情。

"是的。该事件最叫人难以理解的地方就在这里。对白井真纪来说，最害怕的，应该就是失去孩子了。那么，她又怎么会杀死自己的孩子呢？"

早苗的脑海中突然灵光一闪：只要稍稍改变一下观看的位置，错觉画就会呈现出截然不同的效果。此时，乍看迥然有异的两起事件之间的相同点，忽然清晰地在她脑海里浮现了出来。

看到早苗突然用手捂住了嘴巴，福家不由得探出了身子。

"发现了什么吗？"

"嗯。呃……该怎么说才好呢？该不是赤松副教授和白井小姐都将自己平素最为惧怕的事情具象化，或者说变成现实了吧。"

"最为惧怕的事情？对白井真纪来说，失去孩子确实是她最为惧怕的事情了。"

"而对赤松副教授来说，恐怕就是被食肉动物吃掉了吧。"

早苗尽量回忆起高梨在电子邮件中描写的小插曲，给福家做了说明。

福家的眼睛开始闪出了光芒，他从口袋里掏出笔记本来奋笔疾书。

"这事儿我还是头一回听说。原来他害怕猫科动物啊……这么说来，高梨先生，或许也同样有什么最为惧怕的事情吧。"

高梨生前最怕什么呢？这是早苗连想都不用想的。一时间，早苗的声音像是被堵塞住了。

"他……最怕自己死掉。"

刹那间，福家露出了惊愕不已的表情，旋即就用拳头砸了一下自己的脑袋。

"原来是这样啊！这不就全对上了吗？惧怕死亡是人之常情，可不经人提起也可能注意不到。确实，这样的人自己选择了死亡，是违背常识的。北岛医生，主动招来自己最惧怕的事情，这到底是怎么回事儿呢？是某种精神疾病，或神经性疾病吗？"

"不知道。"

早苗摇了摇头。

"基于某种强迫性观念，下意识地做出一些违背自己意愿的事情来，这样的情况是有的。可是，不断升级直至死亡的病例，我还从未听说过呢。再说，这种所谓的心病是不会传染的。像这次多人之间出现症状大同小异的现象，是精神科医学和心理学怎么也解释不了的。"

"是这样啊。"

探出了身子的福家，又像是十分失望地靠到了椅背上。早苗也觉得刚才似乎找到了什么线索，可到头来仍是一无所知。

"我说，福家先生，你为什么要把这些事告诉我呢？"

早苗问福家道。

"你说的'这些事'是指？"

"秘密调查的事情。万一走漏消息，不就捅了娄子吗？"

"我觉得你北岛医生是靠得住的。我一看到某个人，就能知道对方是否可信。"

福家这话，也不知有多大成分是出于真心的。

"再说，其中也有赌一把的成分，我总觉得你是知道些什么的。因此，为了显示诚意，我就先把自己的底牌亮给你看了。"

像是出于下意识，福家又掏出了香烟来。可他刚要抽出其中的一支时，却回过神来，于是又颇为懊恼地将烟放回了口袋。

"说实话，我已经走投无路了，简直快要举手投降了。就这件事，仅靠像我这样的外行瞎忙活是不行的，绝对需要专家的专业知识。可我连该找什么样的专家都不知道啊。再说，由于事情极为微妙，我总不能四处乱撞，胡乱打听吧。"

说着，他又不无夸张地长叹了一口气。然而，在他那演戏般的神情背后，似乎也潜藏着真实的困窘。

"你看，北岛医生，能把你知道的都告诉我吗？什么都行啊！我可以保证，以后不会给你添麻烦的。"

"你说的我都知道，可是……"

跟福家讲那些天使和复仇女神之类的，类似于妄想或怪谈的事情，除了导致他怀疑自己的精神是否正常之外，恐怕是于事无补的吧。可是，对方既然都亮了底牌了，基于礼尚往来的规矩，自己也该开诚布公了。

于是早苗就跟福家说了高梨去亚马孙之前曾患有死亡恐惧症的事，还说了包含高梨、赤松和白井在内的五人小组经常一起行动，且他们去过"被诅咒的沼泽"的事情。

"'被诅咒的沼泽'？"

做着记录的福家皱起了眉头。

"果然是这五个人的事情啊。这么说来，其中兴许有什么线索亦未可知啊。"

"你说'果然'什么的，是什么意思？"

"其余二人，也就是文化人类学家蜷川教授和灵长类动物学家森丰助手了。对于森助理，只知道他后来又去了一趟巴西。可在此之后，他们两人都一直联系不上了……也就是说，下落不明了。"

第八章　守护天使

在闹钟响起之前，他就一伸手按下了解除按钮。

看了一下钟面，发现自己的动作只比设定的时间提前了那么一点点。近来，每天早上都这样。他甚至觉得自己可能已拥有超能力了。

荻野信一爬出被褥，大大地伸了个懒腰。随即，他就将被子晾到窗口的护栏上。虽说他的房间处在南边高级公寓的阴影里，几乎整天晒不到太阳，不过情由心生，只要自己感觉好就行。接着，便是刷牙，洗脸。

起床后，他感觉神清气爽，并且他很清楚，这种感觉并非来自"百优解"。自从研修结束以来，他还一次也没服用过这类药物呢。可即便如此，内心的幸福感不仅绵绵不绝，似乎还日益高涨呢。

只是对于咖啡因的依赖度似乎有所提高了。

近来，他每天早上起来，总要先冲一壶咖啡才行。以前觉得每天都要这么搞，实在不堪其烦，可现在，已是一天都不可或缺的了。信一用手摇研磨器，咯吱咯吱地磨着咖啡豆。虽说是在附近的超市里买的廉价咖啡豆，可被他这么一磨，好闻的香味就立刻充满了整个房间。随后，他就将粗磨的粉末倒入滴滤式咖啡壶中，再一点点地注入开水。

第八章　守护天使

趁着咖啡滴滤的当儿，他又用烤面包机烤了吐司，并手脚麻利地做了西红柿沙拉和西式炒鸡蛋。尽管西红柿在切的时候被压扁，大部分籽都跑掉了；西式炒鸡蛋也因他为咖啡分心而炒焦了，不过哪样也没糟糕到不能吃的程度。

或许是心理作用的缘故吧，正儿八经地吃了早饭后，他就觉得体内自然而然地充满了度过一天的所需能量。并且，这也没花几个钱，只是稍稍付出了一点劳动而已。

在以旺盛的食欲消灭早餐的同时，信一也回想起了昨天在便利店里发生的事情。

"我说……荻野先生？"

在收银告一段落之后，才来打工不久的斋藤美奈代就主动跟信一打了招呼。

"改天我们上哪儿去喝一杯好吗？等你有空的时候就行。"

"啊？你是在邀请我？"

"是呀——"

信一不禁有些张皇失措。斋藤美奈代是个二十来岁的自由职业者，不过在此之前，信一并未特别注意过她。那一头蓬乱的棕色头发并不中他的意，人也长得不可爱。眼睛太小，腿太粗，脸上还有好多个粉刺疤痕，与电脑游戏中的那些个美少女相比，简直是天壤之别。即便与同为3D（三维）现实世界中的人物相比，只要一想起"美登里妹妹"，也就立刻将她给比下去了。

不过，至少就他而言，接受活生生的女孩子的邀请，还是其人生中前所未有的一件大事。

"可是……为什么呀？"

"嗯——理由什么的，是没有的啦——没有理由，就不能约了吗？"

203

"那倒不是。"

"那么……就是OK（可以）了啦……"

别这么怪里怪气、拖腔拉调地说话好不好！他想这么说来着，可话到了嘴边，就变成"好吧"了。

其实，对于美奈代为什么会邀请自己，信一也并非真的一无所知。估计是在她收银出错时，自己帮过她的缘故吧；也可能是在自我介绍时说是"自由撰稿人"，引起了她的兴趣亦未可知，因为她当时似乎也流露出那种神情的。

然而，看着她的笑脸，信一又觉得她像是真的想和自己一起出去喝酒。总之，信一当时的感觉，就跟被狐狸精迷住了差不多。

对了，要说起来，昨天还有别的开心事儿呢。事情发生在将近交接班，店长来上班那会儿。

"荻野君，辛苦了。"

他这么说着，拍了拍信一的肩膀。

信一根本没想到自己竟然会因为这个而感到那么高兴。因为他一直以为自己是与那种想被别人认可，或想被别人视作同伴的欲望无缘的。在小酒馆等地方，看到年轻的上班族被上司稍稍夸了几句就欢天喜地的情形后，他是会暗中予以鄙视的。要是可爱的女孩子自然另当别论，被那种大叔喜欢上了，不觉得恶心吗？可是，真的听到一个嘴唇上留着怪异的胡须，头顶已经开始脱发的男人，满脸堆笑地对自己说了句慰问的话语时，他却感到了工作的疲劳一扫而光的幸福感。

回家路上，信一也一直保持着这种心满意足的感觉。后来，他就听到了翅膀呼扇的声音。

起初，他以为是有鸟儿飞过。但此时天已断黑，怎么会有鸟儿在外面乱飞呢？

两次，三次，呼扇的声响听着就像在他后脑勺掠过似的。接着，

第八章 守护天使

他感到一阵眩晕。

一会儿过后,翅膀呼扇声就听不见了。

就在他重又踏上归途的当儿,他忽然想到,刚才的翅膀呼扇声,该不是研讨会上所说的"守护天使"带来的吧。

再次迈开脚步时,他居然不知不觉地吹起了口哨。他用十来年没吹过的笨拙的口哨声,一个劲儿地吹着 School Days 的旋律。

吃过了早饭,信一就干净利索地将餐具拿到水槽里去清洗,并用抹布擦干后放入了碗柜。然后,他一手端着第三杯咖啡,一手启动了电脑,查看起电子邮件来。

信一收到了三封邮件,全都与"地球(Gaia)的孩子们"有关。第一封是研讨会的会务组一如既往地来信询问会后的身心状况,为此,必须填写有关最近身体状况与心理状况的调查问卷。另一封是研讨会的会员同人发来的,说是要办一份会报,希望他踊跃投稿。这恐怕是入会时自己申报为"自由撰稿人"的缘故吧。尽管知道这仅仅是一种错觉,可他依然为崭新的自己为世人所发现而感到兴奋不已。

还有一封,来自一个陌生的地址。然而,才读了两三行,信一就忍不住心脏怦怦直跳。因为这封邮件来自"Tristar",也即"美登里妹妹"的邮件。

最近,信一对自己在研讨会上的那种吊儿郎当的态度作了反省。出现这样的心态变化,在以前是根本不可想象的。可是,因为不知道她的真名实姓和住址,所以直到现在仍没机会跟她道歉。他好多次想在研讨会的聊天室或留言板上发布信息,可要公开表明"在研讨会上我没好好听其他会员的发言",这是怎么也说不出口的,故而他一直在原地踏步,踌躇不前。"美登里妹妹"想必也是从研讨会组织者那儿问出信一的邮件地址的吧。而这又令他懊悔不已:自己要是也有如此这般的主动性和勇气就好了。

所幸的是，仅就邮件内容来看，"美登里妹妹"已经不生他的气了。

要说邮件的内容，其实也没什么实质性的东西。只是表明自研讨会以来，她的日子似乎也过得十分顺畅。

"打那以后，干什么都非常顺利。之前那么叫人烦心的事儿，就像根本没有过似的。你那边情况怎么样呢？如果有机会，我是想再参加一次这样的研讨会。听'纪念品'说，重复参加多少次都没关系的。并且他们还在研究，从下一次聚会开始，要给'回头客'设置更为高级的课程呢。我觉得这样的话，每次参加就都会有新的收获，所以现在就开始兴奋不已了。"

邮件也涉及她的近况，说是早就确立了的一个目标快要达成了。还说研讨会过后，同"魅影"君与"忧郁的玫瑰"大妈也交换过几次电子邮件，他们俩也都朝气蓬勃的。看来，好运似乎十分公平地造访了参加研讨会的所有会员。

"大家全都十分顺利地朝着自己的目标迈进呢。那么，'纱织斯特'，你怎么样呢？已经俘获了'纱织妹妹'的芳心了吗？"

"美登里妹妹"为什么会突然给他发来电子邮件，他也并非浑然不知。长时间忍受苦楚之人，一旦烦恼烟消云散，万事顺遂了，就会找人分享自己内心的喜悦。至于对方是什么人，反倒是无关紧要的。这时，人会变得十分大度，极具博爱精神，对于别人的过错也会十分宽容。其实信一眼下的心境，也与此并无二致。

信一决定立刻就回复邮件。首先，他处理了研讨会的回访问卷。其次，对于会报的约稿，则回复以"目前很忙，请让我再考虑一下"。最后，就是给"美登里妹妹"回信了。

可就在这时，他那噼里啪啦地敲击键盘的手指，却忽然停了下来。

第八章　守护天使

为了达成目标，自己到底做了些什么呢？不错，现在的生活要比以前带劲儿多了。这是千真万确的事实。可与"美登里妹妹"一比较，就不禁为自己的没出息而懊恼不已了。

对了。自己不是要成为"撰稿人"的吗？为了达成这一目标，唯有写作啊。这就是说，要将自己真正想表达、想倾诉的东西，统统都变成文字。

下了这么个决心之后，他就跟即将奔赴战场的武士似的，浑身直打战。

于是，信一就十分诚实地写道：对于如何达成未来的目标，自己眼下尚不得其门而入。然而，自从参加研讨会以来，觉得自己在各方面都呈现出了良好的转机。由于写作是自己的目标，故而今后要在这一方向上加倍努力。尽管目前还看不到光明的前景，不过自己既不悲观也不乐观。

"既不悲观也不乐观"是信一压箱底的得意之笔。在不好意思写"毫无想法"时，就会将其郑重其事地搬出来。

最后，他想写，针对"纱织妹妹"的攻略已经完成了，可考虑到对方会以为"纱织妹妹"真有其人，为了避免不必要的误会，他还是决定忍痛割爱。

回复了三封邮件后，信一就打开了文字处理软件。

现在已不是笃悠悠地考虑构思的时候了。要是那样的话，恐怕是等到天荒地老也写不出一篇东西来的吧。要写，就得马上写！趁着文思泉涌的当儿，将发自内心的、不吐不快的东西，马上写下来！

在此之前，即便信一也产生过这样的想法，可只要一看到雪白一片的显示屏，就会立刻心生恐惧。因为它像是在清楚明白地提醒自己：其实你是什么都写不出来的！这搞得他内心狼狈不堪。但不可思议的是，今天就不同了，当他做了一个深呼吸之后，原先那种不可逾越的心理障碍就消失得无影无踪了。没问题，能写的。总之，先敲下键盘再说。

对信一来说，现在立马就想写的，也有可能写的，只有一样——游戏。

得先定个标题才行啊。于是他把标题确定为《有关虚拟世界也能治愈人类》。不错嘛。紧接着，文章的开头部分就自然而然地流淌出来了：

> 抨击游戏有百害而无一利的人，无一例外，都是从未玩过一次游戏的大人。

刚写到这儿，信一就觉得有些不太对劲，故而停下了手指。因为他突然发觉，就年龄而言，把自己称为"大人"也是完全可以的。不过他很快就说服了自己：我现在是被粗暴虐待的孩子们的代言人嘛。

> 可是，你们又凭什么如此毫不留情地抛弃自己连一次都没体验过的东西呢？你们就真的具有上帝一般的判断力吗？绝对不会犯错吗？而最为狂妄自大的，是如同功利主义化身一般的"备考妈妈"们。在她们眼里，游戏一无是处，只会伤害眼睛，浪费时间。她们的老生常谈是"有那个时间，还不如去锻炼一下身体"。
>
> 开什么玩笑？人又不是机器，哪能老那么"高效"地活着呢？对人生来说，休闲、玩耍、消磨时光之类，是必不可少的。
>
> 我倒要问一下了：你们小时候，果真每天都这么用功

的吗？果真如此的话，现在也只能成为如此程度的大人？

更叫人来气的是，明明就是你们一个劲儿地要孩子学习，却抱怨什么现在的孩子接触大自然太少了，所以不行，身体瘦弱，豆芽菜似的。把大自然从孩子身边夺走的，不就是你们这些大人吗？正因为大自然被你们夺走了，虚拟空间才成了现在孩子们心中宝贵的绿洲，难道不是吗？

近来，青少年恶性案件频发，于是，所谓的"有识之士"必定会将关联性扯到电脑游戏上去。在他们眼里，一旦热衷于游戏，就会如此丧尽天良。这似乎成了一种社会默契了。可是，把人当作物来对待的，到底是谁呢？正是鬼迷心窍一般，将自己的孩子用在一味追求分数的"游戏"上的"备考妈妈"们啊，难道不是吗？而玩游戏的人，反倒是将物当作人来对待的。

让我来告诉你们事实真相吧。其实，游戏在"治愈"孩子的心灵方面，是发挥着巨大的作用的。关于这一点，只要是稍稍玩过一点游戏的人，谁都心知肚明。

扒金库[1]、香烟、卡拉OK，不久之前，这些玩意儿也都有着"心灵慰藉"的功效。可后来，扒金库在金权主义的影响下，赌博性越来越强，已经迷失了它的初衷。香烟呢，有害健康。就连卡拉OK也因为歌曲越来越难唱，变得与"心灵慰藉"毫不相干了。

大人也试着玩玩游戏，怎么样？如果你只顾拿腔作调或放不下面子，那就是你自己的损失。游戏的种类有很

---

[1] 一种利用弹珠的变相赌博游戏。

多，有角色扮演类游戏、战斗类游戏、模拟类游戏、温馨类游戏、H类游戏，五花八门，不一而足。虚拟战斗类的游戏能发泄沉重的精神压力，而治愈系的游戏则能填补内心的空虚。当今时代，不少优秀人才早已不去写字了，成了游戏开发者了。

或许有些评论家会说，老是玩游戏，会造成人际交往淡薄的问题。可是，现实世界中的人际关系，真有那么重要吗？勾心斗角，冷若冰霜，即便是谈恋爱，也是赤裸裸的现实交易，毫无脉脉温情可言，不是吗？善良之辈避之唯恐不及不是理所当然，最自然不过的吗？

将在现实世界中找不到对象的真情实感倾注于虚拟世界中的女主角身上，就那么古怪吗？其实，她们才是现代女性早已丧失殆尽的美好要素的集大成者。游戏玩家将注意力转移到她们身上并未给任何人带来麻烦，凭什么称其为"宅男"，甚至是"变态"呢？那些以游戏心态与真人谈恋爱，因轻率的抛弃、背叛而给对方造成了严重伤害却无动于衷的家伙，又有什么资格鄙视懂得伤害人有多可怕的人呢？

现在，正到了我们必须向游戏学习的时候了。因"校园霸凌"而遭受心灵创伤的孩子，能通过游戏得到治愈。对此，学校的老师们、心理咨询师们，还有医生们，全都认识不足。他们应该好好学习一下游戏所拥有的潜在可能性，并在此基础上，赶紧开发出真正的"治愈系"游戏来。

"备考妈妈"们也一样，别再为了满足自己的虚荣心而去支配他人的人生了！针对她们，应该开发出专用的

第八章　守护天使

"育儿系"游戏。那是一种拥有崭新视角的"教育模拟冒险游戏",或可取名为"升学考试终极大挑战"吧。她们可在该游戏中提升虚拟儿童的学力值,使他们在升学考试和面试中斩将夺旗,成功升入更优秀的小学。之后,还可开发出"初中攻关篇""高中攻关篇""大学攻关篇""就职攻关篇""结婚攻关篇"。而一旦操作失当,则她们的"孩子"就可能走入歧途,变成怪人或轻生哦。即便如此,不也比真人孩子遭遇如此厄运强得多吗?

就在信一绞尽脑汁地写下如此文字的过程中,原先比较模糊的某些事物的本质和内在逻辑渐渐地清晰起来了。信一也终于确信:自己生来就是要成为一位评论家的。

打字打到这会儿,已足足花了他两个小时。从头到尾重读一遍,觉得还是挺不错的。在此之前,他还从未如此确切地表达过自己的想法呢。

要写的东西,还有很多,很多。他心想,等哪天完稿后,就去投稿吧。可是,对于让哪家杂志来刊登他的首篇评论,他还毫无头绪。毕竟他平时所读的杂志,净是些《电脑天使》《萌萌Windows》《PC女孩们》《我爱SLG》之类的电脑美少女游戏的专业杂志。虽说这些杂志也都开设了读者投稿栏,不过可不像是会刊登长篇评论的样子。

不管怎么说,从一大早起就干了正经工作后的那种舒畅感,还是非同寻常的。尽管发表渠道尚不明确,但那种自己作为自由撰稿人兼评论家已迈出了第一步的感觉,却是实实在在的。

好了,既然正经事都干过了,接下来就该犒劳一下自己了。他最爱的游戏仍是《天使之丘高中》。虽说他有时也会"出轨"到别的H类游戏,可最终还是会回到这款游戏上来的。

只要听到该游戏的主题曲，看到"纱织妹妹"的脸蛋，他就会一如既往地从内心深处感到安宁与愉悦。

"信一——，等等我——▼"

"你真慢啊！干什么呢？要迟到了。▼"

"信一——，你走太快了嘛。人家追不上嘛。呜呜。▼"

"好吧。把书包给我吧。▼"

"中彩喽！没想到信一你这么会疼人呀。▼"

"少啰唆！快走啦！▼"

信一的内心彻底放松，不停地点击着鼠标。针对包括"纱织妹妹"在内的十个女孩的攻略已经全部完成了，大获全胜之日也近在眼前了。现在，他已经到了不看攻略手册，仅凭着对话的节奏就能做出正确选择的程度了。对他来说，《天使之丘高中》的世界就如同他的房间一般，已是再熟悉不过的了。

然而，奇怪的是他觉得自己已经不能像以前那样沉湎于游戏了。那个没有欺凌，没有对立，没有纠葛的世界，仅在不久之前，还是最令他感到心醉神迷的地方，可如今，也不知为什么，他竟感到有些美中不足了。

突然，"美登里妹妹"在他的脑海里冒出来。

要是她的话，应该就不输于游戏中的那些个美少女了吧。知性、清秀、温柔，而且还是个美女。看来在3D世界里，也还是有好女孩的嘛。以前老觉着像这样的女孩是高不可攀的，可今天人家不就主动发邮件来了吗？以为人家对自己只有负面印象，说不定仅仅是自己的误解罢了。不过呢，在现实世界里，她或许还是高山上的鲜花，可望而不可即的啊……再说，自己不是连人家的真名实姓都不知道吗？

还有，即便是斋藤美奈代，其实也并不差呀。至少，她已经对自己表示了好感，或者说关心吧。仅凭这点，她就能加分许多了。考虑

第八章　守护天使

到自己并没有挑挑拣拣的资格，兴许这位才是命中注定之人吧。

不管怎么说，年已二十八岁的自己，说不定也真到了该告别虚拟世界女主角，与活生生的人交往的阶段了吧。

然而，信一又在内心发誓：即便如此，自己也永远不会忘记"纱织妹妹"的。她一直就是自己的心灵支柱，怎么感谢都嫌不够的。再过几十年，在那最后的时刻来临之际，他也一定会把"纱织妹妹"当作人生中最美好的回忆，清晰地重现在自己心头的。

与显示屏上的少女间的互动告一段落后，信一就保存了数据，关闭了游戏。他倒是一如既往地想在电脑上逗留一会儿，可今天却狠下心来抛开了这个念头，退出了系统，关掉了电源。去便利店上班前还有些时间，他心想，还是出去转转吧，毕竟已好久没这么做过了。

对着镜子，他将头发梳理得整整齐齐的。见自己的脸色很好，额头和眉间都油光铮亮的。这，或许是生活有规律的缘故吧。他甚至感到自己像是有了某种气场。虽说自己的相貌跟不久之前也没什么变化，可看着又似乎截然不同。既然连自己都这么觉得了，那在别人眼里肯定更为明显吧。

突然，一种光明的未来已被打开了大门的感觉，从他的内心深处油然而生。他深切地感受到，参加那个研讨会，就是自己人生中的一大转机。当初下定了决心去参加，还真做对了。

那么，上哪儿去好呢？对信一来说，同龄人常去的那些游乐场所都是十分陌生的。仅在附近散散步，肯定也是挺有意思的。再说，就算有大蜘蛛结网的地方，也用不着故意绕开了嘛。

对了。之前那么严重的蜘蛛恐惧症，现在已几乎痊愈了。尽管看到蜘蛛后，内心仍有些厌恶和害怕，可与此同时，会生出一种克服恐惧的自信了。

一个念头突然冒出了出来：要不，今天就来彻底消除蜘蛛恐惧症

213

吧。对了，说不定今天就是个好机会。仔细想来，这可是自己人生中的一个重大挑战啊。

这么一想，他就再也坐不住了。虽说过去从未有过这样的体验，难道这就是所谓的"热血沸腾"吗？信一兴奋不已，在屋里不停地转着圈。随后，就拿定了主意，走出了房门。

去找附近的道路或公园等可能有蜘蛛的地方！

可遗憾的是，今天偏偏连一只蜘蛛都没找到。这下可就令信一大失所望了。

要不就算了吧。他也想到了放弃，可斗志一旦熊熊燃烧了起来，倒也不是那么容易熄灭的。他看了看手表，发现时间还很充裕呢。

信一回了趟家，周身上下整饬了一番之后，直奔车站。途中，他又在宠物店买了五个塑料的虫笼和一个捕虫网。这些东西，有多少年没上手了？上小学那会儿，基本就没时间去捉虫子。只有在要完成昆虫采集的暑假作业时，才能光明正大地上山去，在蓝天下追逐飞起来快得惊人的银蜻蜓和蓝纹凤蝶，得以度过一段欢快的时光。当年的感觉以及高兴劲儿，现在终于又回来了——虽说眼下的目标猎物与那会儿多少有点不同。

信一再次回到房间，已是大约三个小时以后的事了。

虫笼里，大蜘蛛相互倾轧着。有躯体略显细长，身上有着像是将多种颜料甩在水里后又用纸抄起来似的迷幻条纹的络新妇；也有躯体粗短，身上带黄底黑色条纹的黄金蛛。这是他特意到位于武藏野的某寺院内去捕来的。在电车中，有多位乘客看到他的虫笼后，露出了大吃一惊的神色。也不知为何，就连这个，也引发了信一类似于得胜回朝的自豪感。

当他在房间里再次检查战果时，发现有几只在地盘争夺战中败下阵的蜘蛛，已经化为白色尸布包裹中的尸骸了。即便如此，五个虫笼中，残存下来的蜘蛛也还有二十来只。

看到如此模样，他在感到如同脖颈上的毛被吱吱地烧焦般的惊悚的同时，也从内心深处源源不断地翻腾起了胜利的喜悦：这些邪恶的蜘蛛如今全在我的掌控之下了：这些曾经令我那么厌恶，那么恐惧的蜘蛛啊……然而，有一件事如今是再清楚不过的了。这些家伙，不论看着多么令人恶心，总还是微不足道的虫子罢了。对于它们的生杀予夺的权利，如今全都掌握在我的手里了。

事到如今，我已经什么都不怕了。

在接下来的一段较长的时间里，信一就这么如痴如醉地，不知餍足地欣赏着这些蜘蛛。

等他"啊！"地一下回过神来，已是傍晚时分了。不好！得做去便利店上班的准备了。

五个虫笼在窗口挂成了一排。在变得越来越红的夕阳照射下，虫笼的影子投射到了榻榻米上，就跟看剪影戏似的，不光是虫笼，就连蜘蛛的形状也清晰可辨。它们正以缓慢的动作，在笼子里张网筑巢呢。

就在这时，他像是听到了什么声音。

刹那间，信一产生了蜘蛛在叫的错觉。当然，蜘蛛是不会叫的。

又听到了。

有点像鸟儿的啼鸣声。信一侧耳静听。

这次听清楚了。那音色像是短笛，可音程却有些摇摆不定。以半音为单位，时而连续上升，时而不断下降。虽说不太稳定，却充满着不可思议的魅力，不知不觉间，信一几乎听入了迷。

那么，啼鸣声到底是从哪儿传来的呢？他睁大眼睛四处张望，可无论是位置还是方向，都很难确定。那声音才往上去，却立刻又让人觉得是从下面传来的。并且，再怎么定睛观瞧，也毫无发现。

一会儿过后，啼鸣声就固定在天花板的某个角落里了。那儿尽管晦暗不明，可怎么看也是空空如也的空间呀。但是，那个类似于鸟儿啼鸣的声音，确实是从那儿传来的。微微震颤着，却绵绵不绝。

终于来了！

信一的内心充斥着一种他从未体验过的激动。

没错！就是守护天使来了！

他始终相信守护天使会来，也始终期盼着守护天使的到来。这些心思都没白费。自己终于与守护天使合为一体了。

守护天使那鸟儿啼鸣般的呢喃，在途中也有过几次转弱，几近消失，可最终还是坚韧地持续了下来，极力向他的内心传送着信号。我听着呢。放心好了。我认真听着呢。加油！啼鸣得更强劲一些吧。可不能服输哦。

信一觉得脸颊有温暖、湿润的东西在流淌下来。他忽然长叹了一口气。

这下好了。因为今后，有守护天使与自己永远在一起了。

什么都不用担心了。无论干什么，都肯定会一帆风顺的。

第九章　大地女神之子

　　早苗看了看手表，上午十一时三十分刚过，已经过了约定时间三十多分钟了。这个时候，临终关怀服务机构中本该由早苗来做的查病房工作，肯定已由别人代劳了吧。想到此，一种无所事事地坐在这儿空耗时间的罪恶感便油然而生。土肥美智子倒是什么也没问，只说了声"你去好了"，可是，一想到那么多需要自己的患者，就不免为自己擅离职守而感到罪孽深重。

　　想来，即便下来跟渡边教授见了面，也未必就能获得什么具有重大意义的新信息吧。事实上，像在推理小说中那般快刀斩乱麻地解开所有的谜团，在现实生活中是罕见的。到头来，恐怕也只能期待着在时间推移的过程中，基于某种偶然的侥幸而让真相大白于天下了吧。再说，即便真相大白了，自己也很难把高梨彻底放下吧。

　　其实，早苗已经在想，要是今天仍一无所获的话，这事儿也就到此为止了。自己还有工作要做，人生也是一直处在"进行时"的。就算怎么也忘不了高梨，可也不能老拘泥于这一个问题啊。

　　她心想，关于他，就在内心深处用一辈子来回味吧。作为一种回忆，也作为一种苦涩的歉疚。

或许是面朝着大学校园之中庭的缘故吧，阳光照不进渡边教授的办公室，故而给人以昏暗、阴森之感。由于沙发的底座太低，靠背的倾角太大，坐在那上面就跟坐在汽车内角度调得过大的座椅上一样，要想挺直脊背都很吃力，所以感觉极为不爽。室内也没什么东西可看，早苗只得将视线投向了书架。

《法医学基础（第2版）》《现代法医学（第3修订版）》《标准法医学·医事法（第4版）》……

尽管同为医生，可这些书名却是早苗所不熟悉的。当年，结束临床实习而决定进入临终关怀服务机构时，周围的人全都将她视为怪人。这也难怪，即便在以救死扶伤为本分并引以为傲的医生中，也都觉得那种仅仅是帮助患者从容面对死亡的"临终关怀"医生，是不应该成为满怀生活希望的年轻人的就业志愿的。可要说到法医，给人的印象就更是奇人、怪胎了，甚至有些教授公然声称法医不是医生。

这时，门开了，一个小个子白头发老头儿走了进来。早苗立刻站起身来。

"对不起，让你久等了。来了个要紧急解剖的。"

渡边教授站着就点着了香烟，深吸一口后，从鼻子和口腔同时喷出了白烟，完全是工作结束后美美抽上一口的感觉。不过似乎也可看作为了消除残留在鼻孔中的尸臭味儿。

"在您百忙之中前来打扰，真是过意不去啊！"

"没事的。"

渡边教授抽着烟坐下后答道。他似乎心情颇佳。

"北岛医生是田尻教授的学生？我以前可是与田尻肩并肩地坐在一起学习的好朋友啊。"

"是啊，我听说了。还听说您是千杯不醉的海量啊。"

所幸的是，渡边教授毕业的医科大学与早苗的母校属于同一类型。不然的话，恐怕就没这么容易见着他了。

闲聊了一会儿大家都认识的医生朋友的近况之后，早苗就话锋一转，进入了正题。

"其实，我今天前来拜访，是想了解一下您执刀解剖过的某具遗体的情况。"

"嗯，是啊。听说是有关赤松的，是吧？"

或许是自己多心了吧，早苗觉得渡边教授说这话时，表情就阴沉下来了。

"北岛医生，你跟赤松是什么关系？"

"我们并未见过面。只是，我的一位朋友参加亚马孙探险项目时，是与赤松副教授在一起的。"

渡边教授在烟灰缸里掐灭了香烟，并将积在肺里的最后一口烟也吐了出来。与此同时，他脸上的笑意也完全消失了。

"那么，你想了解的，又是些什么情况呢？"

"不知您是否能告诉我，您在解剖赤松副教授的遗体时，是否发现过什么异常状况？"

早苗稍稍有些兴奋，因为她从渡边教授的态度上，明确感受到了某种实在的回应。他肯定知道些什么！解剖时，他肯定发现了某种异常！

"这个嘛，就算面对医院方面介绍来的客人，也不能随便说啊。"

渡边教授用台式打火机点燃了第二支香烟。与他那油盐不进的口气不同的是，点火时拖泥带水的手势泄露了他心中的犹豫不决。

"当然是在允许范围之内了。毕竟，尊重个人隐私方面，我也是十分理解的。"

"怎么说呢……"

渡边教授眯缝起了双眼,像是注意力全都集中在香烟上了。早苗则耐心地等待着他下面的话语。

"嗯,要说异常,那也确实是一具颇为异常的遗体啊,因为是被老虎咬死的嘛。赤松的全身有多处咬伤,有的甚至深可见骨。至于死因,我的判断是,外伤造成的二次休克所引发的心力衰竭。不过,这是不能怪急救医院救治不力的。应该说,病人受了这么重的伤还能维持两天生命,几乎就是个奇迹了。"

不对,早苗心想。他突然滔滔不绝起来,是为了故意岔开话题。他肯定还发现了一些别的东西。

"正如我刚才说过的那样,赤松副教授也参加了去亚马孙的探险队。"

早苗字斟句酌地说道。通过观察,发现渡边教授的脸像是掠过一丝不安的神情。这跟刚才他听到"亚马孙"这三个字时的反应,是一模一样的。他果然想到了什么了。

"其实,一同去了亚马孙后去世的,也并非赤松副教授一人啊。"

渡边教授像是吃了一惊,连手上的香烟都差点掉了下来。

"你说什么?"

"还有另外两人,也去世了。"

"可是,这种事儿……"

渡边教授的脸"刷"得一下就白了。

早苗咽了一口唾沫,像是一语中的了。渡边教授在进行司法解剖时,肯定发现了什么。

"渡边教授,您想到什么了吗?"

渡边教授一声不吭,夹着香烟的手指颤抖着。得再加把劲儿。

"您所看到的,或许不是赤松副教授的真实死因,很可能是另有原因的。"

"你这么说，有根据吗？"

渡边教授以锐利的目光逼视着早苗。

"包括赤松副教授在内，三人都是自杀的。并且，是按常理无法想象的方式自杀的。"

"所以说……"

"其中的一个，是我直接治疗过的。他显示出了怪异的幻听、幻觉、妄想等精神病症状，但又明显不同于普通的精神分裂性疾病，是某种至今尚不了解的精神病。并且，它似乎还能以某种方式传染给别人。"

早苗知道自己的这番话相当于乘胜追击。她强抑着内心的狂跳，严守沉默，耐心等候着渡边教授的主动表述。

"我已经向当地的保健所汇报过了。"

渡边教授盯着空中的某一点，用像是出自他人之口的沙哑嗓音说道：

"不过，我所能做的，也仅限于此了。我是个法医学者，我所做的是司法解剖，确定遗体的死因是我的工作，而其他方面，就有赖于其他领域的专家了。不过，我也算是提醒过有关部门注意了。"

在日本，遗体解剖有司法解剖、行政解剖和病理解剖三种，其目的是有着细微差别的。司法解剖的主要任务是查明是否为他杀或构成犯罪，对于与死因无关的疾病，通常是不予关注的。

"保健所给厚生省上了报告，我也立刻提供了样本。可是，受厚生省委托的相关领域的最高权威，却递交报告说'没有问题'。作为门外汉的我，自然是无权再多说些什么的。更何况，这次连遗族也投诉了。这不仅是个人隐私的问题，还牵涉到社会歧视。因此，在此之后，我就不能将此事外传了。"

"教授,您到底发现了什么?"早苗终于忍不住问道。

"Track。"

"Track?"

"就是沟槽的意思。在查看遗体的大脑时,我发现那表面上有许多粗看不易发觉的、细微的沟槽——我的视力很好,至今仍是2.0——于是我对大脑做了横向切片。结果发现,在遗体的脑干部位钻入了一百多条细微的线虫。表面的那些沟槽,正是线虫爬过后留下的痕迹。"

拿起了电话听筒后,早苗却又陷入了沉思。

正所谓"想吃年糕还得找年糕师傅"[1],要想正儿八经地展开调查,还得求助于福家吧。有些早苗上天入地也找不到答案的问题,利用报社的信息网络,瞬间就能水落石出的。

然而,正如渡边教授所说的那样,这件事可是牵涉到一些极其微妙的问题的。

负责调查在赤松副教授大脑里发现的线虫的,可不是寄生虫学领域的一般专家,而是日本医学界的权威人士。

"蛔虫时常会误入人的大脑或眼球。甚至还不乏人体内寄生着麻蝇的幼虫、赤子爱胜蚓之类的实例。至于该例中的线虫,也不能因其偶然在大脑中发现,就立刻断定为具有某种危险。"

早苗回想起了渡边教授给她看的,来自厚生省的文件中的一段,权威的判断已在此文字中显露无遗。在现有的日本体制中,仅凭一名普通医生的一己之力而要与之抗争,是不自量力的。即便早苗不惜丢掉饭碗据理力争,也不见得能推翻官方的方针。更何况这一方针本

---

[1] 日本谚语。意为办事还得靠行家。

身，也不能说是绝对错误的。她也记得那份文件的最后是这么写的：

"不能确认其与死亡的直接因果关系，而又涉及个人隐私。既然可认为是在海外偶然患上的风土病，而又无法确认其在当下流行的可能性，那么无端引发社会不安的举措，显然是不恰当的。"

尽管其文字表述带有浓重的官方色彩，但也不能否定其触及了某一方面的真实情况。而这一点，也正是早苗拿不定主意是否要给福家打电话的最大原因。

如果让福家知道了，那么他早晚会将其写成新闻报道，公之于众的。而信息一旦被公开，就跟在公共环境中释放的病毒一样，事后再想要消除，就几乎没有可能了。

不仅如此，信息在多次转载的过程中，还会不断地被夸张、粉饰、添油加醋，甚至歪曲，最终被搞得面目全非。而其传播速度又是远在艾滋病病毒之上的。最后留存下来的，则是最具容易存活性质的东西——这一点也与病毒并无二致。也即更容易深入人心的，耸人听闻的，容易与恐惧这一人类基本情绪相结合的"故事"。

艾滋病病毒引发恐慌的时候也是这样，而人脑中的寄生虫所造成的想象，无疑更能直截了当地激发人们的生理厌恶感。在本已走了样的信息的传播过程中，引发无谓的恐慌、打击、欺凌以及歧视的可能性自然是很大的。就眼下这个时间节点而言，是否应该不惜付出如此大的代价而提出警告呢？早苗觉得实在难以做出判断。

再说，赤松副教授的遗族们害怕事件曝光，也并非无缘无故的。

据说赤松副教授出生的那个村子，自古以来就有一种有关"附体"的迷信，至今仍延续不断。

早苗刚刚给黑木晶子打过电话，听她上了一堂有关"附体"的课。据她说，那个村子里要是有人飞黄腾达了，或者仅仅是庄稼的收成比相邻的田地好一点，就会出现"那家被'附上'了"的谣传。村

223

民们会编造出狐仙之类会变化的妖怪附在那家人的身上后,帮他们从四乡八邻的家里窃取财物的"故事"来。这或许是源自日本人特有的阴暗的嫉妒之心吧。可遭受此种谣言迫害的人家,会在谈婚论嫁时遇到实实在在的麻烦,在极端情况下,甚至还会被全村人排除在外。

有关"附体"的迷信,分布于从关东直到中部地区、"中国"[1]、四国等十分广袤的地域。一般认为,所谓能随意驱使狐仙的"饭纲使"[2]之类,源自盛行于十三世纪日本天福年间对于身跨狐狸的女夜叉神——荼枳尼天——的信仰,可真要追本溯源的话,是可以一直上溯到史前的远古时代的。

这也跟病原性病毒似的,是一种有害信息。早苗原以为这类愚不可及的迷信早就绝迹了,想不到在某些地方,至今仍十分地根深蒂固。非但如此,在不负责任地肯定超自然热以及非理性事物的电视节目的推波助澜下,反倒呈现出了死灰复燃、卷土重来之势。

赤松副教授那怪异的自杀方式恐怕已被传得沸沸扬扬了吧。而在此文化背景下,要是再冒出赤松副教授的脑袋里"生出了莫名其妙的虫子"的说法来,或许就不仅是令他那身处乡村的遗族们抬不起头来那么简单了吧。那种感觉,是身为东京人的早苗所难以想象的。

想到这里,早苗又拿起了曾一度放下了的电话听筒。既然不能仰仗福家来助自己一臂之力⋯⋯早苗翻开笔记本,满怀着对方能予以大力协助的期盼,按下了一串渡边教授告诉她的电话号码。

因为是渡边教授的朋友嘛,早苗觉得应该更年长一些才是,可依田健二这个人,怎么看也才四十岁出头吧。他的身材并不魁梧,却有

---

[1] 指日本的"中国地区",即日本本州西部的冈山、广岛、山口、岛根、鸟取这五个县所占的区域。
[2] 指能操纵一种名为"饭纲"的、想象中的狐类小动物施行巫术的巫女。

一种十分精悍的男子汉气概，视线更是锋利得如同剃刀一般。

"在您百忙之中前来打扰，真是过意不去。"

依田用鼻子"哼"了一声来回应早苗的寒暄。

"你看我像是很忙的人吗？日本的大学教授要是不跟企业一起搞什么联合研究，一年到头都是闲得发慌的。"

早苗一时不知如何应对。

"可是，渡边教授可说您是该领域首屈一指的权威啊。"

"怪就怪在'该领域'上啊。要是搞个没人做的研究，譬如说，金鱼粪的连接方式什么的，要想成为该领域首屈一指的权威，还不是手到擒来吗？"

"您太谦虚了……"

依田从口袋里掏出面纸，大声地擤起了鼻涕来。

"抱歉。是花粉症。"

"可现在已是夏天了呀。"

"花粉这玩意儿，可不止是杉树才有啊，一年到头都有的。我身上的免疫球蛋白E抗体，是会将所有种类的花粉都当作敌人。它们似乎觉得要是放任不管的话，那些花粉就会生根发芽，最后鸠占鹊巢，占领整个身体的。"

说完，依田突然背过身去，"咚咚咚"地迈步走开了。早苗愣了一下之后，赶紧一声不吭地跟了上去。

依田打开一扇木门，走进了研究室。早苗也跟了进去。

"如何？"

依田突然转过身来，问早苗道。

"您指什么？"

"这个房间。"

早苗环视了一下这个实验器具放得乱七八糟的房间，心想还是说几句好话吧，却又实在找不到可供称赞的地方。无奈之下，只得含糊地说道：

"很不错的研究室嘛。"

"很不错？你的眼睛没问题吧？"

依田擤着鼻子说道。

出于在临终关怀服务机构工作的缘故，早苗早已习惯了这种火气十足的说话方式了。这么说话的人，多半是刀子嘴豆腐心。故而她总是尽量和颜悦色地加以回答。

"虽然面积不算很大，倒也小巧雅致，像是挺实用的。"

"哦，真是凡事都有说道啊。"

依田的脸上首次露出了笑容。

"可是，事实上一点也不'实用'啊。仪器设备已十分破旧了，想买新的又没钱。到如今，连台DNA测序仪、蛋白质测序仪都没有。二氧化碳孵化器呢，最近十年里年年都在提交更新报告。至于屏蔽式冰箱，性能还比不上学生宿舍里的冰箱呢。你知道我在这儿能够用的科研费有多少吗？"

"科研费？"

"就是科学研究补助费。由文部省下拨的预算。"

"这个嘛……"

依田报出的金额确实低得惊人。恐怕还没有应届大学生新入职的年薪多吧。

"再说，这要是跟欧美的大学似的，是靠谱的评估体系得出的结论，倒也无话可说。可在日本，科研费的认定是几个家伙在密室中根据一些莫名其妙的理由商量出来的，简直就是暗箱操作啊。虽说是由一个叫什么'学术审议会'的机构来拍板，可那儿也毫不例外是由几个寡头拍脑袋决定的。说到底，最后还得看他们的下手轻重了。"

第九章　大地女神之子

早苗了解与之相类似的大学附属医院的情况，所以对他所说的这些情况并不怎么感到意外。

"更荒唐的是，四月以后的科研费能否批下来，要到了五月才知道。也就是说，在此期间，如果不想自掏腰包，是什么都干不了的。不仅如此，钱款实际转入银行账户，竟要到七月了。没办法，所以只能将上年度科研费中的一部分在账面上算作已经用掉了，存在供应商那儿。当然了，这也是一种'小金库'。会根据需要，从那儿一点点地提出来用的。但恐怕只要是公立研究机关，全都是这么搞的吧。"

"真是够呛啊！"

"可最近，又出现了检举揭发资金留存的动向，将其与市政府搞的一系列小金库同等看待了。前几天，还有不知哪儿的官员跑来检查，阴阳怪气地说了一通回去了。问题是我们也不是因为喜欢才这么搞的呀。校方提供的运行资金，要说有，倒也有，可那么一点点，简直是杯水车薪，哪里够用呢？真要等钱到账的话，那么从四月到七月，是什么都干不了的，文部省等于给我们放了三个月的假。当然了，真正应该揭露的腐败，在别的方面应该更为严重吧。你说是不是？"

"是的。"

早苗像是屈服于依田那锐利的目光似的如此答道。依田则像是突然回过神来，脸上露出了苦笑。

"哦，不好意思了。跟你抱怨这些，又有什么意思呢？"

"没事儿，您尽管抱怨。因为倾听别人抱怨，就是我的工作嘛。"

依田愣了一会儿之后，不由得笑了起来。

"你这人，还真有点意思啊。"

"谢谢！我理解为这是对我的表扬。"

227

说着，早苗将视线转向摆放着三眼显微镜，以及小小的塑料培养皿的桌面上。

"听渡边教授说，依田先生您……"

依田皱起了眉头。

"别再叫'先生'了好不好？因为你这么叫的话，我也得叫你为'先生'了。这里又不是小学里的办公室，'先生'来，'先生'去的，不显得滑稽可笑吗？"

"那就恭敬不如从命了。听说您是研究'线虫'的专家。"

"从某种意义上来说，是这么回事儿吧。你对于线虫，到底了解了多少呢？"

"几乎是一无所知。只是在上大学时，听过寄生虫病的课而已。"

依田擤了一下鼻子。

"想不到现在的医学院还有这样的课啊。好吧，我就先给你看看平时所研究的线虫吧。"

说罢，依田就从桌上拿起一个培养皿，递给了早苗。早苗心想，这家伙一副强横凶悍的派头，手指倒长得出奇地白嫩。

早苗拿过培养皿后凝神观瞧，却发现里面空空如也，什么也没有。

"在哪儿呢？"

"正中间，有个线头似的玩意儿，看到了吗？"

再将培养皿靠近了眼睛一点，早苗总算看到了一个长约一毫米，比头发还要细得多的东西。这东西还在微微地扭动着呢。由于它身处密闭容器之中，不可能是受到空气振动的影响而动的。

"线虫都这么小吗？"

"也要看什么种类的。"

第九章　大地女神之子

依田用玻璃针将培养皿中的线虫转移到载玻片上后，固定到了显微镜的载物台上。

"这就能看得更清楚一些了吧。"

早苗将眼睛凑到目镜上，朝显微镜中看去。只见一条细长的、半透明的生物正不停地扭动着身体。

"啊，真的在动啊。"

"这是C.elegans，也叫秀丽隐杆线虫。"

"秀丽隐杆？好可爱的名字啊。"

"正式名称叫Caenorhabditis elegans。有雌雄同体与雄体两种个体。你现在看到的，是雌雄同体的。它们栖息在土壤中，主要以大肠杆菌为食物，是一种自生性的线虫。其基因属于多细胞生物中最小的一种，具备多种易于实验的优点，是目前世界范围内最为广泛研究的线虫。"

早苗看着显微镜打算转动一下身体，不料碰到了一个放在地板上的大家伙，差点摔倒。

"喂！当心了！"

早苗赶忙朝脚下看去，见是一个高约八十厘米，像是个金属瓶的东西，像保温用的塑料罩的上方是较小的瓶口，两侧还有两个把手。早苗想起了从前在牧场上看到的，刚挤满了牛奶的容器。

"怎么搞的？用过了也不放好。是哪个浑蛋？"

依田低声咆哮着。不过其矛头，像是并非针对早苗。

"这是什么？"

"液态氮。"依田没好气地说道。

"干吗用的？"

"刚才我不是说秀丽隐杆线虫十分适合用来做实验吗？最大的理由就是它便于冷冻保存啊。将其缓缓冷冻在终浓度百分之十五的甘油之中后，再用液态氮将其保存在零下七十摄氏度的状态下，便可作半永久性的保存了。"

仔细观察一下那容器的瓶口部分，早苗发现有些许烟雾飘散出来。似乎那个金属瓶盖仅仅放在瓶口上而已，并未拧紧。

"瓶盖像是没拧紧啊。"早苗说。

依田又用鼻子"哼"了一声。

"液态氮在常温下会不断汽化。盖子盖紧的话，用不了几分钟就会爆炸的。"

其言外之意似乎在说"你怎么连这个都不懂"。早苗脸一下子就红了。

"所以，刚才是非常危险的。因为瓶盖松了，要是钢瓶倒地，液氮就会从缝隙中泄漏出来。要是溅到了脚背上，就会造成严重地冻伤。"

早苗不禁心生讶异。她朝依田的脸上看去，他却转向了一边。早苗觉得，这人外表粗鲁、尖刻，内心却不乏细腻与温柔。

这时，有个学生一边用皱巴巴的手绢擦着手，一边走进了研究室。看来他就是用过液态氮后没放好的罪魁祸首。看到早苗后，那学生露出了一脸的惊讶，不由自主地停下了脚步。依田用低沉而可怕的嗓音说："液氮用过后要放回保温室去！"

倘若早苗不在场的话，想必依田是会大发雷霆的吧。那学生一副不胜惶恐的样子，一连点了好几下头，将容器放到推车上运走。看他抓住把手往上提时身体还摇晃了一下，估计那容器还是相当重的。

"那么，您现在利用秀丽隐杆线虫在做什么研究呢？"

听早苗这么一问，依田那张板着的脸才稍稍缓和了下来。

"五花八门，各方面都有。不过我现在研究的课题是动物体内信息素的感觉信息处理。秀丽隐杆线虫终其一生都一直释放着的，只是一种信息素，并通过叫作Amphid，也就是化感器的感觉器官上四种感觉神经来接收这种信息素。而当它通过信息素感知到个体密度超过了警戒线之后，就会变成被称为蚴的三龄幼虫。简而言之，就是为了能在饥饿状态下存活下去，它们的角质层将会变厚，甚至会将失去了进食需要的嘴巴都覆盖起来。同时，代谢水平下降，蠕动也几乎停止了。可奇妙的是，仅一种被称为nictating，即在尾端的支撑下直立起来且急剧摇晃的运动，反倒愈加活跃了……"

许是忘了早苗是个门外汉了吧，说着说着依田就激动了起来，且越来越深入了。

"……因此，将秀丽隐杆线虫浸泡在作为变异诱发剂的甲基磺酸乙酯（EMS）溶液里后，就能制造出躯体收缩或表皮扭曲的异常个体，或在运动、趋药性[1]等方面出现异常的变异体来，并且……"

"我说，依田先生——"

"啊？"

"好像离题太远了……"

听早苗这么一说，依田终于醒悟过来，并报以苦笑。

"哦，是啊。不好意思。不知不觉间把你当成研究生了。"

"您把我看得那么年轻，我自然高兴。"

"再说，你想了解的也不是秀丽隐杆线虫吧。是渡边教授发现的那个，是吧？"

"嗯。"

依田沉吟了半响。

"你知道线虫在动物分类学所处的位置吗？"

"不知道。"

---

1 指生物因化学物质的浓度差而运动的特性。

早苗不免后悔：要是来这儿之前先做点功课就好了。

"嗯，好吧。反正闲着也是闲着，就先给你上一课吧。"

说完，他又"咚咚咚"地迈开步子。出了研究室，他走在走廊上的脚步就更快了，早苗必须一路小跑着才跟得上他。

"若要给线虫下个定义，可说是属于袋形动物门[1]线虫纲之生物的总称吧。其形状正如它名称所示，呈细长的线形。较为有名的有长期成为松树枯萎原因的松材线虫和成为狗狗最大死因的丝虫。还有，你养在肠道里的蛔虫，也是线虫大家族中的一员啊。"

早苗听了，微露愠色道：

"那种东西，我可没养！"

依田在挂着"基因保存室""小动物饲养室""微生物培养室Ⅰ、Ⅱ"等小牌子的房间前快速走过，最后打开了一个挂着"研讨室"牌子的房间的门，回过头来说道：

"你肯定觉得线虫这种小玩意儿是不值一提的生物，是不是？"

"没有的事。我认为地球上不存在什么不值一提的生物，因为所有的生物都发挥着相应的作用，共同营造出了一个处于平衡状态的生态系统。"

"哦，原来如此。这真是优等生的回答啊。"

依田招呼早苗进入室内，里面像是个阶梯教室。

"不过，你的认识还是太肤浅了。要知道，地球上最繁盛的多细胞生物，既不是人类，也不是昆虫，而是线虫。将线虫说成是地球真正的主宰也不为过。"

"真的吗？"

早苗望着依田的脸，见他一点也没有开玩笑的样子。

---

[1] 又称线形动物。是指两侧对称，有三胚层，消化道有口和肛门的假体腔动物。

当她走到教室中央的时候，只听得"啪嗒"一声，教室里的照明全都关掉了。早苗不由得心里"咯噔"了一下，慌忙回头看去。

"别担心。我可没想要偷袭你。"

依田像是已经看透了她的内心。

"以前，为了拿到文部省没有附带条件的研究经费，我专门做过一场面对门外汉的说明会。当然，我再也不会做第二场了。这些就是那会儿做的幻灯片。"

依田用的像是一台老式的幻灯机，按下开关后会发出一些声响，与此同时，灯光投射到了挂在教室正面白板处的屏幕上。他放了第一张幻灯片，屏幕上出现了一个干瘪的苹果。接着是一张放大了的苹果切片的照片，那上面密密麻麻地挤满了带有像是线虫细长轮廓的东西。

"线虫有多繁盛，看看这些数量就一目了然了。线虫个体数量之多，在多细胞动物中可谓是出类拔萃的。听说中世纪的神学家曾认真讨论过一个针尖能容下几个天使跳舞。不过一个腐烂的苹果中到底有多少条线虫，倒确实是有学者数过的。结果是，约九万条。到目前为止，这还是个世界纪录。不过这也因为再没有那样的闲人罢了。如果以后出现了数量更多的实例，也是不足为奇的。"

下一张幻灯片，展示的像是一片农田。

"这里虽说没有一条条地数过，不过根据推算，一平方米耕地中，大概有十二亿条线虫。"

下一张幻灯片显示的是一个地球和一个圆饼图。

"不过，尽管线虫的个体数量众多，可由于单个个体的尺寸非常小，所以平时几乎没机会看到它们。因此，作为衡量其与其他生物相比有多繁盛、多成功的指标，就要计算其生物量了，而这通常是以干燥重量来比较的。根据某计算数据，线虫的生物量居然占了地球上所有动物的百分之十五。"

接着，依田又接连放映了海洋、沙漠、南极等照片。

"线虫的种类，仅已知的就有几万种，而一般估计，地球上的线虫种类在百万种以上。其生活圈，从淡水、海水、动植物内部，一直到南极的冰层下面，五十三摄氏度的硫黄温泉、干燥的沙漠，甚至是在醋里。可以说，只要有生物存在的地方，就一定有线虫。因此，了解线虫，就是了解地球本身。"

从下一张幻灯片开始，都是各种形态的线虫照片。

"至于线虫的大小，自生性线虫通常是零点五毫米到四毫米，但海生种类中也有可达到五厘米的。而动物寄生性线虫则从体长不到一毫米的到像肾虫、麦地那龙线虫的雌体那样体长超过一米的，甚至像寄生在抹香鲸胎盘上的巨大胎盘线虫属那样，雄体两米至四米，雌体六米至九米的都有啊。"

看到第四张照片后，早苗被镇住了。许是为了便于比较大小吧，线虫的标本被放置在了一个笑吟吟的女性背后。早苗知道同为寄生虫，也有如绦虫那么长的，可看到如此巨大的生物，居然是刚才看到的那个跟线头似的秀丽隐杆线虫的同类，还是惊骇不已。九米这个长度，在蛇里面也是最大种类了，几乎跟森蚺或网纹蟒一样长了。

下一张，是跟秀丽隐杆线虫极为相似的线虫照片。

"这个，应该就是最接近于平均大小的线虫了。到此为止，你对线虫，是否有了个大致的印象了呢？"

"数量众多，大小各异，这方面倒是明白了。至于这是一种怎样的生物，还是摸不着头脑。"

"嗯，这也难怪。毕竟普通人在日常生活中是接触不到的。"

接着，依田就放了一张线虫的解剖图。

"线虫被称为最原始也最高级的动物。换言之，就是动物的基本形态。譬如说，蚯蚓被斩成两段后，是能够再生的，可要是换了线虫，就只有死路一条了。即便是体长不足一毫米的线虫，除了没有脊椎以外，也都具有和我们人类几乎相同的器官。事实上，要追溯我们的祖先的话，是会找到构造与线虫极为相像的生物上去的。"

在昏暗的教室里看着投影出来的线虫的照片，早苗的脑海中不由得浮现一个奇妙的景象：黑暗中飘浮着基本构造与我们并没多大差别的生命体，且数量多得难以想象。而这，又与高梨的遗作*Sine Die*中的意象相互重叠着。要是真有轮回的话，以数量而言，想必几乎所有的灵魂都会投胎转世为线虫的吧。然后，就在暗无天日的地下世界里，永无休止地蠕动着……

想到这儿，早苗禁不住浑身一颤。随即，她摇了摇头，将自己那近乎妄想的念头统统甩掉。

下一张照片，又回到了秀丽隐杆线虫。

"线虫具备着适应最低限度需求的简单构造。它那被透明而强韧的角质层表皮所覆盖的身体，正如刚才所说的那样，能够适应各种各样的环境。再说个题外话。为了将DNA导入秀丽隐杆线虫体内而将玻璃针刺入其躯体时，倘若角度不当，玻璃针是会断掉的。"

"难道线虫没有天敌吗？"

早苗问道。

"怎么会没有呢？数量如此庞大的生物，天敌自然也少不了，或可谓是名副其实的强敌环伺了吧。看了下一张幻灯片，你就明白了。"

下一张幻灯片中，以线虫的照片为中心，并在其周围呈放射状地放置了许多其他生物的照片，并画了许多表示捕食关系的箭头。

"栖息在土壤中的线虫，与无数竞争对手展开着激烈的生存竞争。白跳虫、水熊虫、蜱虫、白线虫等原生动物，都会捕食线虫。"

下一张照片上，一条细长的环状物，紧紧地勒在了线虫躯体上。

"另外，像霉菌那样的菌类，也是线虫可怕的天敌。有些菌类会将锐利如尖刺的分生孢子刺穿线虫躯体，并在其体内扩散菌丝。还有些食肉型菌类会设置各种各样的陷阱，等候线虫上钩。具有代表性的有环状收缩型的指霉菌、黏胶状的黑曲霉菌、蜘蛛网式的线虫捕捉菌等。既有攻击活线虫的细菌，也有像孢子虫类那样，寄生在线虫体内，从内部将其吃空的。而与此针锋相对的是，线虫们也完成了与之相对抗的进化。可以说，如今，线虫已经与其他微小动物、菌类形成了相互捕食的关系了。"

这时，银幕上出现几个线虫头部的放大图片。

"线虫的口、头部，乍看都差不多，其实，根据其食性，也是各有千秋的。在线虫的分类上，这也是要点之一啊。最左边的，是拥有强大口针的植物寄生性线虫；接着，是与之成鲜明对比的，口针短小的食菌性线虫；最后，是头部带吸管状结构的食细菌线虫。"

虽说哪一种都不招人喜欢，可依田像是讲课讲惯了，说起来毫不在意。

"现在，我要课堂提问了。不过，考虑到你对线虫还缺乏了解，就问个比较熟悉的动物——蛇的问题吧。你以为在蛇的食谱上排在第一位的，是什么？"

早苗不免有些慌张。

"是，老鼠吗？"

这个回答像是早就在依田的意料之中了，故而他低声笑道：

"或许一般都会这么想吧。可动物学家调查了蛇吃得最多的东西后却发现，居然是其他种类的蛇。反过来说，蛇最大的天敌，就是其他种类的蛇。这是一个很好的实例，表明进化成功的生物的天敌，往往是其变身为捕食者的同族他类。而这种情况，也同样出现在了线虫身上。"

屏幕上放映出了与刚才有所不同的、别的线虫的头部,接着是正在吞食小型线虫的大型线虫。

"譬如说,这个就是相当于线虫中的老虎的捕食性线虫。正如照片所示,它拥有杯状口腔和位于内侧的倒钩形牙齿。在其培养皿中如果放入根瘤线虫等其他种类的线虫,它们会将其吃得一条都不剩。最后,还会自相残杀。而'吸血鬼'裂体吸虫,则会将口针刺入别的线虫的躯体,将养分吸得一滴也不剩。即便是合尾藻属,虽说体形较小,却也能用口针将大型线虫刺死。"

早苗望着屏幕,有了一种看科幻惊悚片似的感觉。原来在人类日常不注意的地方,一直展开着如此悲壮卓绝的生存竞争呢。线虫类生物应该说是为了适应新环境完成了各种各样的进化而存活了下来,并一直保持着种群的繁盛吧。

"下面,谈一些较为严肃的话题吧。如果对线虫学的现状不感兴趣,就只当耳旁风好了。"

依田清了清嗓子,继续说道:

"从前,有个名叫库谱的学者,将关于动物寄生性线虫的研究与吸虫类、绦虫类一起,都归入了蠕虫学(Helminthology)的范畴。可另一方面,自生性线虫虽然是土壤生态系统中最重要的要素之一,但这方面的研究却毫无进展。很明显,这是属于农业科学的研究范围。可最近,只给能来钱的研究拨预算的倾向十分明显,分子生物学、动物学、农业科学等,几乎都只在做DNA方面的实验。说到底,我之所以利用秀丽隐杆线虫搞信息素的感觉信息处理研究,也是为了争取科研经费。在如今的日本,已经没人用从前的博物学或分类学的方式搞研究了。"

说到这儿,依田打了个喷嚏,又大声地擤了擤鼻子。

"也就是说，综合研究线虫的所谓线虫学（Nematology）这样的学问，其实是不存在的。然而，即便地球上的人类被一扫而光，线虫也不会灭绝的，我们今后还得与它们长期共存下去。可尽管如此，我们对线虫的了解，还是少得可怜。"

　　室内再次响起操作幻灯机的声响。屏幕上出现了显示线虫进化过程的复杂的系统图。

　　"线虫出现在地球上，始于约五亿年前的寒武纪。对于地球土壤的形成，线虫是做出了巨大贡献的。"

　　照这么说，线虫才是大地女神（Gaia）之子啊！早苗心中产生了这样的想法。

　　"线虫的原型最早是生活在海洋里的，后来却经历了从海洋到淡水、陆地，然后重新回到海洋的相当复杂的进化过程。后来，地球上出现动植物体内这一新环境，于是海洋型、淡水型、陆地型的线虫又翻来覆去地开始了适应与寄生的进化。因此，现在的线虫，其器官极为复杂，也给分类带来了很大的麻烦。"

　　接着，屏幕上出现了一个呆头呆脑的牛的漫画。它体内的各个脏器里，都栖息着经过特别进化的线虫。

　　"正如刚才你所看到的那样，在土壤等环境中，线虫面对的生存竞争是十分严酷的。与此相比较，包括人类在内的动物体内，由于不存在任何天敌，简直就是线虫的天堂了。这样的环境对它们有多大的吸引力，是不言而喻的。因此，不可胜数的线虫都在反复尝试着去适应寄生方式。"

　　进化成功且繁盛的生物，自然容易被捕食者和寄生者盯上，早苗的脑海里浮现出了五十亿个始终保持温暖，且充满了水分与营养的皮囊。这就是线虫眼中的，我们人类的模样。

　　"动物寄生性线虫可谓是形态各异，数不胜数。马身上有六十九种，羊身上有六十三种。其实，每种动物身上都有几十种固有的寄生性线虫。也不仅限于大型动物，就连像蚊子、蚰蜒这样的小动物身上，也都有固有的寄生性线虫存在。寄生于人身上的线虫有五十余种，其中较常见的有蛔虫、蛲虫、钩虫、鞭虫、旋毛虫、班氏丝虫、日本裂体吸虫和异尖线虫等。"

接着，依田又放了几张寄生在人体内的线虫照片，早苗却背过了脸去。尽管身为医生，可她对于这路生物，一直难以面对。

"好吧。关于线虫的基础知识，基本上也就这么多吧。"

说着，依田打开了教室里的灯。突如其来的光亮令早苗不由自主地眨巴了好几下眼睛。

"你有什么要问的吗？"

"是啊。多亏了您的讲解，让我大致了解了线虫是怎样一种生物。那么，渡边教授在人脑中发现的线虫，又是怎样的呢？"

"很遗憾，关于那个，我还一无所知呢。能够明确的只有一点，那是个新品种。"

"您亲眼看到了吗？"

"我现在就在'微生物培养室'里养着呢。"

早苗吃了一惊。

"真的吗？"

"在大脑中发现的，只是成虫，可在渡边教授送来的遗体的各个部位、肌肉组织和血液等样本中，又发现了数量众多的虫卵。我正尝试着孵化这些虫卵，并在培养皿中让它们繁衍后代呢。"

渡边教授说依田不仅在线虫研究领域是日本首屈一指的权威，就是在线虫培育方面的本领，也是无人可及的。想必也正因为这样，才悄悄地将样本送他这儿来了吧。

"渡边教授对于那种线虫，抱有很大的危机感啊。"

依田目不转睛地盯着早苗。

"你是医生,自然是深有体会的吧。战后,随着日本卫生状况的改善,许多大学都取消了寄生虫学的课程。因此,近来的医生往往对寄生虫一无所知。可最近寄生虫病又卷土重来,且愈演愈烈了,况且,还不限于已知的寄生虫。由于全球化的快速发展,某种从未见过的外国寄生虫突然登陆日本的情况,也并不罕见。"

"您说得是。"

"所以,下面就轮到我来请教你了:你作为一名精神科的医生,为什么对这种线虫特别感兴趣呢?还有一个问题:那个死去的人,是在哪里感染,又是怎样感染上线虫的呢?"

早苗深深地吸了口气,说道:"好的。"

第十章　堤丰[1]

位于西新宿某寿司店的同学会聚会处，早苗很快就找到了。被领入包厢后，早苗立刻遭到了十几双眼睛的注视。每一双眼睛都透着这样的疑问：这人是谁？几秒钟过后，欢呼声就将她紧紧地包裹了起来。大家七嘴八舌地说着"哎呀！这不是北岛嘛。一向可好"之类的话。

聚拢到这儿来的，都是自高中毕业后从未再见过面的同学。几个当时就在班里吃得开的家伙，今天也占据着上座。他们正朝早苗一个劲地招手，像是要拉她入伙。环视四周，见黑木晶子正坐在角落里朝自己递眼色，于是早苗就赶紧去她身边紧急避难了。

"你能来真是太好了。你不忙吗？"

"还好。前一阵子偷懒，积了一堆案头工作呢。不过，一样要吃晚饭的嘛，就想来露个面了，也算是转换一下心情吧。"

"这么说，等会你还要回医院去？"

晶子讶异地说道。

---

1 也译作"堤福俄斯"，指希腊神话中象征风暴的巨人。

"北岛。好久不见。来，喝一杯。"

一个将衬衫袖子卷到了胳膊肘以上、脸色红润的胖子，拿着啤酒瓶挪到了早苗的身边。

"啊？是藤泽君？"

"是啊。可是，你干吗要'啊'呢？"

"大概是你今非昔比了的缘故吧。"

晶子用尖刻的口吻插话道。

"我的变化也没那么大吧。不打棒球后，人是有点发胖了。可也仅此而已呀。"

说着，藤泽往早苗的玻璃杯中注入啤酒。看他斟酒时那股不让泡沫冒出来的用心劲儿，就知道他上班族的基本功已经练得很到家了。

"谢谢！"

"早苗呀，好久不见了。"

田端瑞惠过来了。她说话的腔调倒是跟高中时代一模一样，可往脸上一看，就发现她已成了一个不折不扣的大妈了。反倒是早苗为了不被对方察觉到自己的惊讶，而付出了很大的努力。与此同时，她也忽然醒悟了过来：刚才大家第一眼看到自己后的瞬间沉默，也是差点认不出自己来的缘故吧。或许岁月留在脸上的痕迹，都要比自己想象的明显得多啊！

"早苗呀，你可一点都没变啊，一直都很好吧。听说你做了医生了？"

"嗯。瑞惠你也没怎么变嘛。"

"瞧你说的，我已经是个标准大妈了。"

见她所说的并不能成为玩笑话，早苗只好暧昧地笑笑，敷衍了过去。

"我都有了两个孩子了,老大今年都上小学了。早苗你结婚了吗?"

"还没呢。"

"啊?还没结婚呀?"

虽说早苗有思想准备,知道这事儿肯定会被问到的,可还是没想到开场铃声刚刚响过,就立刻挨到了重击。

"什么?北岛,你还是单身吗?"

"啊——是这样啊。这么说,我还有机会?"

"你不行的,跟早苗不配啊。非得是更聪明点的才行。"

"北岛喜欢的,恐怕是像太宰治那样的阴恻恻的家伙吧。"

"果然是不给普通男人一点希望啊。可是,老这么清高,会在不知不觉间'即身成佛'的哦。"

接下来就是来自四面八方的冰雹与弹雨了。在座的其实还有两三位同为单身的女同学,可她们别说给早苗打掩护了,反倒因只有早苗一人受到关注而闹起了别扭,将脸都扭到一边去了。

早苗展露出早已百炼成钢的笑脸,用"我跟我的工作结婚了"这样的口头禅遮挡着,静候着万炮齐轰的终结。

"那些家伙都是笨蛋。你别放在心上。"

等到大伙的关注焦点终于从早苗身上移开后,晶子说道。

在场的所有同学中知道高梨的,只有她一个。

早苗知道她这么说是出于对自己的关心,便微笑道:

"我怎么会放在心上呢。"

"不过话说回来,我现在总算知道你不愿出席同学会的理由了。"

晶子一边夹着生鱼片蘸酱油,一边深有感触地说道。

"我也不是不愿出席,确实是没有时间啊。"

"也是吧。哦，对了。那个被复仇女神追赶着的大叔，还好吗？"

"啊？"

"你不是打电话来问的吗？说是有个受这种妄想症折磨的大叔。'大叔'或许没说过吧。你忘了？"

"哦，哦——"

为了掩饰自己的狼狈，早苗赶紧将啤酒杯移到了嘴边。她已经完全忘了跟好朋友撒过的谎了。

"他的症状……呃，目前还算稳定。"

"那就好啊。"

早苗突然产生了想就天使的事儿问问晶子的冲动。

"我说，天使的背上，是长着翅膀的，是吧？"

"啊？"

晶子一时间愣住了。

"那个，是鹫的翅膀吧。"

"鹫？嗯，也许吧。要说到西方画中的天使形象，基本上都源自古希腊神话中的爱神丘比特。"

"怎么说？"

早苗觉得自己的兴趣已经被她勾起来了。

"无论是天使还是复仇女神，凡是长翅膀的神，都是新兴团体在世界范围内驱逐远古时代的'蛇信仰'后所留下的形象。"

"干吗老说一些高深莫测的话呢？"

一个已经喝醉了的男生，手里拿着啤酒瓶和酒杯挤到了早苗与晶子之间。他就是刚才坐在上座招呼早苗过去的小村。

"烦不烦呀？快走一边去！"

晶子毫不留情地将他推了出去。

第十章　堤丰

"我说，你们两个，打上高中那会儿起就一直黏在一起，是不是？该不会是恋人吧？"

从前就跟早苗她们关系不好的荏原京子从桌子对面发话过来了。令早苗感到讶异的是，她那种透着坏心眼儿的声调居然也一点没变。一点点酒精下肚，就原形毕露了！看来大伙儿只是外貌变老了一些，内在还停留在高中时代，一点进步也没有啊。

"'蛇信仰'，是怎么回事儿？"

强忍了一会儿，等到干扰消失后，早苗又如此问道。

"就是广泛存在于史前整个世界的一种对蛇的崇拜呀。"

"你说整个世界，也包括日本吗？"

"当然了。"

早苗给她斟上啤酒后，晶子就十分畅快地喝了起来。

"因为日本的原生文化就是一种与大自然共生的泛灵论文化，或可称为'蛇信仰'的发源地之一吧。就拿注连绳[1]来说吧，或许因为司空见惯了，大家都没什么特别的感觉了，可仔细看看，难道不觉得那模样有些古怪吗？其实它模仿的就是两条蛇交尾时相互缠绕在一起的样子。另外，成为'绳文时代'一词来源的绳文土器上的纹饰，也就是图案化之后的蛇啊。"

"哦，是这样啊。"

由于这话题正好属于晶子最拿手的领域，她就不免侃侃而谈了起来。

"要说起来，在对待'蛇信仰'问题上，我们东方或许要比西方宽容得多。被驱逐了之后，对蛇的崇拜又转化为对龙的崇拜而延续了下来。"

---

[1] 日本举行神事活动时为阻止恶神入内而设的界绳。一般为稻草绳。

"可是,'蛇信仰'为什么会被驱逐呢?"

"这不是明摆着吗?'新陈代谢',大势所趋嘛。"

晶子一边喝着早苗给斟满的啤酒,一边口若悬河、滔滔不绝地说了起来。

原来,所谓"蛇信仰",与将丰饶的大地人格化后产生的大地女神(Gaia)信仰本就是一体的。其起源可上溯到旧石器时代末期的奥瑞纳[1]时期。从希腊克里特岛的克诺索斯等处,就出土过或身体被蛇缠绕着,或双手握着蛇的大地女神(Gaia)像。

后来,随着新民族的入侵与征服,在各地都出现了新的众神驱逐原有众神的现象。信仰蛇,崇尚与大自然共存的原始信仰,也就被崇敬天空之神、使用铁器的文明所创造出来的新信仰所消灭了。

"也就是说,是代表父性原理的天空之神,取代了作为母性原理的大地女神(Gaia)的过程。打那以后,就开始这个不可救药的男性中心社会了。"

说着,晶子皱起眉头,打量着位于上座的那帮喧闹不已的家伙。

"只要详细分析一下神话,这个过程也就昭然若揭了。你看,在许多神话中,不是都有新神打败旧神的故事吗?其实就是直接以众神之间的打斗来隐喻团体之争的表现方式。"

"哦。这就是说,神与天使都拥有翅膀,其实是表现了天空对于大地的优越感,是吗?"

"到底是早苗啊,理解得真快!不过还要加上一条,那就是——拥有翅膀本身,就具有'灭蛇者'的意味。因为,一般来说,鸟类就是蛇的天敌。你刚才说天使长着鹫的翅膀,或许就因为这个吧。希腊神话其实受埃及神话的影响很大的。在埃及,有种名

---

[1] "奥瑞纳文化"。欧洲旧石器时代晚期的一种文化,在公元前30,000年~公元前24,000年。

为蛇鹫的，专门吃蛇的鹫，自古以来就被当作神来看待的。"

"那么，'蛇信仰'就被完全消灭了吗？"

"哪能呢？根本不是这么回事儿啊。应该说，这才是最有趣的地方呢。"

晶子十分豪爽地喝干了杯中的啤酒。早苗要给她斟上，却发现瓶子已经空了。于是就怯生生地恳求同学会的干事去添加一些。

"……冲突发生的时候，往往会出现胜利方吸收失败方之神话要素的现象。'蛇信仰'也一样，它并没有被完全消灭，而是被融入新兴团体之中了。譬如说，你的这个玩意儿。"

说着，晶子指了指早苗的包包。刹那间早苗不明所以，但很快就领悟过来了：晶子指的是爱马仕的标志。

"'爱马仕'的英文Hermes，与希腊神话中的赫耳墨斯一样，也即罗马神话中的墨丘利，其实是一个在天空和大地之间起着中间人作用的神。也就是说，他象征性地斡旋在天空之神与大地女神（Gaia）之间。赫耳墨斯的形象，你应该在什么地方看到过吧。他穿着带翅膀的凉鞋，手里拿着缠绕着两条蛇的手杖。还有，那位长着翅膀，一头蛇发的复仇女神，也是如此。他们都同时拥有着原本对立的、代表天的鸟与代表地的蛇的要素。这些都喻示着新兴团体与'蛇信仰'的奇妙融合。相反，龙则是蛇飞黄腾达之后，具有了腾飞于天空之能力的形象。"

这时，早苗突然想起，自己最近似乎读到过有关"蛇信仰"的文章的。

"有一种学说认为，古代亚马孙文明是崇拜蛇的。"

"嗯，我知道。是*Bird's Eye*杂志上说的，是吧？就是讲古代麻药文化什么的那个。我读过的。"

晶子十分干脆地说道：

"亚马孙那一带还保留着史前的'蛇信仰',是一点也不奇怪的。因为那儿有像大具窍蝮蛇和巨蝮蛇之类十分厉害的毒蛇,肯定会对原住民的精神文化造成巨大的影响。我还想研究一下澳大利亚土著居民的神话呢,因为那儿有虎蛇、太攀蛇之类世界上最可怕的蛇啊。危险毒蛇的分布状况肯定也对'蛇信仰'的产生有着巨大影响。不过这还仅仅是我的想象。嗯,应该没错的。"

　　早苗的脑海里浮现出了与蛇形状相似的别的生物。

　　"或许线虫看起来,就是一条小蛇吧。"

　　她这句不由自主地嘟囔出来的话,令晶子露出了讶异的表情。

　　"线虫?什么玩意儿?"

　　饶是博闻强识如晶子者,居然也有不知道的事情啊。于是早苗就将从依田那里批发来的知识,转手倒卖给了她。

　　在此过程中,上座那边的说话声也传到了早苗的耳朵里。这帮早就将领带松开后勒到了额头上的男人,刚才还在大声说笑着,一会儿又唉声叹气了起来。这会儿,又转为悲愤激昂了。话语中频频出现"下岗""不景气""破产"等词汇。甚至有人哀叹道:"事到如今还要减薪,这日子可就没法过了。"

　　而在桌子对面,女同学们正板着脸,争相声讨着这个不合理的男性中心社会。整个包厢中,像是只有早苗与晶子游离于现实之外,讨论着异乎寻常的话题。

　　"线虫啊。嗯,确实,几乎所有的民族都会将细长形的生物看作蛇的同类。日语中不是也有'长虫'这样的说法吗?在日本最早的史书《古事记》中,也记载着伊邪那岐[1]看到伊邪那美的尸体上,有无

---

[1] 指日本古代神话中的创始男神。伊邪那美则是日本古代神话中的创始女神,同时也是伊邪那岐的妹妹。

数的蛆虫和'伊卡基'在蠕动着。这个'伊卡基'就被解读为蛇的。也就是说，蛇是蛆虫以及别的细长形生物的老大。"

古人要是看到了寄生在抹香鲸胎盘上的、长达九米的线虫，说不定会推它为长虫之王的吧。

晶子大口吃着寿司，挥舞着一次性筷子，说了起来。

"刚才提到了赫耳墨斯，可仔细想想，你那个医院的名字，'圣阿斯克勒庇俄斯会'，不也一样吗？"

确实如此。早苗心想。古希腊医学之神阿斯克勒庇俄斯的象征，就是蛇。阿斯克勒庇俄斯手中那根缠绕着蛇的手杖，也同样出现在世界卫生组织和医生协会的标志上。虽说自己早就立志要成为一名医生，可对此却从未产生过疑问。

"为什么会这样？说法很多。波尔·迪埃尔说，那条缠绕在象征着生命之树的手杖上的蛇，代表着被征服、受支配的邪恶之心。不过，那也无非是否定'蛇信仰'的欧洲人的牵强附会罢了。其本义，既有因蛇会多次蜕皮从而象征着推陈出新的一面，也因在有些地方是直接用蛇毒来治病的。不过，最大的原因，应该还是梦吧。"

"梦？"

"嗯。古希腊人把梦中启示看得比什么都重。事实上他们还会根据梦来诊断疾病，也懂得梦具有治愈人们心灵的作用。他们相信每天夜里，梦都会从地下世界来到人间。在你所熟知的心理学中，不也将地表比作意识，地下比作广袤无垠的无意识世界的吗？而蛇自古以来就被认为是大地女神（Gaia）的儿子，是栖息于地下的生物的代表。于是，蛇就顺理成章地成了通过梦来治愈人类的神的象征了嘛。"

蛇制造出梦境从而治愈人类。早苗心想，古希腊人创造出来的这一意象尽管奇妙，倒也不无激发人类想象力的因素。

可是，若真要称作大地女神（Gaia）的儿子的话，或许蛇还不如蚯蚓更恰当，甚至可以说，比起蚯蚓来，在地底下蠕动着的线虫更恰当吧。当然了，早苗之所以会这么想，或许是受到了依田的普及课的影响亦未可知。

晶子的讲解仍在继续着。说是阿斯克勒庇俄斯从女神雅典娜那里获得了具有起死回生神力的美杜莎的血液，救活过许多英雄。

"你看，美杜莎的头发不也是蛇吗？由于蛇是大地女神（Gaia）的儿子，所以它还是生命力与丰饶的象征呢。"

阿斯克勒庇俄斯被惧怕此种神力的宙斯杀死后，升上天空成了"蛇夫座"。而这段神话，似乎也喻示着"蛇信仰"的因素在古希腊被新兴团体所吸收的过程。

"大家听我说。我们的宴会已经接近尾声了。"

组织同学会的干事藤泽为了盖过喧嚣声扯开嗓门说道。

"由于饭店还有下一拨预订的客人，所以再过十分钟，我们就结束了。感谢大家参加今天的活动。还没缴会费的同学请到我这儿来。另外，一些余兴未尽的同学还准备去喝第二场，欢迎踊跃参加。尤其是女同学，请悉数参加。"

话毕，屋里响起了稀稀落落的掌声。有几人已经做起了回去的准备，现场立刻陷入了惶惶不安的氛围之中。

"你怎么样？还是回去加班吗？"

晶子如此问道。早苗点了点头。

"那你还是吃饱肚子为好啊。你看，还剩下这么多呢。"

确实如此。早苗只顾听晶子说话，几乎没怎么吃东西。她重新坐好后，便就着寿司店特有的浓绿茶，吃起了饭粒已经发干的寿司来。

早苗抬眼朝桌上望去，只见杯盘杂乱，一片狼藉，尤其是上座那儿，更是不堪入目。倏忽间，"台风过后"这几个字在早苗的心头掠过。她觉得虽说用此来形容眼前的场面或许并不太合适，可是……

"哦哦，对了。'台风'在希腊神话中有什么寓意吗？"

嘴里塞满了寿司的早苗，口齿不清地问道。

"台风？'台风'这个词的词源是阿拉伯语的Tufan，就是一圈一圈打旋的风的意思。与希腊神话似乎没什么关系呀。"

"哦，是吗？"

早苗咳嗽着喝了一口茶。她刚才忽然想到卡普兰手记最后的那个词或许有着神话方面的意义，可晶子这么一说，似乎是想岔了。

"可是，如果不是'台风'，而是'堤丰'的话，希腊神话中倒是有的。"

"啊？"

晶子从手包里取出笔记本，用钢笔写道：

Typhoon（台风）/ Typhon（堤丰）。

"什么意思？"

早苗嘴上这么说着，心里却回想起在卡普兰手记中写着的是Typhon，而不是Typhoon。只是自己觉得他拼写错了而已。

"Typhon（堤丰）是希腊神话中的怪物。也有人认为他与埃及神话中的Seth（塞特）是同一个神。"

"你说他是怪物，到底怎么个怪法呢？"

"堤丰也是大地女神（Gaia）的儿子，被看作远古时代的一个十分可怕的怪物神，是所谓的将被打败的大地女神之诅咒负于一身的复仇之神。'堤丰'这个名字有些古怪，据说这是他在与太阳神阿波罗战斗时，被替换掉了辅音的缘故。而另一种说法是，因为这个怪物实在太可怕了，大家都不愿提起他，才故意给他取了这么个怪名字的。"

说着，晶子又在刚才的笔记本上写下了Python，并说道：

"这是他原本的名字。"

"Python？"

"是的。在希腊语中是Typhon，其实就是与英国戏剧团体Monty Python中的Python一样的拼写。在现代英语中，就是大蛇或恶魔的意思。"

"那么Monty Python呢？"

"大概就是'人妖大蛇'的意思吧。"

"什么？你们要去人妖酒吧吗？我也要去！"

已经喝得酩酊大醉的田端瑞惠听到了晶子的只言片语后，就将身体靠了过来。晶子不耐烦地甩开了瑞惠的胳膊后，又在笔记本上写下了：

Python → Typhon

"不过在希腊神话中，Python这个名字也另有传承，现在已被认为是与Typhon不同的另一条大蛇，或是Typhon的养父了。"

根据晶子的说明，同样作为"蛇信仰"之象征的堤丰，最后被宙斯用雷给劈死了。他的身体上聚集了无数的蛇，样子极为怪异。

到此为止，"Typhon"这个词的含义算是明白。可早苗的心中又产生了一个新的疑问：卡普兰到底想用这个词传达什么信息呢？

早苗回到医院时，已过了九点半了。早苗从紧急病人入口处进入医院后，穿过昏暗的大堂，坐电梯直达六楼。走过连接两幢建筑物的空中走廊进入舒缓医疗大楼后，她就立刻注意到了从土肥美智子医生的办公室里漏出来的灯光。

第十章 堤丰

早苗敲了敲门，里面传出了一声：

"请进！"

早苗打开门，看到美智子正在写什么东西。美智子不喜欢用电脑，故而直到如今，她所完成的文件，几乎都是手写的。

"你还没回去呀。"

"嗯。被警察叫去了一会儿了。"

"警察？"

美智子从眼镜上方望着早苗，脸上透着少见的倦色。

"似乎直到现在，警察仍把我当作青少年自杀问题的权威似的。也难怪，为了便于研究，我以前是经常出入警察署的，也确实得到过多方关照。事到如今，人家恭恭敬敬地说是要'提供高见'，我自然不好拒人于千里之外吧。"

"是有什么人自杀了，才来听取你的意见的？"

"是啊。"

说罢，美智子就保持沉默了。可早苗总觉有些难以理解。现如今，青少年自杀早已是司空见惯了，为什么警察还要特意请精神科医生去听取意见呢？再说，美智子的态度也有些不同寻常。她像是心乱如麻，思维走进了死胡同。到底是什么样的情况才会令她如此困惑的呢？

"要说起来，近来在你身边，也发生了自杀事件，是吧？"

"呃……是啊。"

"啊，不好意思。不说这个了。反正跟你也没什么关系的。"

说着，美智子不住地舔着嘴唇。明显是一副欲言又止、犹豫不决的模样。

"学姐，要是没什么不方便的话，你能告诉我这是怎么一回事吗？"

"我不是说过别叫我学姐了吗？"

美智子瞪了早苗一眼，可她脸上的表情反倒缓和了不少。

"不过……也好吧。我也正想听听你的意见呢。你先坐那儿吧。"

早苗将一个单人沙发转向美智子后，坐了下来。美智子将眼镜折叠好后放在了桌子上，随即便仰望着天花板。

"自杀的是一个二十五岁的男子。虽说已是个成年人了，可他精神思想尚未成熟，还是个孩子呢。工作嘛，也算是在帮着打理家族事业吧，可并没有真的让他承担什么职务，他自己像是也没有将来要接班的打算，也就是当作在自己家里打工吧。"

"所谓的'家族事业'，具体是什么？"

"那个嘛……是个电镀工厂。位于江户区，叫作'畦上电镀厂'。这名字听着就有点瘆人吧。这个自杀了的家伙，在四五岁时就出了一次事故。电镀工厂里——不过我是不太了解的——要用到许多危险药品的，平时是不准那孩子进入工厂的。那次是在谁都没看到的时候，他偶然走进去的。结果打翻了一个盛放药水的容器，造成他脸上大面积烧伤。"

"这么说，那个伤疤一直留到现在了？"

"没有。由于现在的皮肤移植手术和运用促肾上腺皮质激素的治疗技术已经突飞猛进，他已经得到了很好的治疗，达到了不特别指出就不易察觉的程度——虽说我也只看到过他的照片而已。不过他本人却对此十分在意，总担心着自己的容貌是否会给他人带来不快，内心十分纠结。"

"丑形恐惧症啊！"

"嗯。好像在如今的年轻一代中还相当普遍呢。不过就这个孩子而言，患上这样的心病倒也不是无缘无故的。事故发生后，他立刻就被送进了医院,刚刚接受了紧急处理,他母亲就闻讯赶到了。孩子见到母亲后,立刻就扑了过去。可他母亲却被他那个烧烂了的脸蛋吓坏了,直往后缩。后来他母亲悔恨不已,总觉得是自己伤了孩子的心,才导致他产生了丑形自卑情结。"

要是孩子就因为这个而自杀的话,那做父母的可真是不堪忍受了。比起已经自杀了的青年来,早苗反倒更同情他那尚留在人世的父母。

"虽说自杀的原因到底是不是丑形自卑情结还很难说,可他确实从上高中那会儿起,就时常躲在家里了。最后,就中途退学了。之后,就一直游手好闲地在家里待着。可近来他又经常外出,多少有了一点活泼开朗的苗头,身边的人也像是松了一口气。"

忧郁症之类,即将治愈的当儿也就是自杀危险性最大的时候。看来事态的发展,也与此如出一辙。可是,早苗却又对所谓"活泼开朗的苗头"特别在意。

"就这么着,昨天晚上,他自杀了。应该说,到此为止,虽说也实属可怜,总还让人觉得并不怎么离奇。可他那自杀的方式,却怎么说也是异乎寻常的。"

早苗的内心"咯噔"了一下。

"他是怎么自杀的?"

说完,连她自己都觉得声音有些嘶哑。

"半夜三更,他溜进了电镀工厂,将自己的脸浸入烈性药品溶液中,就这么死了。"

说着,美智子站起身来走到窗边,眺望着茫茫夜色。

"那是电镀时使用的,一种叫作重铬酸钠的药品溶液。据说具有极强的酸性。当然了,要自杀的他,对此是十分了解的。在工厂里,那种溶液是盛放在聚乙烯容器中保管的。而他像是将其倒入一个大金属盆里后，再将脸浸入其中的。由于他这种自杀方式太过反常了，警方还一度怀疑是否为他杀呢。可现场处于不折不扣的密室状态，毫无疑问，只可能是自杀。"

"可是……那不是一种极其痛苦的死法吗？"

"是啊。死因是脸部组织的大面积损伤所造成的，类似于火伤的外伤性休克。他的脸部，不仅是皮肤，就连结缔组织和一部分肌肉都被腐蚀得难以分辨了。"

"简直难以置信啊！"

早苗感到不寒而栗。

"怪异的事情还有呢。他的眼睛周边留下了佩戴泳镜的痕迹，像是唯独对眼睛做了防护。我所说的'痕迹'可是名副其实的'痕迹'，因为附在他脸上的，就是熔化了的黑色橡胶。估计在当时，药水很快就腐蚀并侵入了橡胶、塑料边框了吧。因为，那个泳镜就被他扔在了脚边。"

"他为什么要这么做呢？"

"仅是这样，就已经叫人难以理解了是不是？还有呢，他的一旁还放着一面镜子呢。"

"镜子？"

"就在金属盆的前方，正好能照见自己脸蛋的地方，立着一面镜子。结合泳镜一起考虑，只能认为，当时他无论如何也想看看自己的脸被烧烂的情形。事实上，在他痛得满地乱滚的时候，也还拼命挣扎着想要去照镜子——地上血淋淋的手指抓痕随处可见啊。"

早苗瞠目结舌。

又是一起叫人无法理解的自杀！自杀方式简直跟高梨光宏、赤松靖、白井真纪一样诡异。这么一连串的自杀，就很难认为是单纯的偶然了。

第十章 堤丰

可是,这个青年想必是没去过亚马孙的吧。如果去过,土肥美智子肯定会听警察说起的。

可要是这样的话,又会是怎么一回事儿呢?

早苗极力否定了从内心深处翻腾而起的不祥预感。不!不会的!人类的心灵有时是会朝着按常理难以理解的方向扭曲的,恐怕这也还是个纯粹的精神病病理性的现象吧。

如果这个青年没因某种途径被渡边教授发现的那种线虫感染的话……

第十一章　蜘蛛

"噢，荻野君。你刚回来呀？"

一回到"松崎公寓"，松崎老人就笑嘻嘻地跟他打起了招呼。

"是啊，今天是日班嘛。"

信一也颇显热情地回应。

"哦，是这样啊。嗯，还是这样比较好啊。最近好像不大太平，抢劫便利店的事件时有发生啊。"

说着，松崎老人拄着扫把，摆开了要深入交谈的架势。情况不妙！

"嗯，是啊。不过，我们这一带，应该没事儿吧。"

"大意不得啊。最近的年轻人，会干出些什么事儿来，谁知道呢？顺手牵羊也好，公然抢劫也好，拿刀子捅人也好，他们全都不当一回事啊。"

信一苦笑道："这个嘛，也是因人而异的吧。"

"哦，对了，你荻野君自然是不能跟他们同日而语的。"

说罢，松崎老人还直点头，像十分赞同自己的这一判断似的。

"我说，最近你像是大有长进啊。嗯？成熟多了。人品啦什么

第十一章　蜘蛛

的，提高很多嘛。"

"是吗？"

"嗯，嗯，这是毫无疑问的，也会正经跟人打招呼了。最明显的是，你的精神面貌跟以前大不一样了，变得开朗多了。"

"哦……"

这时，信一背在背上的休闲小背包里，发出了窸窸窣窣的声响。信一吓了一跳，心想是否被这老人听到了。

"活到了这把年纪，我最近也深切地感到，这人哪，最要紧的就是要乐观开朗啊。嗯？嗯。乐观开朗是最好的。要说起来，我的同学中也是什么人都有的。成绩好的啦，才华横溢的啦，还有打架十分厉害的啦。嗯？可是，怎么说来着，真金不怕火来炼啊。到了现在，真有本事的人果然出人头地了。有个家伙，当上了青森的县议会议员了。至于他怎么会跑到青森去的，嗯，这里面也是有些说道的。反正这家伙，以前是一点也不起眼的。嗯？学习嘛也不是太好，也没做过什么团伙的小头目。这家伙只有一点很了不起，那就是……"

就跟受不了老人的长篇大论似的，信一的休闲小背包里像是发生了暴动。不仅紧贴着他后背的地方有东西在躁动，他还感受到了猛踹尼龙袋所引起的微妙振动。虽说这些动静几乎是无声的，也不可能被多少有些耳背的松崎老人听到，可信一还是尽量以正面对着老人，小心掩藏着身后的背包。

"……啊，有点跑题了。总之，荻野君你变得乐观开朗了，是件大好事啊。"

"哈，谢谢！"

"不过，你的脸色可不太好啊。嗯？怎么这么苍白呢？嗯？还是出来晒晒太阳为好啊。你说是不是？"

"嗯，你说得是。那就，回见了。"

259

信一低了一下头，赶紧上楼梯避难去了。

"哦，对了。二楼的垃圾，兴许还没扔掉吧。"

松崎老人嘟囔着，跟在他身后追了上来。

糟糕！他到底想干吗？

老人一直跟到了信一的房间门前。可必须扔掉的垃圾什么的，哪儿也没有啊。

"那么，我就告辞了。"

信一掏出钥匙来开门时回头一看，见老人正用狐疑的目光，盯着他背后的休闲小背包呢。信一不由得直想往后缩。

"刚才，你这个小包里，像是有什么东西在动哦。"

"啊？怎么会呢？"

"是吗？我这双眼睛应该还是管用的嘛。人们常说人老了以后，三样东西会依次坏掉。不过我有两样还好用着呢。假牙也不多，啃个苹果什么的，毫不费劲……刚才，你背包里确实像是有东西在动啊。"

"没有吧。是你的错觉吧。"

说着，信一就将房门打开了一点点，一闪身就溜了进去。

"是吗？"

老人紧跟着信一，也来到了房门前。虽说通往六铺席大小的里间的拉门关着呢，可厨房里也有不少东西是不能让他看到的。他的眼睛要是真像他说得那么好的话，被他窥见了说不定还真有麻烦呢。想到这儿，信一就挺直了脊背，用自己的身体挡住了老人的视线。

"再见吧。"

不等老人开口，信一低了一下头，迅速地把门给关上了。不过他并没有马上离开，而是屏住呼吸，静听外面的动静。

老人像是在门外站了一会儿，但不久就传来了脚步声。他像是终

第十一章 蜘蛛

于死心了。好险啊！老头儿大概是在等自己说"要不要进来喝杯茶"吧。看他那样子，像是从一开始打的就是这么个主意。再说他是房东，万一提出要入屋检查什么的，倒也很难拒绝啊。

信一打开了厨房里的灯，从休闲小背包里取出了一个大尼龙袋。

信一对着灯光一看，见里面许多黑色的昆虫相互倾轧着。这些都是黑蟋蟀。从便利店回信一家的路上，有家宠物商店在卖这种给爬行类宠物食用的饵料。由于是称重计价的，所以连他自己也不知道有多少只。只见它们一个个都肥肥胖胖的，奶油色的肚子里像是盛满了汁液。

由于最近定期从那家宠物店买回大量黑蟋蟀，想必他们以为自己是个严重的爬虫类宠物控吧。这要是传入了那房东老头儿的耳朵里可不太妙啊。"看来要另找一家宠物店了。"信一提醒自己道。因为，在松崎公寓是禁止豢养宠物的。

信一将尼龙袋里三分之二的黑蟋蟀分到了厨房里的六个大水槽里。每个水槽里都铺了黑土，还放了包菜、黄瓜等蔬菜的碎屑，再时不时地用喷雾器喷些湿气进去。虽说指望不上它们自然繁殖，让它们多活上一段时间应该是没问题的。

从敷衍老头儿的长篇大论时所引发暴动的激烈程度来看，恐怕已经有不少黑蟋蟀在自相残杀中送了命，或被压死了吧。刚才信一还这么暗自担心呢，可现在一看，满不是这么回事儿。几乎所有的黑蟋蟀还都活蹦乱跳呢。它们正不停摆动触须，瞪起凶狠的黑眼珠子，检查起这个新家的环境是否舒适来了。

冰箱上面另有一只水槽。水槽的上部安了一个红外线灯，里面铺着沙子，正中央还放着一块扁平的石头。乍一看，似乎里面没有动物。信一往这个水槽里也扔了三只黑蟋蟀进去。或许是心理作用吧，他发现这三只黑蟋蟀似乎比放入别的水槽的同伴要慌张得多。它们急匆匆地在里面兜着圈子,在那块石头上跳上跳下的,紧张地打探着四周的情况。

其实,一只被信一取名为"夏洛"的南美产大捕鸟蛛就睡在那块石头的下面呢。这家伙是最近才从市中心的一家大宠物店买来的。尽管价格贵得有些吓人,可它那令国产蜘蛛望尘莫及的雄姿,却令信一一见钟情了。不过,或许是它不太适应日本的气候吧,买回来以后,"夏洛"就一直不怎么活跃,大部分时间都躲在石块下面,未免令他略感失望。被扔进这里的黑蟋蟀,根据"夏洛"的心情与自身的运气,说不定也能活上较长的时间。

信一攥着尼龙袋口,站了起来。这时,袋子里还剩下的那三分之一的黑蟋蟀,像是已经预料到有比扔进水槽的同伴更悲惨的命运在等着自己,这些家伙再次爆发了动乱。

他静静地拉开了通往六铺席大小的里间的拉门。对面的窗户上拉着廉价的窗帘,偏红色的夕阳余晖透过窗帘照射进来。但由于那光线过于微弱,整个房间还是显得十分昏暗。

几个滑溜溜的圆锥形物体从天花板上倒挂下来,犹如巨大的钟乳石一般。为此,屋里的空间受到了严重压缩,有些地方从地板往上,只有一米五左右的空间高度了。

信一低着脑袋,避开障碍物,朝里侧走去。脸颊不时触碰到一些让人联想起天使羽毛的轻飘飘的东西,鼻孔里也在微微发痒。

他没有拉开窗帘,而是打开了一个大型的人工太阳光灯。霎时间,耀眼的光芒照亮了一个异样的光景。

那是一个能令人觉得深处蚕茧之中的场所。那些形似钟乳石的玩意儿,其实是挂在门框上方和天花板横木上的几十条白色塑料带。这些塑料带舒缓地垂下,形成了一条条的悬链线,而又因这许多条塑料带的内部空间填满了蜘蛛网而形成漏斗状。透过这些"漏斗"朝太阳

第十一章 蜘蛛

灯看去,它们又像一个个巨大的灯笼。墙面上、天花板上,甚至连周边的家具上,也都层层叠叠地结满了薄纱般的蜘蛛网。

这里有成百上千个蜘蛛窝,简直就成了蜘蛛们的合租公寓了。在太阳灯的强光照耀下,那一根根的蛛丝都在闪闪发光。比较简单的,看起来像是白色发带似的,是黄金蛛的蛛网;而与此形成强烈对比,具有更为复杂的立体结构的,则是络新妇的蛛网——连网眼都闪耀着菱形的金色光芒。

自第一次从外面捕捉蜘蛛回来后,信一只要一有空就往郊外跑,开始不停地捕捉蜘蛛了。这个房间里的一切,就是他辛劳汗水的结晶。凭借着异乎寻常的热情与不断的尝试摸索,他的捕蛛技能也日臻精熟。如今,他只要坐在电车里朝窗外一望,就能感觉到哪些地方可能有大型蜘蛛聚集了。而在使用了保冷剂和保温箱之后,带回家的蜘蛛存活率也得到了大幅提高。由于他所到之处的大型蜘蛛全都被他一锅端,想必那些地方在今年夏天,将会有害虫大暴发吧。

倘若要画一张首都圈内大型蜘蛛栖息分布图的话,那么图上的一个小点,也就是他那个六铺席大小的房间的位置,将会显示出蜘蛛异常密集的信息来的吧。这些甚至会在统计学上具有某种意义的蜘蛛个体,虽说拥挤不堪地集中栖息在这个六铺席大小的房间里,可蜘蛛们却显示出了高超的环境适应能力。也许是饵料足量投放的缘故,它们之间几乎就没出现过自相残杀的现象,在融为一体的老巢内,和平共处着两种蜘蛛。

最近,信一晚上也都是用睡袋睡在厨房里,而将里间完全辟为了蜘蛛们的圣地。在平时,没有任何事物会妨碍它们平静地生活。

而令信一感到震惊的是,虽说这些家伙几乎没有脑子,却有着很强的学习能力。只要他一拉开拉门,打开太阳灯,它们就知道开饭时

263

间到了，会从其各自的巢穴深处一个个地爬出来。

眼下，信一的眼前就有一只名叫"南希"的蜘蛛沿着金色丝线爬了过来。这就是这个房间里最大的络新妇。它那黄色、淡蓝色和鲜艳的红色纵横交错着的美丽躯体，既丰满又富有弹性。

本来，黄金蛛在夏天成熟，络新妇是在秋天成熟的。可自从被信一抓来后，在不分昼夜的太阳灯的照耀下，以及营养价值极高的黑蟋蟀的频繁喂食下，它们都已经长成标准个头了。

现在屋里的这些蜘蛛都是雌性的。信一打算再过两三周，也要去捉些个头瘦小，不怎么中看的雄性来。这样的话，到了夏末秋初，肯定会产下许多小口袋似的卵囊，随后便会孵出无数的小蜘蛛来的。他现在就已经满心欢喜地期盼着那一天的到来了。

不知不觉间，数不清的蜘蛛已布满了信一周围的空间，从四面八方将他围了个严严实实。它们都以后面的四条腿支撑着身体，举起前面的四条腿，一个劲儿地摇晃着。信一觉得后背掠过了一阵无比激动的战栗。

"好啊，好啊。都是好孩子。肚子饿了是不是？这就给你们开饭了。"

信一温柔地嘟囔着，从尼龙袋子里抓出黑蟋蟀来，一只一只地放在周边的蜘蛛网上。

那些落到蜘蛛网上的黑蟋蟀，察觉到自己的肚子被蛛丝粘住后，就拼命挣扎着想要逃走。它们自然不会知道，这样的举动反倒会让它们死得更快。

感受到蛛丝网上传来的振动后，蜘蛛们立刻就朝着猎物飞快地爬去。盛宴开始了。

一只猎物所发出的振动，会沿着蛛丝传向四面八方，使整个蛛网世界都摇晃起来。于是，所有的蜘蛛都会一齐陷入兴奋状态，它们灵巧地行走在蛛丝网上，一起奔向猎物。

为了不让心爱的蜘蛛们为了争夺猎物而自相残杀，信一抓起黑蟋蟀后，尽可能均匀地播撒出去。有几只掉到了地板上的黑蟋蟀还想逃走，但大部分都还是被蛛丝网给粘住了。

在此期间，已经牢牢逮住了猎物的蜘蛛，也还在一边手法十分高明地翻转着黑蟋蟀，一边吐出蛛丝，将其裹在死亡之茧中。

面对着蜘蛛们如此这般的捕食场景，信一看得心醉神迷。随着激动不已的战栗，心中还翻腾起了某种妙不可言的快感。

然而，他又突然觉得有什么地方不大对头。自己原本是极度厌恶蜘蛛的，现在却如此兴高采烈，不是很奇怪吗？自己不应该这样的，难道不是吗？

随即，他又朝墙边瞟了一眼。只见自己曾经那么迷恋的电脑和排列着心爱的游戏软件的书架，如今也被罩上了厚厚一层蜘蛛网了。他的内心深处不由得涌起了一股莫名的悲凉。

可是，在此对于快乐的期待不断高涨之际，这么一点不和谐的感受也很快就被他忘掉了。

渐渐地，信一就如喝醉了酒一般，只顾一个劲儿地抛撒着黑蟋蟀。等他回过神来才发现，自己的右手只不过是不断重复着在早已空空如也的尼龙袋里摸索后再空抛一下的动作而已。

一时间，他呆若木鸡，不知所措。

这时，不知从哪儿传来了一些声音。

那是"天使的呢喃"。先响一声，随后便像是与之相呼应似的，众声响起。

来了……来了，来了，来了。

信一瘫坐了下来。他摆出双手抱膝、仰望天花板的姿势，十分陶醉地闭上了眼睛。

无数的天使现身了。它们鸣啭呢喃着,在六铺席大小的房间里回旋飞舞。它们穿过家具,穿过蜘蛛网,一圈圈地回旋着,飞舞着,就像屋子里有几百只麻雀在飞来飞去似的。

不一会儿,"天使的呢喃"渐渐变成了群体的聒噪之声。在歌唱般的奇妙腔调中,时而还夹杂着针对信一的嘲笑和类似精神分裂症病人所说的语义不明的呓语。

"你这家伙,不是××吗?"它们对着信一,不依不饶地如此问道,"你这家伙,其实不就是××吗?你这家伙,其实不一直就是××吗?"

信一极力地屏息静听,可就是那最紧要的部分听不清楚。

明天,电线要爆炸了。明天,会在停止状态下爆炸的。会一直那么停着,不断地爆炸吧。在停止状态下,不停地爆炸。

时钟,不要再让它膨胀下去了。时钟,不要让它膨胀了,要收藏好。时钟,不能让它再膨胀下去了。为什么要让时钟膨胀呢?

从前,被称作黑点。从前,也曾被称作黑点。那是什么?从前被称作黑点的,那是什么?为什么,从前会被称作黑点呢?为什么?那是为什么?

信一像是在拒绝什么东西似的,一直在摇头。他泪如泉涌。泪珠顺着眼角,扑簌簌地往下掉。

然而,他既不恐惧也不悲哀,而是喜极而泣。

他体内灼热似火烧,头脑一片空白,飘飘然有种腾云驾雾的感觉。

下半身痛苦难耐,信一觉得自己无比激昂,像是快要炸裂了。或许是近来有些发胖的缘故吧,感觉牛仔裤绷得太紧了。信一脱去衣服,扔在了一旁。等到身上一丝不挂之后,又将右手伸进了蜘蛛网中,且不断地搅动着,跟绕棉花糖似的,让全身都缠满了蛛网。

第十一章 蜘蛛

随同蛛网一起来的还有几十只蜘蛛,它们在他身上四处乱爬着。总算等到了用餐时间,却被无端打断,蜘蛛们全都怒不可遏。它们也不管什么脖子、胳膊,在信一身上到处乱咬。

尽管他也觉得恶心和疼痛,可同时又感到了无上的喜悦。这是为什么?

带着恍惚感的火花,在他的脑海里接连绽放。信一就这么仰面朝天地躺在地板上,他感觉到身体下面不断地有蜘蛛被自己压死。而就在那一瞬间,他感受到了快感。

悔恨。罪恶感。在暴风骤雨般的快感面前,这一切都只能为之增添色彩而已。信一嘴角垂涎,摇晃着脑袋,浑身痉挛!

这时,在天使们震耳欲聋的聒噪声中,又传出了另一种声音。音乐……是游戏School Days中的主题曲。

最钟爱的歌词,在信一的脑海里复活了。

> School Days,希望与你再次共度,那个心潮澎湃的季节。在那个没有争斗、忌妒、痛苦的世界里。
>
> School Days,希望你再次来临。来到实现梦想的教室。重要的是诚挚的真心,仅此而已。

"纱织里妹妹"在某个遥远的地方,一动不动地凝望着他。不知为何,她的眼里充满了哀伤。

> School Days,啊!造访大地这一神奇的时刻。身穿制服的天使们,正等着你的来临。在那放学后的图书馆。在蝉鸣不已的游泳池。在举办文化节的校园。还有,在傍晚的校门口。

一定存在于某处。Another time, another place.那个天使降临的地方。那就是，天使之丘高中。

不知何时，信一又恢复了平静。他啜泣不已，泪流不止。这次可不是因为喜悦，而是源自内心的懊恼和忏悔。他发现自己在不知不觉间已来到了一个十分遥远的地方，他衷心希望自己能回到从前。

但是，这样的念头也只是一闪而过罢了。压倒一切的快感再次以排山倒海之势涌来。不行了。实在扛不住了。

"纱织里妹妹。对不起了……"

就在他如此嘟囔之际，回旋不已、不断上升的幻想将他紧紧地裹住。在令人眩晕的强烈快感的摆布下，信一就像一条鲑鱼似的震颤着身体。

他呻吟着，睁开了蒙眬的双眼。他看到一只巨大的络新妇正在身边的地板上爬行着。那是"南希"。

信一满脸带笑，悄悄地伸出手去，轻轻地捉住了它。他将"南希"举到眼前，无限痴迷地凝视着它。就在他忘乎所以地将它贴在脸颊上摩擦，不停地加以亲吻的当儿，他的嘴巴却违反他的意志，擅自行动了起来。

等他再次清醒过来时，嘴里已经充满了黏糊糊的汁液了。当他发现自己居然在吃"南希"时，不由得惊骇莫名。

然而，这次，令人目眩的喜悦依旧让信一震颤不已，直翻白眼。

少顷过后，为了获得蜘蛛，他的双手再次在周边慢慢地摸索了起来。

第十二章　美杜莎的脑袋

血红的夕阳从高高的窗口照入，幽暗的混凝土校舍如同已被废弃了一般，空无一人。

伴随早苗走上阶梯的，唯有她自己的鞋跟敲击出的声响。与此同时，她感到自己的心跳正在逐渐加快。

待会儿在依田的研究室里，自己将会看到什么呢？一想到这个，她的手掌心里就开始冒汗。她既期待那些东西能解开高梨的异常自杀之谜，可随着自己离依田的研究室越来越近，却又越来越想溜之大吉。

昨晚从土肥美智子那儿听到的，某青年在电镀工厂自杀的事情，仍像沉淀物似的留在她内心的某个角落里。两者之间或许毫无关联吧。可是，倘若并非如此，那么，自己的将来也同样存在着危险。也就是说，有朝一日，自己也难保不会遭遇同样的命运。

依田研究室的门，就在眼前了。她下定决心，轻轻地敲了几下。少顷，门开了。早苗与依田四目相对。

"请进。"

依田简洁明了地招呼早苗进屋。

"打扰了。"

早苗屏息凝神，打量着四周。因为一进入研究室，她就感到阴气逼人，令人不寒而栗。杀死高梨的凶手，就在这屋里。仅这么一想，她就浑身直起鸡皮疙瘩。

"就是这个。你看吧。"

依田直截了当地说道。早苗观察起他用手指着的那台显微镜来。

镜头下面，只是一条平淡无奇的线虫。两头尖尖的，又细又长，呈半透明状，正在极其缓慢地蠕动着。虽说个头似乎比上次来时看到的秀丽隐杆线虫稍大一些，可模样几乎是一模一样的。

可不知为什么，仅看了一眼，早苗就已经确信无疑，这就是所有灾祸的元凶！

当她从显微镜上抬起双眼时，依田朝她点了点头。

"我暂且把它命名为'Cerebrinema brasiliensis'，即'巴西脑线虫'。还没向任何机构汇报。这，就是'天使'的真面目。"

早苗将目光投向显微镜载物台上的玻璃片，发现仅用肉眼观察的话，那玩意儿也就四毫米到五毫米长。高梨他们真的是因它而死的吗？一念及此，她便感到全身脱力了。

"虽说动物寄生性线虫的形态要远比自生性线虫丰富多彩，可巴西脑线虫的模样，正如你所看到的那样，却是非常正统的。因此，仅根据其外形是很难归类的，估计在'种'上与广东住血线虫和哥斯达黎加住血线虫相差不大吧。"

早苗点了点头。到目前为止，有关线虫症方面的知识，她也仅限于艾滋病机会性感染之一的粪类圆线虫病而已。不过今天一大早，她又翻开了久违了的学生时代使用过的医学书，复习了一下线虫引起的几种主要病症。早苗知道广东住血线虫之类，是因其进入人体后，会入侵大脑、脊髓等中枢神经而闻名的寄生虫。

"我不是医生,这方面有些超出我的专业范围了。据说广东住血线虫能沿着末梢神经进入脊髓,并继续上行,经过脑干侵入头盖骨内侧。考虑到能进入大脑的途径并不多,想必巴西脑线虫也是顺着类似的途径进入大脑的吧。要是这样的话,那么就能在受感染人体的髓液中发现虫体亦未可知啊。"

早苗的脑海里浮现出了实际操作的场景。要是用16号以上的大针头抽取髓液的话……

"可是,还得看时机是否凑巧,估计实际操作起来不太容易吧。"

"要是这样的话,通常又是怎么来加以诊断的呢?"

"那当然还是只能看髓液中的嗜酸性白细胞数量了……"

说到这儿,早苗陡然一惊。为什么之前没注意到这一点呢?嗜酸性白细胞增多,不就是寄生虫感染的共同先兆吗?急救医院里那位负责抢救赤松的医生,不是明确表述过嗜酸性白细胞增多现象的吗?

"不管怎么说,广东住血线虫在中枢神经里发育后,是往肺部转移的。而我认为,巴西脑线虫的终极目标,也就是它的最终宿主,恐怕是脑干。"

"你为什么会这么想呢?"

依田默默地拿起桌上一个较大的金属托盘,放到了早苗的面前。托盘里摆放着几片薄薄的大脑的纵向切片样本,白刷刷的表面泛着淡淡的湿润光泽,一股浓烈的福尔马林气味直冲鼻孔,像是刚从一旁的玻璃瓶中取出来似的。无须说明,这肯定是渡边教授送来的,赤松的脑部样本。

"看了这个,你就明白了。"

早苗接过托盘，观察起大脑的矢状面[1]来。大脑半球的内侧面与胼胝体、脑干、小脑颜色各异，能十分清晰地区分开来。依田用镊子尖指着脑干部分。

早苗凝神看去，隐约可见沿着脑干中央，有一条虚线似的纹路。侧过托盘改变了一下光照角度后，就看得更为清晰了。半透明，长四毫米至五毫米，像是缝纫针脚似的东西，颇有规则地延伸着。"针脚"在断面上时隐时现，连续观察几片样本便可发现，它们从脑干到大脑新皮质，舒缓地画了一条三维曲线。循其踪迹继续观察，还能发现"纹路"并非一路到底，途中还岔出了几条分枝。

早苗凝视着这些图案似的线条，渐渐地又发现这一条条"针脚"原来是已深深地钻入脑干，多半已与周边的组织同化了的线虫。

她不禁打了个冷战。这到底是怎么回事儿？

"从如此井然有序的状态来看，只能认为，巴西脑线虫的基因中早就设定好了侵入大脑后的前进路线了。"

早苗感到了一种莫名的恐惧，连托盘都快拿不住了，便赶紧将它放到了桌上。

"可是……这到底为什么呢？"

"我接下来要说的，还仅仅处在假设阶段，再说，这方面属于你的专业领域，你应该比我更在行的。"

"此话怎讲？"

"几百条线虫排着整齐的队伍前进，这样的行为自然是带有明确的目的性的。考虑到它们活动的场所是人类的大脑，那么，这样的推测应该是成立的，就是说，它们企图以直接作用于大脑的方式，来影

---

[1] 解剖学名词。指按前后方向将人体纵切为左右两部分的所有断面，其中将人体分为左右对等两半的断面被称作正中矢状面。

响人类的行为。"

"作用于大脑？可是，干预人的思维这样的事情，怎么想都……"

"不是思维。你好好看看巴西脑线虫队列都走过些什么部位。正中间那条路线，以脑干里的中脑为起点，经过丘脑、大脑边缘系统，直到前额关联区和颞叶。也就是说，它们正好是沿着A10神经系行进的。"

A10神经系是大脑内的神经系之一，正如它别名"快感神经"或"恍惚神经"所示，专司人类的快感。早苗想起了以前读过的某医学杂志上的论文。内容是有关在被测试者的A10神经系上插上电极，并通上微弱电流的实验的。说是被测试者毫无例外地产生了一种心灵获得解放的幸福感。尤其是在刺激颞叶的内侧皮质的实验中，还不断出现被测试者因获得了过多的快感而产生对医生怀有恋爱情感的错觉。其中甚至有男性被测试者向男医生求爱的现象。

"不好意思，请稍等。你是说，线虫是在通过给予快感而操纵人类吗？"

"正是。"

早苗像是觉得某种神圣的东西遭到了冒犯，不由得对依田也产生了一种几近愤怒的情绪。

"怎么会有这种事儿呢？简直难以置信。这么下等的……单纯的生物，怎么可能操纵人类呢？"

"我的假设，全都是以从你那儿听到的情况为基础的。受到感染的人的人格全都发生了变化，并且都按常理无法想象的方式自杀了，是吧？还有，就是展示在你眼前的，线虫在人的大脑中所走出的井然有序的行进路线。将此两者结合在一起考虑，你要是还有更合理的解释，我愿意洗耳恭听。"

"可是，线虫是几乎没有智能的，难道不是吗？"

"不错。虽说在敲击培养皿的'敲击反应'实验中，能看到线虫在适应之后刺激阈限值[1]减小的现象，但它们还是不具备可称为智能的东西。"

"那它们怎么能操纵人类呢？"

"连医生都只有这种程度的认知水平，真是令人哀叹不已啊。"

依田像是大感意外似的说道：

"你没听说过一种叫作脑虫的东西吗？"

"没有。那玩意儿，跟刚才你说的什么广东住血线虫不一样吗？"

"脑虫不是人身上的寄生虫。譬如说，扁形动物门吸虫纲的Dicrocoelium dentriticum，也就是枪状肝吸虫，就是个著名的实例。它的中间宿主是蜗牛和蚂蚁，最终宿主是羊，且必须经过这三者的体内，才能最终发育成熟。从蜗牛转移到蚂蚁，应该还是比较容易的，可要从蚂蚁转移到羊身上，即便让我们来考虑，也是十分困难的吧。可它就能通过在蚂蚁的脑—食道下神经节上穿孔来控制蚂蚁的行为，最终十分漂亮地突破难关。"

"它是怎么做到的呢？"

"被吸虫感染的蚂蚁会爬上牧草叶尖，用大颚紧紧咬住，然后就像睡着了似的一动也不动了。这样，在羊吃牧草时被一起吃下的概率就很高。在此过程中，很明显，吸虫操纵了蚂蚁的行为。而且，用的还是一种相当复杂的方式。可吸虫本身，却是连一丁点的智能都没有的。不仅与作为其中间宿主的蚂蚁无法相比，恐怕还在线虫之下吧。"

"可是，蚂蚁的脑与人类的大脑，复杂程度可是有着天壤之别

---

[1] 指引起生物体兴奋所需要的最小刺激的强度值。

第十二章 美杜莎的脑袋

的呀。"

"脑容量再怎么大,对它们也构不成多大障碍。"

依田毫不退让地说道:

"事实上哺乳类动物的大脑受到控制的实例,也并不罕见。感染了狂犬病的狗,会到处乱窜,逮谁咬谁,是不是?倘若这都是偶然行为的话,你不觉得对于狂犬病病毒太有利了吗?"

"可是,在人身上……"

"也同样可以举出许多实例呀。你是精神科的医生,想必听说过梅毒感染患者在性行为上的变化吧。梅毒螺旋体能明显提高感染患者的里比多[1],并使其增加性行为次数。更为浅显的例子是感冒患者通过打喷嚏来散播病毒。这不就是人受到了病毒的控制吗?"

早苗陷入了沉思。

"当然,病毒是没有思考能力,没有意志,也没有意识的。不仅如此,就连自主繁殖、保持稳态[2]的能力也没有。就这点来看,与其说是生物,不如说是存在软盘中的国际象棋程序更确切些吧。可即便如此,它照样可以随心所欲地操纵宿主。因为,寄生虫只要能充分利用宿主的智能就行了。"

确实,对寄生虫而言,宿主的整个身体和所有的能力,都是可供利用的资源。然而,对于其中也包含宿主的智能在内,早苗依旧难以接受。

"照你这么说,宿主的智能非但不成为寄生虫的障碍,反倒是智能越高越好了?"

"应该就是这么回事儿吧。就拿刚才的脑虫来说吧,要是蚂

---

[1] 由弗洛伊德提出的一种与性本能有联系的潜在力量。
[2] 指正常机体通过调节作用,使得各个器官、系统协调活动,共同维持内环境的相对稳定状态。

蚁的神经系统更原始一点的话，要使它被羊吃掉，困难肯定也更大吧。……在此意义上来说，人的大脑就相当于最新款的电脑，具有最快捷的操作性能啊。"

"可是，照此推论下去的话，寄生虫不就必须事先设想好所有可能发生的事态，并将其写入DNA里了吗？毕竟人类的行为要比蚂蚁复杂得多，在现实生活中遇到的环境也是千变万化的。那不就需要无比庞大的程序了吗？"

依田伸手摸了一下实验桌旁的电脑。一台是已经用旧，机壳已经发黄了的麦金塔电脑，另一台是较新的Windows机型的电脑。

"你玩过电脑游戏吗？"

"没有。"

"我在等待费时较久的实验结果时，常会打游戏消磨时间。尽管围棋软件还处在令人可笑的初级阶段，可日本的将棋软件已完全够得上业余二级到三段的水平了。可要说到国际象棋的软件，由于那是从电脑诞生那会儿就同步加以研究的，所以已几乎达到炉火纯青的地步了。不久前，有着'史上最强冠军'的俄罗斯棋手卡斯帕罗夫，就败在了IBM公司（国际商业机器公司）的超级电脑'深蓝'手下。如今，能够打败电脑的业余棋手，已几乎不存在了。我也多次挑战过市面上公开出售的下棋软件，要是将难度设定为最高级别，别说赢它了，就连要跟它下成和棋也绝无可能。"

一时间早苗不知道依田到底想说什么，不由得一脸蒙。

"可是，我的国际象棋软件虽说刁钻如恶魔，能将自以为是的人玩弄于股掌之间，其大小却只有区区1.5MB[1]。"

1　MB即MByte，是计算机中的一种存储单位，意为"兆字节"；下页的GB意为"吉字节"；下文的Mbit也是一种存储单位，意为"兆比特"；下页的Kb意为"千比特"。1Byte=8bit。

"那……也就是一张软盘的容量？"

"这就是说，设计巧妙的软件，其实并不需要多大的容量。而另一方面，调查巴西脑线虫的遗传基因后得知，其容量大得惊人——居然是秀丽隐杆线虫的13倍以上，达到了1300Mb[1]。也就是说，扣除了作为身体设计图纸的最低限度部分，还有多于1200Mb的冗余。呃……说得再透彻一些吧。1Mb就是100万组碱基对，而每组碱基对中又有4种碱基，所以1200Mb就是4乘以1200M的信息量，也就等于2乘以2400M的信息量，2400Mbit。而1Byte等于8bit，所以2400除以8等于300MB。简单比较一下大小的话，就是刚才所说的国际象棋软件的200倍。当然了，事实上DNA中的多个密码子对应着相同的氨基酸，同时还必须考虑内含子和垃圾DNA以及重复排列等因素，是很难简单类比的。"

"你是说，这里面就包含着操纵人类的程序了吗？"

早苗觉得脑袋有些发晕。

"呃……那么线虫以外的动物的染色体，又拥有多大的信息量呢？"

"大肠杆菌的染色体大约是4700Kb，以刚才同样的方法换算的话……大概是1.2MB吧，这也就是一张软盘的容量。粗略而言，人的染色体大概是大肠杆菌的一千倍，所以信息量就相当于1GB多点吧。也就是说，电脑硬盘是能够轻松容入可称为人类本质的所有信息的。"

早苗再次将目光投向显微镜的载物台上。1GB多点与300MB……这么小的线虫居然需要接近人类三分之一的信息量，确实只能认为是异乎寻常的了。

---

1 用来表示DNA长度的单位。

"至于巴西脑线虫为什么需要如此庞大的染色体，目前还不清楚。或许正如刚才所说的那样，那里面载入了某种程序，可我又觉得似乎还不仅限于此。因为，染色体变大后，就需要更大的核、细胞与之配套，这样就会带来散热问题，并非有百利而无一害。不过，微小而细长的线虫，或许也不用担心像电脑中劣质芯片似的因过热而走火吧。"

直到现在，对于依田的解释，早苗仍处在半信半疑的状态之中。她心想，这又不是什么科幻作品，线虫操纵人类这种事情，在现实中真会发生吗？

"可是，巴西脑线虫又是怎样给大脑以快感的呢？"

"这个也还不清楚。一切都还处于假设阶段。不过，按常理推测的话，不是分泌某种脑内麻药之类的化学物质，就是给予电信号刺激吧。在外行人眼里，这些痕迹还真像是电气线路呢。"

依田指着赤松的大脑切片样本说道。像这样离开一段距离来看，那些"针脚"只像是普通的脂肪或某种胶质的条纹。与此同时，由于它们具有人工记号一般的规则性，又会让人联想成一连串井然有序的符号。

神经系本身就是一种电路，神经电流的传导是通过沿着神经纤维一连串被称作"发火"的放电现象得以完成的——虽说这仅仅是以前在教科书中学到的知识。

"我记得A10神经是一种'无髓神经'。就是说，无论什么位置，也都不是绝缘的。因此，从巴西脑线虫的角度来说，就无须像在'有髓神经'上那样去寻找'髓鞘'的接缝，十分容易就能接触到神经了。"

依田点了点头，从桌上拿过笔记本来，快速而潦草地画起了像是线虫的神经系统似的简图来。

"与人类相比，线虫的神经系统要简单得多。除了缠绕在消化管上非常原始的大脑—神经环以外，还有一条沿着身体延伸的腹部神经，仅此而已。侵入人体大脑的巴西脑线虫由于没必要自主运动，它自己的神经系统也就不再需要了。或许它通过'废物利用'，让自己的神经系统处于异常兴奋的状态而'发火'，然后通过躯体两端的口针或感觉毛，向A10神经系统传递刺激吧。也就是说，它一身兼具了发电机与导线的功能。一条线虫的发电能力或许是微不足道的，可它们全都串联起来了。要是几百条线虫同步发出脉冲的话，就有可能操纵原本就对电流十分敏感的A10神经系统了。"

依田转向早苗，继续说道：

"如果这样的话，那么你所说的'天使的羽翼声'和'天使的呢喃声'，或许就能得到解释了吧。"

"是啊。毕竟直接刺激大脑的话，是任何事情都有可能发生的……"

早苗微微合上眼睛思考了起来。

"要是设想巴西脑线虫是以广东住血线虫同样的方式入侵大脑的，那么我认为，'羽翼声'与'呢喃声'恐怕不是一回事。不仅因为它们响起的时机不同，而且单纯物理性质的'羽翼声'与语言化了的'呢喃声'，在本质上也是有所不同的。"

"哦，这又是怎么回事儿呢？"

眼下，所有的观点都还只在突发奇想和推测假设的范畴之内。然而，与依田之间的这场"头脑风暴"，倒也强烈刺激了早苗的灵感。

"就是说，所谓'天使的羽翼声'，也即鸟类翅膀的呼扇声，估计是线虫到达脑干之前，经由小脑，进入内耳迷路所引起的吧。而'天使的呢喃声'，恐怕是线虫进入脑干并完成了某种程度的阵形，刺激了传递听觉信息的中脑里的蜗神经核所导致的结果。至于与精神分裂症的幻听极为相似，或许是线虫对专司语言的颞叶中的辅助运动区也施加了影响的缘故吧。"

"果真如此的话，那么问题就在于它们为什么要引发幻听了，是吧。"

依田像一只内心愉悦的猫咪似的，眯起眼睛来说道。

"是啊。为什么呢？"

"巴西脑线虫恐怕是不会毫无意义地去引发幻听的。倘若它们特意路过一下内耳，肯定是为了获得某种好处。"

好处……这时，早苗突然想起，最重要的事情还没问呢。

"依田先生，巴西脑线虫操纵了人类，到底想要人类做什么呢？"

家庭餐厅"贝鲁达"内十分热闹，挤满了拖家带口的客人，还有成双成对的情侣和身穿西装的上班族。

看着菜单，早苗不由得叹了一口气。尽管那上面日式、西式、中式以及各种异国他乡的饭菜一应俱全，可她还是几乎找不到想吃的东西。大块的肉类什么的，她觉得现在难以下咽；汤面或意面之类细长条的东西又会引发不愉快的联想，故而这些都只能忽略掉；寿司之类带生鱼片的，平时倒是挺喜欢吃的，可今天偏偏没有胃口。

眼下她正处在一种古怪的状态之中，就心情而言，是没有一点食欲的，可由于用脑过度，生理上又觉得十分饥饿。因此，尽管接受了经常来此吃晚饭的依田的邀请，跟他来到这个就在大学附近的家庭餐厅，却连一样想吃的东西都想不起来。服务生拿着点菜机过来了。无奈之下，她只点了牛角三明治和玉米浓汤。

"只吃这些就行了吗？"

依田颇觉意外地挑了挑眉毛，随即就给自己点了葡萄酒和三百克的蒜味牛排，还加了一句"五分熟"。

确实，没有这股子满不在乎的劲儿，恐怕是干不了生物学研究的吧。早苗再次打量起依田的脸来，也再次感到不可思议。跟这回似的，就在自己身边不断发生从未有过的可怕事件之际，自己所挑选的可以对其开诚布公的合作对象，居然既不是一直信赖有加的学姐土肥美智子，也不是以大报社为坚强后盾的记者福家，居然是这位乍一看不讨人喜欢，也像是难以接近的、独行侠一般的研究人员。个中缘由，连她自己也搞不清楚。

与依田见面，今天已是第二回了，可先前留下的他的脑袋瓜绝顶聪明的印象却一点也没变。与高梨相比，他更具成熟的男人味，而在不无辛辣的幽默感上，两人又极为相像。

除此之外，依田身上还有会让人联想起高梨的东西。其中之一就是他那纤细而强有力的手指。还有……

早苗发觉自己竟然在将依田与高梨作比较，不由得暗自心惊。

"我说，作为你刚才提问的答复，那些入侵大脑的线虫，其实就是执行自杀性攻击任务的'特攻队员'。"

依田突然说起话来，且没有特意放低声音。

"正如你刚才所看到的那样，那些家伙已经同化为脑神经系统的一部分了，它们将这么着走向死亡。虽说它们或许可以吞食脑神经胶细胞来获取能量，却无法自行繁殖。可与此同时，它们的无性繁殖的个体却能在人体的各个部位发育成长。另外，你知道芽殖裂头蚴这种寄生虫吗？"

"不知道。"

早苗摇了摇头。这时，她又发现了一个依田与高梨的共同点，那就是眼睛。一双淡棕色的眼睛，像是为了证明其主人旺盛的精神活动似的那双眼睛里不住地闪烁着光芒。

"那是一种至今不明其感染途径，在分类学上也难以定位的、谜一般的寄生虫。在人体内，它是裹着一层薄囊的。不仅大小从一毫米到十厘米各不相同，就连形状也是五花八门的，简直叫人觉得是被上帝一条条地胡乱制造出来的。有的像粗短的蜥，有的像发了芽的球根，有的像细长的带子，还有的身上长满了数不清的凸起物……繁殖时，各个虫体都会发芽，并在其前端形成一个新的囊。并且，这种芽殖裂头蚴会在人体的皮肤、肌肉、肺部、肠子、肾脏、大脑等各个地方进行无限制的繁殖。而对此，医生不仅无药可治，还由于数量庞大，也没法实施外科摘除手术。其结果，就是患者的全身组织都长满了虫……"

"依田先生！"

早苗慌忙低声制止了他，因为坐在依田背后的一对情侣正朝着这儿翻白眼呢。

"这个好像不适合在餐厅里谈啊……"

"哦，是啊。人家还在吃饭呢。"

依田嘴上这么说，可一点也没有怯懦的神情。

两人一时无话。由于"贝鲁达"的店内是禁烟的，依田显得有些无所事事，没着没落。于是，早苗便找些无关紧要的闲话来聊。

"您经常在这儿用餐吗？"

"一星期两次左右吧。也只是在做实验搞到很晚时，才会来。"

"您夫人不说什么吗？"

"我妻子，去世了。"

看到依田脸上的表情转暗，早苗后悔自己问了这么个问题。

"已经五年了。是因为交通事故。"

"对不起。我不该问这么私人的问题。"

"不，这也没什么。"

说罢，依田又陷入了沉默。这时，正好饭菜端上来了。
"来，快吃吧。饿着肚子，脑袋也灵活不起来的。"
依田故作开朗地说了这话之后，就切割着牛排，默不作声地吃了起来。
原来在强劲与冷静的面具下面，依田的内心深处也存在着挥之不去的绝望与空虚啊。早苗觉得自己的心头在隐隐作痛。
早苗吃着三明治，心想，自己又能帮他些什么呢？

用餐过后回到大学，已过了晚上八点钟。理科和研究生院大楼依旧灯火通明，而文科大楼的房间，有一大半已是黑灯瞎火的了，恰好形成了一个鲜明的对比。
在农学院大楼的生化工程区，他们遇到了多名身穿休闲T恤、牛仔裤的年轻人，像是大学生或研究生。比起早苗傍晚来的时候，似乎人数还增多了一些。
两人并未去依田那个位于二楼的研究室，而是进入了地下室。
进入一个挂着"微生物培养室"牌子的房间后，依田打开了屋里的电灯，并让早苗在椅子上坐了下来。
"我的研究室里器材不很齐备，所以时常会到这儿来借用一下的。"
这个房间里的色调统一为淡绿色，除了放在屋子中央的面对面式无尘工作台之外，靠墙还满满当当地摆放着高压灭菌器、干热灭菌器、屏蔽式冰箱等。工作台上也放着细胞培养用的离心仪、振动装置和倒置相差显微镜等仪器。这儿的设备看起来确实要比依田的研究室里完备得多。
"给你看个有趣的东西吧。"
说着，依田从二氧化碳孵化器中，取出一个底部尖尖的圆筒形培养瓶。瓶的内侧，附着一层白色的网格。

"这是什么？"

接过培养瓶后，早苗问道。依田只是诡笑，却不予回答。早苗将脸贴近这奇妙的几何图形仔细端详之后，突然觉得自己的脸色肯定已发白了。原来这层白色的网格，是由聚集在培养瓶玻璃内壁上的无数条线虫构成的！虽说它们一条条的个体是近乎透明的，可大量聚集后就显得白刷刷的了。

"不知为何，线虫类都有个奇妙的共同特性。那就是，在烧瓶或培养瓶中大量培育后，它们总会爬到玻璃壁上去，并构成独特的网格图案。而这种图案，又是因线虫的种类不同而各不相同的。你不觉得巴西脑线虫构成的这个图案，是相当复杂且优雅的吗？"

"……这些全都是巴西脑线虫？这么短的时间里，你已经成功培养出了这么多了？"

"是啊。不过这些并不是继代繁殖培养成功的。这是因为在渡边教授送来的脑部以外的组织样本中，已经发现了大量的虫卵了。"

回想起刚才在家庭餐厅里听到的芽殖裂头蚴，早苗不禁毛骨悚然。

"多亏了他提供的样本，我得以观察到了巴西脑线虫的各种行为。将它们置于干燥的环境下，或用强紫外线照射的话，它们就聚在一起形成球状。这当然是在其他种类的线虫身上也十分常见的，一种叫作'聚合'的防御行为。并且，它们还会在聚集状态下，转移到更舒适的环境中去。这种行为叫作'群游'。还有，当然这也是'群游'的一种变型——"

说着，依田这次拿起的是一个直径十厘米左右的大培养皿。

"你的运气不错。它们正活跃着呢。"

这个培养皿中大概有一百条巴西脑线虫，但与在培养瓶中的同伴不同的是，它们居然全都直立了起来，还在摇摇摆摆地晃动着身躯。

"这些家伙全都头部朝上，靠尾部站立起来了，是不是？这时，要是遇到了什么凸出物，它们就会行动一致，聚集到那上面去。这是一种动物寄生性线虫所特有的、十分显著的行为。它们就是靠如此行为来寻找宿主，打探寄生机会的。"

早苗将双眼靠近直立摇摆着的巴西脑线虫，仔细端详之后，渐渐地就觉得这些家伙似乎是在物色自己。或许是知道了线虫的构造与人类出乎意料地相近的缘故吧，仅仅看到它们直立起来后，早苗就禁不住认为它们是拥有自主意识的了。

眼下，虽说它们与自己分处两个空间，可也仅仅是隔着一层玻璃而已。随即，早苗便像是怕刺激了这些巴西脑线虫似的，小心翼翼地将培养皿放到了实验台上。

"这……就是巴西脑线虫感染宿主的方法吗？"

早苗问道。她心想，要真是这样的话，那么走在野外时，如果脚踝处感到一阵刺痛，就可能是在自己不知不觉的情况下已经成了它们的宿主。

"不，不是这样的。寄生性生物全都是机会主义者。只要将它们放在宿主体外，它们就会如此这般地打探寄生的机会。可是，其成功的机会却连万分之一都不到。微生物生存环境之严酷，是远远超出我们的想象的。一般情况下，在找到宿主之前，它们就已经成了其他生物的美餐了。即便遇到了难以置信的好运，能够顺利侵入宿主体内的概率也几乎为零。事实上，我已经做过这样的实验了。将实验用的裸鼠放入小盒子内，让它与十几条巴西脑线虫共处一段时间。巴西脑线虫自然是想侵入其体内的，可真的成功突破裸鼠皮肤的防御的，却连一条也没有。要是换了被毛发严密覆盖着的猴子的皮肤，恐怕就更是比登天还难了吧。"

"可要是这样的话，它们再怎么是机会主义者，不也是毫无意义的吗？"

"我还做了另一个实验。用带子绑住食蟹猴使其动弹不得之后割伤它的皮肤，然后将巴西脑线虫放在伤口上。这时，线虫就十分顺利地进入了猴子的体内。后来又知道，它们还具有从眼球、内耳和黏膜等处入侵的能力。就是说，它们是可以利用动物交配的机会，完成个体间的移动的。"

"果真如此的话，那么巴西脑线虫症今后应该当作性病来处理了？"

早苗压低了声音问道。她差点被从内心爆发出来的恐慌所压倒。因为，高梨回国后不久，他们是有过一次同床共枕的。

"嗯。不过也仅仅是存在这种可能性罢了。尤其是戴了避孕套的话，那么感染风险就比艾滋病低得多了吧。"

"那么，它们原本又是如何进入宿主体内的呢？"

依田的回答让早苗放心了。再说，要是自己在那会儿已经感染了的话，那么这会儿应该已经出现症状了吧。

"这个嘛，想必你也已经猜到了吧。高梨先生、赤松先生，恐怕还有白井女士，他们都是在同一时期在亚马孙感染的。更何况听说一直跟他们一起行动的蜷川先生和森先生也都下落不明了，估计是全体同时感染的吧。这样的话，就只能认为是通过食物感染的了。"

"那就是说，他们在被诅咒的沼泽那儿吃的那只猴子……"

"是只秃猴，是吧。我也觉得这种可能性最大。"

依田举起那只被巴西脑线虫编织出网格花纹的培养瓶，面无表情地端详着。

"若从别的理由来考虑，巴西脑线虫的最终宿主也可能是秃猴之类卷尾猴科的同伴。并且，在此之前，应该还存在多个中间宿主的。

我问过一位搞灵长类动物研究的朋友,他说秃猴基本上是一种食草动物,但也吃昆虫之类。"

"你所说的'别的理由',是什么？"

"大脑。虽说巴西脑线虫感染人类可能只是个偶发事件,可从它们以如此完美的队形到达脑干的情形来看,其原本的宿主也应该是拥有相当大的大脑的动物。有一种学说认为,卷尾猴是拥有可与黑猩猩相匹敌的智能的。而在南美,除它们之外,就再也没有这样的动物了。"

早苗想起自己在用餐前提出的问题,尚未获得解答,便问道：

"巴西脑线虫到底想要猴子干什么呢？"

"跟脑虫要蚂蚁干的一样——要它们被捕食者吃掉。"

依田若无其事地回答道。可早苗听了,只觉得后背发凉。

"巴西脑线虫侵入秃猴之类的猴子体内后,就会支配其脑干,通过给予快感来操纵其行为。在餐厅我没说完的是,侵入大脑的巴西脑线虫个体,是无法留下子孙的。可取而代之的,则是与它们一卵所生的无性繁殖的个体会遍布宿主的各个部位并大量产卵。而这些卵,其实也等于是操纵大脑的线虫的直系子孙。"

"这,简直是难以置信……"

即便在理论上说得通,也绝不像是现实中真会发生的事情。生活在严酷环境中的微生物的生存逻辑居然会影响到与人类最为接近的猿猴的行为！给人的感觉就跟在街角处看到一只蟑螂逮住了猫狗后"吭哧吭哧"地狂啃一般。

"你用传真发给我的,那个叫卡普兰的学者的手记,也可以作为佐证的哦。"

那个亲手杀死了心爱的妻子,然后又十分悲壮地自焚而死的卡普兰……一想到他那本令人哀伤不已的手记,早苗的内心就隐隐发痛。

她自己清楚，痛失高梨所造成的内心创伤，至今仍未得到治愈。

"就是其中关于'隐士'的记述部分。在感染巴西脑线虫的初期，宿主的食欲与性欲像是会异常增强的——想必这也是受到操纵的结果吧。食欲增强是为了给线虫补充营养，使其在群体中发生滥交行为，估计是为了增加传播机会吧。而将这样的个体从群体中驱逐出去，恐怕是因为秃猴已完成避免感染巴西脑线虫的对抗性进化了吧。巴西脑线虫的最终目的，应该就是让受感染的秃猴被角雕或美洲豹之类的捕食者吃掉。这样，散布在秃猴全身各个组织中的巴西脑线虫，就会在捕食者的体内孵化，并通过其粪便，完成朝下一个宿主的转移。"

早苗的脑海里浮现出了一只由于受到区区几毫米的寄生虫的控制而主动让天敌吃掉自己的、可悲的猴子形象。

"那么……人感染后，又会怎样呢？"

"这也就是你之前问的问题，是吧。老实说，刚才所说的秃猴感染巴西脑线虫后的情形也仅仅是推测而已，所以要回答你这个问题，就只能在推测的基础上再加推测了。不过，我觉得至少可以这么说吧：从巴西脑线虫这方面来讲，在感染了人之后，是应该发出与感染秃猴后相同的指令的。也就是说，令其'被捕食者吃掉'。"

早苗的脑海里又浮现出了跑去野生动物园的赤松的身影。她看了看依田的脸，发觉他似乎也想到一起去了。

"可是……呃，赤松先生的情况或许可以这么来解释吧，可高梨是服安眠药自杀的呀。再说白井女士为什么非要带着孩子一同自杀，就更搞不懂了。"

"这方面嘛，比起我来，你这样的专家应该更能做出靠谱的推理吧。较为直截了当地考虑一下的话，可以认为他们是企图用一种与被捕食者吃掉相类似的方式自杀。只是人的大脑要比猴子复杂许多，或许巴西脑线虫的指令在人类内心的各式各样的压抑、情结的影响下而呈现出了某种变型吧。事实上在我们的周边，几乎是看不到能够捕食人类的生物的。因此，巴西脑线虫的最终指令或许也会变得与其原本的'企图'有所不同。但在此前阶段中的食欲与性欲大增，应该是同秃猴感染后没什么两样的。"

早苗垂下了眼帘。她知道依田说的是高梨。可一想到高梨竟然因大脑受那么微小的寄生虫控制而无可逃避地走向死亡，她就怎么也无法忍受。

"巴西脑线虫，还可能有别的感染途径吗？"

"你为什么要这么问呢？"

早苗给依田讲述了在电镀工厂自杀了的那个青年的事情。手段之离奇，叫人不得不觉得与高梨他们那一连串的自杀是有着共同点的。而万一这也是由于巴西脑线虫所引起的话，那就说明已经发生了二次感染了。

依田抱着胳膊陷入了沉思。少顷，他说道：

"我还有一个东西要给你看。"

说罢，他就站起身来，走出了实验室。早苗也赶紧随他而去。

走过一段幽暗的走廊，依田打开了一个挂着"小动物饲养室"牌子的房间的门。

这是个是十铺席大小的房间，响着轻柔的空调声，给人的感觉，比之前看到的任何一个房间都更具无机特性的金属感。仔细一看，发现屋里的大部分地方都被银色的不锈钢板覆盖着。右侧的整面墙都是固定式的饲养架，而这些架子的高度，都是能够自由调节的。

最靠前的一排笼子里，装的都是兔子。一只只肥肥胖胖的兔子，就跟嫩肉鸡似的被塞在与它们的个头差不多大小的笼子里，身上这儿那儿的，沾着肮脏的脱毛。早苗靠近后，它们也没作出一丁点儿动物所应有的反应。

早苗观察了一下兔子的眼睛,发现倒还有作为生命标志的对光反射,但已完全没有了感知的光芒了。透着血色的双眼中,有的只是照明的反光,即便仍拥有视力,恐怕也是什么都不看的。

疯了……早苗确信这一点。尽管她明白这也是无可奈何的事情,可内心还是充满了针对用动物来做实验的抵触,并感到苦闷不堪。

"我要给你看的可不是兔子,而是这个。"

依田大声说道。他似乎一点都没察觉到早苗已然深受刺激之事,用手指着的,赫然是一只关在大笼子里的猴子。那猴子一副坐立不安的模样,在笼子里来回走动着,见到早苗后就龇牙咧嘴扮了个哭脸。除了体毛呈灰色,尾巴较长以外,跟日本猕猴没什么两样。

"这是食蟹猴。就是用它做了我刚才所说的巴西脑线虫感染实验。"

早苗听说,近来要用猴子来做动物实验的话,必须办理十分麻烦的手续了。

"你是用什么名义申请到实验许可的呢?"

"没申请。"

"啊?可是……"

"你说的是将灵长类动物用于实验时的伦理标准吧。那是美国的学会自己制定的,不过也确实成了事实上的国际标准了。可是,就目前阶段而言,还不能向大学汇报巴西脑线虫的事儿。所以这只猴子是我自己掏腰包,从宠物商店里买来的。因为,要做巴西脑线虫的继代培养,这家伙是无论如何也少不了的。"

"可是,用了宠物猴子,就没法获取令人信服的数据了,不是吗?"

实验用的动物,必须在严格的饲养条件下培育好多代才行。

第十二章　美杜莎的脑袋

依田点了点头。

"我知道。反正以后肯定要委托正规机构重做实验的。"

食蟹猴在早苗面前低下了脑袋。早苗不经意地看了它一眼，心里不禁"咯噔"了一下。因为，透过它头顶薄薄的毛皮，可看到好多条蜿蜒曲折的白色条状凸起。

"这是移行疹。从头顶处呈放射状延伸。"

依田一边说着，一边还在自己的脑袋上边比画着。早苗想起，高梨他们杀死的那只秃猴，头部也有像是伤痕一般的条状凸起。

"是线虫想侵入大脑，结果误入了头皮下面了吗？"

"不。要想突破硬膜和头盖骨是不可能的，估计是一些走别的路径的线虫吧。看这模样，就跟它们知道骨头下面就是大脑，故而拼命在寻找入口似的，是不是？"

"是啊。不过还像另一个东西。"

"什么？"

"像头发为蛇的美杜莎的脑袋。"

依田惊得目瞪口呆。

"哎呀呀，真是令人吃惊啊。没想到你会说出这话来。荣格所谓的共时性[1]竟然真的存在啊。"

说着，他将一根试管装到了显微镜上。这里的显微镜虽说也是倒置相差显微镜，可比起"微生物培养室"里的来，像是要简易得多。虽说它无法摄影什么的，但操作简单，能直接看到试管或培养皿中的东西。

"再看看这个。"

---

[1] 瑞士心理学家荣格于1920年代提出的一个概念，也译作"同步性"。指两个或多个毫无因果关系的事件同时发生，其间似隐含某种关联的现象。

照他所说，早苗将眼睛凑近了显微镜的目镜。

她的视野中央出现了一个模糊的球状物。调节微调旋钮后，就能准确对焦了。

那是由许多线虫聚集而成的球体，正在液体中浮游着呢。

"在食蟹猴的血液中，发现了许多这样的线虫聚集团。都是巴西脑线虫的Ⅰ期幼虫。与成虫相比要小得多，只有四百微米到八百微米。"

"它们为什么要结成球体呢？"

"其他线虫也会采取如此行为的。——当然这也是我的猜测而已。已知的像班氏丝虫的幼虫微丝蚴，在血管内移动时，就会以五十条到一百条为单位，以血液中纤维素为中心，尾端相连地结成这样的球体。既然形态如此相似，估计巴西脑线虫也是利用血液循环来完成在宿主体内的快速移动的吧。"

说到这儿，依田停顿了一下，脸上露出了微笑。

"刚才，我之所以说到了'共时性'，是因为想到了这种球状体的名称。微丝蚴的球体，就被称作'Medus ahead formation'。"

"Medus ahead formation"或可直译为"美杜莎的脑袋阵形"吧。早苗的眼睛简直无法从显微镜上移开。因为此时线虫已从球体上昂起了蝮蛇脑袋似的头部，并摇摇摆摆地蠕动着，简直跟怪物美杜莎的脑袋一模一样。

这时，早苗又想到另一件事——卡普兰手记里的复仇女神，不是也跟美杜莎一样，长着一头蛇发吗？莫非卡普兰也看到了与此相同的景象了？

"研究了'美杜莎的脑袋'后，我发现了一个可用于实验的巨大优势。之前，我也曾将巴西脑线虫的成虫像对待秀丽隐杆线虫的幼虫似的，用同样的步骤加以冷冻保存过。可遗憾的是，解冻之后，却发现统统死掉了。可是,将'美杜莎的脑袋'浸在百分之十五的甘油里,再慢慢冷冻,却可以在零下七十五摄氏度实现半永久性保存。解冻后的Ⅰ期幼虫,一条条都能像先前那样活动起来。"

听依田说这话的口吻,似乎他还十分珍爱这巴西脑线虫似的。早苗的思绪忽然被依田刚提及的一个寄生虫的名字给勾住了。

"你刚才在举会形成'Medus ahead formation'的线虫实例的时候,提到了班氏丝虫的微丝蚴……"

"是啊。那就是有名的象皮病的病原体。这方面或许你更在行吧。"

象皮病是一种遍布从中南美、非洲、东南亚到南太平洋等地的、世界性的热带病。得此病者的下肢、阴囊等处的皮肤会极度肿胀,看起来就跟大象的皮肤似的,故有此名。在日本,以前在九州、四国、西南诸岛也很常见,著名的例子是历史上江户时代的政治家西乡隆盛,他也因患此病而苦恼不已。

"班氏丝虫是通过赤家蚊来传播的。"

"嗯。也有观点认为,微丝蚴之所以要结成球体,是为了便于在其血液中移动的同时,被蚊子等吸血昆虫吸走。当然了,这种概率与中彩票差不多吧。即便如此,不过班氏丝虫一天能产几万个卵,也足以完成传播了吧。"

"依田先生,要是巴西脑线虫也通过蚊子来传播的话,那不是一眨眼的工夫就传遍全日本了吗?"

见依田的神态也太过轻松自若了,早苗不由自主地厉声喝问道。

"这个嘛……一是其数量不如班氏丝虫那么多,二是巴西脑线虫的幼虫或'美杜莎的脑袋'个头都要比班氏丝虫的大,是否能通过蚊子的口针也是个问题。当然了,这种可能性也是无法完全否定的。"

"既然这样,不就应该马上通过保健所发布警告了吗?"

"这可不行。"

"为什么？"

"因为还没有通过蚊子感染的确证。"

"可是……"

"你也应该很清楚吧。日本的学会，一旦某个权威人士做出了判断，没有充分的证据是无法推翻的。"

从药害艾滋病事件[1]中日本教授所扮演的角色，以及日本法医学会权威对某重大事件做出不当鉴定等实例，就能清楚地看出，真实情况正是如此。

事实上那位连早苗都久闻大名的医学泰斗已经公开表示过"没有危险"了。倘若不能做到铁证如山，像厚生省那样的政府机关是不会去驳了他的面子而改变方针的。

要是这样的话，剩下的道路就只有一条了。那就是与依田同心协力，早日探明巴西脑线虫的感染机理。

早苗又看了看那只头顶上有着白色移行疹，坐立不安、不停走动着的食蟹猴。

倘若线虫已经侵入脑干，那么即便是现代医学也对其束手无策。

所能做的，只是为其穿上防止自杀的束缚衣，单独监禁而已。

---

[1] 指1980年代初日本在临床治疗血友病的过程中，大量使用了从美国引进的非加热浓缩血液制剂，将之作为止血剂，结果造成许多人感染艾滋病病毒甚至死亡的事件。

第十三章　牙齿与指甲

　　八月也已经接近尾声了。虽说今年整个日本列岛的气温与往年相比，也并没有高出多少，可首都圈却因高楼大厦、工厂、汽车等排出的热量而成了个大火炉。从卫星拍摄的红外线照片上，也可清晰地看出，该地区已成了一个耀眼的巨大"热岛"了。

　　临终关怀服务机构里的空调从一大早就马力全开了，可依旧一点也不见凉快。早苗心烦意乱地眺望着窗外，触目所及的所有大楼里，肯定也都将空调的风力开到最大了吧。光是计算一下这些空调所需的电力，应该就是个十分庞大的数字吧。为此，政府与电力公司在明知有风险的前提下，不断新建原子能发电厂，可结果呢，所发的电还不是全都用在空调上，掉入了助力室外气温上升的恶性循环之中吗？

　　每年一到夏天，她都会觉得温室效应正在逐年加剧。如今的日本，或许说它已完成了亚热带化也毫不为过了。从前，疟疾在日本的西南部是十分常见的。现在看来，疟疾死灰复燃，再次出现大面积感染，恐怕也只是时间问题了。并且，下一次的广泛传播，将会出现在以东京为首的人口密集区域了吧……

这时，电话铃声响了。

"喂——"

"你好，我是福家。"

听筒传来的这个声音，居然让早苗不可思议地感到了些许亲切。

"你好，我是北岛。你的调查，又有什么进展了吗？"

"呃，赤松先生的那个事件，还是没有进展啊。今天想跟你说的是另一件事……怎么说呢？或许也有关联吧。"

听筒里传来了福家那刺耳的干咳声。

"我是说，跟近来一系列诡异的自杀事件可能有关联。"

早苗舔着嘴唇，小心翼翼地问道：

"你说的诡异的自杀，是指……"

"今天早上的报纸你看了吗？昨晚有一名女性，用刀子刺入自己的眼睛，自杀了。对此，各大报纸应该都做了大量报道的。"

"请稍等一下。"

说罢，早苗从包里取出了报纸。今天早晨上班前，她忙着照料那棵快要枯萎的秋海棠，根本没时间看报。有的。找到了那篇报道后，她便飞快地浏览了一遍。

说的是家住东京都北区的一名主妇吉原逸子（43岁），于昨晚深夜用水果刀插入自己眼中而自杀身亡。伤口极深，直达大脑。房间里除了装饰着许多玫瑰花以外，不知为何，还有上百件刀、叉之类带有锐利尖端的物件，连椅背上、门把手上也都绑满了这类东西。据说近来逸子的精神处于极不稳定的状态，丈夫和孩子都暂时回老家去了，只留下她一人在家……

虽说眼下正值盛夏酷暑，可看了这一则报道，早苗还是感到身上一阵发冷。做了一个深呼吸之后，她再次拿起了电话听筒。

"喂……那则报道，我看过了。"

第十三章 牙齿与指甲

"这个事件，还有上次在江户川区电镀工厂发生的某青年把脸浸入烈性药品溶液中自杀的事件发生后，听说贵院的土肥医生都被警察请去作指导了，是吧。"

早苗心想，不愧是新闻记者啊，果然是消息灵通。

"是啊，我也听说了。"

"这两起自杀事件都采用叫人难以理解的方式。就这点而言，我觉得是跟赤松先生、白井女士、高梨先生他们的自杀事件是有相通之处的。奇怪的是，高梨先生还写过一部小说，是吧？我想起来了，是叫 Sine Die 吧，就是像自杀狂手记似的那部。嗯……这个就不说了。今天一大早，又发生了一件呢。"

早苗觉得自己的心一下子被提了起来。

"是什么人？"

"身份现在还不清楚。只知道是个年轻女性，二十岁上下。我以为你或许会知道些什么，所以就打了这个电话。"

"不。我对此一无所知。"

从年龄上来看，不像是亚马孙探险队的成员。除此之外，早苗也想不起别的什么人。然而，要是巴西脑线虫通过蚊子之类的吸血昆虫传播的话……想到这儿，早苗不由自主地咽了一口唾沫。

"还有其他特征吗？"她问道。

"嗯，这个嘛……也就是牙齿损坏很严重这一点了吧。"

"怎么个损坏法？"

"牙齿七零八落，像是全都被腐蚀掉了。特别是门牙，尤为严重。估计她非常喜欢吃甜食吧。"

"啊！"早苗陡然一惊。因为她想起了一名少女。不过她来医院的时期与该事件不符合，跟高梨也毫不沾边。不过，尽管另有他人的可能性很大，可说不定也能为确定其身份提供一些线索吧。想到这儿，她又问道：

"那么，她是怎么自杀的呢？"

"投水自尽。不过这里面有些事儿也同样叫人难以理解啊。因为那地点，是在千叶县的手贺沼……"

仅听他这么说，早苗倒也不觉得这种自杀方式有多么诡异。不过，她还是拿定了主意。

"能让我看一下遗体吗？我应该上哪儿去看呢？"

"啊？这样啊。你是不是想到了什么了？"

"目前还毫无头绪。"

"好吧，我来带你去看。我现在就在现场，你能否过来一趟？从上野乘坐常磐线，到我孙子站换乘成田线，到东我孙子下车。然后你打电话给我，我会马上过去接你的。"

早苗将福家的手机号码记在了笔记本上。

放下听筒时，早苗就已经在考虑跟临终关怀服务机构请假的借口了。

一看到手贺沼，早苗就立刻明白福家为什么说来这儿投水自尽难以理解了。

原来，这个池塘的水面上，像是涂满了一层浓稠的绿漆，周边还环绕着好多道条状的油膜。整个这一带，都散发着令人作呕的恶臭。

"很严重，是吧？今天特别严重，估计是水温较高的缘故吧。"

"这是什么玩意儿？泛起的沉积物？"

"是绿藻。别名叫作'水华'。"

"绿藻？"

"是蓝绿藻类的一种。还包括微囊藻、鱼腥藻、阿氏项圈藻什么的。"

福家一边走，一边翻开笔记本，念着这些拗口的名词。

"以前，我曾做过水质污染的特别报道。当时我采访的是日本滋贺县的琵琶湖。自从一九八三年在其南湖最早发现了绿藻后，后来就逐渐扩展到原先被认为比较洁净的北湖了。后来，就每年都重复发生了。同在滋贺县，以羽衣传说而闻名的余吴湖，从前，因为湖水的透明度高而被称作'镜湖'，后来也出现了大量的绿藻和胶状苔藓虫。地方政府倒也肯下血本，用上了几亿日元一台的空气泵来提高湖水的含氧量，结果水质反倒越来越差了。"

"是什么造成的呢？"

"绿藻是由含有氮、磷等元素的营养盐类的大量流入，导致水质富营养化加剧后才快速繁殖的。一般认为最大的原因就是从周边的居民住宅流入的生活排水。手贺沼的面积也有六又二分之一平方公里，大概是东京迪士尼乐园的十四倍，所以绝不是个小湖泊。可是，说到生活排水的不断流入，就别说是手贺沼了，就连琵琶湖，光靠自净能力也是招架不住的。并且，手贺沼所面临的严峻问题是，其周边的人口密度竟然是琵琶湖的七倍。据说它自古就被赞誉为'千古明镜'，日本小说家志贺直哉、武者小路实笃等众多文人墨客，都曾在湖畔建屋居住过。如今，根据环境厅的'河川·湖沼水质调查'结果，该湖不仅连续二十三年成为'最差'，且远远落在了后面。"

福家用手指着西边遥遥在望的一座雄伟的圆塔，继续说道："于是，千叶县终于奋起直追，花了许多税金，在那儿建了个'水之馆'。"

"用来干什么的呢？"

"里面是与手贺沼水质问题相关的各种常设展示，包括从前的手贺沼美丽风光的照片啦，科普录像啦，环境问题方面的问答机什么的。顶上，还有天象仪和瞭望台。另外，在'亲水广场'的草坪上，还挖了个形状与手贺沼相仿的池塘……总之，一切都出自喜欢搞形象工程的政府官员的构想。我也去采访过一次，还拜托管理员'要是有绿藻的照片请给我看一下'，结果人家露出了很不耐烦的表情，到最后也没拿出一张来。不由得叫人纳闷儿：有钱去搞这种没用的东西，养了那么多的闲人，还不如改造一下下水道呢。"

两人走过一栋挂着"手贺沼垂钓中心"牌子的建筑物后，很快就来到了一座水泥桥前。

"这是手贺曙桥。自杀现场就在桥下。"

早苗不由得感到一阵紧张。她四下里张望了一下，心想会不会遇见警察，结果却连个人影都没有。看来是现场踏勘早已结束了。桥面很窄，桥对面若有车过来，就得侧身避让了。走近几步后，发现那儿有架铁梯子，可以由此一直下到桥墩的突出部。

下了梯子后，恶臭味儿就越来越浓了。岸边，长着大片的代替政府承担净化水质重任的芦苇。不过，仅靠这些，显然也是无济于事的。

"正好在这一块吧。"

朝着福家手指的方向看去，早苗不由得感到一阵恶心。这一带，手贺沼变得像河流似的狭窄，并且直到水泥堤坝那儿，水面是静止不动的，肯定特别适合绿藻繁殖。

这一带的水面被浮渣般隆起的绿藻覆盖得严严实实的。估计是大量繁殖的绿藻死后，细菌正在如此高温下分解它们的尸体吧，扑鼻而来的腐臭味简直令人直掉眼泪。早苗赶紧取出手绢来捂住了鼻子。

"这些，都是因为缺氧而死的吗？"

早苗指着散布在厚厚的绿藻层中的、翻着白肚皮的死鱼问道。

"也许吧。由于一到夜间，绿藻就无法进行光合作用了，所以就会耗尽水中的氧气。就跟赤潮似的，会造成鱼类窒息而死。不过，也可能是被绿藻的自身毒素毒死的。"

"绿藻，有毒吗？"

福家再次翻开了笔记本。

"不仅有，还挺厉害的呢。如属于肝脏毒素的微囊藻毒素和蓝藻毒素等，已经被确认的就有五十多种。据说无论哪一种都不仅会破坏肝脏细胞，还有强烈的致癌性。"

虽说都是门外汉，可在好学这一点上，早苗不得不自愧不如。

"在我采访过的几期事件中，就有如兵库县西宫市高座町的新池那样，造成斑嘴鸭大量死亡的实例。那是在一九九五年的夏天，因阪神大地震[1]导致水渠堵塞，池塘不仅得不到新鲜的活水补充，还因生活排水的大量流入，造成绿藻的异常繁殖。据说对斑嘴鸭尸体进行解剖后，发现其肝脏已经坏死了。想必斑嘴鸭在进食水草时，连同绿藻一起吸进肚子里去了吧。在海外，听说还有牛喝了池水后死去的情况呢。因为北美的绿藻，不仅含有肝脏毒素，还能产生鱼腥藻毒素、石房蛤毒素等神经性毒素。"

如此说来，跳入该池中吸进了绿藻后，不就即便不被溺死，也完全可能中毒身亡了？

"根据世界卫生组织的报告，在海外，因绿藻毒素混入家庭饮用水或矿泉水中而致人死亡的实例也不在少数。可厚生省却照例说什么'微囊藻毒素会在自来水厂得到分解，故而自来水中混入高浓度微囊藻毒素的可能性很小'，根本不想予以调查。"

"可是……话说回来，那人真是在这儿投水自尽的吗？"

早苗眺望着湖面，总觉得有些难以置信。通常而言，自杀是需要

---

[1] 指1995年1月17日发生在日本关西地区的一场震级为里氏7.3级的地震灾害。

相当强大的意志力的，因此，许多人会借助于酒精与药物。而在年轻女性自杀者中常见的则是，通过陶醉于自己成为悲剧女主角的想象，来麻痹对于死亡的恐惧。因此，为了不破坏这一幻想，总是极力让死亡场所充满浪漫气息。

然而，倘若从这个角度来看的话，这儿不是比淤泥之海或积肥池更糟吗？

"一开始我也不信，可这事儿是有目击者的呀。是一对本地的高中生情侣。"

"他们从头到尾都看到了吗？"

"嗯。他们先是吓得目瞪口呆，后来向她喊话也没反应，也没法阻止她，就跑到垂钓中心去叫人了。可等他们领着那儿的工作人员一起回来时，那人已经死了。"

"自杀者是从桥上跳下去的吗？"

"不，听说她正是从这儿，慢吞吞地下到水里的。并且，还像洗澡似的，捧起了绿藻，这么往身上擦呢……"

说着，福家自己也皱起了眉头。想必连他也没法接受自己采访到的事实情况吧。

这不是通常精神状态下的自杀。仅就这一点而言，在看过现场后是可以肯定的。那么，这次的自杀者也被巴西脑线虫控制了大脑了吗？可即便如此，也还有难以解释之处呀。根据依田的假设，巴西脑线虫给宿主发布的命令应该是"去给捕食者吃掉"才对。可这跟在污水中死去又怎么也对不上号啊。

福家对陷入沉思的早苗说：

"我们还是上去吧。"

恶臭如同瘴气一般从水面冒上来。确实，即便不是女性，在这儿也待不下去了。

第十三章　牙齿与指甲

从那儿到千叶县警察局的东我孙子警署，坐出租车只需几分钟。

他们听说由于死者的身份不明，在移送千叶大学做司法解剖之前，遗体就一直安放在警署的太平间里。

他们也知道突然跑去看遗体是十分鲁莽的，不过这次，福家的新闻记者证加上早苗的医生头衔再次发挥了作用。我孙子警署的相关警员立刻就把他们领进了停尸间。

"怎么样？"

掀开了盖在遗体上的遮尸布后，警员窥探着早苗的脸色问道。

不是的。早苗放下心来后，叹了一口气。几年前，早苗曾给土肥美智子紧急代班，为一名少女患者做了心理治疗。虽说也只面谈过几次，可她的相貌还是记得清清楚楚，跟眼下躺在面前的这个少女的瓜子脸，是截然不同的。

可不管怎么说，这也是个相貌端正的少女，生前肯定也十分可爱吧。为什么年纪轻轻的，就自寻绝路了呢？

"不是的。这不是我认识的那个人。"

警员的脸上露出了失望的神色。

"不过，可以让我看一下她的牙齿吗？这样，应该能给确定身份提供一些线索的。"

"哦，既然这样，你就看吧。"

警员有些不太起劲，可还是拿来了塑胶手套。早苗伸手从有些发愣的警员那儿接过手套后，就自己去掰开死者的嘴巴。由于尸体是从下颌部开始僵硬的，嘴巴已几乎掰不开了，故而她只得掀起嘴唇来看了一下。

果不其然。这下应该错不了吧。

这时，停尸间的门开了，走进来一个身穿白衣的小个子中年男人。他的个头居然比福家还矮，戴着一副黑框眼镜，梳了个整整齐齐的三七开的分头。警员"啪"地举手给他敬了个礼。

"她是什么人？"

见到早苗后，他略显不悦地问道。

"是从东京赶来确认死者身份的。"

"我是北岛早苗。"

早苗自我介绍着表明了自己的身份。

"听这位福家先生说起了这个事件后，我以为可能是我以前的一名患者，就赶来了。现在发现不是的，我也放心了。"

看到了早苗的笑脸，那个男人的态度也和蔼了许多。

"是这样啊。特意大老远地赶来，真是辛苦了。我是天王台的内科医生，墨田。"

听他这么一说，其身份也就大致清楚了。这位墨田医生，是位经营私人诊所的开业医师，平时肯定经常协助警员，做些相当于东京、横滨等六大都市圈中的法医的工作吧。

"不过，这位虽说不是我的患者，却很可能是与精神科或心理治疗内科有关的。"

"啊？这是为什么呢？"

一旁的警员立刻紧张了起来。

早苗让墨田医生和警员看了遗体的牙齿。

"你们看，她年纪很轻的，牙齿却几乎烂光了。恐怕以前是得过神经性厌食症的。"

之前去早苗那里做过治疗的那名少女也是如此。由于青春期所特有的精神病理，患者往往因一点点小事，动不动就陷入过度饮食与催吐的恶性循环之中，从而导致身心两方面都遭受严重损害。

"我认为这是因长期呕吐导致胃酸侵蚀牙齿，从而破坏了门齿内侧牙釉质所造成的结果。"

早苗指着门牙解释道。

"神经性厌食症多发的年龄段为青春期至二十四五岁,且患者几乎全是女性。这与死者的年龄是符合的。又由于她现在的营养状态良好,所以推测她是接受过治疗的。"

"原来如此。是神经性厌食症啊。近来还真是经常听到的。"

墨田医生感叹道。

"我去安排一下。"

那警员将早苗的话记在笔记本上后,便干劲十足地走了出去。

"墨田医生,这位的死因,是溺死吗?"早苗问道。

"这个嘛,要等解剖后才知道啊。不过溺死的可能性很大吧。可是,手贺沼的平均水深还不到九十厘米,从现场的深度来看,也应该是能站得住脚的。再说,还有她曾喝下湖水的目击证言呢。果真如此的话,我觉得也可能是绿藻毒素所引起的急性中毒。"

还喝了那湖水……早苗直感到一阵恶心。

"我可以看一下遗体的手吗?"

"哦,请看吧。要是发现了什么,还望告知。"

墨田医生像是已经完全相信早苗了,故而表现出了高度的协作姿态。

早苗仔细端详起了少女那也已僵硬了的手来。

她原以为少女的皮肤会因洗手强迫症而变得异常粗糙,结果却没发现什么异常。看来她果然得到了医院的正规治疗,说不定在临死前,其精神方面的疾病已大为好转了。可真要是这样的话,她又为什么要选择死亡呢?

正要将视线从少女的右手上移开的时候,早苗的眼球又被其食指吸引住了。由于少女的胳膊已无法弯曲,她只得弯下腰,凑近了去检查那指甲的模样。

"有什么不对吗?"

福家关切地问道。

"嗯,有点奇怪啊。"

早苗指着少女的指甲说道:

"她在原来的指甲上,还贴着一层塑料的假指甲呢。"

墨田医生也凑近了,观察了起来。

"哦——这个,我也没注意到啊。或者说,只有女性视角才看得到吧。"

"这就是最近在女高中生等人群中流行的假指甲吗?"福家问道。

"不,好像不是的。你看,只有这一根手指上有啊。还有,要是为了漂亮而戴上的话,色彩应该更鲜艳些才对吧?可这是无色透明的,似乎就是要与别的指甲不分彼此似的。所以说,这恐怕是为了遮掩剪得太秃或裂开了的指甲而戴的人工指甲吧。"

说着,她又转向墨田医生,问道:

"墨田医生,我可以将这枚人工指甲剥下来吗?"

"可……可以吧。"

"你就这么着,硬剥下来吗?"

福家不无惊慌地问道。

"怎么会呢?"

早苗从手包里取出一瓶美甲用的洗甲水。

"如果是用戴假指甲的胶水粘住的话,用这个应该就能取下来的。"

说着,她捏住少女的食指,将洗甲水慢慢地渗入真假指甲之间。一会儿过后,人工指甲就开始松动了,最后,假指甲十分轻松地就被剥了下来。

下面显露出来的指甲，剪得极秃。

"没什么异常啊。"

听福家这么说，早苗不由得大摇其头。

"不。果然是有必要戴人工指甲的。来，你们仔细看一下。"

说罢，早苗脱下了手套，用自己的指甲在少女的指甲上又揭下了一层薄膜。

"啊？这是什么东西？"

大惊之下，墨田医生不自觉地提高了嗓门。

"用来防护脆弱指甲的真丝薄膜。以前，美国职业棒球大联盟的野茂投手的手指甲断裂时，新闻里曾报道过这个，相当有名的。通常，贴上这层薄膜后再用指甲锉修一下，就几乎看不出来了。可她还要在外面再贴一层人工指甲，可见她对此是十分在意的。"

说完，早苗凝视着少女那枚终于露出了真面目的指甲——磨损十分严重，已变得非常单薄了。这就不难理解女孩子为什么会如此在意了。可是，到底是什么原因让这个女孩的指甲磨损得如此严重呢？并且还只是右手食指这一枚指甲！

"福家先生。你知道什么职业会导致只有一根手指的指甲磨损吗？"

"这个嘛……"

饶是福家见多识广，这回也无话可说了。

"死者是有好几样遗留物品的……"

说罢，墨田医生就出去了。很快，他就端来了一只纸箱。早苗神情紧张地看着纸箱中的东西。钱包、手绢、眼药水、一把小折扇，还有一个像是装前面那些小玩意儿的手包。虽说对年轻女性来说，随身带着折扇这样的东西多少有些特别，不过这里面既没有可确定她身份的东西，也没有可提供与指甲磨损相关线索的东西。

早苗再次将目光转向了少女的尸体。

突然,她吓得浑身都僵硬了。

因为,她在少女那被水濡湿了的头发之间,看到了好多条像蚯蚓一样蜿蜒曲折的白色条状凸起!

第十四章　乌鸦与白鹭

在临终关怀服务机构里查病房时，那个在手贺沼投水自杀的少女的事情，也一直萦绕在早苗的心头，正所谓阴魂不散，挥之不去。

毫无疑问，那些如小蛇般蜿蜒曲折的移行疹表明，她也感染上了巴西脑线虫。然而，从她的年龄来看，是不可能与亚马孙调查项目有什么直接关系的。之后福家也做了调查，确实没发现与之相符的女性成员。

既然如此，那就说明巴西脑线虫在日本已经产生了二次感染了。那个在电镀工厂把脸浸入烈性药品中自杀的青年畦上友树，恐怕也是如此吧。

可是，到底是怎么感染的呢？

为了解开这一谜团，首先必须确定少女的身份。早苗已经给东京都内几个主要的有精神科和心理治疗内科的医院打了电话，询问是否有类似的女孩因神经性厌食症前来就诊，可到目前为止，尚未得到令人满意的答复。再说，想必警察也在实施更为系统、严密的调查吧，却还是不能确定死者的身份。

早苗走在走廊上时，也在凝视着自己的右手食指。那个自杀身亡的少女的另一个明显的身体特征……

要怎么着才能仅仅磨损一根手指的指甲呢？莫非她所从事的是某种过度使用手指头的特殊职业吗？譬如说，必须要用食指的指背来摩擦什么东西之类的。早苗想象了各种各样的场景，可仍未得出合乎常理的结论。要是老用两根手指来夹什么东西的话，食指的指甲是否就会遭受磨损呢？不，这也不合常理呀。因为，毕竟用食指和大拇指来捏住东西，才是更加稳定、牢固的呀。

当然了，在欧美，是将中指叠在食指上来祈福的，可是……

早苗用力甩了一下脑袋，调整了一下自己的心态后，走入了青柳的病房。

"早上好！感觉怎么样？"

"还是老样子啊。"

青柳把戴着眼罩的脸转向了早苗。这个剃着光头的魁梧大汉，刚住院那会儿还真有些凶相逼人的呢，可如今已变得憔悴不堪。就连体重，与他最胖的时候相比，也只有一半了。随着他的皮肤丧失了脂肪所带来的润泽，连精气神也仿佛消失殆尽了。

"北岛医生，你今天也很美丽动人啊。我又再次迷上你了。"

"谢谢！"

早苗笑着回答道。可她一想到青柳的境况，就忍不住内心隐隐作痛。因为，早苗的脸，在青柳的眼里应该只有一个模糊的轮廓了。

自从夺去了青柳右眼的巨细胞病毒也出现在他左眼的眼角以来，他那所剩无几的视力就越发恶化了。若要减缓其恶化进程，就必须在打点滴时增加抗病毒药剂的用量。可这样的话，肾脏的负担就太大了。若要在已经几乎丧失了的视力与肾脏之间作选择，自然是保肾脏了。

"有什么不便吗？"

第十四章　乌鸦与白鹭

青柳躺在病床上，浅笑道：

"也没什么不便……只是，想再下一盘将棋啊。"

"哎呀！青柳先生，你将棋下得好吗？"

"什么叫'下得好'？你真是孤陋寡闻啊！提起我'空战青柳'的大名，在东京都御徒町可是无人不知无人不晓的啊。"

"空战？"

"是啊。就是走后手时，让对手走横步，跟现在的八五飞车战法的走法差不多……嘿，这个说起来很麻烦。反正人家都说，我青柳状态好的时候有县代表选手的水平，状态不好的时候就一塌糊涂了。"

在说的过程中，他还不时地停下，不时地皱眉。那是因为，一种叫作念珠菌的病菌已侵入他的咽喉了。想必他仅仅是咽唾沫，也觉得疼痛了吧。

即便如此，今天他的话，还是要比平时多好多。虽说他所说的话有一半听不懂，可早苗还是面带微笑地听着。她心想，要是早点跟他聊聊他的兴趣爱好该有多好啊！

"……总之，在我的黄金时代，不管对手是谁，只要我一使绝招，就能统统拿下。我还曾以六十步的快棋，大败过一个据说是前奖励会成员的硬茬。我当时那漂亮的棋路，令围观的人全都沸腾了起来。吃了他的龙和马后直逼终盘时，大伙竟鼓起掌来了……唉，老天爷真是可恶啊！我如今也才五十三岁啊。本来我的棋艺还能不断提高的。就说那个米长吧，获得'名人'[1]头衔时，不也已经五十岁了吗？再说，我又不是石田检校那样的盲人棋手，下不来盲棋啊。"

一边说，青柳还一边将右手伸向空中，像是在祈求着什么。

就跟西洋人祈求好运似的，他也将中指叠在了食指上。早苗见

---

[1] 日本授予将棋、围棋比赛冠军的称号。

状,不由得倒吸了一口凉气。

他在做将棋子夹在两根手指间拍向棋盘的动作。

那位少女的遗物又一件件地浮现在了早苗的脑海里。折扇……

她屏住了呼吸,凝望着青柳的指尖。

圣阿斯克勒庇俄斯会医院与位于市谷的日本棋院近在咫尺。

"我们报社的学艺部有一位曾报道过围棋、将棋赛事的老资格观赛记者。刚才我揪住他,问了一些情况。"

福家在出租车中说道。

"结果他说,比起将棋来,围棋的可能性还更大些呢。"

"为什么呢?"

"围棋棋子和将棋棋子都是用食指指甲与中指夹着来下的,所以都会造成食指指甲的磨损。可是,木质的将棋棋子与石质的围棋棋子对指甲所造成的磨损程度,却是有所不同的。还有,比起用光滑的蛤蜊壳制成的白子来,表面粗糙的那智黑子,更容易磨损指甲。"

"哦……这方面我不太懂,专业的将棋棋手与专业的围棋棋手,是不是差不多的?"

"这个嘛,从组织形态和比赛规则来说,还是有点差异的。譬如说,日本棋院是财团法人,而日本将棋联盟则是社团法人。至于棋手的身份等级,是可以理解为大同小异的。其实最大的不同,还在于人数。"

"哪边多些呢?"

"围棋棋手遥遥领先啊。这一点或许出乎你的意料了吧。四百五十人对一百五十人,前者是后者的三倍。当然了,这跟将棋要四段以上的才算是专业棋手,而围棋只需过了初段就行也不无关系吧。还有,虽说其中女棋手有多少不得而知,可相较于至今仍未诞生出与男棋手相同段位之女棋手的将棋，围棋这边的女棋手大有人在啊。那位老前辈也说了，仅从这点来看，那个少女下围棋的可能性比较大。不过那个女孩年龄很小，且从她每天刻苦训练到指甲磨损的情况来看，恐怕还没成为专业棋手，大概还只是个棋院的院生吧……"

早苗为之心痛不已：一个把青春耗费在围棋上，自甘寂寞，刻苦努力的少女，怎么就感染上巴西脑线虫，自寻短见了呢？

由于事先已电话预约过了，故而他们一到日本棋院，马上就被引入了会客室。接待他们的，是一位四十岁不到，眉毛很浓，相貌和善的男子。他的名片上印着"日本棋院棋士九段喜屋武雅弘"，说是目前正担任日本棋院东京本院的院生教师。

或许是已得知早苗他们的来意的缘故吧，喜屋武九段的脸色颇为阴沉，一会儿心神不定地猛抽香烟，一会儿又如神经质般地眨巴着眼睛。

"是这么回事儿啊。手指甲磨损的那位呀……"

听他这口吻，眼见得他已经想到了什么人了。

随后喜屋武九段一度离开，回来后给早苗和福家看了一张全是年轻人的集体照，像是在外出远足时照的。这些早就习惯了照相的当代年轻人在前排的趴着、躺着，在后排的蹲着，十分老练地全都收在了取景框里，一个个都笑得那么无忧无虑。这一刻，他们所展示的不是未来棋盘上的斗士，而是与其年龄相称的童稚容貌。

"呃……我来看一下。恐怕这位最有可能是你们所说的那人吧？"

说着，喜屋武九段轻轻地指向后排最靠左的一位少女的脸——手指尖还微微颤抖着。

早苗将目光投向照片中那位少女的脸。只见她尽管脸上也带着微笑，嘴却是闭着的——只有她的嘴是闭着的。早苗仔细端详着，直到确信无疑为止。仰起脸来时，正好与喜屋武九段四目相对。

"怎么样？"

他的脸上，明显是一副希望对方说"不，不是她"的表情。可是，当他看到早苗的表情后，像是已经全都明白了。他张开了嘴，却一句话也说不出来。

"十分遗憾。应该就是她了。"

福家从早苗手里接过照片后，如此宣布道。

"怎么会这样？简直叫人难以置信！事到如今，为什么还……"

"能告诉我们她的姓名吗？"

面对福家的询问，喜屋武九段低声答道：

"泷泽优子。"

"她是这里的院生吗？"

"到去年为止，是的。日本棋院对于院生的年龄是有限制的，到十九岁为止。因此，泷泽她曾一度退会。短期大学[1]毕业后，以'外来'的资格参加院生联赛，再次确立了成为专业棋手的目标。"

喜屋武九段一边说一边用粗壮的指头擦着眼角。

"刻苦认真，性格温和，真是个好孩子啊。做院生那会儿，她就住在研修中心，每天都捏着棋子练习十多个小时。真是到了指甲都磨薄的程度啊。"

"可是，她没能成为专业棋手，还是由于没有天赋或实力不够？"

对于福家的这一提问，喜屋武九段毫不掩饰地露出了不悦的神色。

---

[1] 是日本于昭和二十五年（1950）设置的，以培养职业技能为目标的二年制到五年制的大学。

"她有实力的。天赋嘛，我觉得也是具备的。只不过她的风格不是眼下流行的那种为了取胜而一味地'抢地盘'的下法，有一种叫人联想起武宫正树先生或苑田勇一先生的那种着眼于大盘的浪漫气息。她尤其擅长执黑时的'三连星'开局。以我的眼光来看，她是闪耀着某种独特的光芒的。实战时气势也很强劲，开局稳扎稳打，中盘步步紧逼的技巧也掌握得十分牢固。"

"尽管如此，她还是为不能有所突破而苦恼不已，是吧？"

福家不愧是新闻记者，一点都不肯放松。

"是啊……尽管她实力并不弱，却不能充分发挥，往往下到最后，还是输了。她似乎有这么个毛病：每次到了紧要关头，总会下出一些'俗手''昏招'，犯一些平时不可能犯的低级错误。也正因为这样，她才会为老是突破不了瓶颈而苦恼。"

具有如此性格类型的人，仅在早苗所了解的范围内就有好几个。他们容易"上场昏"，遇到点什么事立刻就晕头转向，分不清东南西北。由于忍受不了过度紧张，为了逃避当下而下意识地选择失败。他们动不动就陷入毫无必要的悲观情绪，脑际闪过的全是不祥的预感，一个劲儿地给自己做负面暗示。由于对自己的要求过于完美，仅仅遭受一点点挫折就灰心丧气了。据说日本人中具有如此性格的很多，而具有如此性格之人的另一个特征，则是容易得抑郁症或神经性厌食症。

就泷泽优子而言，估计其性格还不会给她的日常生活带来什么麻烦，可是一旦面临胜负输赢的场合，对手已进入了摒除一切杂念的无我状态，可她却还在心猿意马，注意力难以集中，那么双方的棋力如果不是太悬殊，她应该是很难取胜的吧。

"我觉得泷泽优子以前像是得过神经性厌食症的，是这样吗？"

听早苗这么一问，喜屋武九段的脸上略显迟疑之色。想必他觉得这事儿涉及个人隐私，不知道该不该说吧。不过后来他看到了桌上放着的早苗的名片，像是想起了她是个精神科的医生，便开口说道：

"嗯，她在上高中时似乎有过这么个时期的。"

"原因是什么？"

"我也不是很清楚，听她说像是起初是为了瘦身而节食，后来渐渐地深陷其中，难以自拔了。"

受那些毫无根据的"瘦身神话"所迷惑，现在也仍有许多少女因节食而在损害自己的健康，伤害自己的心灵。作为一名精神科的医生，早苗平时就一直为此而忧虑着。

媒体上也蔓延着同样卑劣的手法。他们用重复的暗示来煽动"丑形恐惧"，让长相平庸的女人相信只要经过整容就会有光明美好的未来，并令她们对头发稀疏、体毛浓密以及体臭等产生病态的厌恶。其结果，只能是连精神都遭到那些大发不义之财的商家的控制。

"她的牙齿，也是这样搞坏的吧。"

"是啊。毕竟是个年轻女孩嘛，她是十分在意自己的牙齿的。所以也不知从什么时候开始，就连笑着的时候，她都不张开嘴巴了。手指甲也一样，除非正式对局，她的右手总是攥着拳头。"

"您刚才说'事到如今，为什么还'，是什么意思？"

正记着笔记的福家，如此问道。

"今年春天，泷泽她像是得了轻度的神经衰弱症，觉得自己再怎么努力也还是没有希望的。还有，听说她失恋了。所以，她有一段时间没参加联赛。可她在三个月前重新归队时，却变得十分开朗，就跟换了个人似的，把我吓了一跳。也不知为什么，她的内心变得十分强大，胜绩也直线上升，照此看来，入段也就近在眼前了。我还满怀期望呢……"

"关于自己性格转变的原因，她本人没说过什么吗？"

"我倒是问过她一次,不过被她用一些莫名其妙的话糊弄过去了。"

"莫名其妙的话?"

"什么自己受到了'守护天使'的保护之类的。"

早苗和福家不由得对视了一眼。

"不过,给人的感觉也确实如此。她像是已经脱胎换骨了,遇到凶险的比赛,反倒会露出无所畏惧的笑容,就跟有意要使对方感到害怕似的。或许就是得益于此吧,甚至发生了在紧要关头反败为胜的奇迹。还真是如有神助啊。"

喜屋武九段叹了一口气,继续说道:

"照此发展下去,她一定会成为一名出色的棋手的……"

早苗再次将目光落到了那张照片上。泷泽优子真是个眉清目秀、五官端正的可爱女孩。要是把牙齿治好了,肯定会出落成一个大美人的。虽说围棋界是个以实力取胜的世界,不过就女性而言,美貌能吸引旁人的关注。这一点,也应该与其他领域并无二致的吧。就算入段稍晚,可只要成为专业棋手,也一样能因成为"围棋之花"而广受瞩目的吧。

"由于院生的对弈是一周一次,上周她又正好请假了,所以我到现在都还不知道她已失踪。唉……我该怎么向她那身在老家的父母交代啊。"

喜屋武九段露出一副垂头丧气的模样。

日本棋院的围棋研修中心,位于千叶市的幕张。这天正好是院生们对弈的日子。来与早苗他们见面的,是泷泽优子最好的朋友,一个叫作滨口麻美的少女。

早苗与福家下了出租车,就见研修中心是一栋还挺新的,洁净、漂亮的建筑，乍一看就跟银行的职工宿舍似的。建筑物的四周都是草坪，停车场中停着一辆写着研修中心名称的面包车，估计是专门用来接送那些还都是孩子的院生的吧。

走入大门后，就是一个大堂，那里放着一张台球桌，几个小学生模样的孩子在那儿激战正酣。想必他们也是有志成为专业棋手的院生吧。

现身的是一位十七八岁的少女，皮肤白皙、双颊丰润。她下了阶梯后就站立不动了，只是以打探似的眼神望着早苗他们。也难怪，因为她还不知道优子已经去世了。

"你好。不好意思，这么突然地前来打扰你。"

早苗作了自我介绍。得知精神科医生与新闻记者联袂来访后，滨口麻美脸上那抹狐疑之色也就越发浓郁了。

打台球的少年们不知发生了什么事儿，也都好奇地朝这边张望着。早苗将麻美带到了室外，因为她觉得比起去咖啡店之类的场所，在太阳底下谈这事儿更能减缓内容的冲击。

早苗想起来这儿之前，喜屋武九段曾反复叮嘱他们不要刺激滨口麻美。其实，最后还是早苗精神科医生的头衔发挥了作用，并在做出了采访时会充分顾及对方感受的保证后，才终于获得许可的。

"刚才，我们在市谷的日本棋院见过喜屋武老师了。我们就是从他那儿听说你曾是泷泽优子最好的朋友的。"

"优子？嗯，是呀……可是，你说'曾是'又是什么意思呢？"

不愧是专业棋手的苗子，滨口麻美的感觉十分敏锐。再这么拐弯抹角地说话，恐怕只会加重其痛苦吧。于是，早苗便直截了当地告诉了她泷泽优子已去世的消息。

许是从早苗那十分认真的态度上领悟到事实果真如此了吧，麻美的脸一下子就变得煞白煞白的。随即，豆粒大小的泪珠就从她的眼角

第十四章　乌鸦与白鹭

处"稀里哗啦"地滚落了下来。

等麻美的情绪稍稍平复之后，早苗便柔声细气地询问了起来。福家这回不再插嘴了，只在一旁安静地听着。

麻美不住地用手绢按着眼角，但仍尽量回答着早苗的提问。滨口麻美今年十八岁。她与长她两岁的泷泽优子一直很投缘，好得就跟姐妹似的。她说优子的勤奋是超越常人的——这一点倒是与喜屋武九段的话十分吻合。毕竟，刻苦练习到连食指指甲都磨损了的院生，也是不多见的。

麻美说她虽不像优子那么刻苦用功，不过平时也很在意自己的指甲的。她伸出食指来给早苗看。说她不仅会用含胶原蛋白的乳霜，或用纤维蛋白配制的液体来保护指甲，还会涂上具有增强作用的底层护甲油，并罩上一层防止开裂的表层指甲油。

似乎只有在谈论指甲保养时她才恢复了平静，可一想到优子已死，眼眶里就又满是泪水了。

"优子是那么努力，那么善良，怎么就……"

早苗轻轻地抚摩着麻美的后背。虽说她也不忍心让麻美过度悲伤，可有些话还是不得不问的。

"其实，优子是死在我孙子市的手贺沼的。"

听了这话，麻美便猛地抬起头来，简直像是要甩开早苗的手似的。见她的反应竟会如此激烈，早苗也大吃了一惊。

"手贺沼？优子真的是死在手贺沼的吗？"

"是啊。"

"怎么会这样……那她一定是在来我家的途中去那儿的。"

"你家？是在我孙子市内吗？"

"嗯。在我孙子市内的湖北村。"

这下子，总算是解开了一个谜团。喜屋武九段说泷泽优子一个人住在千叶市内的公寓里，那儿离位于幕张的研修中心不远。然而，虽说同在千叶县内，可从千叶市到手贺沼还是有较远的一段路程的，而且交通也不方便。早苗之前一直搞不懂泷泽她为什么要去手贺沼。

"优子去过你家吗？"

"嗯，去过一次的。今年春天，我请她去过我家的。"

说这话时，麻美的眼神似乎正眺望着远方。可见那是一段十分愉快的回忆，她的嘴角还微微地浮起了笑意。

"那时，我带她去了那个湖边，走了很多路。因为我们平时都不怎么运动，觉得出些汗也挺好，所以就穿上运动服和运动鞋这么走着。优子还说她很喜欢手贺沼呢。"

由于前几天所看到的光景还深深地印在脑海里，故而早苗听她这么说，不免有些诧异。可转念一想，或许初春时绿藻尚未大面积繁殖，那儿的景色还是相当美丽的吧。

"那一带可是'白桦派'[1]的圣地啊。从明治到大正年间，像志贺直哉、武者小路实笃、伯纳德·利奇、中勘助等文学家、艺术家都曾经住在那儿，至今还留着他们的故居遗迹呢。我上小学那会儿就非常喜欢志贺直哉，优子则是武者小路实笃的大粉丝。所以我们还说要像志贺直哉和武者小路实笃一样，一辈子都做好朋友的呢……"

麻美一时间说不出话来。少顷，她才继续说道：

"当时我们觉得'水之馆'很无聊所以没去，但那附近还有个'我孙子市鸟类博物馆'，里面陈列着各种鸟类的标本，我们就去了那儿。我们还开玩笑说'要是让乌鸦跟白鹭打起来会怎样'。由于这些话只有我们自己懂，所以周边的人都用怪异的眼光打量我们，像是

---

[1] 日本近代文学的流派之一。主要由《白桦》杂志的同人及其拥护者组成，追求扎根于自我意识与人道主义的理想主义，是日本大正文学之主流。

在说'瞧这一对疯丫头闹腾的',弄得我们也很不好意思。"

"乌鸦和白鹭?"

"其实就是指围棋。围棋不是有许多别称吗?像是'烂柯''手谈'什么的,也有叫'乌鹭'的。因为黑子和白子对局嘛,就跟乌鸦和白鹭似的。"

"哦哦。是这样啊。"

"哦,对了。优子最近是有点怪的,说什么脑子里有鸟什么的。"

"啊?这是怎么回事?"

"她净说些怪话。比如'对局时,脑子里有许多乌鸦和白鹭在打架,叽叽喳喳地吵死人了''你觉得天使就是跟小鸟一样的东西吗?'之类的。"

早苗与福家四目相对。

"我觉得优子那天一定是想上我家来的。她是想突然出现,给我一个惊喜的……"

说到这儿,麻美又顿住了。

"优子大概是什么时候死的?"

"早上十点之前吧。"

"嗯,这就对了。她一定是觉得时间还早,就到手贺沼那边去走走,结果脚下一滑,掉到湖里去了……"

说着说着,麻美就啜泣了起来。她迟早会知道真相的。早苗心想,麻美有知道真相的权利。

"麻美,我不希望你太受刺激,可我应该告诉你事实情况。优子多半是自杀身亡的。"

"啊?"

"因为有目击者说,她是自己走到湖里去的。"

"怎么会呢？肯定是搞错了吧。优子最近开朗了许多，对局的成绩也好得不能再好了……再说，这也太奇怪了吧。她明明是来找我的，怎么会还没见到我就先跑去自杀呢？"

"就是因为这事儿想不通，我们才来找你的呀。"

麻美想了一会儿，又大摇其头。

"不会的，肯定是搞错了。就算优子要自杀的话，也绝不会选择在这个时候的手贺沼的。"

"确实，连我看着也觉得脏啊。"

"既然连正常人都这么觉得，优子就更不可能跳到那里面去了。因为、因为她是有很严重的洁癖的。她最讨厌不干净的东西了，坐电车时不肯抓车上的吊环，用的文具也都是抗菌产品，就连对局时用的坐垫，她都是自己带来的。对局前，她还会用崭新的毛巾，非常仔细地擦拭棋盘和棋子。这样的一个人，怎么会跳进臭气熏天，满是绿藻的湖水里去呢？"

麻美像是生气了似的，越说越激动。早苗也并不跟她唱反调。她十分理解麻美那种极力维护死去好友的名誉的心情。再说，麻美也确实说得合情合理。

"还有一点，你能告诉我们吗？优子她变开朗的原因是什么呢？你听她说起过什么吗？"

麻美陷入沉思。

"嗯，你这么一问，我倒想起来了。记得她说过是参加了什么研讨会了的。"

"研讨会？什么样的研讨会？"

"我也不清楚，我没多问。她像是说过什么'自我启发研讨会'的吧……反正就是这一类的。她像是还想把我也拉进去呢。可我接受不了这种类似于神秘团体的玩意儿。"

"名称啦,所在地啦,还有她是在哪儿被人拉进去的,你还记得吗?"

"这个嘛……对了,她说是在网上看到后加入的,像是很偶然地看到了那个研讨会主页。名称嘛……对不起,我实在是想不起来了。"

"没关系的。今天你已经帮了我们的大忙了。非常感谢!以后你要是又想起了什么,再打电话给我,好吗?"

"嗯。好的。"

刚这么答应过,麻美就像是突然想到什么似的嘟囔道:"哦,对了。大地……"

"啊?"

"那个研讨会的名称里,好像有个'Gaia'的。"

"谢谢。"

可这时,早苗的话音似乎已经进不了麻美的耳朵了。

想必是到了这会儿,她才陡然意识到优子已死是个千真万确的事实了吧。故而如同身在梦中一般,浑浑噩噩的,就连与早苗他们道别,也仅是微微地低了一下头而已。

走出了一段路后,早苗再次回头望去。

见那位少女依旧站在原地,一动也不动地沐浴在夕阳之中,一点也没有要回到研修中心去的意思。

第十五章　救世主情结

带回家来的工作终于告一段落时，已过了凌晨一点了。

早苗将文件夹存入软盘后，便给自己沏了一杯红茶。随后，她就按照英国式的饮茶法，将滚烫的橙白毫红茶注入盛满了温牛奶的大杯之中。

她喝着红茶，开启了电脑，输入密码，连上了互联网。由于结束了一天工作的上班族大多在这个时段上网，故而眼下正处在线路最拥塞的时间段，上网速度自然要比平时慢许多。

她开始用关键词来搜寻网页。

起初，她只是简单地用"Gaia"来搜索。原以为不会太多的，不料符合条件的网页居然有两千多个。

显示屏上只显示了排在前面的十个。于是她点击了好多次"下十个"，浏览起大致的内容来。有网络播放站"Station Gaia"、"宫崎Seagaia"的观光介绍、电脑通信公司"Gaianet"的服务介绍、女子职业摔跤"GAEAJAPAN"的赛事信息等。除此之外，有地球环保团体、健康食品网购……照这个架势来看，不知要到猴年马月才能看完呢。

接着，她又添加了关键词，用"Gaia——自我启发研讨会"试了一下。

没有。想来也是，那个团体自称"自我启发研讨会"的可能性应该是很小的。由于搜索引擎是根据网页内文中是否含有关键词来加以甄别的，因此关键词必须选用对方可能使用的词语才行。

随后她又以"Gaia——心理治疗"搜了一下。符合条件的网页倒也有十六个，可并未出现她所期待的内容。之后她又通过多个不同的搜索引擎，并以各种词语与"Gaia"相组合来加以搜索，结果还是一无所获。

既然滨口麻美说泷泽优子是通过互联网参加那个自我启发研讨会的，那就一定能找到那个网站。

早苗试着推测泷泽优子是如何找到那个网站的，结果还是行不通。因为，有可能是她在看别的网站时点开的链接，也可能是通过别的媒体偶然发现了那个网站的地址。早苗也曾在网上冲浪时，多次发现过一些意想不到的网站。还有些网站如果不注册的话，一旦关闭离开后就再也找不到了。

在此不断试错的过程中，她用尽了所有能想到的关键词。于是她只好重新思考：将"Gaia"当作首要关键词，真的合适吗？

她忽然想到，说不定那个网站用的是"大地""地球"等词，然后再标上"Gaia"亦未可知啊。要是这样，仅用"Gaia"来检索，当然找不到了。于是早苗首先输入了"地球"，稍加踌躇后，便用"地球—天使—蛇"来进行检索。其实，她也并不觉得这样就能有所发现，只是用自己觉得与本次事件有关的词语来尝试一下而已。

可事实上，即便用了如此莫名其妙的关键词，居然也找到了七个网站。正如她所料，与神秘团体相关者居多。其中有一个的标题即为"地球（Gaia）的孩子们"。

网站简要是这么写的：

"您是否意识到自己受到了伤害？生活在现代社会里的我们，每天都被名为'焦虑'的锉刀锉削着心灵。要是您那颗伤痕累累的心终于忍无可忍而发出了哀号，那就请您回想起一件事来：我们，全都是地球（Gaia）的孩子。守护天使……"

就是它……

早苗内心一阵紧张，连手都微微发颤了。她做了个深呼吸，然后就一头扎进了这个网站。

画面被切换成了淡砖红色的网页背景，背景音乐则是沁人心脾的风琴声。接着，又响起了两把吉他弹拨出的旋律。那曲子正好是早苗喜欢的葡萄牙乐团——圣母合唱团的《被禁止的旅行》。

这时，显示屏上出现了"地球（Gaia）的孩子们"的标题，以及下面的文字：

"您是否意识到自己受到了伤害？生活在现代社会里的我们，每天都被名为'焦虑'的锉刀锉削着心灵。要是您那颗伤痕累累的心终于忍无可忍而发出了哀号，那就请您回想起一件事来：我们，全都是地球（Gaia）的孩子。守护天使每时每刻都在守护着你，治愈与救赎一直就在你触手可及的地方。

"我们的肉体，受到伤害后就会流血，就会感到疼痛。而心灵所受到的伤害，却是看不见、摸不着的，往往还被我们自己糊弄过去，认为并不疼痛。可是，仅仅是因为看不见、摸不着就对其掉以轻心，就很危险了。因为从长远来看，它比肉体损伤的危害更大。它会深深地潜入我们的下意识之中，一有机会便会像毒蛇一般昂起头来，对我们的生活造成破坏性的影响，有时甚至会夺走我们的生命。"

　　这些文字乍一看朴实无华，其实编织得非常巧妙。厉害就厉害在它用的是跟算命先生一样的话术，一开口就以居高临下的姿态，断定你已经受到伤害了。容易接受暗示的人仅仅看到这儿，就会觉得"对呀，说得一点儿都没错啊"。事实上说到心灵创伤什么的，谁都能联想出那么一两件的。更何况浏览网站的人这么多，其中难免有苦闷难耐之人。而从下套的这方来说，哪怕遭到一百个人的嘲笑，只要有一人上钩，就已经大获成功了。
　　到此为止，有关心灵创伤的叙述倒也并无大错，问题在于采用了明显具有威胁性的语句。
　　早苗跳读着文章，翻动着画面，终于看到了描述"守护天使"的部分：

　　"这样的话，你一定也能看到守护天使的身影了。或许你觉得有些荒诞不经，可是，守护天使是确实存在的。是出现于神话中的长着翅膀的美少年也好，还是由我们的心理作用、潜意识所造就的拟人化的名称也罢，无论怎么解释都无所谓。反正就现象而言，守护天使是确实存在的。仅就这一点，我们有足够的自信予以肯定。
　　"古代尽管缺乏科学知识，但能以直觉做出正确判断的人，照样深知这一事实。受到守护天使庇护的家庭，孩子即便爬到高高的树上，或在熊熊燃烧的炉边玩耍，父母也毫不担心。因为他们知道，只要得到守护天使的庇护，就绝不会发生意外。只要我们牢记自己是地球（Gaia）的孩子，内心充满祥和之气，守护天使就会庇护我们免遭无妄之灾。"

仅此而已。尽管说的是"守护天使"这一莫名其妙的存在，却并无一句话明确交代它到底是什么。并且，由于没有采用武断的语句，给人以这是某种可用心理学来加以说明的假象，巧妙地消除了奇幻灵异之气息。不知为何，每到文章的空行处，都配置了两个天使模样的美少女漫画。或许这也是获取喜爱漫画的一代年轻人好感的一种手法吧。

"那么，遮蔽我们双眼的到底又是什么呢？在此，我们可以列举出许多因素。首先是我们过度伤害了母亲地球，从而导致了地球磁场的紊乱；其次，我们还将过多的化学物质运用到日常生活之中，结果损害了身体所拥有的自然潜能。

"然而，如今我们最大的敌人却是精神焦虑。时至今日，说这种精神焦虑已经成了一种心理灾害，想必也不为过吧。在身处多重刺激的持续肆虐之下，且又排斥守护天使的庇护，于是我们的精神便逐渐遭受侵蚀，并以一种无可挽回的方式走向崩溃。难道你还从未察觉此种征兆吗？倘若你在平时会下意识地觉得他人很烦……"

早苗翻动着画面，将这篇长文一直读到了最后。可无论她读到哪儿，都只看到相同的叙述法以及根本不提供依据的警告，仅此而已。至于"守护天使""地球（Gaia）的孩子们"这些短语到底是什么意思，却一句都没提。

第十五章 救世主情结

接着，早苗又进入了"聊天室"。线上聊天似乎是在每周的某个固定时间举行的，遗憾的是今天正好休息。不过之前的发言内容都还保留着，于是她也大致浏览了一下。所谓"聊天"通常就是参与者之间轻松愉快的闲聊而已。但这儿却更像是在探讨人生。首先是内心纠结的人倾诉自己的烦恼，然后由一个名为"庭永老师"的人来提供解决方案。这些方案在早苗看来，虽说大多过于偏激，倒也确实具有一定的说服力。

例如，某个上班族倾诉道，由于婆媳关系紧张，自己被夹在了中间，一回到家就听到来自双方的相互指责，老是处于两头挨骂的境地。每逢这时，他总是想方设法两头都不得罪，拼命加以抚慰，结果却是境况日趋恶化，反倒把自己弄得焦头烂额。

对此，"庭永老师"的回答是："无论是老婆还是母亲，谁来跟你抱怨，你就把她骂个狗血喷头！因为，无论哪一方，都再没有比看到自己与之商量的人态度暧昧、拖泥带水而更为恼火的了。而让她们知道谁才是家中最厉害的角色后，问题也就迎刃而解了。也就是说，目前你妻子与母亲的态度，是跟没调教好的宠物所表现出的'权力综合征'一模一样的。而当狗不服从主人时，就必须采取手段。"

尽管"庭永老师"所提供的解决方案堪称快刀斩乱麻，但早苗以为，咨询者倘若真照此执行的话，奏效的可能性也仅仅是大于零而已。就是说，虽不能说采取如此过激手段绝对无效，但也可能导致纠纷愈演愈烈，以至严重到无法收拾的地步。

不过，既然咨询者已经对目前的状况忍无可忍了，那么，即便进一步恶化，恐怕也不会使他的处境变得更糟了吧。

早苗将聊天记录大致浏览了一遍，发现全都是这个调调，基本看不到带有信仰色彩的内容，或有关"守护天使"的话语。得到的唯一收获是：写主页上那篇文章的人，不是"庭永老师"。

早苗心想，还是等到能够"聊天"的时候再来看看吧。忽然，一个"线下见面会通知"的标题吸引住了早苗的目光。点击之后，便出现了下面的一段文字：

"为回应各相关人员发自内心的大力支持，特决定举办第五次线下见面会。地点与时间如下所示。活动安排照例先是庭永老师致辞，然后展开恳谈。大家可借此机会将线上聊天时尚未谈透的内容以真实的声音，推心置腹地聊个痛快。与此同时，这也是一次可直接向庭永老师倾诉内心烦恼并获取指导的大好机会。仍在犹豫不决的您，这次是否能下定决心，前来参加呢？您的人生道路就此打开亦未可知哦。"

"线下见面会"的会场在距离西武池袋线石神井公园站步行约十分钟处的、一栋颇为雅致的建筑物内。

分隔成十来个房间的大厅是专门用来出租给会议或活动举办方的。那些借助天花板上的轨道可自由移动的隔断墙板，能根据需要灵活改变房间的大小。这天也同样举办着各种各样的活动，从探讨公务员伦理的都民会议，到盆景爱好会、奥赛罗棋选手选拔会、由爱好者举办的女生校服展销会，林林总总，热闹非凡。

早苗很快就找到了线下见面会的会场。立式招牌上贴着一张纸，上面用毛笔写着：

地球（Gaia）的孩子们。

不明底细的人要是光看这块招牌，恐怕会以为是某个诡异的新兴团体的布道会或环保活动的什么聚会吧。早苗环视四周，发现总算还好，附近没人朝这儿看。于是她就先做了个深呼吸，然后转动了门把手。

房间大小跟学校里的教室差不多，里面已经有四五十人了。早苗一打开房门，他们便齐刷刷地将视线投射到了她的身上。早苗多少有些紧张，不过那也仅仅是刹那间的事儿。随后，他们就又各自谈笑了起来。来此参加聚会的还是以女性居多，而年龄分布则从青年到中老年，各个层次都有。

"您好！"

一个三十五六岁的小个子男人，拿着一张像是名单似的薄纸走近前来。这家伙肤色黝黑，头发蓬松，两颗门牙突得特别出。尽管其貌不扬，但那一脸亲切的笑容却还能使对方稍许放心，以至略显紧张的早苗，也能颇为自然地向他点头回礼。

"欢迎参加聚会。请问您怎么称呼？"

"呃……我是佐藤。"

"哦，不用说本名，报您的网名就行。"

"其实，我还没有参与过网上聊天，只是看了其他会员的发言而已。这样不行吗？"

"不不不，没有的事儿。承蒙莅临，非常欢迎。尤其是这次，来这儿的也都是第一次出席线下见面会。只是，大家在这儿都是以网名相称的，因为这样会比较轻松一些嘛。我是今天这次'线下见面会'的干事，网名是'纪念品'，比起本名来，说这个大家更熟悉些吧。"

早苗点了点头。她知道，这个有着如此怪异网名的家伙，时常以主持人的角色出现在"聊天室"里。

"由于我们也希望您今后能参与线上聊天，所以您还是取个适当的网名比较方便啊。"

早苗沉吟片刻之后,说道:

"那我就用'欧墨尼得斯',可以吗?"

"挺好呀。'欧墨尼得斯'小姐。好的。至于这网名的由来,我自然是不会打听的。"

"纪念品"轻轻点头致意后,就朝着新进门的参加者走去了。

"是'欧墨尼得斯'小姐吗?请多关照。我是'忒夫忒夫'[1]。"

一个正侧耳倾听着的、头顶微秃的中年男子回过头来,笑嘻嘻地说道。这样的对话要是让不明就里的人听到了,或许会觉得说话人的精神都不太正常吧。

"我原本在邮购公司上班,后来下岗了,现在是无业游民。网上聊天时,庭永老师给了我十分宝贵的建议啊。"

"哦,是这样啊。"

早苗觉得说"那可太好了"似乎也不太妥当,故而只得暧昧地微笑着如此回应。

"喂,喂喂喂,啊啊啊……能听得到吗?嗯……首先,欢迎各位前来参加'地球(Gaia)的孩子们'的'线下见面会'。"

手持麦克风的"纪念品"朗声说道。

所谓的"线下见面",原本是指之前仅在网上交流的网友,下线后直接与真人见面的活动。不过像"地球(Gaia)的孩子们"这样的做法,是否该称为"线下见面会",还是值得怀疑的。因为它并不是以聊天为主。或许"聊天"从一开始就只是个诱饵,真正的目的就在于聚会吧。

---

[1] 源自古代日语词汇てふてふ。意为①蝴蝶;②喋喋不休。

第十五章　救世主情结

"庭永老师可能要稍晚一些到会了。刚才他打过电话来,说路上有些堵车。呃,今天的预定是这样的:首先是庭永老师的演讲;接着是提问答疑;然后,我们就要换个地方了。不过,那儿也只是个小酒馆而已,我们会在那儿举行联谊会。其实,在通常所说的'线下见面'里,这最后一项才是主要活动。所以,只要时间允许,还请务必赏光。"

"纪念品"这家伙,即便客气一点来说,也属于其貌不扬的那种,但他并不畏畏缩缩,丝毫也没有人群恐惧症的迹象。非但如此,当他手持麦克风登上讲台后,更是神采奕奕、喜气洋洋地环视众人,十分讨人喜欢。他浑身上下还透着一股无比幸福、无比满足的劲儿,而这又传染给了看到他的人。结果,使几乎所有的参加者都自然而然地露出了笑容。

只有早苗用严厉的目光注视着他。"纪念品"的确具有不可思议的魅力,然而,这绝非他的性格使然,而是那种在受尽苦恼之后抛开一切的人所特有的、大彻大悟的活泼开朗。

可奇怪的是,早苗总觉得他身上有种令她联想起刚从亚马孙回来那会儿的高梨的气质。

这时,房间前面的门开了,走进一个身穿开襟衬衫的瘦削男子。

"啊,庭永老师到了。请大家以热烈的掌声予以迎接。"

现场立刻爆出雷鸣般的掌声。早苗也跟着鼓了掌。

"我迟到了。非常抱歉!初次见面,各位下午好!"

听到会员们的回应后,"庭永老师"那张被晒得黝黑的脸上露出了笑容,也露出了雪白的牙齿。

"欢迎大家参加今天的'地球(Gaia)的孩子们'的线下见面会。虽说与你们中的绝大部分人已在'聊天室'里见过面了,可是像这样真正与你们面对面地交谈,我还是觉得非常兴奋。"

"庭永老师"的嗓音低沉,略带沙哑,却极具穿透力。他的脸颊消瘦,即便在笑着的时候,眉宇之间仍有着深深的皱纹。周身洋溢着一种经过苦修之后突然开悟的高僧般的谨严气息。可与此相反的是,炯炯目光之中却充满了慈爱之情。

"或许用不着我再多加说明了吧。'地球(Gaia)的孩子们'并不是一个团体,与以营利为目的的、所谓的'自我启发研讨会'也截然不同。我们所要推广的,其实是针对各种'焦虑'所造成的心灵创伤的治愈技巧。"

"庭永老师"的话其实也没什么新意,其内容甚至可说是平凡无奇。但他身上散发出的那股如同气场一般的确信,却不像是光凭演技就能伪装出来的。听众似乎也全都被他迷住了。

早苗目不转睛地观察着"庭永老师"。她觉得他不像是为了卷钱而捏造出一个什么新兴团体并亲自扮演教主的那种人,不得不承认他身上有股子出类拔萃的领袖气息。

早苗回想起了高梨在电子邮件中描述过的某个人——一个兼具超群的行动力与坚强信念的孤高之人。据说,他还公然声称有着救世主情结。高梨看人的眼光应该是毒辣的,且不论是好是坏,这人毫无疑问是拥有近乎病态的偏执性格的。

这种人往往自以为是,一旦丧失了自我批评的能力,就会被自己的妄想所吞没。

受救世主情结所支配的人,会产生一种无所不能的病态感觉,真的相信自己能解放全人类。而在丧失了现实认知能力之后,自我形象便会无限膨胀,渐渐地就以耶稣基督、拿破仑或特蕾莎修女再世自居了。然后就会开展街头布道,或以某种只有他自己才懂的怪异方式来"匡时救世",可其中的大部分内容又都被人视为痴心妄想,最终沦落到人人避之唯恐不及的境地。

不过，这种一意孤行的做法，偶尔也会像有名的矿毒事件[1]那样，拯救很多人的性命。而与其相反，若此人长于蛊惑人心，善于操纵大众心理，则很可能跟希特勒似的，将大批民众卷入无底深渊。

眼下站在讲台上口若悬河、滔滔不绝地演讲着的这名男子，身上洋溢着超越常人的活力，一点也没有脱离现实的偏执狂迹象。表情也好，态度也罢，都在正常范围之内。他所讲的内容也没有离谱的跳跃或难以理解的地方。

那么，他那无与伦比的能量之源，他内心深处燃烧着的熊熊火焰，到底是什么呢？是他自身所拥有的信念、使命感？还是仅仅源自在他脑干上缝出整齐"针脚"的线虫所给予的单纯的电流刺激？

在犹如围在偶像身边的死忠粉一般的听众之中，唯有早苗一人保持着一脸的严肃。这模样想必是格外惹眼的吧。"庭永老师"的视线扫到她这儿的时候，也会多停留几秒钟。

两人的目光交接后，"庭永老师"的嘴角便浮起了一丝意义不明的微笑。旋即，他就将视线从早苗的脸上移开了。

总共才十来分钟的演讲结束后，"庭永老师"便被参加者团团围住了。他们七嘴八舌地诉说着自己的烦恼，希望得到拯救。

然而，"庭永老师"却对他们全都视而不见，径直朝早苗这边走来了。

"啊，这位是'欧墨尼得斯'小姐。"

如影随形地跟在他身后的"纪念品"介绍道。

"'欧墨尼得斯'？哦，原来如此。这么说来，你就是复仇女神了？"

---

1 日本明治中期的重大公害事件。因位于栃木县上都贺郡的足尾铜矿的有毒污水流入渡良濑川造成环境灾难，导致农民大规模进京请愿，并与警察发生冲突，后遭到镇压。最终在天皇的干预下，政府才发布了消除矿毒的命令。

"庭永老师"的笑容在注视着早苗的过程中，渐渐变成一种凄然悲凉的表情。"纪念品"一下子有些摸不着头脑，当场愣住了。

"初次见面，庭永老师。或者该称呼您为蜷川老师？"

"都行啊，反正只是把平假名位置调换一下而已嘛[1]。其实，我倒是从一开始就想使用真名的。呃……要是方便的话，可以请教一下您的尊姓大名吗？"

"我叫北岛早苗。精神科医生。曾是高梨光宏的未婚妻。"

"纪念品"大惊失色地介入他们两人之间，想把早苗从蜷川教授身边拉开，却被蜷川教授用手势制止了。

"我以前在亚马孙跟高梨先生共事过。他是个好人，也是个优秀的作家。对于他的离世，我表示沉痛哀悼。今天您来，就是为了这事儿吗？"

"因为我一直不明白他为什么会被杀，心想或许您能告诉我其中的缘故。"

围在他们俩四周的人们像是因为惊诧过度而叽叽喳喳了起来，但很快又恢复了平静。兴许是大多数人都觉得早苗是在开玩笑吧，他们的脸上依旧带着笑容。

"不过我听说高梨先生是自杀的呀。"

"虽说从外表来看像是自杀的，可这并不基于他的自由意志。因为高梨当时的大脑被别的东西支配着呢。"

"原来如此。既然这样，您又何必特意跑来问我呢？对于这里面的详情想必您已经很清楚了嘛。"

"大概情形是能够推测到的。不过还有些事情，是必须请教蜷川

---

[1] "蜷川"的平假名拼写为にながわ（ninagawa），而"庭永"的平假名拼写为にわなが（niwanaga）。

教授您的。"

"哦，那又是什么呢？"

"为什么连畦上友树和泷泽优子等从未去过亚马孙的人，也会遭受感染，以同样的方式死去呢？"

四周的叽叽喳喳声再次响起，只是这次就没那么容易恢复平静了。有几个人用手指着早苗问身旁的人："她在说些什么？"然而，早苗依旧目不转睛地注视着蜷川教授的脸，而她自己的表情却毫无变化。

"这两人，我都还记得。没错，他们都是'地球（Gaia）的孩子们'的会员。我也听说了他们离世的消息。莫非，您是想说我该为此负责？"

"难道不应该吗？"

"当然不应该了。因为地球上所有的生命都遵循着优胜劣汰的法则。很遗憾，您列举出姓名的那两人，不具备存活下去的能力。"

"如果他们没上你的当，没有感染危险的寄生虫，根本就不会死！"

"危险的寄生虫？秃猴线虫如果处置得当的话，是一点都不危险的哟。我，还有就在此地的森先生不就是明证吗？"

蜷川并不否认他有意让他们感染巴西脑线虫的事实。早苗觉得自己的身体开始因愤怒而发烫了。

他们俩周围的人们也一反常态，变得鸦雀无声了。尽管他们还不太明了这两人到底在说些什么，到底也感受到了某种非比寻常的氛围。

"你是说，会下达指令让宿主去死的寄生虫其实并不危险吗？"

早苗提高了声调厉声问道。

四周立刻响起了惊呼之声。人们七嘴八舌地议论着，会场一下子就混乱了起来。

"哦，原来你是这么理解的呀！想必你是看到高梨先生和赤松副教授的自杀情形后，得出如此结论的吧。可这完全是你的误解。秃猴线虫是绝对不会下达这样的指令的。"

"巴西脑线虫……也就是你称之为秃猴线虫的生物，会像脑虫操纵蚂蚁一样，把受感染者一个个地逼上自杀的绝路。如今已出现了这么多的牺牲者，你再怎么狡辩，也是无法蒙混过去的！"

尽管受到了如此严厉的申斥，可蜷川教授依旧保持着从容不迫的姿态。至于周边的纷乱嘈杂，他更是一点都没放在心上。

"我并不想逃避责任，只是陈述事实而已。大脑发达的灵长类动物的行为，是极为复杂的。要想如同脑虫控制蚂蚁一般来加以控制，是绝对不可能的。请你好好考虑一下：倘若要发出'去死吧'的指令，就必须首先让宿主理解'死'的概念；而要发出'去给捕食者吃掉'的指令，就必须把握存在于猴子意识中的'捕食者'的形象。你以为，就凭那些毫不起眼的线虫，能完成如此高难度的任务吗？"

早苗的思路有些混乱了。蜷川教授的反驳也确实具有一定的说服力。

"那么，怎么会有那么多的人自杀呢？"

"这只是一部分不幸之人的最终归宿而已。不管怎么说，这也仅是就其最后结果而言的。"

"不好意思，我想问一下。你们从刚才就在谈论'自杀'什么的，这到底是怎么一回事儿呢？还有，寄生虫什么的……"

听了一会儿早苗与蜷川教授的谈话后，"忒夫忒夫"终于鼓起勇气来如此问道。可蜷川教授却连瞥都没瞥他一眼。

"秃猴线虫操纵宿主所用的操纵杆，其实是大脑里的快乐神经啊。也就是说，它们是名副其实地用'快乐'来控制宿主的。这样的机制或许比脑虫操纵蚂蚁更为简单吧。然而，也因为其简单，所以更为有效。"

"我知道A10神经系。"

"哦，好啊。这就更容易沟通了。秃猴线虫所做的，其实只是将编码从'负'至'正'的转换工作罢了，仅此而已。当宿主的大脑感受到强烈的不安、焦虑和恐惧时，其脑内物质的浓度就会发生变化。线虫感知到这一点后，就会自动将其转变为快感。"

"可是，这样的话……"

"这一点，正因为我自己也受感染了，才明白的。也不知是幸还是不幸，如今，在这个世界上，已经没什么能让我感到恐惧了。当然了，在快要遭遇交通事故时，我也会像普通人一样心惊肉跳；在申请科研经费被驳回后，我也会怒不可遏，也会感到焦虑。可在此时，秃猴线虫会立刻抑制住我的负面情感，并将其转变成快感。"

"既然这样，那为什么还有人会自杀？"

"你既然是一名精神科的医生，难道还想不明白其中的缘由吗？为什么仅仅是恐惧被转变成了快感，猴子就会被捕食者吃掉？在丛林中，最能激发起恐惧感的，毋庸赘言，莫过于捕食者的靠近了。对一只小小的猴子来说，一只比自己身体大几倍的怪鸟从高高的天空扑向自己的头顶时的那种恐惧感，可谓是无与伦比的。在通常情况下，它自然会立刻躲避到安全的地方去。可感染了秃猴线虫的猴子，那种针对巨大猛禽的恐惧，会立刻转变为强烈的快感。于是它就会待在原地一动也不动。其结果，就是自愿将自己的身体交由捕食者摆布了。"

说着，蜷川教授从容不迫地扫视了一周惶恐不安的听众。纷扰嘈杂已发展到了不可收拾的地步，可没人知道还能做出什么进一步的反应。

"人在感染后，大脑中所发生的一切也与此并无二致。即便某人对于某特定对象怀有强烈的恐惧，也会受其强烈吸引。问题就在于明知如此也欲罢不能。由于越接近对象，就越恐惧，而越恐惧又会产生越强烈的快感。因此，尚未训练到能够自律的人，就会一直滑落至无法挽回的深渊。患有动物恐怖症的大学副教授，会满不在乎地主动接近老虎；极度害怕失去孩子的母亲，会亲手杀死自己的孩子；摆脱不了丑形恐惧症阴影的青年，会在剧毒药品中毁掉自己的脸蛋；有洁癖的少女，会进入充满了绿藻腐臭味的池塘里洗澡。还有，患有死亡恐惧症的作家，会选择自己最想逃避的死亡。"

早苗听得目瞪口呆。蜷川教授越说越带劲，露出了雪白的牙齿。

"但是，正如我刚才已说过的那样，秃猴线虫只要处置得当，就绝不是什么危险的寄生虫。确实，对可悲的秃猴来说，或许是致命的。可就人类而言，情况就不尽相同了。我们人类，是拥有意志力和对于未来的洞察力的，完全可以反过来控制秃猴线虫。当然，小心谨慎是必须的。能感受到强烈恐惧的状况，哪怕是偶发的，也必须极力回避，因为人类同样是无法抗拒那种压倒一切的快感的。然而，只要不太过分，并辅助以各种作用于大脑的药物，抑制过于强烈的快感还是可能的。事实上我们就是运用了这种方法才存活到现在的。"

早苗感到自己的身体正因怒不可遏而瑟瑟发抖。

"你自己怎样是你自己的事。可那些上了你的当，受感染后死去的人呢？"

"这是一项宏大的'实验'啊。这是为了鉴别什么样的人类个体才能在未来生存下去。"

蜷川教授若无其事地说道："走上绝路的，都是些心灵上原本就有着致命弱点的人。也就是说，都是些不合格的品种，迟早都会被淘汰。当然了，他们也并非不值得同情。因为他们没有受到该如何应对秃猴线虫的指导。但是，仅仅知道了在那种情况下会导致不良结果，也可以说是一种重大收获了吧。"

"把人当作豚鼠一般杀死的实验……"

"这样的实验是必不可少的。你既然是精神科的医生，就应该很清楚我们现在身处怎样的境况。要在丛林中存活下来，不安与恐惧就是一种必备的生理机能，可在文明社会中，却成了一个莫大的负担。现代人正不断地被严酷竞争所导致的焦虑、不安、恐慌所压垮。人类的神经细胞一旦承受了过于严重的精神压力，就会遭受物理性损伤。可以说，我们的神经突触已到了被磨损掉的边缘了。秃猴线虫就是保护我们不受精神压力伤害的守护天使，而天使的呢喃，正是我们盼望已久的福音。"

"成为寄生虫的奴隶，居然还是福音？"

"在印加文明中，奴隶们就是靠嚼古柯叶来忍受繁重的体力劳动的。而在现在，古柯叶被替换成了酒精、性、毒品和精神类药物。然而，这些也迟早会让人们产生肉体、精神上的依赖，从而付出高昂的代价。你应该很清楚吧。其中甚至还含有跟有机溶剂似的，会溶解主要成分为脂肪的大脑的成分。"

说着说着，蜷川教授的情绪也渐趋激动了起来。

"与之相比，秃猴线虫却能在毫不损伤大脑的前提下，自动为我们控制精神压力。可说是一种理想的、有生命的麻醉剂。我在亚马孙密林中调查时，已经获得了当地麻醉文明的真相就在于秃猴线虫的多个旁证。遗憾的是，他们的文明因滥用秃猴线虫而毁灭了，我们自然绝不能重蹈覆辙。若用现代的生物技术来对秃猴线虫进行'品种改良'，今后，其危险性肯定会越来越小的。"

蜷川教授的眼中透着一种异样的光彩。之前那种活力四射的人格高尚之假象，现在已荡然无存。站在早苗对面的，完全是一个在病态的救世主情结驱使下的狂徒。

"从前，人类为了弥补自身肉体的脆弱，曾穿上皮质铠甲，佩戴铁质武器。而现在，留在我们身上的最大的弱点，就是心灵。我们是地球上唯一的一种能强烈意识到自己迟早会死的生物，也总是为不知怎样才能活得更好，怎样才能获得幸福而苦恼不已。然而，倘若用秃猴线虫这一铠甲来覆盖住我们心灵上这道缝隙，我们也就无敌于天下了。即将来临的二十一世纪，将会为一个崭新的共生时代拉开帷幕的吧。到那时，战争、犯罪、道德沦丧等问题应该全都成为过眼云烟了。我们现在所做的，正是在为此做准备。仅盯着当下的那种人道主义虽说也无可厚非，可更为重要的，难道不是将人类的未来纳入视野的宏伟蓝图吗？"

说完之后，蜷川教授的脸上便露出了微笑，分明是一种"好了，该说的我已全部说完了"的意味。随即，他就对早苗略低了一下头，一转身，匆匆离开了会场。

见此情形，"纪念品"，即森助理，也慌忙紧随其后。"线下见面会"的参加者们全都呆若木鸡。他们只是默默地看着那二人离去，竟没一人上前去拦住蜷川教授。

早苗也没去追那两人，她只感到自己的双膝在"咯咯"发抖。至于这是因为生气还是因为恐惧，就连她自己也不知道了。

一度平息了的嘈杂声，在她身边又再次响起，且一下子就沸腾了。

"有一个好消息和一个坏消息。"

听完早苗的叙述后，依田抱着胳膊沉吟片刻后说道。

"好消息是什么？"

"蚊子恐怕是不会传播巴西脑线虫的。"

这要是真的，自然称得上是"好消息"了。

"可是，你是怎么知道的呢？"

"这是根据几项证据推断出来的。几天前，我把巴西脑线虫的冷冻幼虫送到了一位在国立感染症研究所工作的老朋友那儿，请他帮我做了猴子的感染实验。而筑波灵长类动物研究中心的实验表明，只要是灵长目动物，感染了巴西脑线虫后基本上不呈现宿主特异性。不仅如此，即便是在亚马孙，也不存在感染扩散到秃猴以外动物的迹象。而这一点恰是最能说明问题的。"

"你是说，要是巴西脑线虫能通过蚊子传播，那么其他的卷尾猴也应该受感染，是吗？"

"是的。我认为，巴西脑线虫选择秃猴为宿主，是有多个原因的。首先，秃猴是卷尾猴中唯一一种栖息在泛滥地的猴子。我以前的同事中，有个家伙参与了'红皮书'[1]的编纂工作，据他说，居于亚马孙丛林食物链顶端的美洲豹十分擅长游泳，在雨季会进入被水淹没的丛林中去捕食。而秃猴也不是光吃植物，还会捕食昆虫之类的小动物。因此，我们可以认为存在着从秃猴到美洲豹，从美洲豹的粪便到昆虫或腹足类动物等未知的中间宿主，再从那儿回到秃猴的这么一条巴西脑线虫的传播循环链。"

不知为何，听了依田的这一番讲解后，早苗觉得自己似乎已经放下心来了。

"再说，秃猴真正的天敌，或许并不是美洲豹，而是角雕。要真是这样的话，巴西脑线虫要让宿主听到'天使的振翅之声'，也就可以得到解释了。对秃猴来说，角雕的振翅之声可谓是等同于死亡意味

---

[1] 国际自然和自然资源保护联合会（IUCN，简称"世界自然保护联盟"）于1966年发行的刊物。书中对野生动物根据其濒临灭绝的危险程度划分了等级。因封面使用了表示危险信号的红色，故名。

343

的。因此，在听到这种声音的同时，秃猴应该会立刻作出逃跑的条件反射的。巴西脑线虫之所以要特意进入秃猴的内耳，并频繁地令其听到振翅声，说不定就是为了弱化此种条件反射。"

"那么……巴西脑线虫不靠蚊子来传播的别的理由呢？"

"我想那就是我之前说过的，巴西脑线虫所形成的'美杜莎的脑袋'要像班氏丝虫的幼虫那样被蚊子吸入，个头略大了。这方面，我特意让筑波灵长类动物研究中心的朋友用特殊的显微镜，观察了猴子血管中的'美杜莎的脑袋'的动态。结果发现，'美杜莎的脑袋'的大小一直是与血管的粗细相适应的，一旦无法通过，它会散开后重新组成大小适合运动的群体。这也几乎证明了，巴西脑线虫形成'美杜莎的脑袋'的目的，就是为了在宿主体内高效移动。"

虽说依田所说的这一切只要稍微想象一下就令人浑身直起鸡皮疙瘩，不过毫无疑问，这确实是个好消息。

"我以为，秃猴感染巴西脑线虫已有很长的历史了，以至它们也表现出了对抗性进化的特征。譬如说，秃猴那怪异的容貌本身，或许就是为了易于识别受感染的个体吧。因为，一旦感染上了巴西脑线虫，秃猴的头皮上往往会显出白色的移行疹。不仅头部会变得光秃秃的，脸部也会变得血红血红的。这样的话，也就一目了然了。"

早苗不由得回想起了琼·卡普兰的观察日记中有关秃猴群驱逐受感染个体的记述。

说到底，在极为繁盛的线虫家族中，巴西脑线虫反倒是趋于没落的一种亦未可知。因其过于特殊化，结果走入了进化的死胡同。由于秃猴的对抗性进化及其个体数量的减少，再加上由于人类的开发，连秃猴的天敌角雕、美洲豹的数量也在不断减少，巴西脑线虫想必濒临灭绝了吧。至少在它们发现人类这个极具魅力的新宿主之前，应该就是这样的。

第十五章 救世主情结

早苗忽然又想起蜷川教授所说的，已经灭亡的亚马孙古代文明曾利用过巴西脑线虫的话来。莫非，巴西脑线虫与人类的纠葛，从那时就已经开始了……

"总之，原本就是因为那两个与亚马孙探险队毫不相干的年轻人也感染了巴西脑线虫，才怀疑是否具有通过蚊子传播的可能性的。可根据你刚才的叙述，他们俩受感染的原因已经很清楚了。也就是说，事实上巴西脑线虫是因人为因素而传播的。"

依田从容不迫地如此说道，仿佛这就是个顺理成章的结果似的。

"只是，蜷川教授是怎么将大量的巴西脑线虫弄到日本来的呢？根据《华盛顿公约》[1]，秃猴应该是属于全面禁止进口的。而要从自己身上取出虫卵并使其继代繁殖，恐怕也是很难做到的，是吧？"

"嗯，应该说绝无可能吧。因为，即便是这方面的专家，若无特殊的高超技能，也是不可能完成的。"

"要像你这样的才行，是吗？"

"是的。"

依田毫不谦虚地回答道。

"不过，他们用的是什么方法，我大致也猜到了。其实，我曾向森助理的研究室打听过他的情况。他们说，原本是要跟森助理交换数据来着，可突然联系中断了，正为此发愁呢。这才知道森助理回国后，后来又去了一趟亚马孙，有一两个星期吧。并且在回来时，他以个人名义进口了几只狐尾猴。这也是因为发票正巧寄到了大学里，他们才偶然知道的。"

"狐尾猴？"

---

[1] 即《濒危野生动植物物种国际贸易公约》，简称CITES。于1973年3月3日在美国华盛顿签订。

"嗯。我也不太懂，说是卷尾猴的一种，是血缘与秃猴最近的。"

早苗记起高梨的电子邮件中曾出现过这个名称。那是一种神情忧郁的灰色猴子，还说无论是容貌还是气质，都跟森助理极为相像。

"我下面所说的，仅仅是推测而已。估计森助理遵照蜷川教授的指派又去了亚马孙后，在'遭诅咒的沼泽'边捕捉了受巴西脑线虫感染的秃猴，并将其肉给与之相近的狐尾猴吃下，再通过宠物商店进口至日本的吧。"

"那这些猴子又是怎么通过海关检疫的呢？"

"哪有什么检疫啊！"

"啊？没有吗？可是，用于实验的猴子不是……"

"你有这种疑问，是理所当然的。可针对实验用的猴子和宠物，完全是两种截然不同的处置方式啊。"

接着，依田便用波澜不惊的平淡口吻，就此做了令早苗心胆俱寒的说明。

"诚然，在欧美诸国，早就针对猿猴类实施了严格的进口管制。在美国，那个有名的疾病控制与预防中心基于防止人类感染疾病的理念，严格执行着相关检疫。对于除人类以外的灵长类动物，进口者必须加以登记，且进口目的仅限于科学实验、教育和展示这么三种。作为宠物而进口，是遭到禁止的。在英国，自从猕猴带入了狂犬病病毒以后，就对进口的猴子实施严格的检疫了。德国也在马尔堡病[1]暴发之后，全面禁止用于研究和马戏团以外的猴子的进口。可是，只有日本是进口猴子没有任何限制的。"

---

[1] 于1967年集体暴发于西德马尔堡市的病毒性出血热。通常认为是由绿猴等非人灵长类动物传染人类，但病毒来源始终不明。

第十五章　救世主情结

"那就是说，不管是谁，想要进口多少，就能进口多少了？"

"我记得是在一九七三年吧，厚生省设立了一个人畜共通传染病调查委员会，对猴子的进口情况进行了调查。结果发现了骇人的实情：进口的猴子约有八成都是用作宠物的，且感染赤痢菌或寄生虫的比例相当高。可根据这一调查结果，厚生省又做了什么呢？仅仅是对进口业主做了'自我规范指导'。从那会儿一直到现在，从未采取过什么后续措施。也就是说，猴子的检疫全都交给进口商自行处理了。对于实验用的猴子，还有专门公司会对其实施至少九星期的严格检疫；而用作宠物的猴子，由于宠物商店基本不具备检疫能力，事实上处于对其放任不管的状态。因此，只要通过宠物商店，进口感染了寄生虫的猴子简直就是小事一桩。"

"这样的话……厚生省也太不负责了吧。诸如埃博拉出血热之类的问题已经众所周知了，而就免疫学意义上来说，将与人类最为接近的猴子用作宠物的危险实在太大，应该立刻像美国那样全面禁止才是啊。"

"厚生省在动物检疫上的不作为与马虎草率，也不是一天两天了。譬如说像我们这一代人一般都还有记忆的，以前有个糕点厂商，把'亚马孙绿龟'当作赠品到处送人。后来，同类的乌龟大受欢迎，搞得全日本的宠物店都在卖了。可绿龟是沙门氏菌的宿主，这是早就知道了的。在美国，龟壳大小在十厘米以下的是禁止出售的，这是因为怕小孩子将其放进嘴里。可是，糕点厂商以儿童为主要对象随同糕点一起派送的赠品，居然就是绿龟幼崽。当时就有许多医生提出了警告，可厚生省却视而不见，充耳不闻，只是一味地袖手旁观。或许他们要等到有人为此丧了命，才肯动一动尊驾吧。诸如此类的小插曲，可谓是不胜枚举啊。"

说到这儿，依田的舌锋变得越发犀利了。

"可以说，厚生省所热衷的，一直就是如何维护自身权益与制药界的利益，从一开始就没将国民的生命安全与健康放在心上。而这样的体制，也正是引发了从药害艾滋病事件到亚急性脊髓视神经症、反应停后遗症、受感染的脑硬膜移植所引起的贾库氏症等数不清的药害事件的温床啊。我敢打赌，倘若仅仅换了块什么'行政改革'的招牌而没有实质性改变的话，药害事件的悲剧，今后还会不断重演的。"

由此可见，巴西脑线虫这事情，反正是指望不上厚生省了。或许这才是最糟糕的吧。

"那么……你所谓的'坏消息'，又是什么呢？"

早苗惴惴不安地问道。

"嗯，这个嘛，与其我光用嘴说，还是看这个更直观一些吧。"

说着，依田从桌子抽屉里取出一盒贴着个什么标签的黑色录像带来，并将其放入一个与电脑显示屏相连的播放机中。

首先出现的画面，像是某个研究室的内部场景。那里面的设备，似乎要比依田大学里的齐备多了。依田在一旁解释道：

"在筑波灵长类动物研究中心，他们将我送去的'美杜莎的脑袋'状的冷冻幼虫解冻后，对这种猴子进行了感染实验。所使用的猴子有三种：与日本猕猴同属于猕猴科的食蟹猴、曾被怀疑为HIV感染源的非洲绿猴和唯一的一种来自新大陆的松鼠猴。"

随后，屏幕上便显示了随着时间的推移而在这些猴子身上所发生的变化。

"巴西脑线虫只有进入灵长类动物的体内，才会出现爆炸式的快速繁殖现象，而通过这几只感染了的猴子，我们又了解到这个过程又可分为几个阶段。这个录像所拍摄的，就是从第一阶段到第四阶段——最后阶段的全过程。并且，猴子越小，阶段间的转换也就越快。在这个实验中，最早出现症状的是松鼠猴。还有，将猴子关在狭小的笼子里，使其缺乏运动，并喂以高能量的食物后，也会加快线虫繁殖进程。"

从录像上看，感染了巴西脑线虫的猴子的模样，跟琼·卡普兰所记录的情况几乎一模一样。起初，感染后的猴子看起来比健康的猴子精力更加充沛。这家伙胃口很好地吃着食物，还频频关注着隔壁笼子里的猴子。比起食蟹猴和绿猴，似乎松鼠猴所受的影响也最为明显。

"这是第一阶段的情形。想必是其A10神经系受到刺激的缘故吧，猴子们显得很开心，活动性也提高了。"

画面切换后，刚才那只松鼠猴又出现了。虽说依旧十分好动，却变得坐立不安了，吃起东西来也给人一种狼吞虎咽的感觉。在其隔壁笼子里放入另一只松鼠猴后，它就立刻大声吼叫起来，还会激烈地摇晃、啃咬笼子。

"进入第二阶段后，兴奋似乎也达到了病态的程度。放入隔壁笼子的，是一只雌性松鼠猴。虽说当时并不在繁殖期，可受感染的那只猴子却在不断地发出求偶信号。"

松鼠猴的模样令早苗想起了高梨的某些行为。她不由自主地捏紧了拳头。

接着，画面上出现猴子的头部特写。那些以头顶为中心蜿蜒曲折地伸展着的白色条状凸起，正是她已看到过好多次了的移行疹。再次看到后，这种不规则的弯曲方式令她想起了肝硬化病人身上的蜘蛛状血管痣。

"移行疹出现在第一阶段末或第二阶段初，并没有固定的时期。也有些受感染者始终都不出现。"

画面再次转换。这回出现的松鼠猴模样已大为改观，变得一点都不好动，呆呆的，像是沉浸于冥想之中了。它的食欲依旧旺盛，与最初相比，像是胖了许多。

"这是第三阶段。已过了欣快症阶段，陷入无感动状态了。实验前，我们还以为这就是最后阶段呢。"

"结果不是吗？"

"通常来说，到了这个地步，也就到头了。因为，在野生状态下，活动性如此低下，捕食者出现了也不逃避的话，那么成为天敌的美餐就只是个时间问题了。可是，倘若受感染的个体不被天敌吃掉，老这么活下去的话，又会怎样呢？关于这一疑问的答案，你很快就会看到了。"

说话间，画面上出现了怪异景象。

"这就是第四阶段，也即最终阶段。吊诡的是，尽管实验所用的三只猴子分别处于不同的阶段，可只要有一只进入了第四阶段，另外两只就像被它带着跑似的，也接连不断地发生了变化。"

早苗茫然地盯着画面，只见那上面的猴子一只只地都纹丝不动，一声不吭。

"进入第四阶段后，无论什么种类的猴子，几乎都不再叫唤了。下面的画面或许刺激过于强烈吧，是进入第四阶段的松鼠猴的解剖场景。"

早苗猛地用手捂住了嘴巴。她觉得从喉咙深处泛起了某种酸溜溜的东西。

接着，便是松鼠猴解剖后的器官组织放大图。这时，早苗终于明白了卡普兰手记中那个可怕的"Typhon"到底暗示着什么。而她的耳边，则响起了晶子的声音：

"同样作为'蛇信仰'之象征的堤丰，最后被宙斯用雷给劈死了。他的身体上聚集了无数的蛇，样子极为怪异。"

在了解了对焦不准的照片上那些袋状物体的真实面目后，别的疑团也就一个个云消雾散了。

第十五章 救世主情结

"你不要紧吧？脸色很难看啊。"

不知何时，依田已来到了早苗的身边。他将手搁在早苗的胳膊上，颇为担心地看着她。将视线回到显示屏上时，只见那上面又出现几个形状怪异的物体，早苗闭上了眼睛。

"对不起。刚才这段，不该给你看的。"

早苗摇了摇头，艰难地挤出声音来说道：

"不，不是的。我现在终于明白了罗伯特·卡普兰最后看到了什么。还有，他为什么要与爱妻一起自焚而亡。"

"是因为他也感染了巴西脑线虫了吧？"

"不。受感染的，只是他的妻子。卡普兰发觉妻子感染了巴西脑线虫。为了不让天敌吃掉，他还将几只受感染的秃猴饲养在了铁丝笼里。他是在看到了秃猴的变化结果后，与妻子一起自焚而亡的。因为他不想让爱妻遭受同样的命运。"

"可是，你是怎么知道的呢？"

"只要读一读那份手记，就会发现从一开始就全都表明了。卡普兰的文章中充满着毫不掩饰的'恐惧'。要是他也感染了巴西脑线虫的话，不管面对怎样的状况，恐惧都应该立刻消除才对呀。"

"是这样啊……"

说着，依田关掉了录像带播放器。

早苗觉得心中涌起了一股热流。从高梨开始，那些受巴西脑线虫操纵如同机器人一般一个个走向死亡的人，是多么无可救药啊。一想到这个，早苗就由衷地钦佩直到最后一刻仍保持着人类的尊严，出于对妻子的爱，宁可自己选择死亡的罗伯特·卡普兰。

依田将手放到了早苗的肩上——以一种与惯常的生硬、鲁莽截然不同的温柔。

"依田……"

被他搂入怀中时,早苗并未受到惊吓。只是当她仰视他那双淡棕色的眼睛时,觉得自己仿佛是被高梨抱在怀里的——反倒是这样的错觉把她吓了一跳。

一切都是那么自然,她觉得自己的命运似乎在很久很久以前,就已经这么注定了似的。

依田用他那修长的手指,轻轻地抬起了早苗的下巴。

早苗慢慢地闭上了眼睛。

第十六章　狰狞面目

两个月过去了，已经到了十月中旬，从"线下见面会"会场上悄然离去的蜷川教授和森助理依然杳无音信。

"地球（Gaia）的孩子们"的主页，也在第二天被删除了。之后，早苗曾每天都用各种各样的关键词不停地加以检索，可依旧一无所获。或许蜷川教授已放弃了利用互联网招募会员的方式了，或至少也是改变做法了吧。

她跟依田基本上是两天见一次面，可每次总是以激烈的争论收场。

早苗的意见是，既然以个人的力量来追寻那两人的下落已到了极限，就应该借助警察的帮助了。但依田却断然予以否定。他的理由是，蜷川教授和森助理的家人已经报了警，请求警方出面搜寻了。所以，要求警察更加认真、严密地加以搜查，就必须说明巴西脑线虫之事，而这么做，警察肯定只会付之一笑。即便能解释到令警察半信半疑的程度，他们也肯定会通过保健所、厚生省去咨询之前提到过的"权威人士"的。而"权威人士"又会对警察下达怎样的"神谕"，也是可想而知的。

这样的话，就只能胡乱编造一些借口，以刑事揭发的方式检举他们实施诈骗或别的什么罪名了。但是，即便警察十分顺利地找到了他们的藏身之所，只要一审讯，也就会马上发现这样的检举是毫无事实依据的。不仅不能长期拘留他们，而在得知己方的诬告之后，反倒会让自己处于极为被动的地位。即便以后掌握了有力证据，警方也很可能不屑一顾了。

最后还有一个可以考虑的手段，那就是通过福家将报社拖下水。可是，福家本人另当别论，要想让那么大的一个报社相信巴西脑线虫的巨大危害并予以大力协助，实在是难以想象的。

两个月的时间，就这么风平浪静地过去了。可这反倒令早苗惶惶不可终日。因为她觉得，宝贵的时间，就这么白白地浪费了。

这天下午，在查病房时这些烦心事也一直盘踞在早苗的脑海里挥之不去。一回到办公室，外线电话的铃声就响了起来，简直就像是算准了时间似的。

"喂喂，我找北岛医生听电话。"

早苗拿起话筒后，耳边就响起了一个年轻姑娘的声音。早苗觉得这声音十分耳熟，可就是一下想不起来。

"喂，我就是。"

"呃——我是浜口麻美。之前，为了泷泽优子的事情……"

说到这儿，对方停了下来。

"啊，对了。我想起来了。"

早苗的脑海中清晰地浮现出了那个在幕张遇见的少女的脸庞。早苗的内心不由自主地冒出了某种预感，这使她的交感神经兴奋起来，心跳也随之加速了。

"有关泷泽的事情，你又想起了什么了吗？"

"嗯。不过，也不是什么重要的事情……"

第十六章　狰狞面目

麻美的声音变得越来越低，她像是在后悔打这个电话了。

"无论什么事情都行啊。你能打电话来，我就已经很高兴了。可以告诉我是什么事儿吗？"

"好的。大概是在今年春天吧，优子她送了些果酱给我。"

"果酱？"

"嗯。是蓝莓酱和樱桃酱，说是在旅行时买的土产。可她没告诉我去哪儿旅行了，我也没特意问她。"

"哦，是这样啊。"

"可是，我后来吃早饭时拿出来一看，见瓶子背后写着产地呢。当时我还想，优子是跟谁去那儿玩的呢？刚才，我忽然又想起了这件事儿。"

"是哪儿呢？"

"具体记不清楚了，像是在那须的什么地方。"

"那须……"

早苗听了之后，立刻觉得大脑里有什么东西跟它挂上钩了——赤松副教授就是在那须高原野生动物园自杀的。赤松副教授与泷泽优子都去过那须，绝非偶然巧合。

早苗向麻美道谢后挂了电话。随即，她就翻开了通讯录，并按下了泷泽优子老家的电话号码。这个号码还是在确认优子身份时记下的呢，竟会在这种情况下派上用场，真是始料未及。

接听电话的，是优子的母亲。想到对方心头的创伤尚未愈合，早苗也极为不忍，不过她还是询问了优子是否留下了笔记本、电话通讯录等情况。优子的母亲似乎十分感激早苗弄清了女儿的身份，所以立刻就去查看女儿的遗物了。

早苗心想，要是优子留下的是电子笔记本可就麻烦了，幸好优子母亲找到的，似乎就是极为普通的笔记本。问她在通讯栏中有没有以

355

028开头的电话号码，回答说只有一个，但姓名栏是空白的。早苗立刻记下了那个号码。

紧接着，她就拨打了那个号码，可没人接听。

一会儿过后，她又拨打了三遍，结果还是没人接听。呼叫音是响着的，就是没人接听。

沉吟片刻之后，早苗拨通了依田的电话。依田一声不吭地听她说着，可他听完之后所说的话，却大大地出乎她的意料：本周末，开车出去兜风吧。

看到前来接自己的蓝色轿车后，早苗不禁露出了微笑。因为这辆车的造型与最近流行的国产车的那种流线型截然不同，而是像个四角方方的铁皮玩具似的，尤其是那面平整的前挡风玻璃，没来由地勾起了早苗的亲切感。

"请上车。"

依田伸手为她打开了副驾位置的车门。由于这辆车的方向盘在左边，早苗只得绕到路面一侧来上车。依田接过了早苗手中的旅行包。后排座位已被折叠起来，形成了一个行李空间，但那儿几乎已被许多纸板箱给塞满了，于是依田便随手将早苗的旅行包放在那些纸板箱的上面。

早苗上车后系好了安全带，汽车便上路了。可能跟依田的驾驶技术也有关系吧，车跑得又快又稳。引擎声稍稍有些烦人，与悬挂系统良好的国产车相比，传递到座位上的震动也比较大。但不可思议的是，乘坐的感觉倒也不坏。

"这是什么车？"

"菲亚特熊猫四乘四。哦，对了。这还是第一次请你坐呢。"

"四乘四？什么意思？"

第十六章　狰狞面目

"就是有四个车轮，驱动装置也有四个。"

早苗心想，车轮可不就是四个吗？不过她也并未问出口。

"哦，小虫小，倒也是四轮驱动的啊。"

"驱动装置可是奥地利的斯太尔戴姆勒普赫公司制造的哦。"

依田颇为自豪地说道。不过早苗听着，自然是没什么感觉的。

"这车好可爱啊。"

"还行吧。因为，再怎么说，也是乔治亚罗设计的嘛。"

"那人很有名吗？"

"你没听说过？他是意大利具有代表性的工业设计师啊。就汽车而言，大众高尔夫（Volkswagen Golf）、皮亚萨（Piazza）两款车型都出自他的手笔。"

随后，依田又兴致勃勃地介绍了一番乔治亚罗的业绩以及菲亚特熊猫的优良性能。而早苗除了时不时地应上那么一两声，其余时间里都默不作声地听着。她明白，无论是依田还是自己，这么做无非是让自己不去想，到了目的地后，将会看到一个怎样的场景而已。毕竟要谈论那个话题，实在是太可怕了。

菲亚特熊猫一路上没遇到堵车，十分顺畅地从练马高速入口跑上了东京外环汽车道，再从川口立交枢纽进入了东北汽车道，正实实在在地不断接近目的地。早苗看了一眼手表，见眼下是上午九时三十分。从浦和高速路口到那须高速路口的距离约为一百五十千米，若以不被ORBIS[1]拍到的速度行驶的话，估计要花一个半小时吧。即便算上从那须路口下高速后的路程，想必也能在中午之前到达要去的那幢建筑物了。

"那地方……你知道了？"

1　一种能发现汽车超速并将其车牌号拍摄下来的自动记录装置。

等依田介绍完菲亚特熊猫悬挂系统的特性之后，早苗如此问道。

他们之间出现了一阵短暂的沉默。依田在移动式烟灰缸里掐灭了香烟后，嘴里喷出了白烟。从半开着的车窗吹入的风，立刻就将烟吹散了。

"地址已经确认过了。用你问来的电话号码，我委托在晚报上刊登广告的侦探调查了一下。知道了那是所用来出租的别墅后，我就假装租客去了一趟房屋中介所。闲聊中，人家什么都告诉了我。"

"用来出租的别墅？"

"是啊。不过由于其位置离东京说近不近，说远也不远，所以不怎么受欢迎。据说后来中介瞄准了大学社团集训以及企业新员工培训市场，将内部改造成研讨屋的样式了。据说以前有一阵子，这方面的需求挺多的。可即便这样，出租状况还是不理想。直到今年五月，才跟人签了半年的租赁合同。租户要求的是一个能住三四十个人的、有能举行集会的大厅的，且不妨碍冥想的安静场所。听负责那套别墅的业务员说，他听到这些要求后，立刻就想到是什么人格改造研讨会。可不管怎么说，人家愿意租，就是客户了。尤其是在如今这么个不景气的大背景下，哪还能挑选客户呢。还说签约后，人家立刻就预付了一年的租金，并且像是非常讨厌被打扰，所以后来一次都没跟他们联系过。"

"好像是真的很难联系上。我打电话过去的时候，也没人接听。"

"嗯。"

"会不会是假装不在呢？还是……"

"现在这么猜东猜西的又有什么用呢？到那儿一看，不就全明白了吗？"

依田重新点燃了一支香烟，随即像是意识到了车内的烟雾，便拉动拉杆，将帆布的遮阳车顶开到了最大。刹那间，秋日的阳光注入车内，风儿也富有节奏地发出了令人畅快的声响。

早苗松了一口气，觉得自己像是获得拯救了。仅仅是听着这呼啸的风声，就觉得身心都被洗涤干净了。她忽然想到了一个词：爽籁[1]。秋风送爽似箫声……

她又恢复了打量周遭风景的闲情雅致。秋高气爽，天气晴朗，倘若不是眼下这样的境况，还真是一趟惬意的兜风之旅啊。就连菲亚特熊猫这款车，她也有点喜欢上了。

"你的包里都放了些什么呀？"

依田看着早苗的眼睛，如此问道。

"一些能做基本诊疗的用具，还有几种从医院里拿来的治线虫病的药。噻菌灵啦，甲苯达唑啦……"

"是这样啊。"

尽管依田没表达任何想法，可早苗已经知道他在想些什么了。那就是，不管带什么药来都只是心理安慰。能驱逐深入脑干的巴西脑线虫的药物，还没被发明出来呢！

"你那么多的行李，又都是些什么呢？"

"啊，我想或许会派上用场吧，就去学校农学部的附属农场，弄了些土壤消毒用的杀线虫剂，以及有机氯化物类的杀虫剂。"

"哦……"

之后，两人的对话又中断了一阵子。

早苗开始觉得，今天要是把福家也带来的话，或许心里会更踏实一点吧。让他坐在后面的那些纸板箱上就行——虽说有点挤。想象着那副情景，早苗的嘴角就自动放松了。

---

[1] "籁"字在日文中也有箫的意思。

可是，依田是强烈反对求助于福家的。他认为，要毫无保留地将一切都告诉新闻记者，就得做好全都被公之于众的心理准备。所以，在不知道今后会如何发展的当下，只能进行秘密调查。除此之外，别无选择！结果，早苗也只能同意依田的主张。

"以前，我曾说过我妻子死于交通事故，是吧。"

依田突然跟闲聊似的用若无其事的口吻说道。

"是啊。"

"其实，也可以说是被我杀死的。"

这句突如其来的话语，把早苗吓了一跳。要岔开他的话头，换一个不痛不痒的话题吗？但临终关怀服务机构的工作经验告诉她，还是听他把话说完比较好。

早苗沉默不语，等待着依田开始叙述。一会儿过后，依田就像堤坝决口一般，滔滔不绝地讲述了起来。

"那是五年前的事儿了。因为我结婚较晚，那年还是新婚第一年。当时妻子怀着八个月的身孕。有天晚上，我提议开车出去兜兜风，散散心。其实在结婚前，我们是经常在夜里出去兜风的。"

说到这里依田闭上了嘴唇，像是当时的感触又回来了似的，两眼紧盯着握着方向盘的双手。

"……突然，我产生了一种不祥的预感，总觉得前方有什么东西正在飞速靠近。当我意识到这是一辆关掉了前灯正逆向行驶着的汽车时，留给我的时间只有几分之一秒了。我猛地将方向盘往左打到底，总算在千钧一发之际避免了撞车。那辆逆行着的汽车，就跟什么事儿都没发生过似的快速开走了。可我们的车却开上了人行道，撞在了电线杆上。我安然无事，简直就是个奇迹，连一点皮都没有擦破。可坐在副驾位置上的妻子却当场死亡。自然，连同她肚子里的孩子一起。"

第十六章　狰狞面目

"飞来横祸……"

"一直到现在，我也不知道那个肇事司机是什么人。这或许也是理所当然的吧。因为对方只是开车驶过那儿罢了，没在现场蹭掉一片漆，也没留下一条刹车痕。我当时脑子里一片混乱，除了那是一辆白色的轿车外，其他的特征一点都想不起来。最后，就被当作我在开车时眼睛看别处或打瞌睡所造成的交通事故处理了。无论我向警察和保险公司的人怎么强调有逆向行驶的汽车，都只被看作我为了逃避责任而编造的谎话。"

早苗连一句安慰的话都想不出来。

"直到如今，当时的场景还会不时出现在我的梦中。在梦中，我往左猛打方向盘，对方若无其事地飞驰而去。并且，每当我抱起浑身瘫软而不会动弹的妻子后，都会咬牙切齿地发誓：下次我决不躲开，就跟你撞个稀巴烂！"

说完之后，依田便紧闭嘴唇，双手紧握着方向盘，以骇人的眼神凝视着前方。他侧脸的表情十分僵硬，仿佛要拒绝一切安慰似的。

为此，早苗放弃了与他交谈的想法。沉默，再次降临到两人之间。耳旁掠过的，只有猎猎风声。

早苗终于明白到底是什么在依田的心上投下黑色阴影了。他平日里那种粗鲁、强硬的姿态，正是为了掩盖如此惨痛的经历。他是凭借强大的意志力紧紧地约束着自己的吧。然而，尽管他表面上装作若无其事，可内心的创伤至今也没得到治愈，仍在流淌着鲜血。

早苗心想：我能不能帮帮他，多少减轻一点他内心的痛苦呢？即便不可能让他完全忘记过去，也要让他慢慢地走出阴影，寄希望于未来……

为此，只要是自己能做的……

早苗紧盯着依田的侧脸。

从刚才起,她就察觉到依田有心事。他原本就不是那种会坦率诉说内心感受的人,想必无论他要做什么,那段惨痛的记忆都会成为枷锁吧。虽说事故已经过去五年了,可依田似乎仍对只有自己获得幸福怀有罪恶感。

可尽管如此,他却对才认识不久的自己敞开了心扉。这自然是令人高兴的。

问题是,他为什么要在现在对自己说呢?

莫非他觉得要是现在不说,恐怕以后再也没机会说了?

由于那个正在目的地等着他们的东西吗?

在那须高速路口下了东北汽车道后,菲亚特熊猫就沿着那须大道一路往北行驶。一会儿过后,汽车右转。

"啊!快停一下!"

听到了早苗的喊声,依田出于条件反射,踩下了刹车。菲亚特熊猫的刹车性能太好了,汽车在路边停下时,仿佛人都要往前扑出去了。

"怎么了?"

早苗用手指了指一块写着"天使的荆冠美术馆"的号牌。

"赤松副教授?"

"嗯。果不其然啊。之前我一直纳闷儿,要是赤松副教授直奔那须高原野生动物园而去的话,他怎么会发现这个美术馆呢?原来他是在走这条道前往研讨会会场的途中,偶然看到这块招牌。于是,受到'天使'两字的吸引,顺道去参观了美术馆。"

"是这样啊……既然这样,那么我们走这条路就绝不会错了。"

依田一踩油门,菲亚特熊猫就跟蹦出去似的重新上路了。高原的秋日树林中,点缀着一幢幢的别墅,而汽车则飞快地穿行其间。驶入小路后,路况一下子就变得很差,与刚才相比,汽车也颠簸得非常厉害了。可这会儿,他们已没有闲心来关注乘坐的舒适度了。

早苗瞄了依田一眼。她明白,依田之所以要猛踩油门,其实是在给他自己打气。因为他要是不这么做,就难以抑制内心不断滋长着的恐惧了。早苗也明确感受到恐惧正在她自己的心里不断发酵。

道路转了一个大弯,当菲亚特熊猫来到一个树木稀疏的地方后便突然减速,随即就慢慢地停了下来。

"大概,就是那儿吧。"

依田用手指着从几棵白桦树后面露出的建筑物,低声说道。

早苗目不转睛地紧盯着那儿。那是一栋灰浆抹面的二层建筑,没有任何怪异之处。只有嵌在正面白壁中的一个本色圆木,是个显眼的点缀。仅从外表看,跟普通的休闲疗养设施没什么两样。

四周静悄悄的。附近没有别的别墅,离车辆频繁往来的公路也比较远。不管怎么侧耳静听,从这幢建筑物里也没传出任何声响。

两人就这么监视了一会儿之后,依田再次发动了汽车。

"你打算怎么办?"

"老待在这儿也不是个事儿。先把车开到它门前去看看。"

早苗双手握拳,极力抑制着自己想拔腿逃走的冲动。

依田将菲亚特熊猫停在了别墅的正前方。他让引擎处于怠速状态,打开车门后,看着早苗说道:

"你就待在车里吧。"

"不。我也一起去。"

依田想要说什么,可他朝早苗的脸上看了一眼后,就默默地让汽车熄火了。

建筑物的正面,挂着一块白木牌子,上面写着"那须高原研讨屋"。依田在确认过邮箱上写着的地址后,按下了对讲门禁。没有回应。由于玄关并未上锁,依田便推开了厚厚的白木大门,并朝里面喊了一声：

"有人吗？"

还是没人应声。但是，早苗却感觉到，那里面不像是空无一人的，像是有许多人屏息静气地猫在什么地方，正窥视着他们俩呢。

等了一会儿过后，依田没脱鞋就走了进去。尽管内心不无抵触，可早苗还是照样做了。因为打赤脚的话，柔软的脚底有受伤的危险，万一遇到些什么状况，自然还是穿着鞋逃跑更便利些。

玄关正对着一面墙，左右则以走廊通向里侧。有标志牌显示，右边为食堂，左边是大浴场。他们俩决定先去食堂看看。食堂里有餐厅、厨房设备，以及带有电视、沙发的休息室，但没有一个人影。

早苗环视四周，这里虽说也不显得怎么凌乱，可还是有几把椅子拖开后没有归位，餐桌上也有几个杯子没有收拾，带有一种奇妙的杂乱氛围。烟灰缸边缘上还搁着没抽完，但已熄灭了的香烟。

"不久前还有人在这儿生活，却突然消失了——你没有这种感觉吗？"

"是啊。简直就跟玛丽·赛勒斯特号[1]一模一样。"

早苗打开了厨房的门，一股恶臭顿时扑面而来，就跟盛夏时节揭开了装满垃圾的垃圾桶盖似的。恶臭的源头，他们很快就明白了。水槽里堆积着许多尚未清洗的餐具，而剩菜剩饭已经腐烂了。

"怎么这样？真是受不了啊！"依田不禁皱起眉头。

"就算住在这儿的人全都失踪了，也不是最近的事儿啊。看这情形，至少也有一两个星期了吧。"

依田指着碟子上一大块不该在眼下这个季节出现的霉菌说道。

---

[1] 1872年11月7日，船长夫妇带七名船员乘坐该船从纽约启航前往意大利，12月5日被人发现于直布罗陀附近海面。船内设施完好并无异常，船上却空无一人。至今仍真相不明。后成为众多"幽灵船"题材作品之原型。

第十六章　狰狞面目

"怎么办？"

"上二楼去看看吧。"

随即，两人便走上了楼梯。早苗内心的惶恐与躁动越发强烈了，但拉开门后才瞧了一眼就发现，里面空无一人。在这个铺着榻榻米，跟大宴会厅似的房间的角落里，堆放着许多行李，可就是没有人。他们检查了几件行李，也只发现了一些替换衣服、化妆品、随身听、钱包、文库本的书之类。

"不行了，我受不了了。打电话报警吧。"

早苗看着依田的脸说道。她觉得整个建筑物内都充满着令人窒息的空气，再也受不了，只想快点离开这儿。

"真奇怪啊……"

依田像是没听到早苗说的话，不急不慢地说道。

"奇怪？那还用说？怎么看也都是异常事态嘛！"

"我不是说这个……我是说拖鞋。怎么哪儿都看不到一双拖鞋呢？"

"拖鞋？"

"这种地方通常都是要穿拖鞋进来的，是吧。玄关那儿立着好多个拖鞋架，可拖鞋却只有两三双。要是曾经待在这儿的家伙全都失踪了，那就是穿着拖鞋失踪的了。"

被他这么一说，早苗倒也觉得奇怪了。可是，要是顺着他的思路往下想，那就成什么样了？

"你是说，他们还在屋里的什么地方？"

"不管怎么说，还是把一楼没看过的地方统统看一遍吧。"

下了楼梯，走过玄关后，这次他们朝大浴场走去。大浴场的入口位于走廊的左侧，而沿着走廊一直往前走，似乎就到车库了。

依田拉开了通往大浴场脱衣间的移门。

早苗不由得倒吸了一口凉气。

但见那儿乱七八糟地扔着好多双拖鞋，有三四十双吧。浴场再怎么大，大家一起下去洗澡，总还是不太正常的吧。再说，这些拖鞋也放得太杂乱无章了，就算是幼儿园里的小朋友，也不会这么一脱下来就随地乱扔的吧。

而最最瘆人的还在于，眼见得有这么多的人待在里面的大浴场里，却鸦雀无声，连一点动静都没有。

这时，早苗的鼻子也十分敏感地嗅到了一股子异味儿。这跟充满了整个厨房的厨余垃圾的腐臭味儿是截然不同的。这是她在医院里早已闻惯了的，人类排泄物的臭味儿。

依田将可作为退路的移门就这么开着，自己走进了脱衣间。早苗也紧随其后。他们在留意着大浴场里边的动静的同时，首先检查了一下置衣筐。尽管也发现了好多件脱下来扔在那儿的衣服，但跟拖鞋的数量相比，是少得不成比例的。如此看来，大部分人是穿着衣服进入浴场的了？

依田默不作声地用手指了指大浴场的玻璃门。

早苗心里"咯噔"一下，顿时呆立不动了。

由于有阳光从窗户射入，大浴场里面反倒比脱衣间明亮，故而隔着磨砂玻璃可隐隐约约地看到里面的人影。

其中有一人就在玻璃门附近，像是坐在冲洗处的瓷砖上了。再往里，还有一圈人影围坐在浴池周边。然而，他们全都一动也不动。

依田缓缓地走上前去，将手搭在了大浴场的玻璃门上。早苗直愣愣地站在原地，一点都动弹不得。她紧握双拳，连指甲都快嵌入掌心了。

玻璃移门被拉开一点后就因倾斜而在轨道上卡住了。就在此时，一股浓烈的臭味从移门缝隙处冲出，直扑面门。依田不由得踌躇了一下，可依旧用双手扒住了玻璃门，猛地将其拉开了。

他们就在四五米开外，面朝门的方向坐着呢。

只因为穿着运动背心和平角裤，才勉强可以辨认出他们原本是属于人类的。

什么呀……这是！天哪！这不是真的！早苗发出了痛苦的呻吟声。

此人脑袋大了一倍，还纵横交错着几十道白色条状凸起，快要撑破血红色的皮肤了。凸起处已具备了十分明显的骨骼特征，直接长在了头盖骨上，让人联想起热带植物之板根的薄薄的骨片。倘若没有这些，臃肿肥大的组织恐怕就要崩塌了吧。

由于整个头部极度膨胀，两只眼睛仿佛被挤到了脸部中央，且几乎快被从四周挤过来的柔软的组织埋没了，只剩下两个虫眼似的小孔。原先鼻子所在的位置上，只剩下两个通气孔似的小洞。嘴巴更是几乎消失了，只留下了一道皱纹。

上半身膨胀成一个大灯笼，穿着的运动背心都撑裂了。透过薄而紧绷着的皮肤，可以看到长出了细网格般分枝的、异样的肋骨。

鼓得跟气球似的腹部，已几乎把平角裤都褪了下来。大腿间的皮肤上长满了无数疣子似的小凸起，根本看不到像是生殖器的东西了。

而另一方面，如同无用之物似的摊开着的四肢，已经萎缩成细条状，脂肪和肌肉自不必说，就连骨头都仿佛已消失殆尽了。其前端，仅能看到带有黝黑指甲的五根手指、脚指的痕迹。

早苗突然发觉自己正在尖声惨叫，却又怎么也没法停止。眼前的恐怖场景令她魂飞魄散，惨叫连连。

等回过神来时，早苗发现自己正紧紧地拽着依田的身体瑟瑟发抖。

"缓过来了吗？"

对于依田的询问，早苗所能做的，只是点点头而已。

"很遗憾，我们来晚了……他们已经进入第四期了。"

依田悄然说道。

早苗回想起了那个在灵长类动物研究中心拍摄到的场景：那些曾是食蟹猴、非洲绿猴和松鼠猴的袋状物体。

早苗越过依田的肩膀朝大浴场内部望去。

发现在刚才看到的那人身后，还有许多人呢。其中大部分都集中在浴池周围，也有面朝入口方向的。

只需瞥上一眼，便可知他们全都发生了怪异的变形。这跟夹在卡普兰手记中的那张照片所显示的光景极为相似——排列在池塘边的，已变成了袋状物体的秃猴。

一种噩梦般的非现实感朝早苗汹涌袭来。她的视野模糊了，甚至搞不太清楚这儿是什么地方，自己又到底在这儿干什么。

再次朝大浴场里注视片刻后，早苗慢慢地从依田的胳膊中挣脱了出来。她跑到了脱衣间的一个角落里，在洗脸池前跪了下来。

剧烈的呕吐，就跟胃被什么东西揪起来了似的，痛苦万分。然而，只要能把脑袋放空，再怎么痛苦她也欢迎的。早苗扭动着身子，不停地呕吐着。

等到已没有东西可吐了，横膈膜的痉挛也终于平息了，早苗又回头朝身后望去。

那些家伙会扑过来吗？理性告诉她，这种事情是绝不可能发生的。但是，她怎么也无法消除出于本能的恐惧：那些已经变得奇形怪状的人，随时都会从大浴场里冲出来，扑向自己。

"你不要紧吧？"

依田将手放到了她的肩上。可就连这样的触感，也都会令她差点跳起身来。

"不用担心。他们都已经死了。"

依田似乎也感受到了早苗内心的恐惧。

"那些人，还会变成什么样呢？"

"在第四阶段……就是说，产在感染者体内的虫卵会孵化出线虫，这些线虫又会产出下一代虫卵，然后又孵化成线虫。也就是说，线虫会尽可能多地繁殖个体，直到耗尽宿主身上所有的养分。"

早苗听得浑身直打战。

"通常情况下，寄生虫在宿主体内是不会无限繁殖的呀。"

"例外的情况也不胜枚举啊。譬如说旋毛虫、颚口虫、芽殖裂头蚴……"

"可是，那些身体呢？人类的身体怎么会变成这样的呢？"

"这恐怕是巴西脑线虫干扰了宿主DNA的结果吧。"

"你是说它们竟然操纵了遗传基因？"

早苗感到毛骨悚然。如此说来，在人的身体变成如此奇形怪状的过程中，那些巴西脑线虫是一直存活着的了？

"巴西脑线虫是一种先控制大脑，然后操纵遗传基因的终极寄生虫。想必它们是一边以宿主的脂肪、肌肉为养分不断地加以繁殖，一边改造着宿主的身体吧。它们扩大宿主躯体的容积以便于自身繁殖，同时又分解不需要的四肢来吸取养分。"

说着说着，依田的表情就变得阴森可怖了。

"就如同在苹果中做巢一样，它们只不过是将人的肉体当作住房，同时也用作食物而已。那人的身体基本上已被线虫蛀空，应该已被置换成线虫了。就这么看着，也能估计出，他的身体有一半以上都是线虫了吧。"

那该相当于多少条线虫了呢？几亿条？几百亿条？或许，应该以万亿为单位了吧。

"就连那肋骨,也是为了支撑因线虫而膨胀了的组织,才变成那种灯笼状的吧。正如道金斯所言,遗传因子的胳膊长着呢。遗传因子不仅针对生物的肉体,是连周边环境也都设计在里面的。为此,DNA中早就被输入了各种指令了……对了,是设计蓝图啊。就为了这个,它才需要这么大的信息量啊。"

"什么意思?"

"我说的是巴西脑线虫的染色体。它为什么需要那么大的染色体,我以前一直想不通,可现在想来,也就没什么不可思议了。譬如说在蜜蜂的遗传因子里,就不仅是它自己的身体,是连与六角形的蜂巢有关的信息都写入其中的。与此相同,巴西脑线虫的遗传因子中,也包含着为了改造自己的巢穴——宿主身体的设计蓝图。"

与人类有着天壤之别的线虫的DNA中,居然被输入了能随心所欲地改造我们身体的信息……仅仅是想到这一点,早苗就从内心深处涌起一股强烈的厌恶感。

"不管怎么说,我还是先检查一下有没有幸存者吧。呃……虽说这种可能性几乎为零。"

"我也来检查下。"

早苗抬起被呕吐时的眼泪濡湿了的眼睛,如此说道。

"可是你……"

"没事儿。你别看我这样,到目前为止,我见证过的死亡,已经多得数不清了。"

依田的表情仍显得极为担心,可早苗却已经慢慢地站起身来了。再次走进大浴场时,她两腿发软,浑身直起鸡皮疙瘩。仅靠着强烈的使命感,她才拼命抑制住了想要逃走的冲动。

"地球(Gaia)的孩子们"的会员们,全都跟一个个的不倒翁似的坐在瓷砖上。估计是膨胀了的组织下垂后导致重心降低的缘故吧,他们的身姿保持住了稳定状态。

靠近了看，就发现他们中的大部分人的模样已经发生了离奇的变化。身上的这儿那儿，都生长着异样的凸起物，就跟前卫艺术的装饰品似的。如果变异是由于遗传因子受到操纵所造成的，那么就应该在身体细胞全都死亡时停止变异。由此看来，这些人应该比最初看到的那人活得更长一些了。

早苗颤抖着长长地叹了一口气。她知道就连自己的神经也已经开始麻痹了。第二个人头部的白色凸起物和先前那个没什么两样，但除此之外，从腹部到颈部，还长着密密麻麻的细长的凸起物。这些凸起物的前端圆圆的，简直就跟巨大的蜗牛眼睛一般。

早苗十分小心地避开那些凸起物，将手指按在了那人的颈动脉附近。虽说怎么也抑制不住手指颤抖，但仍可清晰地感觉到，这人已经没有体温和脉搏了。

"这人，已经死了。"

早苗反倒觉得松了一口气。确实，在此状况下，死亡反倒是一种幸福吧。

"这个也是。"

依田也摇了摇头。

"可是，这样子……也太可怕了吧。是不是巴西脑线虫在操纵遗传因子时出了什么差错了？"

早苗看着坐在依田面前的一具尸体说道。那个巨大身体的各个地方，杂乱无章地生长出了细长的、枯枝似的东西，一条条地下垂着。仔细观察后，发现那些居然都是婴儿手臂大小的人手。总共有二十多根，绝大多数已经干瘪枯萎，成了木乃伊了。

早苗赶紧移开视线。她听到自己的牙齿在咯咯作响，却怎么也停不下来。尽快逃离这个地方。这就是她眼下唯一的心愿。

但是，自己的工作尚未结束。于是她又咬紧牙关，继续一个又一个地予以确认。

下一位，从其剩余头发的长度来看，应该是一名女性吧。但由于头皮明显膨胀扩展了，黑发变得相当稀疏，看起来就跟一条巨大的毛毛虫的脑袋似的。

她身上长出的凸起物比前一具遗体更为繁盛，让人想起海葵的触手。

每一根"触手"约有二十厘米长。它们如同果实一般从皮肤上生长出来，而在正要扩展开来的时候又静止不动了。最前端已经发育出了直径一厘米左右的圆头。

早苗本能地缩回了已伸了出去的手。因为，尽管也没什么特别的根据，她却下意识地警告自己：那些凸起物，是绝对碰不得的。

她看了看该女性身体与瓷砖相接触的部分，在那儿发现了尸斑。虽说对于这样的遗体，恐怕是无法正确判定的，但也能大致推测，此人已死了一天了。

大浴场里共有四十三人，其中有三十人是以等间距排列在浴池周围的。

有几人的遗体是根本不需要确认生死的，他们就是保持着将部分身体伸向浴池的姿势断气的。这些遗体跟昆虫或蛇蜕下的老皮差不多，尽管还保有人形，可除了变为褐色的皮肤以外，已几乎什么都不剩了。

早苗扫视了一周这群倒在浴池旁的尸体，不由得热泪盈眶。这些为了寻求内心安宁而参加研讨会的人，为什么非得落得如此下场呢？

当她的视线扫到其中的某一个时，不由得"啊"地惊呼了一声。

"这人……是蜷川教授！"

依田闻声回过头来问道：

第十六章　狰狞面目

"你确定吗？"

"嗯……"

没必要做什么补充说明了。借着从窗户射入的阳光，可清晰地看到他那张已经与骨肉脱离的面皮——正好是一张蜷川教授的死人面膜[1]。

已经成了一个空壳的蜷川教授，脸上仿佛还带着一丝微笑。

他的身旁，倒着一具也已只剩下部分骨骼和皮肤的尸体。但这具尸体像从头部开始遭到破坏的，故而脸部只剩下部分被撕破的皮肤和白骨。

然而，早苗凭直觉判定，这就是森助理。因为从白骨上可以看出，此人的牙齿明显带有咬合不正的毛病。在角度咬合不正的分类上，这种情况被称作第二级第一类，特征十分明显，也即因下颌离心咬合而造成上排门牙严重突出。早苗还回想了"纪念品"森助理那因牙齿不正咬合而导致的独特鼻音。

他们默默地检查着尸体，不觉额头上淌下了汗水。原来，虽说之前根本无暇关注这样的细节，其实整个大浴场都笼罩在湿气之中，简直跟身处热带丛林也差不了多少。再加上流淌了一地的排泄物所发出的臭气，熏得人头昏脑涨。为此，依田不由得发出了呻吟之声。

"这股子臭味，真叫人吃不消啊。要不，把窗户打开吧？"

见依田朝窗户走去了，早苗慌忙予以制止。

"不行！这臭味传到了外面，难保不会被人发觉啊。"

"这附近根本就没人啊。"

"即便如此，现在也不能冒险。要不，用水冲洗一下怎么样？可以将浴池的塞子拔掉。"

---

[1] 用石膏套取的死者脸形。

"不行！这才是绝对不行的。"

依田板起脸来，表示坚决反对。

"你仔细看看浴池里的水。"

早苗望了一眼依田指着的水面。就跟淘米水似的，呈混浊的白色。

"这就是那些家伙最后的策略。秃猴聚集到沼泽边也好，这些人围在浴池旁也罢，都是这么个缘故。巴西脑线虫就跟逃离遇难的船只似的，咬破了宿主的身体逃到水里。这水之所以会变成这种颜色，就因为有无数从尸体中逃出来的巴西脑线虫在里面游泳。估计，它们都还活着呢。"

"不会吧……"

"我们决不能就这样通过排水口把它们排放到外部环境中去。当然了，我也不认为巴西脑线虫能那么轻易地适应日本的自然环境，很快找到合适的宿主。而没有宿主的线虫是极为脆弱的，其中的大部分应该没办法存活下去。可是，数量如此庞大的话，就很难保证它们会全都死光了。"

"那……那就快点将它们统统杀死吧。"

早苗突然感到一阵恐慌。

"哦，对了。"

依田沉吟片刻之后，又说道：

"确认这些人是死是活的工作，先暂停一下吧。首先应该防止感染扩大。你也来帮把手吧。"

一跨出古怪的温室般的大浴场，早苗就自然而然地小跑了起来。而等她终于离开了这栋可憎的建筑物后，就不禁如同刚从深海浮上水面的潜水员一般做起了深呼吸。

外面，秋日的阳光是那么恬美、耀眼，菲亚特熊猫那金属蓝的引擎盖上，散落着几片从树上飘下的红叶，简直叫人觉得刚才看到的那种地狱般的景象是一种幻觉。

"我们分头把这些搬进去吧。由于遗体方面还不能确定是否全都死了，就暂且放一下，先消毒浴池里的水。"

说着，依田从菲亚特熊猫的行李空间搬出了许多纸板箱。

放在那上面的早苗的旅行包应声落地，而依田连看都没看一眼，早苗也根本没打算去捡。因为，那些用于治疗患者的药物，如今连心理安慰的功能都已不存在了。

纸板箱上用记号笔写着"奥莎弥""卡巴姆""达索梅特""D-D"等。

"这些都是用于土壤熏蒸、灭杀线虫的药剂。由于线虫类的生理结构与昆虫截然不同，所以用一般的杀虫剂我有些不放心。可照目前的情况来看，或许带些有机氯化物类的农药来，效果会更好吧。"

两人两次往返于菲亚特熊猫与大浴场之间后，就将六个纸板箱全都搬了进去。依田把各种灭杀线虫的药剂都投进了浴池。液体药剂从浴池周围往中心均匀注入，颗粒状的药物也尽可能毫无遗漏地撒满了各个角落。大量的杀虫药剂迅速地溶解在水里，扩散开来。

"这样就能将水里的线虫全都杀死了吗？"

早苗紧盯着水面问道。虽说水看起来比刚才更加混浊了，可是单凭肉眼观察是无法判断大量灭杀是否成功的。

"应该是吧。不过，慎重起见，还是再等一会儿把水排掉。"

仿佛这下就为高梨他们报了血海深仇似的，一种满足感在早苗的内心深处油然而生。与此同时，她也觉得自己对于巴西脑线虫的厌恶，越来越强烈了。

要将这些恶魔全都杀死。一条也不留！

"必须统统杀死……"

"是啊。"

"快点！快点！快点将它们统统杀死！将这儿的巴西脑线虫统统杀死！一条也不留！"

依田吃惊地望着早苗。

"不快点杀死的话，就还会有牺牲者……"

"没事儿的。你镇静一点！"

被依田使劲攥着胳膊后，早苗这才回过神来。

"那么……遗体里的线虫，该怎么办呢？"

"我们现在是无能为力的。总之，首先确认所有人是否都已死亡，然后，就报警吧。在警察赶来前，还要用尼龙纸什么的把他们全都罩起来，以免线虫逃到外面去。"

早苗点了点头。她在为自己歇斯底里的表现感到羞愧。

这时，她忽然觉得背后像是有人。

她不由得心中一惊，可回头看去，却又发现空无一人。正当她以为出现了错觉的当儿，发觉就在自己的脚边，坐着一个人。这个人的年龄、性别都已看不出来了。由于皮肤都起粉了，看起来就跟一尊水泥塑像似的。但其肉体变形程度在这群人中倒还不算太严重。

仔细观察之下，早苗发觉这人的胸部还在微微地起伏着呢。

刹那间，早苗像被冻住了似的动弹不得。随后，她慢慢地蹲下身来，伸出右手去触诊。她的手跟发疟子似的激烈颤抖着，而眼前的情景看起来又那么不真实，就像来自另一个世界似的。

依田似乎也注意到早苗的神情非同寻常了。

"他……还活着。"

"啊？"

"这人，还活着！"

早苗大声叫喊着。

第十六章 狰狞面目

"这，怎么可能？"

依田大步走来，检查了这个男人的呼吸及脉搏。

"真的……难以置信啊。"

他们急忙检查了周围的人们，结果发现有那么几个还真是一息尚存。

"为什么？都变成这副模样了，怎么还活着呢？"

早苗茫然地嘟囔着。知道病人还活着，自己却因此而感到绝望。这种感觉于她而言，还是有生以来的第一次。

"在灵长类中心的实验中发现，大部分的巴西脑线虫都会跟蚴似的进入休眠状态，估计是为了要减少能量消耗吧。而考虑到感染后的猴子还能存活相当长的时间，想必是巴西脑线虫为了避免宿主饿死，将分解人体组织所取得的能量的一部分，给了宿主了吧。"

依田似乎像是要掩盖其自身恐惧似的，开始快速地说了起来。

结果，他们发现还活着的居然多达七人。其中的三人似乎还有意识，一人甚至还保持着视力。因为，当早苗在那人的眼前左右移动手指时，在其快要被堵塞住了的眼中，瞳仁会缓慢地跟着移动。

"你听得到吗？看得到我吗？"

早苗极力呼唤着。

这人的整个脸面都覆盖着如同虫瘤一般的凸起物。他也像是意识到早苗的存在的，只是既无法发声，也无法动弹了。

"别再问了。没用的。"

依田抓住早苗的肩膀，将她往后拉。

"他们不可能说话的。就连猴子，一旦进入第四阶段，就没有一只能发声了。因为声带的养分被榨光，已经枯死了。"

"可是……就算不能发声，或许也可能用什么方式来表达意思吧。"

"你知道了他们的意思后,又打算怎么办呢?你能够救他们吗?"

"不能。可是……"

"到了如此地步,唤醒了他们作为人的意识不是更残酷吗?"

"作为人的意识?他们都还是人呀!"

早苗用严厉的眼神望着依田的脸庞。然而,她却在那儿看出了某种冷酷的决定,心头不由得一惊。

"依田,你打算把这些人怎么样?该不会……"

这时,身旁传来了虫翅振动般的声响。

"美登里妹妹……"

早苗跳了起来。

她保持随时逃走的姿势,战战兢兢地朝声音的来源处看去。待在那里的,就是刚才他们确认还活着的人之一的,可推定为一名年轻男性。

由于他的头部膨胀得十分厉害,看起来就像是钻进了一个奇形怪状的布偶里似的。他还戴着一副粉红色镜片的太阳镜,可仔细一看,只见眼镜腿已经插入太阳穴了。由于皮肤粘在了眼镜架上,所以看起来那副眼镜就像是从隆起的白骨间长出来的。他的嘴巴眼见得已无法活动,只留着一道龟裂似的缝隙。

"你回来啦?"

他的声音十分奇特,低沉而又夹杂着许多泛音,就跟玻璃纸震动后发出来的。

"估计是振动已薄如纸张的声带来发出声音的吧。"依田嘟囔着。

"到现在还能说话,已经是个奇迹了。"

早苗在那青年面前蹲了下来,问道:

"你看得见我吗？听得到我说的话吗？"

"我……已经变成这样了。"

声音从青年的咽喉附近响起。他像是把早苗误认为别的什么人了。那个"美登里妹妹"，大概是他的女朋友吧。

早苗注视着青年的眼睛。那双眼睛反射着从大浴场窗户射入的阳光，闪闪发亮。她想起了在依田的实验室里看到的那些兔子。那些完全丧失了识别外界能力的，仅仅是反射着灯光的、闪闪发亮的眼睛。

然而，她觉得，这青年的眼中还保留着清晰的意识，且明确传递着无限的后悔与绝望。即便已到了这个阶段，或许巴西脑线虫所给予的快感也依旧能消除恐怖，将彻底发疯这条最后的退路也给剥夺了吧。

人类怎么可以沦落到如此地步呢？

"该怎么办才好呢？"

早苗感到束手无策，走投无路。不料依田却平静地答道：

"给他们一个痛快吧。"

"什么？"

早苗倒吸了一口凉气。

"这种事，我可做不了。"

"那么，你说该怎么办？难道就这么着去报警吗？当然了，这样的话，我们是不会被治罪的。可这些人怎么办呢？就算送进了医院，也不可能得到治疗的呀。"

"可是，我们可没有剥夺他人生命的权利呀！"

"一旦把这些人交给了公共机关，他们就不可能得到安乐死的待遇了，因为日本还没有相关的法律。他们也只能被如此这般地放任不管，直至自然死亡。他们活到了现在，可谁都不知道还能活多久。难道还要让他们在接下来的时间里继续痛苦吗？"

"可是，要是他们自己愿意活下去呢？"

"要是换了你，你愿意这么活下去吗？"

"不愿意。可是……"

身处安宁疗护的工作现场，早苗自然多次面临过杀人禁忌与人道主义的两难困境。然而，她还从未面对如此严酷、恐怖的境况。

"……我吧。"

青年的声音再次响起。两人吓了一跳，都朝那个巨大的头颅看去。

"杀了我吧。"

这一次，他们都听得很清楚。他的眼里，还保留着一点有自知之明的理性之光。即便他已身处毫无获救希望的绝境之中。

"他清楚明白地表达了自己的意愿。"

依田用毅然决然的口气说道。

"其他人没有表达自身意愿的手段。我们应该将他的话理解为所有还活着的人的共同意愿。"

"好吧。"

早苗想到了"鬼手佛心"这个词。为了保留人类的尊严，为了让他们从难以忍受的悲惨境地中解脱出来，必须尽快让他们死亡。即便日后遭受刑事追究也在所不惜。

两人走出大浴场。在建筑物中搜寻一番后，发现在一楼的厨房旁和二楼都有消防设施。打开消防设施的门一看，发现了折叠起来的布质消防水管。由于车库就在大浴场的隔壁，水管长度应该是足够的吧。早苗又在储藏室里找到了工具箱和几卷全新的胶带。

这时，依田则去了车库。旋即便从那儿传来了从里侧开启卷帘门，并将菲亚特熊猫倒入车库的引擎声。早苗抱着消防水管来到车库时，依田正在将菲亚特熊猫的后部尽可能地靠近车库里侧的门。

第十六章 狰狞面目

车库里已经停着车主不明的两辆车，一辆是帕杰罗，另一辆是玛驰。帕杰罗上还插着车钥匙。于是依田也发动了帕杰罗，一边倒车一边留意着不与菲亚特熊猫擦碰。

接着，两人就分头将消防水管接到菲亚特熊猫和帕杰罗的排气管上，并在接缝处缠了好多圈胶带。两根消防水管的另一头，经由走廊一直被拖到了大浴场。

两人用美工刀在大浴场的磨砂玻璃上深深地划出痕迹后，又在其四周贴上胶带，然后用锤子在玻璃上敲出了一个小洞。将两根消防水管塞进去后，又用脱衣处的毛巾堵住缝隙，并用胶带予以固定。随后，又仔细地将门的缝隙也都密封了起来。

就在他们干活儿的当儿，早苗觉得像是有奇妙的声音从大浴场里传了出来。

侧耳静听，原来还是刚才那个青年，一个人在说些什么。不过，他的声音还带着奇妙的抑扬顿挫。

听了一会儿之后才发现，这些抑扬顿挫还在不住地重复着。这是旋律啊！真是令人震惊。他居然在唱歌！

早苗屏息静气地听着。这是他最后一次表现出具有人类特性的一面了。即便只有自己一个人在听，为了他，也要听到最后啊。

忽然，她像是听出了"来到实现梦想的教室"这样的词句。

好了，别再唱了。喉咙会破的。早苗干着活儿，泪珠子扑簌簌地掉了下来。

将门缝全都封住后，早苗来到车库，并给依田打了个手势。依田便再次发动了一度熄火了的菲亚特熊猫和帕杰罗的引擎。

消防水管稍稍膨胀了起来，可见汽车尾气正在管内流动着。当他们一路检查着水管的弯折处来到大浴场时，已经听不到"歌声"了。

早苗惦念着那个青年。她倾听着里面的动静，突然有一个沙哑的

381

声音打破了沉寂：

"沙织里妹妹——！"

之后，便又重归静默，再也听不到什么声音了。想必刚才那一声，对于他那已薄如纸的声带来说负担太大了吧。

早苗悄悄地拭去了泪水。

从大浴场的面积来看，汽车尾气要充满整个空间，需要相当长的一段时间。他们利用这段时间，再次仔细察看了这栋"研讨屋"。

当他们打开厨房里那台商用大冰箱后，发现里面还冷冻着三具灰色的猴子尸体。是狐尾猴。这些东西自然也是受到了巴西脑线虫的严重污染，必须加以处理。

两个半小时后，依田关掉了汽车引擎，又将菲亚特熊猫开到了正面的玄关前。随后，两人回到了大浴场，将门窗全都打开，驱散汽车尾气。现在，他们已顾不上臭味泄漏到外面去了。他们拔掉了浴池的塞子，将含有无数巴西脑线虫尸体的水排入了下水道。为了不留下实施安乐死的证据，他们又将消防水管和胶带全部处理掉了。

之前确认过还活着的那七个人，现在全都死了。曾经唯一能说话的那个青年，身体也开始变冷了。地狱般的苦难结束了。可是，这么做，真的对吗？早苗再次意识到自己到底做了些什么事儿后，不禁浑身发颤。

自己竟然剥夺了他人的生命……

然而，现在还不是可沉浸于后悔和感伤之中的时候。该做的事情，还没做完呢。罗伯特·卡普兰是以一种怎样的心情给自己与妻子的遗体一起浇上煤油，点火自焚的呢？这么一想，早苗那怯懦的内心就受到了鼓舞。

依田在研讨屋的车库里找到一个装有汽油的塑料桶，并将其提了过来。因为，要是非得将菲亚特熊猫中的汽油抽出来的话，他们回去时就很可能不够用了。考虑到自己已干下了严重的违法行为,也不能去附近的加油站去加油了。

两人一起抱起汽油桶,仔细地将汽油浇在那些遗体上。因为,要连头盖骨内部也都烧透的话,就必须达到相当高的温度才行。狐尾猴的尸体也被拿来放在遗体旁边,浇上了汽油。

他们从位于大浴场里侧的遗体开始,依次进行着这项作业。当给那个曾是唯一能说话的青年从头顶浇下汽油时,早苗感到心痛不已。略带粉红色的汽油从他低垂着的那大脑袋往下淌,然后在下巴处滴滴答答往下落。可是,不这么做不行啊!为了不让别人遭受到你所遭受过的痛苦……

当早苗不经意地看向依田时,离他很近的一具遗体也就映入了她的眼帘。由于那人比别的所有的遗体的变形程度都大,很明显早就死去了,所以刚才检查时几乎没怎么细看。

估计他曾活过很长的时间吧。全身都长满了长四五十厘米的触手,跟成串垂下的果实似的。触手的前端还长出了玫瑰花蕾状的器官。那模样叫人不禁联想起有无数毒蛇在身上蠕动着的美杜莎。

就在依田要在那具遗体前转向的当儿,早苗内心"啊"地暗叫一声。可就在她要发出警示的瞬间,依田手里的塑料桶的桶口已经触碰到了一颗膨胀的"花蕾"。

刹那间,长在遗体上的所有触手的"花蕾"全都绽放开来,朝着早苗和依田喷出了大量白浊的黏液。

"快用水冲洗掉!快!"

听着依田慌张的怒吼声,早苗冲出大浴场。她将脑袋伸进洗脸池里,拼命地用水冲洗着头发。

尽管胃里早已空空如也了,可她中途还是好多次吐出了涌上来的胃液,仿佛她的整个身体和灵魂都在排斥这种邪恶的东西似的。

当她终于去除了头发上那种黏糊糊的感觉后,依田沉着脸走出了大浴场,并放下了塑料桶。只见他浑身是水,跟一只落汤鸡似的。看来他是用过大浴场里的淋浴器了。

"可恶!真没想到那些凸起物竟是陷阱。到了最后阶段了,居然还留着这么一手……"

"不要紧吧?"

"嗯。继续待在里面太危险了。我想浇的那些汽油应该也足够了吧。"

依田抱着塑料桶从大浴场经由走廊一直走到正面玄关外,沿路倾倒着的汽油画出了一条细线。当他把塑料桶放在碎石路上,用打火机点燃后,蹿起的火苗便沿着那条黑色的油线一路跳跃着跑回了大浴场。

等菲亚特熊猫沿着来时的道路往回奔驰时,身后传来了巨大的爆炸声。那是大浴场的玻璃窗爆裂了。一些细碎的玻璃碎片,甚至"噼里啪啦"地落到了引擎盖上。

坐在副驾位子上的早苗回头望去,只见研讨屋烈焰滚滚,一股漆黑的浓烟直冲蓝天。

第十七章　噩梦

早苗身处一条长长的走廊中间。

她总觉得背后有些不大对劲儿，像是有人在追她。

临终关怀服务机构的走廊上空无一人。然而，四周却弥漫着浓郁的人的气息，就跟有人屏息静气地潜伏着似的。

她一一打开成排的房门，但每一个房间里都空空如也。

住院的患者，一个也没有了。难道全都死了吗？

她看到一扇熟悉的木质房门。这里是土肥美智子的办公室。

早苗敲了敲门，里头传出一声"请进"。

开门后，看到美智子学姐正背对着她，坐在桌旁写东西。她低着头问："怎么啦？"

"不好了。大家全都变得怪怪的。"

"怪怪的？"

"是啊。大家都呆呆地听着天使的振翅声和呢喃声呢。那些都是幻觉，都是钻到大脑里的线虫搞的鬼。线虫跟蛇一样，也是大地女神（Gaia）的孩子，会让人做梦，如果放任不管，就会发生非常恐怖的事的。"

早苗一个劲儿地诉说着。但她思路不清,连自己听着都觉得不耐烦。

"这可真是太糟糕了。大家全都这样吗?"

"嗯。周围的人全都这样。该怎么办才好呢?"

"是啊。"

美智子学姐停下了手中的笔。

"真伤脑筋呀!要是我能去看看就好了,可我没法离开这儿啊。"

"为什么你不能离开这儿呢?"

"你想知道吗?"

"嗯……"

美智子学姐转动她坐着的旋转椅子,朝向早苗。

原来她的双脚已经变得像细带一样了。

"突然就变成这样,走不了了。要不,你推着我的椅子过去?"

早苗茫然地凝视着她。

"怎么了?干吗这样子看我?我很奇怪吗?"

美智子学姐微笑着问道。然而,她的脸庞突然肿胀起来,还隆起了几根白骨。

早苗摇了摇头。

"你怎么了?喂!北岛……"

早苗夺门而出。

既然撞见了土肥美智子学姐的丑陋模样,她就只想尽快离开这个地方了。可是,她的身体却无法前行。

这时,不知从哪儿传来了不像是人类发出的异样的声音。像是歌声,但听不清在唱些什么。奇怪的是,一听到这歌声,早苗就禁不住要潸然泪下。

第十七章　噩梦

来到走廊的转角处时，福家忽然冒了出来。

"北岛医生，你怎么了？"

"不好了！快帮帮我！"

"好啊。来吧。"

福家把手伸给了早苗。可当早苗正要去握住他的手时，却发现他还保持着双手抱肘的姿势呢。他不是已经伸出了一只手了吗？怎么还能保持这样的姿势呢？

早苗仔细一看才发现，事情还远不只这么简单。他居然还有好多双手呢。不知怎么搞的，他浑身上下都长满了手。

"你怎么了？"

福家松开交叠着的双手后，又露出了膨胀得如灯笼一般的胸膛。他的肋骨以一种奇异的方式分出了枝杈，成了网格状，还隐约可见有什么细长的东西在里边来回移动着。

早苗默默地朝后退去。

"北岛医生，你干吗要逃走呢？北岛医生……"

听着福家诧异的叫喊声，早苗拼命逃跑。难道他没发觉异样吗？果真如此的话，就非得在他发觉之前逃走不可了。

等她回头看去，福家已经没了踪影。取而代之的，是一个一直盯在身后的黑影。

这个黑影还跟美杜莎一般，长着许多蠕动着的细长黑须。

就在早苗因惊恐而呆立不动的当儿，那个东西转过拐角，现身出来了。

而当早苗一看到那怪物的真面目后，就感到一阵撕心裂肺的悲哀。

"早苗——你别逃走呀……"

那居然是她的好朋友晶子。但是，眼下的晶子，已全然不是原来的模样了。她全身都长满了异形的触手,触手前端还有许多"花蕾",其中有几个都已经"开花"了。她那苍白的脸庞像是被什么东西压扁了,两眼始终紧闭着。

"晶子……求求你。别过来!"

"事到如今,你干吗还这么大惊小怪的呢?我们原本不都是蛇的化身吗?"

正如她所说的那样,晶子的下半身是一条巨蟒。她正闭着双眼,用咧到耳朵根的大嘴诡笑着朝早苗游过去。

早苗想要拔腿狂奔,可她的双脚浸在混浊的白水中,不能随意奔跑。水中,有无数线头似的生物在蠕动着。

不知从什么时候起,临终关怀服务机构被熊熊燃烧的火焰包围住了。

好不容易找到出口后,早苗立刻冲到了外面。

外面有人正等着她,还在朝她招手。

正要朝那人跑去时,心头的疑虑迫使早苗停下了脚步。或许这回也是……

她发现,自己正要朝他跑去的那个人,是没有脸的。这下子疑虑便加速膨胀,成了可怕的确信了。

而那人的模样完全显现在她的视野中时,早苗不由得尖声高叫了起来。

首先恢复与现实世界联系的,是骨骼与肌肉的感觉,这让她意识到自己正俯卧着。接着,是手脚的触觉,这让她感觉到自己正抱着一个有着毛茸茸表面的、柔然的玩意儿。

这是沙发。刹那间,她的记忆完全恢复了。

对了。今天与久违了的依田见了面,接着就去吃饭,然后坐出租车回到了他所居住的公寓。记得这里在西武池袋线的东长崎车站附近。听说这幢建筑建于高度限制还很宽松的年代,尽管已相当陈旧,但在下了出租车抬头仰望时,它仍向自己夸耀着高达十一层的堂堂威容……而这儿,正位于其顶层。

之后,自己跟依田一起喝威士忌,喝着喝着,就在这沙发上迷迷糊糊地睡着了。

"不要紧吧。你像是被噩梦魇着了。"

这是依田的声音。早苗睁开了双眼。可耀眼的日光灯强烈地刺激着她的视网膜,使她立刻又闭上了眼睛。

"我做了个梦……"

回答了这一句之后,她才终于完全清醒过来。早苗在沙发上坐起身来,揉了揉双眼,而身上则是汗水淋漓。

"你的脸色煞白煞白的。"

依田走过来,在她身旁坐了下来。

"哎呀,裙子都弄皱了……"

早苗俯视着自己身上。

"怎么?你还在发抖?"

依田搂住了早苗的肩膀。早苗愣了一下,随即便紧紧搂住了依田的胳膊。

"怎么啦?"

"好可怕呀。"

"不就是个梦吗?"

"可是,真的很可怕呀。"

早苗将脸埋在依田的怀里,强忍着声音哭了起来。

自从研讨屋事件以来,这一个月里她从未有过片刻安宁。然而,现在总算可以脱下心中的那副盔甲了——在与自己有着共同的恐怖经历的依田的怀里……

　　尽管依田有些不知所措，可他还是极有耐心地抚摩着早苗的后背，等候她自己平息下来。

　　"我这人，真没用啊。"

　　"怎么了？"

　　"我没想到自己竟然这么脆弱……"

　　"这也难怪啊。毕竟经历了那种事情嘛。"

　　早苗又发出了一声呜咽。

　　"没事的，别担心了。一切都已结束了。一切……"

　　"真的？真的一切都结束了吗？一切……"

　　"是啊。"

　　说着，依田想轻轻地推开早苗，可她却依旧紧紧地搂着他那穿着衬衫的后背。

　　"这件事……警方会怎么想呢？"

　　"还是如堕五里雾中吧。"

　　"可是，要是他们知道我们去过那里的话……"

　　"他们不可能知道的，现场根本没留下任何能证明我们与之相关的物证嘛。"

　　依田像是非常乐观。

　　事实上，直到一个月之后的今天，警方都未曾做过任何公开报道。媒体上也仍是两派意见相对立的状态。一派认为这是个跟人民圣殿教事件[1]相类似的集体自杀事件；另一派则认为是空前规模的大屠杀。

1　1978年11月18日发生在南美洲国家圭亚那丛林深处之琼斯镇的美国人民圣殿教组织的集体自杀事件。在这次被称作"自杀革命"的事件中，包括教主琼斯在内，有九百多名信徒自杀身亡。

第十七章　噩梦

然而，早苗并不认为日本的警察会低能到如此地步。即便研讨屋的遗体都已被烧成了黑炭，骨骼的形状至少还是能够识别的吧。想起了那网格状的肋骨后，早苗不禁打了个寒战。就像出现在刚才的梦里一样，那幅景象已经十分鲜明地印在了她的心上。

说不定警方在充分认识到该事件非同寻常的前提下，已对媒体实施了信息管制亦未可知。否则的话，就无法解释警方的调查进度竟会如此缓慢了。

"还有，那些线虫呢？"

"不用担心。实验室里的巴西脑线虫已被全部销毁了。"

听了这话，早苗的心情很复杂。彻底放弃针对巴西脑线虫的研究，真的是个明智的选择吗？

"我还在想，那么做，真的好吗？"

"你是指给那些人实施安乐死？"

早苗摇了摇头。

"把一切统统烧掉的做法，真的没错吗？"

"为什么这么说？"

"那些人的遗体，正是证明巴西脑线虫危险性的有力证据啊。只要看到那些遗体，再怎么顽固的官僚也肯定会予以认同的。"

"可是，如果就那么放着，我们现在可就是杀人犯了。"

早苗并无随意指责依田的意思。事实上正因为她自己也是这么想的，所以才帮着他一起将研讨屋付之一炬的。然而，那么做，真的对吗？

依田撩起早苗的头发，窥视着她的眼睛，说道：

"我十分理解你对感染巴西脑线虫的担心。但这仅仅是杞人忧天而已。"

"是吗？"

"人类与巴西脑线虫的相遇,是由多个不幸的偶然叠加在一起造成的。我不认为今后人类还有感染的机会。"

"可是,只要有万分之一的可能性……"

"从巴西脑线虫的栖息地受到严格限定与事实上只能通过食物来传播这两点来看,感染概率连万分之一都不到。"

早苗一时陷入沉默。她明白,作为一种现实判断,依田的话或许是正确的。可她总觉得难以释怀。那些在研讨屋里死去的人,他们的牺牲真的毫无意义吗?

"你还是把这件事忘了得好啊。"

说着,依田拍了拍早苗的肩膀,像是在给她打气。

"怎么样?好点了吗?"

"嗯。谢谢。"

早苗终于离开他的胸膛,脸上也露出了腼腆的笑容。

"我有点口渴。"

依田微微一笑。

"那是你喝多了。"

"还不是你硬劝的。"

"好了好了。我去拿点饮料来吧。"

早苗目送着依田朝厨房走去的背影,心想,要是独自一人的话,自己恐怕是无论如何也承受不住如此沉重的压力的吧。

以前,我一直以为自己是个自立之人,完全能够照顾自己的。不仅如此,我甚至还以拯救者自居,觉得自己能够救助那些身处苦难之中的人。可是,一旦面临自己力所不能及的困境,结果还是得依赖比自己更为坚强的人。早苗颇具自嘲意味地思忖道。

话说回来,依田他为什么会如此坚强呢?在这一个月,他应该与自己一样,也承受着沉重的压力呀。

第十七章　噩梦

这时，依田从厨房里出来了。光是去取饮料的话，他花的时间似乎太长了一点。

"来，你喝喝这个看。"

依田递过去的，是盛在茶碗里的绿色液体。

"这是什么呀？"

"药草茶。除了常用的药草之外，还放些小球藻之类的藻类。喝了应该能够稳定情绪的。"

早苗接过茶碗，将其拿到嘴边。然而，碗中那浓稠的绿色让她想起了淹死泷泽优子的手贺沼。一股中药特有的气味直冲鼻孔。要是在平时，这自然算不得什么，可现在一闻到这气味就会反胃，怎么也接受不了。

早苗将茶碗放到了桌上。

"怎么了？"

依田投来了询问的眼神。

"气味太冲，喝不下去。"

"你捏着鼻子，一口气喝下去试试。"

早苗摇了摇头。

"对不起。你特意端了来，真是辜负你一番好意了。我只要喝杯凉水就行了。"

"好吧。我帮你拿别的饮料来。"

依田又站起了身来。

"不用了，自来水就行。"

"没关系，没关系。"

依田率先走进厨房，打开了冰箱门。

"喝无糖可乐，可以吗？"

"好的。谢谢！"

393

其实她想喝的是以天然水为主的饮料，但又觉得不能太任性，故而没说。早苗打开了依田递来的饮料罐，喝下了冰凉的甜味液体。由于正是口渴的时候，所以觉得这饮料要比预想中的要清凉得多。

"能分一半给我吗？"

早苗将易拉罐递了过去，依田却摇了摇头。

"不是这样的。"

"啊？"

"你给我喝。"

早苗一脸茫然。依田不禁笑了出来。

"我是说，你喂我喝。"

早苗将易拉罐贴在嘴唇上，像个孩子似的歪着头装出思考的模样，故意让依田着急。

接着，她一仰脖，含了一口可乐在嘴里，强忍着笑，凝视着依田的脸庞。

依田把脸凑上去后，早苗拿着易拉罐就双手搂住了他的脖子，将嘴贴上了他的嘴唇。

当热水通过花洒喷头喷下时，早苗这才意识到自己的身体原本已经凉透了。想必是刚才迷迷糊糊地睡着后，出了很多汗的缘故吧。

她闭上双眼，长长地做着深呼吸，充分享受着热水如同瀑布一般冲在身上的舒畅之感。到了此刻，她才终于觉得自己缓过气儿来了。

今天，她从一开始就做好了要把自己交给依田的心理准备。她希望他了解自己的一切。因此，她要将噩梦留下的残渣冲洗干净，以一种浴火重生的心态来迎接他。

可是，不知不觉间，她的思绪又回到了刚才的那个噩梦上。

因为有一点令她百思不得其解：为什么土肥学姐、福家还有晶子

第十七章 噩梦

都会以怪物的姿态出现在梦里呢?

事实上他们三人都没有感染巴西脑线虫。再说,即便在程度上有所差异,毕竟这三人都是自己信得过的人呀。

早苗想起之前给人做心理治疗时,患者所做过的梦,有些似乎也只能理解为针对未来的预测。当然,根据常识,可以理解为某些在意识层面上未加留意的信息在睡梦中拼接了起来,从而在逻辑意义上成了针对未来可能发生之事的预测。

然而梦境是不会直截了当地显示预测结果的,往往会以某种方式来加以歪曲,使之变形。于是,时而成为"反梦",时而成为《麦克白》中女巫所说的谜一般的预言。

那么,刚才所做的梦,又是怎么一回事儿呢?

自己信赖的成年人,居然都变成怪物了。这或许意味着自己的信赖将遭到背叛吧——是下意识在警告自己谁都不能相信吗?

或者也能做相反的解释吧——是说土肥美智子或晶子他们自然不是怪物吗?

可这样的话,不就成了没在梦里出现的人才是真正的怪物了吗?

荒唐!荒唐!早苗不由得苦笑了起来。

偏要从精神极度疲劳所导致的噩梦中寻找出什么意义来,自己也真是脑子进水了。

早苗拧上水龙头,关掉了奔流的热水后,用拧得很干的毛巾仔细擦拭每一寸肌肤。走出淋浴间后,又用大浴巾吸干了身上残余的水汽。

她看到自己映照在镜中的脸庞,明显要比淋浴前精神多了。

可就在她要戴上洗澡前褪下的那枚蓝宝石戒指时,手一滑,戒指竟垂直掉进了盥洗室的垃圾桶里。早苗赶忙朝垃圾桶里看去,见里面塞满了纸屑和洗发液的空瓶,沉重的戒指像是落到了桶底。

395

无可奈何之下,早苗只好从上往下把垃圾全都翻出来。这时,桶里有件亮闪闪的东西映入了她的眼帘。她一伸手进去捡,立刻就明白那不是戒指,而是个比戒指轻得多的东西。

早苗举到眼前一看,原来是个空了的药品包装盒的一部分。

正要随手扔掉时,她又注意到了什么。

仔细查看之下,早苗发现那上面还写着记号。而这记号,却是早苗再熟悉不过的。

她感到自己的脸部肌肉僵硬了。

她把垃圾桶里的东西全都倒在了地板上。

戒指是找到了,可她的注意力却被别的东西吸引过去了。她又找到了好几个跟刚才那个相类似的药品包装盒,并且是不同种类的。

强效精神镇静剂盐酸氯丙嗪和氟哌啶醇,这两种药可通过阻碍脑神经不同的接收器来共同抑制A10神经的异常兴奋。其他还有抗焦虑药物美乐适,抗郁药米帕明、氯米帕明,甚至还有治疗躁狂症的碳酸锂缓释片。

早苗的心脏开始剧烈地跳动起来。

蜷川应该也服用过相同的药……

怎么会有这种事儿呢?她极力予以否定。

然而,依田必须服用如此大量的精神镇定药物的理由,她只能想到一个。

"早苗。"

盥洗室的折叠式门帘外,响起了依田的声音。早苗吓得跳了起来。

"等你补完妆,我也想冲个澡呢。"

"抱歉,我马上就好。"

早苗慌忙收拾起散落在地板上的垃圾。

第十七章 噩梦

"你何必这么担心让我看到你的素颜呢。"

早苗强打精神,极力用明快的声调说道:

"那可不行啊。怎么说,我也不再是二十岁了嘛。"

"要是二十岁的话,我可真是甘拜下风了。"

早苗尽可能不发出声响地把垃圾都复了原,然后飞快地穿好了衣服,这才拉开了门帘。

"让你久等了。"

依田俯视着早苗,诧异地问道:

"怎么?你还穿得整整齐齐的?"

"总不能光着身子出来吧。"

"反正还要脱掉的,裹条浴巾不就行了吗?"

"才不要呢。"

"为什么?"

"我也有女儿家的矜持与含蓄嘛。"

"好吧,我先失陪一会儿。"

依田走入浴室后,很快就从里面传出了暴雨般的水流声。

早苗就这么着在原地站了一会儿。因为她觉得刚才所感受到的惶恐不安,突然又变得不真实了。

依田确实在服用精神镇静剂。不过,从某种意义上说,不也是理所当然的吗?其目的,不就是要克服如此巨大的精神压力吗?如果说他是借了药物之力才能在自己面前显得如此镇定自若,也完全说得通啊。

硬是让自己放下心来后,早苗就想回客厅去了。然而就在此刻,她又觉得其中的一种药,是怎么也说不通的。

那就是碳酸锂缓释片。这药只能当作抗躁狂药来使用。如果要舒缓精神压力的话,强效精神镇静剂和抗焦虑药或许是很有效的,可是抗躁狂剂却应该是毫无用武之地的。

这时，背后传来一个轻微的呻吟声。

早苗吓了一跳，不由得呆立原地。不过她也很快就意识到，那是机械启动的声响，像是马达或空压机。是冰箱吧。

可是……声音却是从背后传来的。

厨房就在前面。而自己的身后，应该是依田的寝室和书房吧。

早苗死死地盯住了位于幽暗的走廊尽头的那两扇门。虽说只相距四五米，可要走过去并打开门，却让她觉得是件天大的难事。

那声音持续了约三十秒，便停止了。

她压根儿就不想去打开那扇门。因为那种要打开一扇未知之门的恐惧感，会令她回想起研讨屋里的大浴场。然而，不搞个水落石出，又是绝对不行的！

于是，早苗蹑手蹑脚，悄没声儿地朝走廊尽头走去。那里并排有两间房间。打开右侧的房门，是间卧室。放眼望去，并没什么异样。她又悄悄地关上了房门。

一打开左侧的房门，她就听到了轻微的机械工作声，与刚才空压机的呻吟声并不相同。同时早苗也感到这里面的空气冷飕飕的。

几乎就在她正对面的较高处，有个像是绿色眼睛的东西正闪烁着。原来是一台装在窗上的空调，正不断喷着冷气。可眼下十一月都已经过了一半呀，为什么还……

早苗没开电灯就走了进去。这儿果然是书房。正面靠窗，有一张放着电脑的桌子和一把椅子，桌子对面的靠墙处，排列着三个书架，上面堆满了专业书。

而在左侧的里边角落处，则放着一台暗色的中型冰箱。

早苗摩挲着满是鸡皮疙瘩的双臂，觉得自己简直跟置身于冷库中一般。空调的制冷效果太好了，恐怕已在十摄氏度以下了。一般的空

第十七章 噩梦

调根本无法设定这么低的温度，大概是特意改造过的吧。

早苗站到了冰箱前。"这也没什么可大惊小怪的。"她自己对自己这么说道。依田是研究线虫的专家，或许有时候也需要将实验样本带回家来保管吧。

冰箱是上了锁的，是特意在铁皮上钻了空后，再用螺丝固定住的那种平面锁。

早苗查看了一下书桌的抽屉。只见一把像是黄铜制成的小钥匙，很随便地扔在了一个塑料的空名片盒里。

她要去开锁，可手一抖，钥匙从手指间掉了下去。早苗赶紧捡起后，将其插入锁孔转动了一下。不料开锁的声音比预想的要响得多，把她自己吓了一跳。

打开冰箱后，光线立刻射入幽暗的室内。而与此同时，由于原本关在里面的冷气与光线一同释放了出来，让人觉得房间里的温度又急剧下降了许多。

早苗颤抖着朝冰箱里面看去。

只见不仅是冷藏室内的隔板，就连冷藏室与冷冻室之间的隔板也都被拆除了。里面存放着的，是一个高约八十厘米的金属容器。早苗记得以前在依田的研究室里看到过同样的东西。

她战战兢兢地碰了碰那个容器的盖子。冰冷冰冷的。这个铝质的盖子，比容器口大了一圈，只是盖在那上面而已。这是因为密封后会引发爆炸。仔细察看后才发现，原来冰箱的密封圈上也开了许多好让气体逸到外面去的小孔。由此可见，这个金属容器里装的，应该是液态氮吧。她取下了盖子，果不其然，一股干冰似的白烟冒了出来。

容器口上挂着带钩的金属件。冒冒失失地触碰到的话，或许手指都会被粘住吧。于是她将手帕缠在手指上后，提起了那个金属件。金属件的前端是一根细长的金属棒，那上面如同花瓣似的带有六个金属

399

圈，其中的五个，各插着一根塑胶试管，只有一个金属圈是空的。有一根试管已经解冻了吗？

试管外侧覆盖着一层白霜，根本看不出里面是什么东西。

早苗觉得有个什么坚硬的东西升到了喉咙口。

现在就下结论还为时过早。或许这就是跟秀丽隐杆线虫差不多的普通线虫而已。

然而，她立刻就觉得这样的解释未免太过牵强。在设备不全的自己家里保存线虫，势必要频繁地搬运液态氮来加以补充。那么，又有什么理由让依田如此不厌其烦呢？

然而，如果这是巴西脑线虫，又怎样呢？

老是放在研究室里，迟早会被人发现。特意带回家来，也就顺理成章了。

可是，依田明明说过已将所有的巴西脑线虫都销毁了呀。他又何必要撒谎呢？如果说仅仅是为了让自己放心，也显然是缺乏说服力的。

早苗缓缓地将试管放回原处。她呼吸急促，双手抑制不住地颤抖着，导致冷冻着的试管相互碰撞，发出"咔嗒咔嗒"的声响。

自己在回避事实啊。有了这么多的旁证，依田感染巴西脑线虫的事实，不已经等于是明摆着的了吗？

冷冻状态的试管、被丢弃的空药盒，还有自研讨屋事件以来，明明一直处于严酷的精神重压之下，可他却几乎没显出丝毫的焦虑。

再说，他是有机会感染的。那就是在大浴场里被那具奇形怪状的尸体喷到黏液的时候。自己至今尚未出现任何症状，可见是当初的及时冲洗让自己逃过了一劫。然而，很难说依田也有此好运啊。

她又回想起了数小时前在法式餐厅吃晚饭时的情景。好好的全套法国大餐，可早苗就是难以下咽。反观依田，却一盘都不剩，全都吃了个底朝天。

还有，今晚的他一反常态，明显难以抑制自己的性冲动。早苗感到一阵战栗掠过了自己的脊背。依田他，已出现了几乎与高梨一模一样的症状了……

得赶紧逃走！早苗悄悄地溜出了书房。

就在她正朝玄关走去的时候，一个强烈的刺激几乎令她全身的血液都冻结了。

因为恰在此时，盥洗室的折叠式门帘被"唰——"地一下拉开，身穿浴袍的依田现身出来了。估计他是才冲完澡吧，头发湿漉漉的，还在微微地冒着热气。虽说嘴角一如既往地带着笑意，可眼光里却透着一股子从未见过的狠劲儿。

"你在那儿干吗呢？"

依田用平静的口吻问道。早苗却一下子变得浑身僵硬，就跟被人念了紧缚咒语似的。她知道非得找个借口不可，可就是发不出声来。

在她眼里，依田那不久前还么令她宽心的微笑，现在已完全变味儿了。

"早苗？"

"没什么，只是有点无聊而已。"

她终于发出了声来。

"你淋浴的时间真长啊！"

"不过五六分钟吧。你还说我呢，你自己花了那么长时间怎么不说了？"

依田的眼神柔和下来了。

"还是让你等急了，是吧。"

"也许吧……"

依田大步走向早苗，匆忙间早苗无暇后退。她无法正视他的脸，可刚一低下头，视野就全被依田的胸膛填满了。

早苗的胳膊肘被他长而有力的双臂抓住并拉近后，身体便随之腾空，转眼间就被他紧紧地抱在怀里了。

"哎，喂，等等……"

早苗撑着双臂挣脱，但身处于他的怀抱中，不论她如何挣扎，身体也无法获得自由。她的胸口受到压迫，连呼吸都困难了。到了这时，她才首次对依田的臂力感到恐惧。

"等等。我……"

早苗的嘴刚要发出抗议声，立刻就被依田堵住了。

他的舌头如同生物一般分开早苗的嘴唇，入侵到了她的嘴里，并进一步撬开了她的牙齿，蠕动着寻找她的舌头。

这具牢牢地逮住了自己的男人肉体，已成了无数线虫的老巢。仅仅是这么一想，那种骇人的恐惧就几乎要令她发狂了。蹂躏着自己的口腔的这条舌头，不正像一条蠕动着的巨大的线虫吗？早苗只能任其所为，毫无反抗之力。

接吻并不会传播艾滋病病毒。那么，巴西脑线虫呢？早苗内心的惶恐不断升级，身体也因无能为力的绝望与恐惧而僵硬了。

早苗的如此反应，似乎被依田当作害羞与经验不足了。

"早苗。我爱你。"

停止接吻后，依田在她的耳边低声呢喃。

就连这样的甜言蜜语，也已经不是出于他的真心了。早苗甚至产生了这样的错觉：这是支配着依田大脑的线虫在借他的嘴说话。

突然，压迫着她胸口的钢铁般的手臂松开了。可就在她终于能够喘口气的当儿，依田像抱小孩子般地把她抱了起来。

"你要干吗？"

早苗用颤抖的声音问道。

第十七章　噩梦

"去卧室吧。"

"可是，我……"

"不要紧的。相信我。"

"等等！喂！求你了！等等！"

依田像是根本就不在听。进入卧室后，早苗虽然被放到了床上，但身体因惊恐而缩成了一团，连逃都逃不了。

依田连浴袍也不脱就要扑到早苗的身上去。

"多么漫长啊……我们终于要融为一体了。"

这话在早苗听来，绝对蕴含着别样的不祥之意。研讨屋中所看到的遗体与自己，在她脑海里形成了重影。

千钧一发之际，身上的紧缚咒语突然解开了，早苗猛地推开了依田。

"早苗……"

"别过来。你别到这儿来！"

"怎么了？为什么忽然间……"

突然，依田似乎想到了什么。

"莫非……刚才……"

早苗不假思索地频频摇头，而这样的举动不啻不打自招。

"原来如此。你都看到了。"

依田朝她跨近了一步。刹那间，早苗一转身，动如脱兔一般冲出了卧室。仅凭一瞬间的判断，她就闯入了书房，并用力关上了门。

几乎就在她锁上门的同时，外面也传来了急促地转动门把手的声响。

"早苗！开门！"

依田狂暴地敲着门。早苗则捂着耳朵蹲坐在了地板上。

"你也别太过分了！"

眼看着依田的怒火就要爆发，不料他的语调却又十分突兀地变得沉稳起来了。

"早苗，好了，我明白了。我不会对你无礼的。你能开下门吗？"

早苗意识到发生了什么。依田心中所产生的沉重的精神压力被瞬间消除，且被置换成别的情绪了！

"你误会了。你听我说……"

"我没有误会。"

早苗终于从喉咙里挤出了声音。

"你为什么会这么想呢？"

"你说谎了。"

"说谎？哦……你是说里面的那些试管，是吧！那不是巴西脑线虫，是我冷冻保存着的别的线虫。"

"行了，别再说了。我在盥洗室里找到了空药盒。所以，我什么都明白了。"

依田沉默半晌，随后以干脆得令人扫兴的态度，肯定了早苗心中的疑惑。

"好吧，我全都告诉你。正如你所说的那样，我被感染了。估计就是在研讨屋里，被尸体触手喷出的黏液喷到的那会儿吧。当时，有一些黏液喷到了我的眼睛里。尽管我立刻就去冲洗了，可似乎已经晚了。"

早苗紧咬着嘴唇。

"快！快去医院！马上开始治疗的话……"

依田对早苗的话一笑置之。

"治疗？事到如今，做什么都没用了。对于这一点，你也是很清楚的吧。"

第十七章　噩梦

他说得没错。依靠现代医学,已经没法拯救依田了。

"所以,在余下的人生中,我只能与巴西脑线虫共存了。"

听依田的口气,似乎在说别人的事儿似的。

"不过,这也并不是多么糟糕的事情啊。你迟早也会明白的……"

早苗不由得身子直打战。依田的意图已经十分明显了——他就是要把自己也拖下水。

"我说,如果……我是说如果哦……如果你夫人还活着,你也会对她做同样的事吗?"

依田无声地笑了。

"会呀,肯定会呀。如此美妙的感觉,我怎么会不和她分享呢?"

早苗绝望了。自己认识的那个依田已不存在了。站在门外的,分明就是另外一个人。

非得逃走不可!凭着一己之力,无论如何也得逃走!

她打开了书房的窗户,外界的噪声涌入屋内。然而,这是个与四周隔绝的所在。当她从这十一层楼上俯视那被路灯照亮的地面时,只觉得两腿发软。窗外除了放置空调外机的凸缘外,就没有可供攀爬的凸起物了。

"喂!你在干吗?"

可能是听到了开窗的声音吧,依田发出了颇为狼狈的声音。

"如果你要破门而入的话,我就从这儿跳下去。"

"你胡说些什么呀。"

"我说的是真话。要是变得跟研讨屋里的那些人一样,我宁可去死!"

事实上早苗也是真这么想的。与其那样,还不如一死。死亡,自然是可怕的，可她已亲眼看到了远比死亡更为恐怖的命运。

"早苗，你冷静一点。"

"我才不是虚张声势呢。"

"好的，我知道了。我不会破门而入的。我们两个都冷静一下吧……"

局面呈现出心理战的态势。早苗不知道"自杀"一词的震慑力到底能维持多久。与此同时，对于自己以死相抗的意志到底能坚持多久，她也同样缺乏自信。

要怎么着才能给如此僵持不下的状态画上句号呢？

这时，门外传来了一些细微的声音，像是在用坚硬的东西刮着木质门板……或许依田正在用螺丝刀拧着门把手或铰链的螺丝吧。

情况紧急，已到了刻不容缓的地步了。早苗怀着绝望的心情环视书房，能用作武器的东西，一件也没有！

什么都行啊，只要能吓住依田——哪怕只一秒钟。

思忖间，她的目光忽然落到了那个冰箱上。

……里面有个盛有液态氮的容器。

对了。能派上用场的，只有这个。可是，该怎么用呢？譬如说，在依田打开房门的瞬间，把里面的液态氮泼到他脸上……

早苗用双手摇晃了一下容器。不行，这家伙至少有二三十千克呢。将其慢慢移动则另当别论，要靠自己的臂力将它抱起来，是根本做不到的。可是，又没有其他可以用来分装液态氮的容器。

早苗眼里泛起了淡淡的泪光，她不自觉地咬着嘴唇。该怎么办才好？不知道。哪有什么好办法……

就在这时，她的脑海中响起了一个犹如天启一般的声音。而极具讽刺意味儿的是，这正是依田曾经说过的话：

"液态氮在常温下会不断汽化。盖子盖紧的话，用不了几分钟就会爆炸的。"

她拔出了插销,打开了冰箱的门,取下了容器的盖子。可拿出了那五根装有巴西脑线虫的试管后,一时竟为不知该如何处置而犯了愁。就这么放着的话,难保试管不会破裂,弄不好还会吸入其飞沫。最后,她用手绢将其裹住,放进了随身小包。

早苗凝视着如干冰一般不断冒出白烟的金属容器,心想,必须先将容器口密封起来。

扫视整个书房,她发现了书桌上的花瓶和面纸盒。液态氮能让水结冰,水能成为黏结剂。

早苗打开面纸盒,把里面的面纸全都掏了出来。她将面纸揉成一团,再泼上花瓶里的水,让面纸吸足水分。随即她便将湿润的面纸团塞入容器口,不留一点缝隙,最后盖上盖子。

这就行了。在现在这样的温度下,濡湿的面纸团马上就会冻结,容器也就被密封住的吧。只要液态氮持续汽化,最后应该会爆裂的。

可是,她很快就发现了这个计划的漏洞。仅仅是这样的话,当容器内压升高到一定程度,很可能盖子率先被弹开了。考虑到这事儿关系到自己生命,不将其弄到香槟酒瓶塞的程度,是没法叫人放心的。有什么办法能让盖子牢牢地盖住呢?

早苗瞟了一眼门把手——还在缓缓地动着呢。刮门板的声音尽管断断续续地,却也从未停过。时间,所剩不多了。

再次环视室内时,书架上的一个防震固定架映入了她的眼帘。那是个用在天花板与家具之间的固定器具,曾在阪神大地震后一度热卖。

早苗站到椅子上,去拆下一副固定架。这种器具是靠中间的螺栓来调节长度的,依田在安装时像是使足了力气,故而一开始根本无法松开。但在早苗使出了吃奶的劲儿后,螺栓终于还是松动了。就差一步了。她将好不容易卸下的固定架置于容器盖子与冰箱的顶板之间,然后用尽全身之力,转动螺栓,将其牢牢地固定住。

时间已到极限了。早苗关上了冰箱门,并将花瓶等物放回原处。

早苗主动呼唤依田:"依田,你还在那儿吗?"

隔了一会儿,传来了依田的回音。

"在啊。"

"你听我说。我马上就开门,但是,有件事你要先答应我。"

"什么事?"

"我们先要谈一谈。希望你有耐心等。"

"谈一谈?"

"要调整好自己的情绪,自然是需要一点时间的。你这么做也是为了我好,是不是?可我不喜欢别人违背我的意志,把什么事情强加于我。"

依田没有作声。

"求你了。你要等到我能接受为止。反正这事也不急于一时,是不是?"

又间隔了一会儿。

"好啊,我知道了。我答应你。"

他的声音里叫人感觉不到任何情绪。他真的能够信守承诺吗?一阵不安掠过了早苗的心头。可是,她已经没有别的路可走了。

"好啊……那么,真的说好了哦。"

做了一个深呼吸之后,早苗转动门锁,打开了书房门。

依田就站在眼前,脸上带着无忧无虑的笑容。并且,正如她所料,他的一只手里握着螺丝刀。再一看,外侧的门把手几乎已被拆下,正垂挂在门上呢。眼见得她的发声正当其时,正所谓千钧一发之际。

第十七章 噩梦

依田就站在门口,似乎无意进入书房。或许他在怀疑早苗有逃走的企图吧。他手上还拿着一个杯子,杯中装着牛奶似的白色液体。

"那么,有话就快说吧。你想问什么?"

早苗张开了嘴。得问些什么!问什么都行!不问不行!

"嗯,那个,就是说……我会怎么样?我不知道……到底会有什么样的感觉?"

依田点了点头。

"这种生物会使人生发生戏剧性的变化,可以消除所有的痛苦,让我们充分享受人生。真是一切都改变了。人生,对于以前的我来说就是牢笼。痛失爱妻的记忆,冻结了我的感情。"

依田十分平静地诉说着。

"不过,现在已经不一样了。看到的,听到的,一切都让我感到新鲜。我能够彻底地感受这个世界的美好了。或许你会联想到麻药所造成的恍惚感吧,其实是截然不同的。这才应该是人类与生俱来的感觉。将我束缚住的,是以前的意识。而巴西脑线虫……天使,将我从中解放出来了。"

早苗不由自主地咽了口口水。

"依田,在研讨屋里,你不是也看见了吗?感染者将会走上怎样的末路……"

"是啊。当时确实十分震惊。"

依田用几乎就是漠不关心的口吻嘟囔道。

"可是,人终有一死。仅仅是活得长一点,也并不能成为人生目的,是不是?重要的是现在,是当下。哪怕只有一瞬间,若能将意识推至巅峰状态,也就应该无怨无悔。难道不是吗?仅仅为了达到如此至高境界,有些人将一生都奉献给了神秘团体性质的严酷修行。现在,我终于从以前的痛苦中解放出来了,有生以来第一次真正获得了内心的安宁。所以我一定要让你也体会到这样的感觉，我是想拯救你啊……"

依田的理性，已经完全乱套了。他亲眼看到过进入第四阶段的人的样子，却依然拒绝认清自身的命运。不，也并非如此。应该是巴西脑线虫，将他在意识到自身命运后所感到的恐惧，统统转变为快感了。

依田的内心，原本就有一个致命的弱点。自从在那场飞来横祸中痛失爱妻之后，他的内心就成了毫无生气的空洞，而支撑着他的只有理性。而所谓的理性，又是如何能轻而易举地被扭曲的，早苗早就领教过——与蜷川教授对话时，也是如此。

依田像是仍想要说服早苗，开始滔滔不绝、长篇大论了起来。他已经不会明白，对一个正常人来说，这种事儿在感觉层面上就是无论如何也不能接受的。

依田朝早苗跨近了一步。

不行。还没爆炸。还得想办法再拖住依田一会儿。于是早苗便急促地说了起来。

"你说的这些，我已经明白了。真是一件妙不可言的好事，是吧……可是，就这么着，到底会怎样呢？我是说，要了解人生的真谛，要花多长时间呢？还有，不论多么高妙的境地，要是仅仅昙花一现，一下子就结束了，不是也没多大意思吗？……就是说，我想知道大概要花多长时间啊。感染后……要过多久才会有此美妙的感觉？还有，之后还剩下多长的时间。"

依田的脸上掠过了一片失望的阴影。其实早苗自己也知道这番话说得可谓是颠三倒四，毫无头绪。还没爆炸！怎么还不爆炸呢？

"这个嘛，也是因人而异的吧。蜷川教授的情况你也是知道的吧，控制得当的话，就可能保持一年以上。"

早苗装出聆听的样子,十分机械地不时回应着,心里却一直在等待着。她自己也觉得,由于极度紧张,脸上的肌肉越来越僵硬了。

不是已经过了快五分钟了吗?怎么还不爆炸呢?

这时,她的后背掠过了一阵凉意。该不是严重误算了吧?要过几小时才会爆炸?或是搞不好永远都达不到爆炸的状态?

依田像是要挡住早苗的退路似的,仍站在书房门口。想要逃走,连万分之一的机会都没有。

"来吧。相信我。没什么可害怕的。只要把这个喝掉就行了。"

早苗抬头一看,只见依田的脸上带着鼓励的笑容,递来了一杯牛奶。

温热的牛奶中,浮游着无数的"美杜莎的脑袋"吧。那个鲜明的场景在早苗的脑海中又浮现了出来。

可是,已经无法再用话语来拖延时间了。依田相信他已经完全解释清楚了,想必不会再听她说些什么了。

进退维谷。

只剩下最后的手段了。在依田行使暴力之前,自己也应该先发制人地做出最后的抵抗吧。譬如说将盛有牛奶的杯子朝他脸上扔去,然后孤注一掷地逃到屋外……可是,自己的手脚却像是铅质的假肢一般,沉重、冰凉。仿佛自己的身体背叛了自己的意志,已经举手投降了。这样的话,还怎么抗争呢?

早苗伸出右手,去接依田递来的牛奶。阵阵痉挛从肩膀处传来,无论她怎么抑制也不管用,故而手指尖不停地颤抖着。

依田的脸上依旧微笑盈盈。可正要将牛奶递给她时,他的表情突然在瞬间变得极为严峻,并死死地盯着早苗的手。

早苗也将视线投向了自己伸出的那只手。

本该因紧张而变得苍白的手掌,竟是红彤彤的。一望便知,这是接触了低温容器的结果。

依田像是猛然醒悟似的朝冰箱望去，随即又将严厉的目光瞥向了早苗。

糟糕！这下完蛋了。早苗看着依田大步走向冰箱，只觉得像是个梦中的场景，毫无真实感可言。这或许是她想在即将发生的事态里完全关闭自我意识的缘故吧。现在，她连自杀的勇气都没有了。接下来，就乖乖地喝下依田给的牛奶，然后……

突然，响起了吱嘎作响的金属声。

当早苗刚刚明白过来，伴随着震耳欲聋的爆炸声，冰箱门弹了出来。正当其冲的依田，当即晕倒在地。

泥灰碎片"啪啦啪啦"地从天花板上掉落下来。回过神来时，早苗发觉自己正坐在地板上呢。鼓膜震破了吗？耳朵不太好使了。不过除此之外，似乎哪儿都没有受伤。

依田倒在了离早苗数米远的地方。刹那间早苗担心他是否已经死了，不过很快就看到他的身体在蠢蠢欲动。

早苗竭尽全力站起身来，几乎下意识拾起落在脚边的小包后，她就跑出了房间。然后套上无带平底鞋，踉踉跄跄地出了玄关。

十一楼的住户似乎全都不在家，发出了如此巨大的响声，却没有一人跑到走廊上来。

按下按钮后，电梯很快就上来了。进入电梯，她检查了一下映在玻璃上的自己的面容。没事儿，没什么可叫人怀疑的地方。

早苗出了电梯，穿过一楼的门厅时，才发现外面已聚满了人。

虽说耳鸣还是很厉害，倒也勉强听得到有个男人在喊：

"煤气爆炸啦！"

早苗转过身，朝着与正面玄关相反方向的后门走去。在停车场里绕了一圈后，她来到了大楼旁侧，见有四五十人指指点点地正抬头仰

第十七章 噩梦

望着。依田书房的窗玻璃全都被震飞了,也没有谁想进入大楼。

已经有人打过119了吧。早苗正要尽可能不引人注目地离开现场。

就在此时,依田从窗户里探出了头来。

人群中立刻爆发了一阵骚动。依田的头部似乎还流着血,他俯视着地面,与人群后的早苗四目相接。早苗心中的恐惧又复苏了,与此同时,却也稍稍感到放心了。因为,尽管看不清他的表情,可依田似乎也没受到足以致命的重伤。

依田从窗内探出了身子,身体剧烈摇晃着。早苗屏住了呼吸,人群中响起了尖叫声。他似乎得了脑震荡。

然而,千钧一发之际,依田抓住窗框,又重新站稳了。看热闹的人群中响起了掌声。可不知为何,他却一直保持着那样的姿势。难道他意识不清了吗?

早苗紧握双拳。她明白依田为什么不打算改变那种极不自然的姿势。真正的原因是:在他失去平衡的瞬间,心中自然而然地产生了恐惧,但毫无疑问,这种恐惧又被巴西脑线虫立刻转变成了无法抗拒的快感。

依田像是已经沉湎于异样的陶醉之中了。他努力地朝空中探出身子,并抬头仰望着天空。

此时此刻,他的耳边响起"天使的呢喃"了吧。

就在早苗屏息静气地望着他时,依田那保持着微妙平衡的身体,开始慢慢地倾斜了。

早苗不由自主地用双手蒙住了自己的眼睛。人群中立刻响起了一片惊呼,如同汹涌的涛声一般冲击着她的耳膜。

随即,便是重物撞击地面所发出的沉闷的响声。这响声听在早苗的耳朵里,就如同自己的身体被摔得粉碎一般。

413

暴风雨般的喧嚣声中,早苗缓缓离去。

她完全没有自己正在行走的感觉。

心中也并未涌起悲伤。那儿所有的,只是深不见底的丧失之痛。

继高梨之后,自己又失去了一个无可取代的人。

又一个人,永远地……

第十八章　圣善夜

早苗一边给圣诞树缠上银丝带，一边听着休息室里播放的音乐。那曲子，是她非常喜欢的法国作曲家阿道夫·亚当的《啊，圣善夜》。

日本的临终关怀服务机构有一半都以基督教为精神寄托，但这个圣阿斯克勒庇俄斯会医院的舒缓医疗病房，却以不偏向于某一特定的团体为宗旨。可话虽如此，对于圣诞节，还是另当别论的。

"北岛医生。"

站在人字梯上的早苗回头看去，见福家就站在她身后。他一只手操着一件战壕风衣，脖子上的围巾也没解下来。

"哎呀，你好啊。你今天来，是……"

"有些情况我想跟你谈一谈。"

福家的神情有些反常。

"行啊。不过我的时间可不多哦。"

早苗看了看时钟，再过三十来分钟，圣善夜的晚餐会就要开始了。

"你继续忙你的事好了。我很快就说完，你只要听着就行。"

"好吧，那就让我弄完这些吧。不好意思，能递一下那儿的金丝带吗？"

福家踮起了脚，将装饰带递给了早苗。

"我还以为这种布置、装饰的活儿都是护士们干的呢。"

"她们都很忙啊，而我反倒是这儿最空闲的人啊。"

"你太谦虚了。"

"没什么呀，反正我也乐意干。再说，干这活儿也要求较高的审美眼光。"

福家点了点头，脸上又露出了颇为担心的神色。

"北岛医生，你近来是不是瘦了呀？"

"也许吧。最近很忙，没有时间称体重。"早苗十分爽快地答道。

"是吗，不过还是要注意啊。不要累坏了身体。"

不知为何，说完之后，他居然脸红了，还咳嗽了几下。

"关于那个事件的跟踪调查，我就要写成报道了。虽说取证还不够充分，可也不能让别的报社抢了先啊。"

"你说那个事件，是指高梨的……"

"也不仅限于此，而是发端于我们报社主办的亚马孙调查计划以来所发生的一系列事件。从参与者诡异的连续自杀，到那须研讨屋的集体死亡事件，全都包含在内。"

早苗停下了手里的活儿。

"那件事儿，也有关联吗？"

"嗯。因为，租下研讨屋的就是蜷川教授和森助理啊。怎么看，都让人觉得与亚马孙项目参与者那一系列的自杀，是基于同样的原因。"

"同样的原因？"

第十八章 圣善夜

"虽说那些尸体都被烧得几乎完全碳化了，不过警方还是对研讨屋进行了彻底的搜查。不知道为什么，那些尸体是全都集中在浴室里的，警方还从排水管中发现了主要用于园艺方面的杀线虫的特殊药剂，以及大量的线虫尸体。"

"线虫……"

"嗯。其实，为赤松副教授做解剖的法医也做证说，他的大脑里聚集着为数众多的线虫。据说那似乎是亚马孙地区的风土病，会入侵人类的中枢神经。想必正因为这样，感染者才会精神异常，一个接一个自杀的吧。"

早苗无言以对。

"这件事，还有个颇为耐人寻味的后话呢。听说那位执刀的法医将含有线虫的遗体样本给了别的大学的一位教授。那位教授叫作依田健二，好像在线虫研究领域相当出名。不料那位依田教授后来也在一个莫名其妙的事故中去世了。这事儿你还不知道吧！就是不久前，有个大学教授，因为所居住的公寓发生爆炸而坠楼身亡的那件事。"

"我在报上看到了。"

"那位依田教授，像是在研讨屋事件的事发当天，曾开车往返过那须。"

"这……是怎么知道的？"

"东北汽车道上，像上河内町等地，在好几个地方都设有N系统。"

"N系统？"

"一种能自动识别车牌号码的装置。该系统记录下了依田教授的车牌号码，时间上也是完全符合的。并且，经过调查得知，依田教授从实验农场带走了大量的杀虫剂，而这些杀虫剂又是与在研讨屋排水沟中所发现的药剂，属于同一种类型。"

"这么说来，依田教授就是大规模杀人的嫌疑犯了？"

福家摇了摇头。

"他没有动机啊。没发现依田教授与蜷川教授以及那个叫作'地球（Gaia）的孩子们'的自我启发研讨会之间有任何关联。我们已经掌握了蜷川教授向研讨会会员蓄意传播线虫病的确凿证据。警方认为，正因如此，最后才导致集体自杀的。至于依田教授方面，或许是在独立调查的过程中，在研讨屋里发现了大量的遗体，而他为了防止线虫病继续蔓延，才擅自将其烧毁的吧。当然这一切也都是推测而已。而他在焚烧那些遗体的过程中，或许出了什么差错吧，结果自己也受到了感染。这，自然仅仅是假设而已。但也合情合理，是不是？"

"那么，依田教授为什么不立刻报警或通知卫生所呢？"

"这就不清楚了。可能情况十分紧急，也可能他觉得外行靠近那儿很危险吧……事到如今，真相已经无从得知了。不过，在依田教授的研究室里发现了冷冻着的线虫样本。我想，这个假设是否成立，在今后的研究中会得出结论的。"

早苗默默地走下了人字梯。这时，背景音乐已换成摇滚乐队"沙滩男孩"所唱的圣诞歌曲了。尽管她不知道歌曲的名称，但她记得小时候在收音机里听过好多遍。

"我必须去病房了。"

"哦，好的。你请便。我也要告辞了。其实，我也只是想向你通报一下目前的状况而已。"

真是仅仅为了这个而特意跑到这儿来的吗？虽说心中还有些难以释然，可早苗还是将福家一直送到了电梯口。

福家走进电梯后，又伸手挡住了将要关闭的电梯门。

"对了。有件事，我忘了说了。"

第十八章 圣善夜

"什么事?"

"是关于那须研讨屋事件的。正如我刚才所说,那些遗体几乎已被烧得一片焦黑了,但骨头还是留了下来的。据说许多骨头都长成了通常难以想象的、异乎寻常的形状。至于这是否也是线虫病搞的鬼,目前还不清楚。"

早苗不由得心头一颤。刹那间,在研讨屋中见到的那幅噩梦般的光景,又在她的脑海中闪现了出来。

"还有,负责解剖赤松副教授遗体的渡边教授告诉我,后来曾有个年轻貌美的女医生去询问过他。我想,那个女医生日后或许会被警方叫去了解情况吧。"

"哦……是这样啊。"

福家为什么会忽然来访,早苗终于明白了。

"谢谢。"

等到电梯门关上之后,早苗轻声嘟囔道。

早苗推开了病房的房门。上原康之躺在病床上。他闭着眼睛,像是睡着了。他的眼睛下方出现了黑色阴影,脸颊凹陷,十分消瘦。今晚,只有他一个,连圣善夜的晚餐会都无法参加了。因为恶性肿瘤扩散至全身,他已经危在旦夕了。

早苗本打算尽可能以欢快的姿态来面对这位少年,可看到他睡着时的这个脸庞,还是感到心如刀绞,怎么也轻松不起来了。

为什么这个世界上并不真的存在复仇女神呢?艾蕾可多、媞奚丰、美格伊拉[1]……如果她们在世的话,定会一手高举火把,一手挥舞鞭子,紧紧追逼"药害艾滋病事件"的主犯,直到他们发疯为止

---

1 古希腊悲剧作家埃斯库罗斯的三部曲《俄瑞斯忒斯》中的三位复仇女神的名字。

的吧。

卡普兰称巴西脑线虫为复仇女神。自然,其本意是"恶魔",而绝非"好心人"吧。确实,对感染者而言,巴西脑线虫简直就是戴着天使假面具的恶魔。

然而,就线虫本身而言,是不存在什么恶意的。它们所做的,只不过是为了在严酷的生存竞争中,忠实履行繁衍子孙的既定程序而已。

那么,该被称为恶魔的,就是像蜷川教授他们那样,蓄意传播巴西脑线虫病的人吗?

不,也不是。他们的所作所为也并非出于恶意,反倒是基于一种被扭曲了的、可怕的善意。由于他们的大脑已被巴西脑线虫所控制,自己根本意识不到这种扭曲。

这一切的根源,就在于无所凭依便无法生存的人类的本质弱点。

恶魔……

她的思绪又回到了将要把上原康之逼上死亡之路的"药害艾滋病事件"上。

这也不是基于明确恶意的犯罪行为。

可是,那些厚生省官僚拥有足以预见可怕后果的知识与头脑,身处理应阻止悲剧发生之地位却又冷眼旁观,使同胞陷入死亡之痛苦,且一直装聋作哑,逃避责任,真的能如此这般饶过他们吗?

还有,那些本该救死扶伤的医生,为了自身与制药公司的利益,竟然对汰换为安全血液制剂的工作加以阻碍,将众多的无辜之人推落死亡的深渊……

这些,才应该被称作恶魔之所为吧。

早苗轻轻地抚摸着康之的头发。

那么,你的所作所为,又是怎样的呢?

第十八章 圣善夜

她听到来自内心深处的反问声。

你能说你的选择总是对的吗？

她回想起了依田死后不久的事来。

离开依田公寓前的人群，来到马路上时，早苗的脑袋里一片空白。意识到失去了挚爱之人而本该感到痛苦不堪的心灵，已经部分麻木了。怎么着都无所谓了的自暴自弃的想法，在脑际时隐时现。然而，即便到了如此地步，意识的其他部分仍切实应对着现实世界。

她还记得自己曾换了好多次出租车。至于为什么要这么做，连她自己都不太清楚。在告诉司机目的地的时候，至少也还保持着外表的冷静。或许是一到了紧要关头，自我保护的本能就自动发挥作用了吧。

当她回过神时，已经回到自己所居住的公寓了。关上门，上了锁，一屁股坐在进屋处高出一级的地板上后，她就连站起身来的力气都没有了。

随后，自己右手紧握着的小包映入了眼帘。就那么呆呆地望着小包好一会儿之后，她才回想起包中放了什么。

手指一点力都用不上，就连小包上的金属搭扣都打不开。好不容易打开后，她就将包里的东西统统倒在了地板上。

口红、小粉盒、香水、记事本、钱包，接着又滚出了五根试管，落在这些小玩意儿之间。试管内部还保持着冷冻状态，但附着在外表的霜，已将手绢濡得湿漉漉的了。

而这，在依田公寓里所发生的一切，绝非白日梦，而是真实事件的明证。

早苗凝视着试管，沉吟良久。

随后，她站起身来朝洗脸池走去。她将红色的水龙头旋钮开到最大。水流立即喷出，水温逐渐升高。

当她觉得水温已超过了八十摄氏度后，便塞上洗脸池的塞头。有几滴热水溅到了手背上，烫伤了她的肌肤，可她却几乎不觉得痛。身边弥漫起浓浓水蒸气，如同浴室一般。

她回到了玄关处，捡起了试管。

她生怕单手拿的话试管会掉到地上，故而用双手轻轻地握着。冰冷的试管很快夺走了她掌心的热量，她双手的感觉也随之麻木了。

眼下，巴西脑线虫正透过试管吸收着生命所需的热量。从外界的空气中，从她的手掌里。尽管恶魔仍在沉睡中，但复活的倒计时已经开始了。

然而，怎么能让你们复活呢？一定要趁你们还没醒来的时候，把你们直接葬送在黑暗之中。

她感觉到脸上流淌着滚烫的液体。那不是水蒸气。她内心充满了无处发泄的怒火。她要让夺走她心爱之人的这些生物遭到报复。

早苗拿起试管，一根接一根地将其扔进洗脸池那快要溢出的热水中。水花溅起，塑胶试管缓缓地沉入池底。扔到第四根试管的时候，水温似乎已经下降了许多，但也还保持着手无法浸入的热度。一下子遭受如此之大的温度差，恐怕是任何生物都活不了的吧。

当最后一根试管被提到热水上方时，早苗的手却突然停了下来。

快！快松手！快将这根装有可恶生物的试管浸入洁净的热水消毒。这么着，一切就都结束了。

呜咽之声冲口而出。早苗哽咽着，紧紧地握住试管。

水龙头还在不断地喷出热水。不知不觉间，她的手已因温暖的蒸汽而变得湿漉漉的了。

可是，她为什么下不了决心呢？

因为，一个异乎寻常的念头掠过了她的脑际。

第十八章　圣善夜

早苗非但没有松开握住试管的手，反而将手缩了回去。

然而，对于自己的判断，她也毫无自信可言。在这次的事件中，她已经充分领教到，理性也好，感觉也罢，没有一样是能够无条件地加以信赖的。真正正确的，到底是什么？人到底该怎么做出决定？

早苗凝视着手中的试管，里面装有在浮游状态下被冻结的，无数的"美杜莎的脑袋"。

在希腊神话中，美杜莎是个十分可怕的怪物。据说只要被她瞧一眼，人就会变成石头。然而，她那颗被宙斯之子珀尔修斯砍下的脑袋，也杀死了别的怪物，并为拯救险些成为祭品的安德洛墨达公主立下了功劳。

并且，据说美杜莎尸体的左半身流出的血带有剧毒，而右半身流出的血反倒具有起死回生的神力。医学之祖阿斯克勒庇俄斯曾利用这些血，帮许多英雄重返人间。即便他深知这会触怒天神也在所不惜。

古希腊人还认为，圣阿斯克勒庇俄斯的象征——蛇会在梦中治愈人类的疾病……

上原康之的身体微微地动了一下。早苗倏地回过神来，朝他脸上看去。只见他嘴角处浮着些许笑意。许是想起什么快乐的事了吧。

"早苗姐姐。"

突然，康之像在说胡话似的开口了。

"啊，抱歉。我吵醒你了吗？"

"这儿……是哪儿？"

康之半睁着双眼问道。他还在做梦吧。

早苗将手放在他的额头上低声说道：

"是啊。这儿是哪儿呢？"

"真美啊……"

"什么东西真美?"

"夕阳。"

他的意识似乎正徘徊在梦境与现实之间。

"是啊。真的好美啊!"

"风……"

"冷吗?"

康之微微地摇了摇头。

"很舒服。"

"是啊。很舒服啊。空气凉凉的,又洁净,又爽快。能感觉到微风拂面呢!"

康之露出了微笑。

"我的病好点了吗?我怎么觉得这么舒畅呢?"

早苗吃了一惊。她没料到康之还能说出这么清晰明白的话来。正如他所说的那样,简直要叫人产生他正在逐渐康复的错觉了。

"当然是这样啊。"

"这儿,就是村子后面的山里。我以前经常带次郎来的,是吧?"

"是啊。"

康之大大地吸了口气。

"有草的香味。啊,我听见了……"

"听到什么?"

"像是鸟叫。有好多鸟在叫。"

早苗顿时语塞。但很快她就柔声解释道:

"那个呀,是天使的呢喃声。"

"……天使?"

"是呀。你之前不是还听到了翅膀的扇动声吗?还说那声音在病房的天花板回旋着。"

"嗯。"

"有好多天使正守护着康之弟弟呢。它们会帮你消除不快,消除痛苦,并将那些统统都变成快乐的。"

"是这样啊。怪不得我现在,一点都不觉得难受了。"

"是啊。"

"我现在,连死都不怕了。"

"是吗?"

"因为死了以后,就能见到爸爸、妈妈、姐姐和次郎了,是不是?"

"是啊。就是这样的。"

"我正盼望着呢。我的心在怦怦直跳,已经有点等不及了。"

早苗默默地抱住了康之的肩膀。

"啊。我又听到了……真的。是天使啊。太好了。有好多天使!"

"你看得见它们吗?"

"嗯。还真像早苗姐姐说的那样。它们背上长着翅膀,就跟穿着件薄长袍似的怪衣服,手里还拿着个跟牛角似的笛子。"

早苗觉得自己也看到了这幅景象。天使们披着长袍似的异国服装,一会儿像鸟儿一样尖声啼鸣,一会儿又吹着角笛,在空中回旋飞舞。

"啊?"

"怎么了?"

"我听到的是人的声音,不是'天使的呢喃'。"

"是谁的声音?"

"嗯。是在叫我呢。"

康之抿着嘴，努力地竖起他心中的耳朵。

"山岗的那一边，不是有一片长满了芒草的原野吗？声音就是从那儿传来的。你听，又在喊我了。你听到了吧？"

"嗯。我听到了。"

"是啊。果然是这样的。"

少年的眼里溢出了泪水。

"是爸爸、妈妈，还有姐姐、次郎……"

"是啊。大家都在一起呢。"

"他们在笑……在对我挥手……你看，次郎在叫唤呢。还在那儿四处跑动。它是又看到了我，高兴得不行了吧。它在拼命地摇着尾巴呢。你都看到了吧。"

"看到了。我看得很清楚。"

"等等我……我马上就来了……马上……"

之后，少年还在说胡话似的低低地嘟囔了一会儿，渐渐地，就再也听不到他的声音了。

早苗在上原康之的身边又待了一会儿，这才用手绢按着眼角站起了身来。

早苗走出病房时，一个与她打照面的护士倒吸了一口凉气，不由自主地站定了身躯。

早苗默默地点了点头，那护士就"啪嗒啪嗒"地沿着走廊上跑掉了。

后面的事情，就交给她们去处理吧。早苗迈开了脚步。她觉得自己的内心，像是终于云消雾散，雨过天晴了。她去洗脸池洗了把脸，回到办公室后，脱去了白大褂。

她打算立刻就去自首，把一切都告诉警方。想必在让他们相信自己所说的话之前，是要花较长的时间和足够的耐心的吧。但这事儿也是非做好不可的——为了确保日后不再出现被巴西脑线虫感染的牺牲者。

为了不让高梨、依田，以及其他许多人白白牺牲，这是唯一的一条路。

就在走出医院的大门时，早苗的脑海里还晃动着挥手跑下山冈的少年的身影。

读客
悬疑文库
认准读客读悬疑,本本都是大师级。

专注出版中、英、美、日、意、法等世界各国各流派的顶尖悬疑作品。

为读者精挑细选,只出版两种作品:
经过时间洗礼,经典中的经典;口碑爆表、有望成为经典的当代名作。

跟着读客悬疑文库,在大师级的悬疑作品中,
经历惊险反转的脑力激荡,一窥人性的善恶吧。

扫一扫,立即查看悬疑文库全书目,
收集下一本精彩悬疑!